U0776407

國家古籍整理出版專項經費資助項目

鮑參軍詩注補正

朱曉海　撰

中州古籍出版社
·鄭州·

前言

鮑照是六朝頗具影響力的詩人。聯句不計，其詩見存兩百首。蕭統《文選》[一]、徐陵《玉臺新詠》[二]、郭茂倩《樂府詩集》[三]、王士禛《古詩選》[四]均收録鮑照詩，以致李善、五臣、吴兆宜、聞人倓注解上述相關各書時，都曾著墨於那些篇章，唯相較於鮑照見存的詩作數量而言，實止一臠。暨清代末葉錢振倫先生以前，未曾有人全面注解鮑照詩[五]。有清諸名家涉及六朝詩的撰著固然均曾論及鮑詩[六]，但它們乃以賞析、評論爲主旨，雖間有涉及詞句的義疏可采，整體而言，與注釋判然兩途。似陳祚明《采菽堂古詩選》卷十八《宋三》，選録鮑照詩六十七首；卷十九《宋四》選録鮑照詩四十一首；《補遺》卷二選録鮑照詩二十首，但通觀此二編，陳氏僅於《擬古》之七『秋蛩扶户吟』之『扶』曾訓釋：『扶猶依也。』同治七年（一八六八），錢氏於鮑集之注解息硯，篳路藍縷，功在士林。由此稿未刊，或可臆推：尚有筆墨俟後增入，是以黄晦聞先生補注其中的詩，於癸亥年（一九二三）末竣工。黄先生乃廣東同鄉名宿簡朝亮（一八五一—一九三三）之弟子，舊學根柢篤實；本身又是詩人，有《蒹葭樓詩》傳世，於舊詩之體會頗深，曾徧注魏室三祖、曹植、阮籍、謝靈運諸家詩集〔七〕，惜世無完美，此編不免瑕瑜相間〔八〕。錢氏哲胤仲聯先生在兩位前輩基礎上增補。仲聯先生書香門第，畢業於享有盛譽的無錫國學專校，然而《鮑參軍集注》（上海：上海古籍出版社，一九七九）詩這部分，除了少數幾處，餘者了無諟正、發明；繁引宋本，列異同，而鮮辨是非。至於自鄶而下，以胥鈔掩其蒙昧，徒然禍棗災梨。是以筆者均舍之，取黄氏之《鮑參軍詩注》（臺北：藝文印書館，一九七一）爲據，補其闕，正其訛。

有明張溥《漢魏六朝百三家集》行世後，劉漢訖楊隋諸名家的文集大致已臻完帙，黄先生戞戞僅取詩爲之注，他曾説明原委：

> 世變既亟，人心益壞……惟詩之爲教，最入人深……余職在説詩，欲使學者繇詩以明志，而理其性情，於人之爲人庶有裨也〔九〕？

筆者固然不敢認同以詩濟世的理念，但於黄氏具別裁心識這點，實擊賞仰止。近代，趙幼文《曹植集校注》（北京：人民文學出版社，一九九八）、陳伯君《阮籍集校注》（北京：中華書局，一九八七）、顧紹柏《謝靈運集校注》（臺北：里仁書局，二〇〇四），以及上述錢某之撰則將黄氏割棄的各家其他文類作品悉數納入。假使那些部分的注釋詳備高明，猶可爲之詞：爲了便利有意通盤學習曹、阮等著作者，偏偏闕、誤、浮、疏滿紙，如俛拾地芥。蓋二千多年來帝國流風餘沫所被，凡事以多、大爲尚，故終難辭買菜求益之譏。由此，也愈見黄氏治學境界不同流俗。

誠如黄先生所言：『余注謝康樂詩既畢，念鮑參軍詩難讀，視康樂過之。』〔一〇〕這究竟是爲避免孝武猜忌而寫的『鄙言累句』〔一一〕，還是劉宋普遍風尚影響所致，業無從分判。鍾嶸顯然不采信沈約之説，故曰：其『不避危仄，頗傷清雅之調，故言險俗者多以附照』〔一二〕。鮑詩不『雅』，從詩作用典有限，而且不時近乎白描，灼然可見。其不『清』則是『危仄』的直接後果。『危』相對於『平易』；『仄』，側也，相對於『正常』。最要緊的乃鍾嶸説他『不避』，直言之，刻意爲之。鮑照刻意爲之的方式不外四類：一，將過往習用易解詞彙中的一個詞素，以同義或近義詞取代。如以『藻志』取代『美志』。二，某些詞彙前人雖已使用過，但極冷僻，他將之重拾，從使用量的比例上而言，這仍是種廣義的新變。如『昌風』，以見存史料來説，僅陸雲於《答孫顯世》中用過，與『豐水』對仗，百餘年後的他翻出來使用。三，有的已經是罕用或未曾用過的詞彙，他還要變動一下，就愈滋困擾了。如以『羽姬』代替『仙姬』。四，純屬自造，以訛爲巧。如從《毛詩》中的『崇朝』獲得靈感，弄出『窮光』這種瑋辭。這自然導致鮑詩的意義晦澀，動輒需迂曲解碼。劉勰曾痛評『近代辭人率好詭巧』，『厭黷舊式，故穿鑿取新』，以致劉宋文壇的特色在『訛而新』[一三]。鮑詩可謂個中翹楚。避熟就生本爲創作必有且應有之現象，而且生、熟猶同一光譜，並無刻板的區隔線，但不容否認，避熟就生這傾向發展到劉宋，有些過分之嫌，鮑照則走火入魔，是以於鮑詩之耕耘，時逾百年，世經四代，誤解、不解之處俯拾皆是，遑言如何串講？筆者研讀鮑詩積年，此感尤深，然迄今仍有數句不詳所云。唯冀假我數年，或蒙天啟，終克悉數疏通。

拙稿行文凡例如次：

一，前修以厭飫膏腴者爲籀閱對象，故徵引書目從簡，然世異學遷，故均補足卷數、篇名，外加（），以便讀者覆按。

二，凡因已見諸前，而後從略者，討論方便計，將前注補於從略之處。

三，前修引文或依强記，或徑自省略，今以行世本一一核對，或正，或補，或以删節號示之。

四，引文脱者加□，正誤者加【】，衍者加暗底，乃通假、古今字或避諱字、非誤訛者加（）以示之。

五，黄氏書中，手民排印之誤，徑行改正，不復説明。

六，筆者稱引篇籍浩繁，唯於首度稱引時，標示該書之出版資訊。

七，節省篇幅計，補正正文之引文頁碼一概從略。

八，引及鮑照之作，率不加作者名及卷數，僅標篇名。

九，本書用分號表示詩、文中對仗句，段意完整后方用句號，故兩聯之間常見逗號，如：

朝出與親辭；暮還在親側，弄兒牀前戲；看婦機中織。

臚列同一詞彙於不同古籍中使用的例證或古籍中同類内容，則用頓號隔開，如：

《荀子》卷一《勸學》：『一可以爲法則』，楊《注》：『一，皆也』、《吕覽》卷二三《貴直》：『士之遬弊一若此乎』，高《注》：『一猶皆也』。

請讀者留意。

【注】

〔一〕李善注：《文選》（臺北：藝文印書館，一九九八）。如將無名氏通計爲一，有詩入《選》者共六十六人。因顔延之、謝朓以二十一首並列第六，入《選》之作凡十八首的鮑照排名第七。

〔二〕吴兆宜箋、程琰删補：《玉臺新詠》（臺北：臺灣中華書局，一九六九。以下簡稱《玉臺》），連同宋刻不收者計入，卷四收録鮑照詩十一首、卷九收録鮑照詩九首，凡二十首。

〔三〕郭茂倩：《樂府詩集》（臺北：里仁書局，一九八一。以下簡稱《樂府》）共收録鮑照樂府詩八十一首，因爲郭氏從《玉臺》、《代淮南王》以二首計。較之今本鮑集見存的樂府詩，僅《代少年時至衰老行》、《代陽春登荆山行》、《代貧賤苦愁行》、《代邊居行》、《代邽街行》五首未收。至於《代悲哉行》，郭氏將之歸在謝惠連名下。朱乾：《樂府正義》（京都：株式會社同朋舍，一九八〇）雖自郭氏《樂府》增損而來，於鮑詩僅取二十七首。或因未詳考，其中《煌煌京洛行》之二『南遊偃師縣』尚屬蕭綱之作誤羼入。入《選》者不及半。全書重在政、教闡述，注釋則甚簡略。

〔四〕王士禛編、聞人倓注：《古詩箋》（上海：上海古籍出版社，二〇一〇），五言詩部分，卷八收録鮑照三十九首、七言詩歌行部分，卷二收録鮑照十四首，因其從本集，將《代淮南王》以一首計，乃注解鮑照詩作最多的選本，然而這仍僅占見存鮑照詩的十分之三。

〔五〕元代劉履：《風雅翼·選詩補注》，《景印文淵閣四庫全書》（臺北：臺灣商務印書館，一九八三），第一三七〇册，顧名思義，可知對象僅限於入《選》的那十八首鮑詩。劉氏於卷七《宋詩二》僅補注其中十一首。清代梁章鉅：《文選旁證》（福州：福建人民出版社，二〇〇〇）、胡紹煐：《文選箋證》、朱珔：《文選集釋》、許巽行：《文選筆記》、張雲璈：《選學膠言》、汪師韓：《文選理學權輿》、孫志祖：《文選李注補正》、《文選考異》、《文選理學權輿補》，《選學叢書》（臺北：廣文書局，一九六六）；吴淇：《六朝選詩定論》（揚州：廣陵書社，二〇〇九）等，既然均以《文選》爲研究物件，是以涉及的鮑詩均不出上述入《選》範圍。

〔六〕如方東樹：《方東樹評古詩選》（臺北：聯經出版事業公司，一九七五），《五言詩》卷八涉及鮑照四十四首詩，然《紹古辭》之四『孤鴻散江嶼』、《詠史》，録而未論；《七言詩歌行》卷二涉及鮑詩十四首，《代淮南王》，録而未論。張玉穀：《古詩賞析》，《續修四庫全書》（上海：上海古籍出版社，一九九五），第一五九二册，卷十六、十七論及鮑照詩二十八首。陳沆：《詩比興箋》（臺北：鼎文書局，一九七九），卷二論及鮑照《行路難》八首。元代方回：《文選顔鮑謝詩評》（上海：上海古籍出版社，一九九三）由於根據《文選》評述，所以僅及入《選》的十八首。

〔七〕黄氏有關謝朓詩的注解僅著手，凡十六首，見收於郝立權：《謝宣城詩注》（臺北：藝文印書館，一九七六）。

〔八〕如卷一《代昇天行》『五圖』一聯，全取朱乾之説，卻疏於標明；又如卷四《夢還鄉》『孀婦』之釋，錢氏於卷二《擬行路難》之十三釋『孀居』時，已引《日知録》卷三二《鰥寡》條説明之，黄氏複沓，實失察焉。

〔九〕黄節：《自敘》，《阮步兵詠懷詩注》（臺北：藝文印書館，一九七五）。

〔一〇〕黄節：《〈鮑參軍詩補注〉自序》，《鮑參軍詩注》。

〔一一〕沈約：《宋書》（臺北：藝文印書館，一九七二），卷五一《宗室列傳·臨川烈武王道規傳附鮑照傳》。

〔一二〕曹旭：《詩品集注（增訂本）》（上海：上海古籍出版社，二〇一一），中《宋參軍鮑照》。

〔一三〕分見范文瀾：《文心雕龍注》（臺北：臺灣開明書店，一九七〇），卷六《定勢》、《通變》。

目録

卷一

卷二

卷三

卷四

卷一

採桑

還戲上宮閣

黄氏：《毛詩》〔一〕（卷三之一）《鄘風（・桑中）》：『期我乎桑中，要我乎上宮。』

海按：毛《傳》僅云：『桑中、上宮，所期之地。』《孟子》〔二〕卷一四下《盡心下》：『孟子之滕，館於上宮』，趙《注》：『上宮，樓也……舍止賓客所館之樓上也』。鮑詩既言『上宮閣』，當用趙義，猶言『樓閣』。

綿歎對迴塗

錢氏：（綿，）《玉臺》（卷四）作『斂』。

海按：《擬行路難》之十四：『綿憂摧抑起長歎』、《遊思賦》：『託綿思於遥夕』；《藝文類聚》〔三〕卷四三《樂部三・舞》所録蕭綱《舞賦》：『既相看而綿視』、卷四八《職官部四・中書令》所録謝莊《讓中書令表》：『況今綿痼』，綿，綿綿不絶之謂。《玉臺》所以作『斂』，蓋緣對句乃『揚歌弄場藿』，『斂』、『揚』適爲反對，然出句下文既言『迴』，則當以『綿』爲是。

抽琴試抒思，薦佩果成託

錢氏：《韓詩外傳》〔四〕（卷一）：『孔子南游適楚……有處女佩瑱而浣者，孔子曰：「彼婦人其可與言矣乎？」……抽琴，去其軫，以授子貢，曰：「善爲之辭」。』（《文選》卷一九《賦癸・情》）曹植《洛神賦》（善）《注》：『《神仙傳》曰：「江妃二女〔五〕游於江濱，逢鄭交甫，交甫不知何人也，目而挑之，女遂解佩與之。交甫行數步，空懷無佩，女亦不見」。』

海按：《樂府》卷四三《相和歌辭十八・楚調曲下》陸機《班婕妤》：『寄情在玉階；託意唯團扇』、《樂府》卷四六《清商曲辭三・吴聲歌曲三》《讀曲歌八十九首》之三三：『春風難期信，託情明月光』。由末聯『君其且調絃』，可知：『抽琴』『抒思』者乃男性，與『薦佩』之主詞爲同一人，鮑氏於此處乃反用典：問『薦佩』果然可成爲藉以向對方表示好感之舉。故下一聯女方回答：不待奏琴、薦佩，『承君郢中美，服義久心諸』。樂府辭及古詩中，聲口轉換乃常態。

衛風古愉豔；鄭俗舊浮薄

錢氏：（《類聚》卷八一《藥香草部上・蜀葵》所録）宋顔延之《蜀葵贊》：『渝豔衆葩【蘤】。』

海按：《文心雕龍》卷七《情采》：『吳錦好渝，舜英徒豔，繁采寡情，味之必厭。』渝當改讀爲姚、遥，通假例證詳參《古字通假會典》[六]《侯部第十・俞字聲系》、《幽部第十七（上）・肉字聲系》。《荀子》[七]卷一三《禮論》：『故其立文飾也，不至於窕冶』，楊《注》：『窕讀爲姚，姚冶，妖美也』；《中興歌》之九：『遥冶在上京』，錢氏即引《荀子》卷三《非相》：『美麗姚冶』爲注。故『渝（姚）』與『豔』既可妃儷正對[八]，亦可組合成同義複詞。渝（姚）豔，妖豔也，《芙蓉賦》：『樹妖媱之弱幹』，『妖媱』即『妖豔』也；《代北風涼行》：『遥豔帷中自悲傷』，則作『遥豔』。『古』既與『舊』對仗，則意謂自古以降也。此聯乃言衛、鄭一帶風尚素來膚淺輕薄，僅注重外貌。

淵意爲誰涸

海按：《毛詩》卷二之一《邶・燕燕》：『其心塞淵』，毛《傳》：『淵，深也』、《左傳》[九]卷二〇《文公十八年》：『齊聖廣淵』，杜《注》：『淵，深也』。淵意猶言深心、深情。《文選》卷五七《誄下》顔延之《陶徵士誄》：『深心追往，遠情逐化』、《類聚》卷四二《樂部二・樂府》所録宋孝武帝《夜聽妓》：『深心屬悲絃，遠情逐流吹』，即以『心』、『情』相偶。《類聚》卷三四《人部十八・哀傷》所録宋孝武帝《擬漢武帝李夫人賦》：『流津有終，深心無歇』，言其深情無止歇之期。結合上聯，『君』目前雖然垂顧，然男性素來僅注重女性外表，以色見愛者，色衰則寵息，偏偏年華『盛明難重來』，屆時『君』原本待『妾』之深情將因爲哪位新人而不復存？《禮記》[一〇]卷一六《月令・仲秋》：『水始涸』，鄭《注》：『涸，竭也』、《廣雅》[一一]卷一下《釋詁》：『涸，盡也』。

【注】

〔一〕孔穎達：《毛詩注疏》（臺北：藝文印書館，一九七七）。

〔二〕孫奭：《孟子注疏》（臺北：藝文印書館，一九七七）。

〔三〕歐陽詢：《藝文類聚》（臺北：文光出版社，一九七七。以下簡稱《類聚》）。

〔四〕屈守元：《韓詩外傳箋疏》（成都：巴蜀書社，一九九六）。

〔五〕『江妃二女』，今本善《注》作『切仙一出』，自屬非是，然今本葛洪《神仙傳》（臺北：廣文書局有限公司，一九八九）並未納入江妃，二者乃《列仙傳》中人物。

〔六〕高亨、董治安：《古字通假會典》（濟南：齊魯書社，一九九七。以下簡稱《會典》）。

〔七〕王先謙：《荀子集解》（臺北：世界書局，一九八一）。

〔八〕正對、反對之辨，詳參《文心雕龍注》，卷七《麗辭》。

〔九〕孔穎達：《左傳注疏》（臺北：藝文印書館，一九七七）。

〔一〇〕孔穎達：《禮記注疏》（臺北：藝文印書館，一九七七）。

〔一一〕王念孫：《廣雅疏證》（上海：上海古籍出版社，一九八九）。

代蒿里行

馳波催永夜；零露逼短晨

錢氏：（《史記》[一]卷一一七《司馬相如傳》）司馬相如《子虛【上林】賦》：『馳波跳沫。』

海按：《望孤石》：『馳波往不窮，嘯歌清漏畢』，可知：馳波之意取自《論語》[二]卷九《子罕》：『子在川上曰：「逝者如斯夫，不舍晝夜」』，即《類聚》卷三〇《人部十四·怨》所録吴均《行路難》之三：『何言歲月忽若馳』之『馳』。《漢魏南北朝墓誌彙編》[三]北魏《魏故侍中使持節驃騎大將軍太尉公尚書令冀州刺史廣平文懿王（元悌）墓誌銘》：『去此短晨，歸於永夜』、《魏故使持節都督涇岐秦三州諸軍事衛大將軍秦州刺史尚書左僕射元（爽）公墓誌銘》：『長驅之力未窮，短晨之露奄及』、東魏《（高）君諱雅墓誌》：『短晨不□，深夜方厚』。夜，幽也；晨，明也。短晨，言人生命短暫如片刻消逝之早晨。

虛容遺劍佩；實貌戢衣巾

海按：《毛詩》卷一四之二《小雅·甫田之什·鴛鴦》：『戢其左翼』，鄭《箋》：『戢，斂也』、《左傳》卷二三《宣公十二年》：『載戢干戈』，杜《注》：『戢，藏也』。人死後，其屍身斂束於衣衾中，故曰實貌；其容貌僅存於生者記憶中，故曰虛容。王安石集〔四〕卷三五《挽辭·致仕邵少卿挽辭》之一：『撫几虛容在；瞻圖實貌非』、《致仕虞部曲江譚君挽辭》：『虛容劍几今長夜』，蓋皆本於此。

年代稍推遠，懷抱日幽淪

海按：遍檢六朝之作，『懷抱』之主詞均爲當事人，如何遜〔五〕《贈族人秣陵兄弟》：『顧余晚脱略，懷抱日湮淪』、《臨行公車》：『平生多意緒，懷抱皆徂謝』。此處自係以第一人稱敘述之死者。對照末聯『齎我長恨意，歸爲狐兔塵』、《松柏篇·序》：『惻然酸懷抱』，可知：至少有遺憾、辛酸等情緒。死者表示：隨著時光『推』移，去剛逝世之時愈來愈『遠』，原先那些情緒也不再那般强烈，若太陽西沈般，漸趨黯淡。《晉書》〔六〕卷六九《劉隗傳附孫波傳・上孝武帝疏》：『遂使神器幽淪，三光翳曜』、《文選》卷三八《表下》傳亮《爲宋公至洛陽謁五陵表》：『墳塋幽淪，百年荒翳』。

人生良自劇，天道與何人

增補：本《老子》〔七〕（第七九章）：『天道無親，常與善人』語而反用之。

海按：《文選》卷二一《詩乙・詠史》王粲《詠史》：『同知埋身劇，心亦有所施』、《類聚》卷四一《樂部一・論樂》所録曹植《太山梁甫行》：『劇哉邊海民，寄身於草墅』、《文選》卷二八《詩戊・樂府下》陸機《苦寒行》：『劇哉行役人，慊慊恒苦寒』，善《注》於前揭王、陸二人詩中之『劇』均引《説文》，訓解爲『甚也』〔八〕，非是。劇，痛苦、艱難也，故『劇韻』〔九〕即『險韻』、『窄韻』，指該韻部字數有限，而且不少非習用詞，寫作以此部押韻，非常棘手。素言天道正義，福善禍淫，今則無論智愚、賢不肖均不免一死，所謂『同盡無貴、賤』，是以感喟天道何嘗親與任何人？故《松柏篇》云：『睿聖不得留，爲善何所益』。

【注】

〔一〕瀧川龜太郎：《史記會注考證》（臺北：藝文印書館，一九七二）。

〔二〕邢昺：《論語注疏》（臺北：藝文印書館，一九七七）。

〔三〕趙超：《漢魏南北朝墓誌彙編》（天津：天津古籍出版社，一九九二。以下簡稱《墓誌彙編》）。

〔四〕王安石：《臨川先生文集》（北京：中華書局，一九六四）。

〔五〕劉暢：《何遜集注》（天津：天津古籍出版社，一九八八）。

〔六〕吴士鑑、劉承幹：《晉書斠注》（臺北：藝文印書館，一九七二）。

〔七〕樓宇烈：《王弼集校釋·老子道德經注》（臺北：華正書局有限公司，一九九二）。

〔八〕此乃徐鉉等：《宋刊本唐寫本説文解字》（臺北：華世出版社，一九八二），四篇下《刀部》新附字，唐初的李善不容得見。尤刻本《文選》善《注》乃大雜燴，此類訓解應爲後人羼入。

〔九〕姚思廉：《梁書》（臺北：藝文印書館，一九七二），卷八《昭明太子傳》：『或命作劇韻賦之，皆屬思便成』、《陳書》（臺北：藝文印書館，一九七二），卷三四《文學列傳·徐伯陽傳》：『命筆賦劇韻二十』。

代挽歌

傲岸平生中，不爲物所裁

海按：《楚辭》〔一〕卷一一《惜誓》：『神龍失水而陸居兮，爲螻蟻之所裁』，王《注》：『爲螻蟻、蚍蜉所裁制，而見啄齧也』。《後漢紀》〔二〕卷二三《靈帝紀·熹平元年》：『河南尹李咸執藥上書曰：「……具陳得失，終不爲刀鋸所裁」』、《宋書》卷六九《劉湛傳》：『（江夏王）義恭……漸長，欲專政事，每爲湛所裁』。裁，挾制、壓抑也。

白蟻相將來

海按：《莊子》〔三〕卷六下《秋水》：『將甲者進』，《釋文》：『本亦作「持甲」』，《太平御覽》〔四〕卷四三七《人事部七六·勇五》所引正作『持』；《韓詩外傳》卷一：『鮑焦衣弊膚見，挈畚持蔬』〔五〕，《新序》〔六〕卷七《節士》『持』作『將』；《史記》卷四九《外戚世家·褚先生曰》：『扶持出門』，《漢書》〔七〕卷九七上《外戚列傳·孝景王皇后傳》『持』作

『將』。嵇康集〔八〕卷一《六言》之九《老萊妻賢明》：『不願夫子相荆，相將避禄隱耕』、《三國志》〔九〕卷一三《華歆傳》裴《注》所引《列異傳》：『相將入，出並行』、陶潛集〔十〕卷四《擬古》之三：『翩翩新來燕……相將還舊居』，『相將』皆可易爲『相持』，一起、共同也，且藴含攜手之意。《夢還鄉》：『慊款論久别，相將還綺闈。』

【注】

〔一〕洪興祖：《楚辭補注》（臺北：臺灣中華書局，一九七八）。

〔二〕周天游：《後漢紀校注》（天津：天津古籍出版社，一九八七）。

〔三〕郭慶藩：《校正莊子集釋》（臺北：世界書局，一九七一）。

〔四〕李昉：《太平御覽》（臺北：臺灣商務印書館，一九九七。以下簡稱《御覽》）。

〔五〕俞樾：《曲園雜纂》，卷十七《讀韓詩外傳》，《春在堂全書》（南京：鳳凰出版社，二〇一〇），第三册，疑『持』乃『捋』形近之訛。近人多從之，以爲《説文》既訓『挈，縣持也』，則下文不應再言『持』。按：《説文》，十二篇上於『挈』上即『持』字，訓『握也』，苟二詞義同，依許慎體例，當以轉注爲釋：『持，挈也』、『挈，持也』，由此可知：懸持之物下垂；持之物平握，其義有别，其次，未顧及下文『非其世而持其蔬』，再次，舊本此處既然以『將』代『持』，而『持其蔬』的『持』，《新序》又作『將』，可見：『將』確實有『持』之義，故筆者仍舊貫。

〔六〕趙善詒：《新序疏證》（上海：華東師範大學出版社，一九八九）。
〔七〕王先謙：《漢書補注》（臺北：藝文印書館，一九七二）。
〔八〕戴明揚：《嵇康集校注》（臺北：河洛圖書出版社，一九七八）。
〔九〕盧弼：《三國志集解》（臺北：藝文印書館，一九七二）。
〔十〕陶澍集注：《靖節先生集》（臺北：臺灣中華書局，一九七八）。

代東門行

傷禽惡弦驚；倦客惡離聲

海按：《秋日示休上人》：『枯桑葉易零；疲客心易驚。』疲、倦同義；傷禽聞弓弦虛彈之音而自天墜，如同枯桑萎葉隨時因風等外力而零落，喻象之別僅一爲動物、一爲植物，二聯詩意一致。

離聲斷客情

吴淇： 離聲者，即别親友時所奏之絲竹；絲竹滿座，乃遊所所奏者；惟塗中無絲竹，則用『野風吹秋木』五字補之。風吹秋木，本是無心，入離人之耳，則以爲離聲耳。

海按： 江淹〔一〕《學魏文帝》：『少年歌且止，歌聲斷客子』、《文苑英華》〔二〕卷一五八《詩八・天部八・秋》袁朗《秋夜獨坐》：『危絃斷客心』，吴説『離聲』是。此篇先言『斷客情』；情由心發，而斷、絶義同，故次改曰『心斷絶』；末則省『絶』，而以『腸』與『心』連結成一複合詞，成『心腸斷』〔三〕，則『客情』即『客心』。斷客情，傷客心也。《文選》卷二八《詩戊・樂府下》陸機《悲哉行》：『遊客芳春林，春芳傷客心』、《樂府》卷四四《清商曲辭一・吴聲歌曲一》《子夜四時歌・秋歌》之九：『登高去來雁，惆悵客心傷』。

賓御皆涕零

張銑： 賓謂送别之人；御，御車者〔四〕。

海按：《詠史》：『賓御紛颯遝，鞍馬光照地』、《擬古》之一：『宗黨生光輝，賓僕遠傾慕』，僕、御義一也，駕車者，乃以部分代表全體，泛指僕役，此處與之並列之『賓』乃依附門下供驅使者。江淹《效阮公詩》之三：『雞鳴夜已晞，總駕命賓僕』、《墓誌彙編》東魏《元顯墓誌》：『賓御濡衣；親知雨面』，所言之『賓』率此類。《代堂上歌行》：『車馬相馳逐；賓朋好容華』、《數詩》：『九族共瞻遲，賓友仰輝容』，朋、友同義，與彼等並列之『賓』乃身份平等之客人。

一息不相知，何況異鄉別

李善：《説文》（十篇下）：『息，喘也。』

呂向：一息，言少間也。

海按：《傷逝賦》：『彼一息之短景，乃累恨之長暉。』《漢書》卷八七下《揚雄傳·長楊賦》：『尚不敢惕息』，顏《注》：『息，出入氣也』，是『一息』極言其短。此乃承前修而來，如《漢書》卷六四下《王褒傳·聖主得賢臣頌》：『周流八極，萬里壹息』、陸雲〔五〕《歲暮賦》：『百年迅於分噓兮；千歲疾於一息』、《宋書》卷六九《范曄傳·臨終詩》：

『必至定前期，誰能延一息』。『知』乃及物動詞，受詞於詩中被隱去，《集注》所引善《注》：『一喘息之間，死生尚或不相知者，況異鄉別乎』，今之各本均脱去。李善以喘息訓『息』，雖未盡是，大致可通。『一息』就時間論；『異鄉』就空間論，互文足意。此聯乃謂片刻不見、不知對方狀況，尚且難忍，是故已道別，復折返，況千里遥隔，別離時間勢必更久，則相思之苦如何難耐？

食梅常苦酸；衣葛常苦寒

劉良：梅不可療飢；葛非寒服，言羈客衣、服【食】〔六〕不得其所。

劉履：日落昏暮，家人已卧，而行者夜中方飯，所謂不相知者如此，且以食梅、衣葛爲喻，則其憂苦自知。

增補：二句乃比意，言作客常苦，如食梅、衣葛，酸、寒自知〔七〕。

海按：劉良似以此聯爲實指；劉履、增補以此聯爲虛喻，後説是。詩中主人公行有賓御；止則宴有絲竹，斷非單家寒士。良家者外出，必備乾糧、厚繒，不待采梅、衣葛以充饑忍凍。

【注】

〔一〕俞紹初、張亞新：《江淹集校注》（鄭州：中州古籍出版社，一九九四）。

〔二〕李昉：《文苑英華》（臺北：新文豐出版股份有限公司，一九七九。以下簡稱《英華》）。

〔三〕《唐鈔文選集注彙存》（上海：上海古籍出版社，二〇〇〇。以下簡稱《集注》），『腸』作『傷』。正文中所摘《鈔》、《音決》、陸善經之説，俱出自此書。

〔四〕凡五臣注文率據《景印宋本五臣集注文選》（臺北：『中央圖書館』，一九八一），即俗稱陳八郎本。

〔五〕黄葵點校：《陸雲集》（北京：中華書局，一九八八）。

〔六〕《日本足利學校藏宋刊明州本六臣注文選》（北京：人民文學出版社，二〇〇八）不誤。

〔七〕余冠英：《漢魏六朝詩選》（北京：人民文學出版社，一九九七）亦同此説。未詳孰爲襲用者。

代放歌行

蓼蟲避葵堇，習苦不言非，小人自齷齪，安知曠士懷

李善：《楚辭》（卷一三《七諫・怨世》）：『蓼蟲不知徙乎葵藿【菜】』，王逸曰：『言蓼蟲處辛辣【烈】，食苦惡，不能知徙於葵藿【菜】，食甘美者也』。

呂延濟：小人不知曠士之心，亦猶蓼蟲不知葵堇之美。言京都貴人競相趨逐，以有德者不與己同，陰共排弃耳。蓼，辛菜；葵堇，甘菜也。

劉履：首言蓼蟲避葵堇而集於蓼，由其慣於食苦，不言非甘，以喻己之謝禄仕而窮居，安於處困……然衆人所見者小，乃爲之不堪其憂，安知曠士之懷，隨時出、處，視窮、達爲一致者哉？

朱乾：（卷八）（《文選》卷六《賦丙・京都下》左思）《魏都賦》云：『習蓼蟲之忘辛。』

海按：『齷齪』『小人』乃鮑照自我寫照，『曠士』指乘『車騎』，自『四方來』京以求富貴者。鮑照自嘲因無才無德，乃素無大志者，但求餬口，故雖逢『夷世』『賢君』，亦不知進取富貴，如同食蓼已久之蟲，以苦爲甘，遇『葵堇』時，反而『避』之，焉能理解雲集京邑之諸人其宏偉之志？自貶以貶人乃鮑照慣用手法。劉氏詮釋全然顛倒。

雞鳴洛城裏，禁門平旦開

李善：《史記》（卷二六《歷書》）曰：『雞三號，平明。』

黄氏：《孟子》（卷一一下《告子上》）：『平旦之氣。』

海按：《左傳》卷四三《昭公五年》杜《注》：『日中……食時……平旦……雞鳴……夜半……人定……黄昏……日入……晡時……日昳……隅中、日出。』《史記》卷二六《歷書》之《正義》：『自平明寅至雞鳴丑，凡十二辰，辰盡丑，又至明朝寅。』是以若按十二地支順序排列，則爲夜半、雞鳴、平旦、日出、食時、隅中、日中、日昳、晡時、日入、黄昏、人定。此聯乃爲下一聯鋪設背景：夜色尚濃時（雞鳴），欲逐富貴者已準備妥當，故天方露曙光（平旦），城門一開，『冠蓋』、『車騎』蜂擁而馳入。

日中安能止，鐘鳴猶未歸

李善：崔元始《正論》：『永寧詔曰：鍾鳴漏盡。』

海按：對照《集注》本善《注》，知：後脱『洛陽城中不得有行也』。《後漢書·續漢志》[一]卷五《禮儀中·冬至》劉昭《注補》所引蔡邕《獨斷》：『鼓以動衆；鍾以止衆，故夜漏盡，鼓鳴則起；晝漏盡，鍾鳴則息。』

夷世不可逢

李善：郭象《莊子》（卷三下《應帝王》）注：『世有夷險。』

吕向：夷，平。

海按：《類聚》卷四一《樂部一·論樂》所録謝靈運《相逢行》：『夷世信難值。』夷世，即公羊家習言之平世，《公羊傳》[二]卷一《隱公元年》何《解詁》：『於所傳聞之世，見治起於衰亂之中……於所聞之世，見治升平……至所見之世，著治大平』、卷九《莊公三二年》何《解詁》：『於治亂，當賞疑從重；於平世，當罰疑從輕』。《孟子》卷八下《離婁下》：『禹、稷當平世，三過其門而不入，孔子賢之；顏子當亂世，居於陋巷，一簞食，一瓢飲，人不堪其憂，顏子不改其樂，孔子賢之』、《文選》卷五一《論一》王褒《四子講德論》：『幸遭聖主平世』、徐陵〔三〕《爲陳武帝作相時與北齊廣陵城主書》：『昔我平世，天下乂安』。『不可逢』猶言『難再逢』。

【注】

〔一〕王先謙：《後漢書集解》（臺北：藝文印書館，一九七二）。

〔二〕徐彦：《公羊傳注疏》（臺北：藝文印書館，一九七七）。

〔三〕吴兆宜：《徐孝穆集箋》（臺北：世界書局，一九八四）。

代陳思王京洛篇

羅幌不勝風

聞人氏：（《樂府》卷四四《清商曲辭一・吴聲歌曲一》）《子夜（四時歌・）秋歌》：『中宵無人語，羅幌有雙笑。』

海按：《文選》卷一三《賦庚·物色》謝惠連《雪賦》：『月承幌而通暉』，善《注》：『《文字集略》曰：「幌，以帛明牕也」』。

寶帳三千所，爲爾一朝容

聞人氏：《毛詩》（卷三之三《衛·伯兮》）：『誰適爲容。』

海按：『一朝』本喻瞬間。《代東武吟》：『時事一朝異，孤績誰復論』、《松柏篇》：『一朝放舍去，萬恨纏我情』、《擬行路難》之二：『如今君心一朝異，對此長歎終百年』、《數詩》：『十載學無就，善宦一朝通』，均如是用法，然此處則乃鮑氏仍六朝舊貫，純圖字面之巧對：時（『一朝』）、空（『三千所』）妃儷，實際『一朝』非連言者。《荀子》卷一《勸學》：『一可以爲法則』，楊《注》：『一，皆也』、《吕覽》〔二〕卷二三《貴直》：『士之遨弊一若此乎』，高《注》：『一猶皆也』。『朝容』即『朝妝』，《玉臺》卷六費昶《詠照鏡》：『晨暉照杳粱，飛燕起朝妝』、庾信〔三〕《七夕賦》：『嫌朝粧之半故；憐晚飾之全新』。本篇『千里一相從』之『一相從』與『一朝容』乃同一構詞法。《毛詩》卷三之二《鄘·蝃蝀》：『崇朝其雨』，毛《傳》：『從旦至食時爲終朝』，孔《疏》：『朝者，早旦之名……今言終朝，故至食時矣』，故卷三之一《鄘·柏舟》孔《疏》：『朝即昧爽』。《尚書》〔三〕卷一一《牧誓》僞孔《傳》：『昧，冥；爽，明。』此聯乃言：天方破曉，夜色尚未退去，後宫三千皆已起而嚴妝，以期博君青睞。

揚芳紫煙上；垂綵緑雲中

聞人氏：（《文選》卷二一《詩乙·遊仙》）郭璞《（遊仙）詩》（之三）：『駕鴻乘紫煙』；（《類聚》卷八一《藥香草部上·菊》所録）潘岳【尼】《（秋菊）賦》〔四〕：『垂彩煒於芙蓉』。（《類聚》卷一《天部上·雲》所録）陸機《浮雲賦》：『緑翹明，岩（巖）英焕。』

海按：《中興歌》之二：『祥景照玉臺；紫煙遊鳳閣』、《代别鶴操》：『青繳淩瑶臺；丹羅籠紫煙』。煙、霞義通，紫煙猶言紫霞。《文選》卷二八《詩戊·樂府下》陸機《前緩聲歌》：『輕舉乘紫霞，摠轡扶桑枝』、《類聚》卷四二《樂部二·樂府》所録陸機《櫂歌行》：『飛繳入紫霞』、《玉臺》卷三楊方《合歡詩》之五：『因風吐微音，芳氣入紫霞』。《御覽》卷六七七《道部十九·輿輦》所録《太上飛行羽書》：『迎以緑雲之輦……迎以黄飈之車……迎以玄景之龍』，緑雲猶言翠雲，《古文苑》〔五〕卷二《宋玉賦六首·諷賦》：『翳承日之華；披翠雲之裘』、《類聚》卷四三《樂部三·歌》所録陸機《百年歌》：『軒冕納那〔六〕翠雲中』、江淹《從建平王游紀南城》：『再逢緑草合；重見翠雲生』，緑雲、翠雲均係青雲之美化詞。因『鳳樓十二重』，極高，在雲霞之上，氣上騰，故樓中麗人衣飾之芳香得以在紫霞之上；衣飾之彩固定，故樓中麗人之色彩下垂青雲之中。

古來共歇薄

海按：《代陸平原君子有所思行》：『年貌不可還；身意會盈歇』、《採菱歌》之六：『春芳行歇落』、《中興歌》之五：『三五容色滿；四五妙華歇』、《行藥至城東橋》：『容華坐消歇，端爲誰苦辛』、《古詩類苑》〔七〕卷七七《古詩三首》之三：『馨香易消歇；繁華會枯槁』、《樂府》卷三七《相和歌辭十二·瑟調曲二》沈約《卻東西門行》：『樂去哀境滿；悲來壯心歇』。『歇』與『盈』、『滿』相對，卻與『落』、『消』組成一近義複詞，復參照《代邽街行》：『千慮易盈虧』，『盈虧』即『盈歇』，則『歇』猶言逐漸衰退、減弱，可知：『歇薄』亦近義複詞，言男性對女性的寵愛都會隨著時間消褪，自古皆然，是以下句質疑『君意豈獨濃』。

【注】

〔一〕陳奇猷：《吕氏春秋校釋》（臺北：華正書局有限公司，一九八五）。

〔二〕倪璠：《庾子山集注》（臺北：臺灣中華書局，一九六八）。

〔三〕孔穎達：《尚書注疏》（臺北：藝文印書館，一九七七）。

〔四〕《文選》，卷三〇《詩己・雜詩下》陶潛《雜詩》：『汎此忘憂物』，善《注》：『潘岳《秋菊賦》曰：「汎流英於清醴，似浮萍之隨波」』。不論《類聚》或徐堅：《初學記》（臺北：鼎文書局，一九七六），卷二七《寶器部花草附・菊第十二》所録潘尼《秋菊賦》均未見此聯，《御覽》，卷九九六《百卉部三・菊》則將之歸於潘尼名下，豈必彼李是而此李非？而聞人氏所引該句則皆見諸此二書，爲潘尼之作。魏、晉作品同題者例繁不贅，焉能以《秋菊賦》爲潘岳專屬？

〔五〕章樵注：《古文苑》（臺北：鼎文書局，一九七三）。

〔六〕世俗但知『阿（婀）那（娜）』爲上古歌部疊韻詞，而未悉『納那』乃上古泥母雙聲詞，且兩者所表之義實一。道宣：《廣弘明集》（臺北：新文豐出版股份有限公司，一九八六），卷二九上《統歸篇》蕭子雲《玄圃園講賦》：『鑾納那而垂藻，笳和鳴以承簫』、《墓誌彙編》北齊《故博陵郡君崔（幼妃）太姬墓誌銘》：『四馬俱來，軒旗納那』。

〔七〕張之象：《古詩類苑》，《四庫全書存目叢書》（臺南：莊嚴文化事業有限公司，一九九七），【集部】第三二〇冊。

代門有車馬客行

悽悽聲中情，慊慊增下俚

錢氏：（《文選》卷二八《詩戊・樂府下》）陸機《苦寒行》：『慊慊恒苦寒』，（善）《注》：『鄭玄《禮記》（卷五一《坊記》）《注》曰：「慊，恨不滿足之貌也」』。『下俚』見《採桑》注（《新序》（卷一《雜事》））：『客有歌於郢中者，其始曰《下里》、《巴人》，國中屬而和者數千人；其爲《陽阿》、《薤露》【《陽陵》、《采薇》】，國中屬而和者數百人；其爲《陽春》、《白雪》，國中屬而和者不過數十人而已也；引商刻羽【角】，雜以流徵，國中屬而和者不過數人而已』」。

海按：引文實從《文選》卷四五《對問》宋玉名下《對楚王問》，出處卻題爲《新序》，殊不可解。里、俚相假例證詳參《會典》《之部第十一（上）·里字聲系》。『下俚』乃藏詞格，與『友于』、『願言』同類，實際指謂乃在下文：『和者』。此句乃謂：除了自身爲羈旅之人，如今因於客中邂逅亦爲異鄉客之『舊鄰里』，增加一同情共感者。

前悲尚未弭；後感方復起

錢氏：《玉篇》〔一〕（卷一七《弓部》）：『弭，忘也。』

海按：《毛詩》卷一一之一《小雅·鴻鴈之什·沔水》：『心之憂矣，不可弭忘』，毛《傳》：『弭，止也』、《左傳》卷二八《成公十六年》：『憂猶未弭』，杜《注》：『弭，息也』，『弭』與下句之『起』正相對。

嘶聲盈我口

錢氏：《玉篇》（卷五《口部》）：『嘶，噎也。』

海按：《紹古辭》之四：『孤鴻散江嶼……含嘶衡、桂浦』、《樂府》卷六一《雜曲歌辭一》阮瑀《駕出北郭門行》：『親母何可見，淚下聲正嘶』。

手跡可傳心，願爾篤行李

錢氏：《左傳》（卷一七《僖公三十年》）：『行李之往來。』

黃氏：『李』與『理』音同，『行李』或作『行理』。《左傳》（卷四六《昭公十三年》）：『子産争承，曰：「……行理之命無月不至」』、《國語》〔二〕（卷二《周語中·單襄公論陳必亡》）：『行理以節迎【逆】之』。

海按：卷一七杜《注》：『行李，使人』。《左傳》卷三〇《襄公八年》：『亦不使一介行李告於寡君』，杜《注》：『行李，行人也』。此篇爲客中送客，此句乃期望見送之客能善盡信使之責，將其傳心之親筆書信攜回故里，交付家人。

【注】

〔一〕顧野王：《大廣益會玉篇》（北京：中華書局，二〇〇四。以下簡稱《玉篇》）。

〔二〕韋昭解：《國語》（臺北：藝文印書館，一九七四）。

代櫂歌行

往戢于役身，願言永懷楚

錢氏：《史記》（卷七）《項羽紀·贊【太史公曰】》：『羽背關懷楚。』

朱乾：（卷八）懷，慰也；楚，辛楚也。

海按：朱氏所據本誤作『願令懷水楚』，故訓詁如上。庾信《哀江南賦》：『況背關而懷楚，異端委而開吳』，雖與項羽所懷之楚地理位置不一，然皆屬實指。陸雲《歲暮賦》：『靖深情以遐慕兮，思纏綿而懷楚』，則與此處一致，取其引申義，『懷楚』乃懷鄉之意。

代白頭吟

直如朱絲繩；清如玉壺冰

李善：朱絲，朱絃也。《禮記》（卷三七《樂記》）：『清廟〔一〕之瑟朱絃（弦）而疏越』，桓子《新論》曰：『神農始削桐爲琴，繩絲爲絃』。

海按：『朱』，法藏敦煌殘卷《文選》〔二〕作『珠』，蓋泥於下句係以『玉』相對，然義不可通。《文選》卷三〇《詩己·雜詩下》沈約《應王中丞思遠詠月》：『網軒映珠綴；應門照緑苔』，善《注》：『《楚辭》（卷九《招魂》）曰：「網户朱綴刻方連。」下云緑苔，此當爲朱綴。今並爲「珠」，疑傳寫之誤』，亦屬過泥。

【注】

〔一〕《毛詩注疏》，卷一九之一《周頌·清廟之什·清廟》毛《傳》：『清廟者，祭有清明之德者之宫』，以及《樂記》鄭《注》：『「清廟」謂作樂歌《清廟》也』，均殊泥。《左傳注疏》，卷五《桓公二年》：『是以清廟茅屋、大路、越席、大羹不致、粢食不鑿，昭其儉也』，杜《注》：『清廟，肅然清静之稱也』，乃得其義。於先王先公的宗廟中奏樂歌所用的樂器均尚質，非僅歌《清廟》時方如是。

〔二〕饒宗頤編：《敦煌吐魯番本文選》（北京：中華書局，二〇〇〇）。

代東武吟

李善： 左思《齊都賦》注曰：『《東武》、《太山》皆齊之土風絃歌謳吟之曲名也。』

張銑： 東武，大山下小山名。

海按： 據《漢書》卷二八上《地理志》，於漢代，泰（太）山乃兗州下之一郡，卷六六之鄭弘乃此郡人；卷七八蕭望之之子蕭育嘗爲此郡太守。又，據同卷《地理志》，東武乃徐州琅邪郡下之一縣，卷八八《儒林列傳》中傳《易》之孫虞、王同，以及卷八六之師丹均爲此縣人。善《注》是。《通典》〔一〕卷一百八十《州郡十·古青州》高密郡諸城縣下自注：『漢東武縣，樂府有《東武吟》。』

心思歷涼温

李善：《尚書》（卷二《堯典》）：『以殷仲春』，鄭玄曰：『春秋言温涼也』。

海按： 此乃《文選》卷二八《詩戊·樂府下》陸機《門有車馬客行》善《注》，錢氏移置於此，李善於此處僅云：『《孟子》（卷七上《離婁上》）曰：「既竭心思焉」，涼温已見上文』。《秋夜》之一：『生慮備温涼』，不過將同一辭彙前後倒置。涼温、温涼即後世習言之炎涼，《宋書》卷二〇《樂志二》謝莊《明堂歌·黄帝》：『裁化徧寒燠；布政周炎涼』、《魏書》[二]卷前所載魏收《前上十志啟》：『晚始撰録，彌歷炎涼』。温涼、炎涼均爲年歲之代詞。出句之『肌力』論生理；此處之『心思』論心理。或攻或守，採取某戰術、何時機等費盡心思，如此狀況多歷年所。

倚杖收雞、㹠

胡紹煐：（卷二三）朱子（《語類》[三]卷一四〇《論文下》）曰：『「腰鐮刈葵、藿；倚杖牧雞、豚」，分明説出個倔强不肯甘心之意。』紹煐按：王安石（卷九）《（古詩·）傷四明杜醇詩》曰：『藜杖牧雞、豚；筠筒釣魴、鯉』句本此，作『牧【收】』，但傳寫誤。

黄氏：五臣本作『牧』。

增補：宋本及《樂府詩集》『收』作『牧』。

海按：法藏敦煌殘卷《文選》正作『牧』。《侍郎報滿辭閣疏》：『牧雞圈豕以給征賦』，可爲佐證。至於《集注》此篇適缺此字。

徒結千載恨，空負百年怨

《音決》：怨，於元反，或爲『寃』，非。

海按：或本易爲『寃』，蓋緣此篇乃平聲韻，然『怨』本有平、去二讀。

願垂晉主惠，不愧田子魂

李善：無愧於田子也。晉主言『惠』，田子言『愧』，互文也。然田子久謝，故謂之魂……《韓詩》曰：『縞衣綦巾，聊樂我魂』，薛君曰：『魂，神也』。

呂延濟：言願得同晉主不弃席蓐，如田子方更收老馬，雖復死没，不愧於魂也。

方回：（卷三）能垂晉主之惠，則能不愧於田子之神矣！

胡紹煐：（卷二三）魂，云也，謂不媿田子所云也……古云、魂通。（《山海經》[四]卷二）《中【西】山經》：『其氣魂魂』，魂魂猶云云也；《春秋》（卷四四《昭公七年》）《正義》引《孝經説》：『魂，云【芸】也』，皆可證。

海按：《三國志》卷二八《毌丘儉傳》裴《注》所引毌丘儉等《罪狀司馬師表》：『使忠臣義士不愧於三王五帝耳』、《文選》卷五七《哀上》潘岳《哀永逝文》：『此蓋新哀之情然耳……庶無愧兮莊子』、《英華》卷七五四《論十六·史論一》何元之《〈梁典〉高祖事論》：『明筆法於馬室，不愧鄭玄』，不愧之對象皆爲已歿者，不必泥於彼等所言，亦包括其作爲，善《注》、方回説是。無愧於田子方那種厚道念舊之精神，即無愧於前賢矣。

【注】

〔一〕杜佑：《通典》（北京：中華書局，二〇〇七）。

〔二〕魏收：《魏書》（臺北：藝文印書館，一九七二）。

〔三〕黎靖德：《朱子語類》（臺北：正中書局，一九七三）。

〔四〕郝懿行：《山海經箋疏》（臺北：藝文印書館，一九七四）。

代別鶴操

長弄若天漢

錢氏：《廣韻》〔一〕（卷四《去聲·送第一》）：『哢，（郭云：）鳥吟。』

海按： 江淹《效阮公詩》之四：『願從丹丘駕，長弄華池滋。』《左傳》卷一三《僖公九年》：『夷吾弱不好弄』，杜《注》：『弄，戲也』。自地觀之，銀漢及衆星旋轉，故《文選》卷二九《詩己・雜詩上》曹丕《雜詩》之一：『天漢回西流』、卷三〇《詩庚・雜擬上》陸機《擬明月皎夜光》：『天漢東南傾』。此言雙鶴相嬉戲之姿，若天漢之迴旋。

鹿鳴在深草，蟬鳴隱高枝，心自有所存

錢氏：（《文選》卷二九《詩己・雜詩上》）蘇武《詩》（之一）：『鹿鳴思野草。』

海按：《六韜》[二] 卷三《龍韜・奇兵》：『深草蓊蘙者，所以逃遁也……坳澤窈冥者，所以匿其形也。』處於『深草』，『隱』於『高枝』之間，乃懼『青繳』、『丹羅』之捕獵者，雖懼，卻依然似『鹿鳴』呼朋、『蟬鳴』求偶，乃因『心自有所存』。存，在也；在，顧在也，《國語》卷一九《吴語・吴欲與晉戰得爲盟主》：『吴伯父……必率諸侯以顧在余一人』、《廣弘明集》卷四《歸正篇》釋彦琮《通極論》：『豈學子拘之於小節，顧在膚髮之間哉』，在意之謂。於此處，指仍顧念昔時伴侶『音儀』。

【注】

〔一〕陳彭年等：《校正宋本廣韻》（臺北：藝文印書館，一九七〇）。

〔二〕《百部叢書集成·武經七書》（臺北：藝文印書館，一九六六）。

代出自薊北門行

烽火入咸陽

呂延濟：至咸陽謂及京都。

海按：《宋書》卷二一《樂志三·相和曲》曹操《蒿里行》：『初期會孟津，乃心在咸陽』、阮籍《詠懷》[一]之五：『平生少年時，輕薄好絃歌，西遊咸陽中，趙、李相經過』，『咸陽』均指洛陽。《南齊書》[二]卷五〇《文二王列傳·巴陵王昭秀傳》：『漢都咸陽，三輔爲社稷之衛』、《文選》卷四三《書下》劉峻《重答劉秣陵沼書》：『冀東平之樹，望咸陽而西靡』，『咸陽』均指長安。此處之咸陽乃京師之代稱，指外族入侵之告急訊息由邊境傳遞至中央。

鴈行緣石徑，魚貫度飛梁

李善：《周易》〔三〕（卷三《剥・六五》）：『貫魚以宫人寵，無不利』，王弼（《注》）曰：『駢頭相次，似貫魚也』。

吕向：鴈行、貫魚皆陣勢也。石徑，山石嶮峻處；飛梁，絶水爲浮橋以度。

海按：《禮記》卷一三《王制》：『父之齒，隨行；兄之齒，鴈行；朋友，不相踰』，『鴈行』即卷一《曲禮上》所謂之『肩隨』，鄭《注》：『與之並行，差退』。吕向以此聯乃水、陸對，是；以鴈行、貫魚爲陣勢，非。此乃指行軍時之隊形：或成三角形（『鴈行』）；或成方形（『魚貫』）。

簫鼓流漢思，旌甲被胡霜

陸善經：漢思，鄉思也。

黄氏：陳胤倩謂『思』當作『颸』，非。

增補：下云『疾風』，不應語複。集中《送别王宣城詩》亦有『發郢流楚思』之句，可以相證。

海按：陳氏乃從馮惟訥《古詩紀》〔四〕卷六〇《宋第六》自注之説。與『涉淇興衛情』相對之『楚思』，『思』自當如字讀，訓爲思念、不舍之情。然與『霜』對仗者，如《英華》卷一九九《詩四九・樂府八》王褒《從軍行》之二：『代風愁櫪馬，胡霜宜角筋』、卷一九七《詩四七・樂府六》楊素《出塞》之一：『北風嘶朔馬，胡霜切塞鴻』、卷二四九《詩九九・寄贈三》駱賓王《在軍中贈先還知己》：『胡霜如劍鍔，漢月似刀鐶』，無非風與月等同屬自然物者。《文選》卷五《賦丙・京都下》左思《吴都賦》：『翼颸風之颾颾』，劉《注》：『颸，疾風……《離騷》曰：「溢颸風兮上征」，班固曰：「颸，疾也」。』然『颸』不必遒疾，謝朓〔五〕《在郡卧病呈沈尚書》：『輕扇動涼颸』、《墓誌彙編》北齊《齊故樂陵王（高百年）墓誌銘》：『煙愁野月，烏思松颸』，可爲明證。下聯『疾風』、『沙礫』乃就外在環境論；此聯『簫鼓』、『旌甲』乃就士卒論。漢颸即漢風，唯此風非彼風。江淹《雜體詩・序》：『楚謡、漢風既非一骨』，漢風，漢人歌謡也。

角弓不可張

李善：《韋曜集·鼓吹曲辭之五·秋風》曰：『秋風揚沙塵，寒露霑衣裳。角弓持急弦，鳩鳥化爲鷹。』〔六〕

海按：《周禮》〔七〕卷四二《考工記·弓人》：『弓人爲弓，取六材必以其時。』幹、角、筋、膠、絲、漆，六材之謂也。角附於幹内者，筋附於幹外者，均可以部分代表全體，故上文『嚴秋筋竿勁』，張玉穀於卷一七云『筋謂弓』，是也。然本詩此句之『角弓』取自《毛詩》卷一五之一《小雅·魚藻之什·角弓》，乃飾弓兩端之角。因氣温嚴寒，弓各部件隨之冷縮僵硬，故拉不開弓。

【注】

〔一〕黄節：《阮步兵詠懷詩注》（臺北：藝文印書館，一九七五）。

〔二〕蕭子顯：《南齊書》（臺北：藝文印書館，一九七二）。

〔三〕孔穎達：《周易注疏》（臺北：藝文印書館，一九七七）。

〔四〕馮惟訥：《古詩紀》，《景印文淵閣四庫全書》，第一三七九册。

〔五〕曹融南：《謝宣城集校注》（上海：上海古籍出版社，二〇〇七）。

〔六〕見《宋書》，卷二二《樂志四》。『急弦』作『弦急』。

〔七〕賈公彦：《周禮注疏》（臺北：藝文印書館，一九七七）。

代陸平原君子有所思行

西上登雀臺

李善：《鄴中記》：『鄴城西北立臺，名銅雀臺。』

海按：《樂府》卷三一《相和歌辭六·平調曲二·銅雀臺·題解》：『鑄大銅雀，置於樓顛，舒翼奮尾，勢若飛動，因名爲銅雀臺。』《文選》卷二《賦甲·京都上》張衡《西京賦》：『鳳騫翥於甍標，咸遡風而欲翔』，薛《注》：『作鐵鳳凰，令張兩翼，舉頭敷尾，以函屋上，當棟中央，下有轉樞，常向風，如將飛者焉』。《代陳思王京洛篇》：『鳳樓十二重』、《中興歌》之二：『紫煙遊鳳閣』、《擬青青陵上柏》：『孚愉鸞閣上』，則該等樓閣屋甍上亦當置有鑄造之鳳、鸞。

層閣肅天居

李善： 蔡邕《述征賦》曰：『皇家赫而天居。』

劉良： 言高閣肅然，天帝之居。

海按： 《集注》本所引劉氏注文，『天』作『如』。《代白紵舞歌詞》之二：『桂宫柏寢擬天居』、《舞鶴賦》：『仰天居之崇絶』、《宋書》卷六七《謝靈運傳·山居賦·自注》：『縉雲、放勳不以天居爲所樂，古【故】合宫、衢室皆非淹留』。又可作『神居』，《侍宴覆舟山》之二：『神居既崇盛』、《凌煙樓銘》：『藻思神居』。此句乃言一層層極高之樓閣如神明所居之處，令人有肅穆威嚴之感。

繡甍結飛霞；璇題納行月

吕向： 甍，棟也，以玉彩飾之，似繡連結於飛霞也，璇，玉也，題，椽頭也，言月過簷頭，璇題納引其光也。

海按： 《集注》本五臣《注》無『以玉彩……椽頭也』，乃後人襲易自《鈔》文，《鈔》

文亦欠精當。《説文》〔一〕十二篇下：『甍，屋棟也』，段《注》：『棟，自屋中言之，故从木；甍，自屋表言之，故从瓦』。《釋名》〔二〕卷五《釋宮室》：『屋脊曰甍，甍，蒙也，在上覆蒙屋也。』棟在屋内，縱有五彩之畫飾，如何與天空飛霞相混難分？唯各色琉璃或釉瓦鋪成之屋脊方可能形成此錯覺。《漢書》卷八七上《揚雄傳·甘泉賦》《集解》引應劭曰：『榱椽之頭皆以玉飾』，樓再高，此等玉飾均被屋簷所蔽，卷五七上《司馬相如傳·上林賦》：『華榱璧璫』，顔《注》引一曰：『以玉飾瓦之當也』，此説方是。『簷頭』玉瓦當一一相續，故月運行時，每過一玉瓦當，一玉瓦當即反光璀璨，是以曰『納』。此没彼亮，猶同今日以電線串成之小燈泡。

蟻壞漏山阿

李善：傅玄《口銘》曰：『勿謂不然，變出無門【間】，蟻孔潰河，溜穴傾山。』

吕延濟：壞，蟻穴土【土】〔三〕也……山阿猶大隄也，言大隄之敗在蟻穴之漏。

陸善經：《淮南子》〔四〕（卷一八《人間》）云：『千里之隄以螻蟻（螘）之穴漏。』

海按：《穀梁傳》〔五〕卷一《隱公三年》楊《疏》：『糜信云：齊、魯之間謂鑿地出土、鼠作穴出土皆曰壤。』蟻壤，蟻鑿穴出土，成蟻孔也，《古文苑》卷八《詩》孔融《臨終》：『器漏苦不密，河潰蟻孔端』；亦即蟻穴，如《類聚》卷六《州部》所録揚雄《幽州箴》：『隄潰蟻穴，器漏藏亡』；或稱蟻隙，《類聚》卷二三《人部七・鑒誡》所録應璩《雜詩》：『細微可不慎，隄潰自蟻隙』。蟻極狀其小，蟻壤，小孔之謂，故與『絲淚』對仗。『阿』，善《注》本作『河』，是也；山阿斷無訓爲堤防之理。《左傳》卷二六《成公五年》：『山有朽壤而崩。』蟲蟻於山鑿穴而居，土質流失，積累漸久，必導致坍方。

器惡含滿欹（敧）；物忌厚生没

李善：《家語》〔六〕（卷二《三恕》）曰：『孔子觀於魯桓公之廟，有敧器焉。孔【夫】子問於守廟者曰：「此爲（謂）何器？」對曰：「此蓋爲宥坐之器。」孔子曰：「吾聞宥坐之器，虚則敧，中則正，滿則覆，明君以爲至誠，故常置之於坐側。」顧謂弟子曰：「試注水實之焉。」乃注之水。中而【則】正；滿則覆。夫子喟然歎曰：「嗚呼！夫物惡有滿而不覆者哉？」』《老子》（第五十章）曰：『人之生生之厚，動皆之死地，亦十有三。夫何故？以其生生之厚也。』

劉良： 滿則覆，是以惡滿也。忌，恐也……言人養生，恐其不厚，養既厚矣，生理滅焉。

李治〔七〕**：** （卷四）當云『含滿覆』，而謂『滿攲』者，又明遠之誤也。

海按： 滿則覆，水盡失，器既中虛，乃攲，猶人厚生，以五聲五味等厚養之，反致耳聾口爽，因而喪命。《文選》卷二一《詩乙·遊仙》郭璞《遊仙》之七：『王孫列八珍；安期煉五石』，善《注》：『王孫列八珍以傷生；安期煉五石以延壽，言優劣殊也』。《説文》十篇下：『忌，憎惡也』、《禮記》卷五二《中庸》：『無忌憚』，《釋文》：『忌，畏也』。劉氏訓『恐也』，可通，但串講則謬，非『恐其不厚』，乃『唯恐其厚』。此句意謂人的大忌諱端在厚生，因厚生將反致亡歿。

【注】

〔一〕段玉裁：《説文解字注》（臺北：黎明文化事業股份有限公司，一九九一）。

〔二〕王先謙：《釋名疏證補》（上海：上海古籍出版社，一九八九）。

〔三〕明州本不誤。

〔四〕劉文典：《淮南鴻烈集解》（臺北：臺灣商務印書館，一九六九）。
〔五〕楊士勛：《穀梁傳注疏》（臺北：藝文印書館，一九七七）。
〔六〕王肅注：《孔子家語》，《景印文淵閣四庫全書》，第六九五册。
〔七〕李治：《敬齋古今黈拾遺》（臺北：世界書局，一九六三）。余嘉錫：《四庫提要辨證》（香港：中華書局，一九七四），卷一二《子部三·測圓海鏡十二卷》認爲『冶』當作『治』，然而誠如陳叔陶：《李冶李治辨》（《史學集刊》第三期，一九三七年四月）所言：由『冶』誤『治』易，由『治』誤『冶』難。余氏終無從解釋：何以眾書中多『誤』爲『冶』此一普遍現象，而且大化陶冶，萬物萌生，乃天地至仁，『冶』而字『仁卿』有何不貼切？故筆者仍從俗。至於調和之論，可參繆鉞：《李治李冶釋疑》，《繆鉞全集》（石家莊：河北教育出版社，二〇〇四），第一卷（下）《冰繭庵讀史存稿》。

代悲哉行

翩翩翔禽羅

海按：《楚辭》卷九《招魂》：『步騎羅些』，王《注》：『羅，列也』、《文選》卷一一《賦己・宮殿》何晏《景福殿賦》：『羅疏柱之汩越』，善《注》：『羅，列也』。鮑照爲免重出，對句用『列』以諧韻，故此處用『羅』。《代結客少年場行》：『扶宮羅將、相；夾道列王、侯』，亦以『羅』對『列』。

代陳思王白馬篇

沈命對胡封

錢氏：《漢書》（卷六）《武帝紀》：『武帝末，盜賊滋起……於是作沈命法。』

海按：此乃卷九〇《酷吏列傳・咸宣傳》文。《集解》引應劭曰：『沈，没也。』沈命猶没命。《三國志》卷三《明帝紀・青龍三年》裴《注》引《魏略》：『張茂……上書諫曰：「……常恐至死無以報國，是以投軀没命」』、《晉書》卷一〇一《劉元海載記》：『孰不思爲殿下没命投軀者哉』。没命實即埋骨，因避出句『埋身守漢境』之『埋』，故易爲『沈』；再則，《儀禮》〔一〕卷二七《覲禮》：『祭天，燔柴……祭川，沈；祭地，瘞』，《爾雅》〔二〕卷六《釋天》作『祭地曰瘞薶』、『祭川曰浮沈』，郭《注》：『既祭，埋藏之』、『投祭水中，或浮或沈』，用『沈』字，方可與『埋』形成水、陸對。《周禮》卷一二《地官・封人》：『爲畿封而樹之』，鄭《注》：『畿上有封，若今時界矣』，賈《疏》：『畿上皆爲溝壑，其土在外而爲封』，故《左傳》卷二《隱公元年》孔《疏》：『封人職典封疆，居在邊邑』。

去來今何道

海按：《樂府》卷三七《相和歌辭十二・瑟調曲二》謝靈運《折楊柳行》：『誰令爾貧賤，咨嗟何所道』、陶潛集卷四《挽歌》之三：『死去何所道，托體同山阿』、鮑氏《幽蘭》之二：『攬帶昔何道，坐令芳節終』、《擬行路難》之十四：『男兒生世轗軻欲何道』，迻譯爲今語，即：還能説什麼。『去』指上文『棄别中國愛』；『來』指上文來至邊疆，『邀冀胡馬功』，是以『去來』猶言此番取捨，終無所得，是以云『設計誤』。既然取捨乃自己的選擇，故云至今日還能説什麼。

【注】

〔一〕賈公彦：《儀禮注疏》（臺北：藝文印書館，一九七七）。

〔二〕邢昺：《爾雅注疏》（臺北：藝文印書館，一九七七）。

代昇天行

備聞十帝事；委曲兩都情

李善：十帝、兩都，俱謂漢也。《論衡》〔一〕（卷一九《宣漢》）：『漢家三百歲，十帝燿（耀）德。』

李周翰：兩漢都兩京，各十餘帝。

海按：《後漢書》卷三五《曹褒傳》：『《河圖》稱：「赤九會昌；十世以光；十一以興」』，章懷《注》：『九謂光武；十謂明帝；十一謂章帝也』。因光武繼體元帝，故帝系位序爲九。十帝跨越西、東漢，乃得與西京長安、東京洛陽『兩都』相妃。五臣增字（『各』、『餘』）解經，不當。

九籥隱丹經

李善：《抱朴子》……（内篇〔二〕卷一八《地真》）又曰：『仙經曰：九轉丹、金液經、守一訣皆在崑崙五城之内，藏以玉函。』《尚書》（卷一三《金縢》）曰：『啟籥見書』，鄭玄《易緯》注曰：『齊、魯之間名門户及藏器之管曰籥』。然籥〔三〕以藏經，而丹有九轉，故曰九籥也。

劉良：仙經有九轉金液丹法，籥可以盛書，故云隱丹經。

朱乾：（卷一二）《黄庭（内景玉經注）》〔四〕（《中池章第五》）：『内【隱】芝鬱【翳】鬱自相扶』，《注》：『……五臟之液爲芝，即隱芝也，又名内芝』。《黄庭（外景玉經注）》〔五〕：『玉匙【迅牝】金鑰【籥】常完堅』，（《禮記》卷一七）《月令（・孟冬）》：『漢【慎】管籥』，與鑰同。五臟，五芝也；九籥，九竅也。

胡紹煐：（卷二三）籥爲書篇，九籥猶云九篇耳。《説文》（五篇上）：『籥，書僮竹笘也』。《衆經音義》〔六〕（卷）二（《大般涅槃經》第四十卷·户鬮）引《纂文》云：『關西以書篇爲[書]籥』，亦謂之⿱竹枼，《説文》（五篇上）：『⿱竹枼，籥也』。

海按：朱氏所據本『圖』誤作『芝』，緣此，又以房中術隱語釋之，甚謬。孔《疏》引鄭玄云：『籥，開藏之管也。』《史記》卷八三《魯仲連鄒陽列傳》：『投其籥』，《正義》：『籥即鑰匙也』。李氏前引説是，後串講則荒唐莫名。此乃言丹經内容珍貴，不容輕易示人，故以九層之函密封，每一層石函或玉函皆須某一副特定鑰匙，乃得開啟。與出句『五圖發金記』相同：非透過五種指示之秘圖，方能逐步發得金記。與九轉丹毫無關係。此聯即《過銅山掘黄精》：『土肪閟中經；水芝韜内策』之意。『中』、『内』皆狀此等乃《漢書》卷三六《楚元王傳附玄孫向傳》所言之『枕中』『秘書』、《史記》卷一〇五《扁鵲倉公列傳》所言『不敢妄傳人』之『禁方』。

冠霞登綵閣

李善：郭璞《遊仙詩》曰：『振髮戴翠霞。』

吕向：冠霞冠謂從仙也。

海按：『冠霞』即『以雲霞爲冠』。《登廬山望石門》：『明發振雲冠』、《類聚》卷三一《人部十五・贈答》所録陸機《贈潘尼》：『舍彼玄冕；襲此雲冠，遺情市朝；永志丘園』、《類聚》卷四一《樂部一・論樂》所録陸機《東武吟行》：『濯髮冒雲冠；洗身被羽衣』。鮑氏爲了與下句『解玉』對仗，故易以動詞＋受詞之構詞法。

解玉飲椒庭

吕向：解玉珮謂去仕也。

何焯：解玉謂服玉屑。〔七〕

張雲璈：（卷一二）《周禮》（卷六）《天官・玉府》云：『王齋（齊），則共食玉』，（鄭）《注》：『玉是陽精之純者，食之以禦水氣。鄭司農云：「王齋（齊），當食玉屑」』，服玉屑，古本有之，其後遂爲長生服食之法。

朱珔：（卷一七）『解玉』與上『冠霞』爲對，義當相類。（善）《注》……未釋『玉』字，殆謂解玉即解褐之意，『玉』或指帶言與？若作『飧玉』，則『解』字不合，且與『冠霞』不稱。

海按： 解玉猶解佩。《詩品》上《序》：『士有解佩出朝，一去忘返』、《玉臺》卷九沈約《古詩題六首》之五，乃《八詠》之七，即《解珮去朝市》、《類聚》卷三一《人部十五·贈答》所録徐孝嗣《答王儉》：『結芳幽谷；解珮明椒』、《北齊書》[八]卷四五《文苑列傳·祖鴻勳傳·與陽休之書》：『若能飜然清尚，解佩捐簪，則吾於茲山莊可辦』。至於《擬古》之二：『解佩襲犀渠；卷衮奉盧弓』，則屬狹義用法，如黄氏所云，乃『投筆從戎之意』，非謂脱離宦海、超拔紅塵，《文選》卷三一《詩庚·雜擬下》袁淑《效白馬篇》：『彭節去函谷，投珮出甘泉』，亦然。

【注】

〔一〕黄暉：《論衡校釋》（臺北：臺灣商務印書館，一九八三）。

〔二〕王明：《抱朴子内篇校釋》（北京：中華書局，一九九六）。

〔三〕『然籥』二字據《集注》補。

〔四〕梁丘子：《黄庭内景玉經注》，《正統道藏》（臺北：新文豐出版股份有限公司，一九七七），第七册《洞真部·方法類·菜字號·修真十書》，卷五五。

〔五〕梁丘子：《黄庭外景玉經注》，《正統道藏》，第七册《洞真部・方法類・重字號・修真十書》，卷六〇。《黄庭内景玉經注》，《玄元章第二十七》：『玉笓（匙）金鑰常完全』，無注本『全』作『堅』，然若果出自此，應不勞再標書名《黄庭》，朱氏蓋一時記憶有失而致誤。

〔六〕玄應：《一切經音義》，徐時儀校注：《一切經音義三種校本合刊》（上海：上海古籍出版社，二〇〇八）。

〔七〕何焯：《義門讀書記》（北京：學苑出版社，二〇〇五），《文選》，第三卷。

〔八〕李百藥：《北齊書》（臺北：藝文印書館，一九七二）。

松柏篇

捨此赤縣居；就彼黄壚宅

錢氏：《淮南子》（卷六《覽冥》）：『上際九天；下契黄壚』，（高）《注》：『泉下有壚山』。

海按：錢氏所據之《注》乃《文選》卷二〇《詩甲・獻詩》曹植《責躬》善《注》所引高《注》，今本高《注》乃『黄泉下壚土也』。蔡邕〔二〕《議郎胡公夫人哀贊》：『黄壚密而無間兮』、《三國志》卷二一《王粲傳》裴《注》所引《（吴）質别傳・思慕詩》：『何意中見棄，棄我歸黄壚』，黄壚乃指死後所在，世所習知，然何以曰『壚』，則未聞其説。《説文》十三篇下：『壚，黑剛土也』，可見：『黄壚』之『壚』非因土之性質、顔色名之。『壚』當改讀爲『廬』。陸雲《晉故散騎常侍陸府君誄》：『永棄高廈，黄廬是館』、《墓誌彙編》北魏《魏故博陵太守邢（偉）府君墓誌》：『乃勒銘黄廬，貽諸泉壤』、北齊《公諱子繪（封子繪）墓誌》：『黄廬一閉，玄夜無期』。可『館』，可『閉』扉，復得鐫刻墓誌『貽』於其中，則其爲死者所居之屋廬無疑；於皇家，殆同地宫，《三國志》卷五《后妃列傳・文德郭皇后傳》裴《注》所引《魏書・甄皇后哀策文》：『就黄壚而安厝』。黄僅著其色耳，猶言墳塋曰一抔黄土、其下棺之深處，如《左傳》卷二《隱公元年》杜《注》所言，業及『地中之泉，故曰黄泉』。『壚宅』乃同義複詞。

名列通夜臺

錢氏：（《類聚》卷三四《人部十八·哀傷》所録）阮瑀《七哀詩》：『漫漫長夜臺。』

海按：《文選》卷二八《詩戊·挽歌》陸機《挽歌》之二：『按轡遵長薄，送子長夜臺』、《類聚》卷三四《人部十八·懷舊》所録沈約《懷舊·傷虞炎》：『事隨短秀落，言歸長夜臺』、《英華》卷三〇六《詩一五六·悲悼六·墳墓》陳昭《聘齊經孟嘗君墓》：『盛德今何在，唯餘長夜臺』。通夜臺乃仿《史記》卷二八《封禪書》漢武帝所造通天臺之名而改易。後者目的在成仙升天，則通夜意謂墜入地府。『名列通夜臺』猶言名列陰曹鬼簿。

扶輿出殯宮，低回戀庭室

錢氏：（《文選》卷二八《詩戊·挽歌》）陸機《挽歌》（之一）：『殯宮何嘈嘈。』

海按：《禮記》卷七《檀弓上》：『飯於牖下，小斂於户内，大斂於阼，殯於客位，祖於庭，葬於墓，所以即遠也。』《儀禮》卷三七《士喪禮》先須『掘肂』，鄭《注》：『肂，埋棺之坎也，掘之於西階上』，然後『主人奉尸斂于棺……乃蓋』，鄭《注》：『棺在肂中斂尸焉，所謂殯也』，此所以此詩上文云：『闔棺世業埋』，但此時坎之深度僅及棺身，棺蓋則露在地面上。所以曰『殯』，因爲按照周人禮俗，此時死者已被視爲賓客，故從東階（『阼階）主位移至西階（賓階）『客位』上。詳見《禮記》卷七《檀弓上》。《爾雅》卷五《釋宫》：『宫謂之室；室謂之宫』，故《左傳》卷三《隱公三年》孔《疏》：『正寢即殯宫也』。殯宫所以又稱爲廟，因『凡宫有鬼神曰廟』，詳見《儀禮》卷三七《士喪禮》鄭《注》。

明發靡怡愈；夕歸多憂虞

黄氏：『愈』讀爲『愉』，《荀子》（卷一七《君子》）：『心至愈，而志無所詘』。

海按：此改讀本諸楊《注》。愈从俞得聲，俞、愉相假例證詳參《會典》《侯部第十・俞字聲系》。『怡愉』乃同義複詞，如同《擬行路難》之十：『君當縱意自熙怡』之『熙怡』，是以方得與亦爲同義複詞之『憂虞』相對仗。《毛詩》卷二之三《邶・泉水》：『靡日不思』，鄭《箋》：『靡，無也』。生前所以如此，乃因『束教已自拘』所致，故下文云：『恨失爾時娱』。

生存處交廣

錢氏：（《玉臺》卷一）《古詩爲焦仲卿妻作》：『交、廣市鮭珍。』

黄氏：處交猶處友也。

海按：處，居也；交，遊也，《周禮》卷三七《秋官・大行人》：『歸脤以交諸侯之福』，鄭《注》：『交，或往或來者也』，『處』静『交』動，二者相反。處交猶遊居，《御覽》卷四〇六《人事部四七・敘交友》所録《譙子》：『遊居交友，亦人之所染也』，亦猶遊處，《文選》卷四二《書中》曹丕《與吴質書》：『昔日遊處，行則連輿；止則接席』。此處指生前居所與活動空間何其開闊，故下文云：『已没一何苦，梏哉不容身』。

禮席有降殺，三齡速過隙……行女遊歸途；仕子復王役

錢氏：《毛詩》（卷二之三《邶・泉水》）：『女子有行。』

黄氏：《禮記》（卷五八《三年問》）：『將由夫脩飾之君子與，則三年之喪，二十五月而畢，若駟之過隙。』

海按：《穀梁傳》卷一三《成公五年》：『婦人之義，嫁曰歸』、卷一《隱公二年》：『伯姬歸於紀』，范《注》：『嫁而曰歸，明外屬也』、《禮記》卷四五《喪大記》：『婦人……喪父母，既練而歸』，鄭《注》：『歸謂歸夫家也』。上文既云：『兒女皆孩嬰』，則此處步上『歸途』之『行女』蓋指已適人、『遠近至』弔唁之姑姊妹。《毛詩》中論及女子『有行』、『同行』之『行』，字面本身雖僅爲外出、同路，但確實含有適人之義〔二〕。男性壯而出『仕』；女性長而有『行』，二者正相對應。《類聚》卷三四《人部十八・哀傷》所録曹植《行女哀辭》：『行女生于季秋，而終於首夏，三年之中，二子頻喪』、《文心雕龍》卷三《哀弔》：『建安哀辭惟偉長差善，《行女》一篇時有惻怛』，非此之比。《儀禮》卷三一《喪服・大功》：『子生三月，則父名之』、《禮記》卷二八《内則》：『三月之末擇日，翦髮爲鬌，男角女羈……父執子之右手，咳（孩）而名之』，曰『行女』在世半載，蓋曹植所夭次女之名也〔三〕。按《儀禮》卷三〇至卷三三《喪服》的規定，男子爲『世父』、『叔父』、『昆弟』、『昆弟之子』、『女子子適人者爲其……昆弟之爲父後者』不過服期（一年），不杖〔四〕；男子爲『從父昆弟、爲人後者爲其昆弟』、『女子子適人者爲衆昆弟、姪』則僅服大功（九個月）。是以『禮席』那一聯乃倒裝句：連三年斬衰重喪尚且如白駒過隙，何況依親屬關係較疏遠而『降殺』的其他服喪期，更是轉眼即滿，所以那些男、女親戚紛紛返吉歸家。

【注】

〔一〕鄧安生：《蔡邕集編年校注》（石家莊：河北教育出版社，二〇〇二）。

〔二〕詳參聞一多：《詩經通義·邶風》，《聞一多全集（二）·古典新義》（臺北：里仁書局，一九九六）。

〔三〕詳參劉增貴：《漢代婦女的名字·漢代婦女名字總表》，《新史學》，第七卷第四期（一九九六年十二月）。

〔四〕若是爲人妻，據《儀禮》，卷三一《喪服》，爲『夫之昆弟之子』服期，不杖；據卷三二《喪服》，爲『夫之昆弟』『無服』，即大伯與弟媳或叔、嫂不相服。

代苦熱行

湯泉發雲潭；焦煙起石圻

李善：王歆之《始興記》曰：『雲水源泉湧溜如沸湯……』焦煙蓋熱氣也……《楚辭》

（卷一六《九歎·離世》）曰：『觸石碕而衡遊』，《埤蒼》曰：『碕，曲岸』。碕與圻同。

李周翰：雲潭，山泉也。

海按：《説文》十一篇上二：『湯，熱水也。』《楚辭》卷四《九章·抽思》王《注》：『楚人名淵曰潭。』『雲潭』之『雲』猶對句之『焦煙』，是以出句指熱氣蒸騰之深淵湧流出高温之泉水。《説文》十三篇下：『垠……从土艮聲，一曰岸也。圻，垠或从斤』，段《注》固曰：圻『斤聲也』，屬文部，然亦指出由於陰、陽對轉之關係，經常與微部字『畿』通假。事實上，从幾、从斤之字通假例證頗多，詳參《會典》《齊部第十三（上）·幾字聲系》。至晉、宋時，圻改隸脂部；碕於上古乃歌部，於晉、宋時，爲支部，脂、支確有通韻現象。晚至《廣韻》，碕、圻已成卷一上平微部同音字，無怪乎李善曰：『碕與圻同』。

含沙射流影；吹蠱病行暉

李善：行暉，行旅之光暉也。

劉良：此言病行客，使无光暉。

陸善經：行暉，謂行者之容暉也。

海按：流、行一意；暉，光也，與出句之『影』相對。指因人之移動，對於水中之蜮而言，有時光線被水涯之人遮擋，警覺有物，因而射影。《毛詩》卷一二之三《小雅·節南山之什·何人斯》孔《疏》引陸璣云：『人在岸上，影見水中，投人影，則殺之。』當原先遮擋的人影消逝，蜮憑由暗轉明之光感，知岸上正有物往來，乃吹蠱，令中蠱者罹病。

渡瀘寧具腓

李善：諸葛渡瀘，寧有俱病也？

呂延濟：寧止於病，其皆至於死。言此毒中人，甚於（涇、瀘）彼二處也。

海按：《集注》所引善《注》尚有下文：『言今俱病也。』『具』改讀爲『俱』，是也，二字相假例證詳參《會典》《侯部第十·具字聲系》。釋意則非，當從呂氏之説。

生軀蹈死地，昌志登禍機

黃氏：《毛詩》（卷四之四《鄭·丰》：『子之昌兮。』）毛《傳》：『昌，盛壯貌』，昌志猶壯志也。

海按：善《注》、五臣、陸善經、六家、六臣本皆作『蹈』，《集注》本則作『陷』，蓋因對句動詞乃『登』，然此處的『登』與地形意義的升降無關。《禮記》卷四《曲禮下》：『年穀不登』，鄭《注》：『登，成也』。《禮記》卷六〇《大學》：『其機如此』，鄭《注》：『機，發動所由也』，登禍機，成爲今日禍患之肇端。黄氏説是，《侍宴覆舟山》之二：『昌會溢民謳』，盛會也[一]；《還都口號》：『結棹俟昌風』，大風也。

【注】

〔一〕《毛詩》，卷五之二《齊·猗嗟》：『猗嗟昌兮』，毛《傳》：『昌，盛也』。

代朗月行

酒至顏自解；聲和心亦宣

錢氏：（《文選》卷二九《詩己·雜詩上》）王讚【贊】[一]《雜詩》：『誰能宣我心。』

海按：『顏』之主詞乃就『君』而言，則『心』亦然。《國語》卷一八《楚語下·觀射父論絶地天通》：『其聖能光遠宣朗』、《三國志》卷四《高貴鄉公紀》裴《注》引《魏氏春秋》：『公神明爽儁，德音宣朗』、《類聚》卷五〇《職官部六·令長》所録孫楚《梁令孫侯頌》：『英才宣朗』。心宣，心開朗，沈鬱盡散。

千金何足重，所存意氣間

錢氏：（《樂府》卷四一《相和歌辭十六·楚調曲上》）古樂府（《白頭吟》）：『男兒重意氣，何用錢刀爲。』

海按：所存，所在意，已詳上文，與『何足重』適相反。『意氣』詞義多樣。一般雖指表現於外的態度神情而言，如《史記》卷六二《管晏列傳》：『其夫爲相御，擁大蓋，策駟馬，意氣揚揚甚自得也』、卷一〇九《李將軍列傳》：『吏士皆無人色，而廣意氣自如』。亦謂志氣及因此流露出不附流俗之神態，如《晉書》卷四九《嵇康傳·與山巨源絶交書》：『意氣所託，亦不可奪也』，《文選》卷四三《書下》所收，『意』作『志』、《文選》卷三一《詩庚·雜擬下》袁淑《效白馬篇》：『意氣深自負，肯事郡邑權』，《集注》所引《鈔》，『意』爲『志』。甚至『以餽獻爲意氣』[二]，如同近人送禮時，謙稱『一點心意』。此處則當訓爲情義。《樂府》卷四五《清商曲辭二·吴聲歌曲二》《碧玉歌》之三：『感郎意氣重，遂得結金蘭』、《類聚》卷三二《人部十六・閨情》所録蕭妃【紀】《夜夢》：『昨夜夢君歸，賤妾下鳴機，極知意氣薄，不着去時衣』。

【注】

〔一〕自古已降，王正長的名或作『讚』，或作『贊』，淆亂不辨，當以後者爲是。詳參羅志仲：《〈文選〉詩收録尺度探微》（新竹：清華大學中國文學系博士論文，二〇〇八年九月），第三章，第一節，注十一。

〔二〕詳參汪繼培：《潛夫論箋》（臺北：世界書局，一九六七），卷四《愛日》。

代堂上歌行

陽春孟春月

海按： 春季凡三月，故需標明乃孟春正月。《擬行路難》之八：『陽春妖冶二三月』、《樂府》卷四九《清商曲辭六・西曲歌下》《江陵樂》：『陽春二三月，相將蹋百草』、《孟珠》：『陽春二三月，草與水同色』。至於《從拜陵登京峴》：『孟冬十月交』，則屬贅語矣。

紛紛織女梭

錢氏：《正韻》〔一〕（卷七《上聲·四語》）：『梭，機杼之屬，所以行持緯者。』

海按：《晉書》卷四九《謝鯤傳》：『鄰家高氏女有美色，鯤嘗挑之，女投梭，折其兩齒。』此句乃言男子輕佻，衆美女紛紛以物投之，狀後者欲迎還拒之狀。

【注】

〔一〕樂韶鳳、宋濂等：《洪武正韻》，《景印文淵閣四庫全書》，第二三九册，卷七《上聲·四語》：『杼，機杼，機之持緯者。』錢氏蓋轉引自張玉書等：《康熙字典》（臺北：臺灣東華書局股份有限公司，一九六八），《辰集中·木字部》『梭』下所引《正韻》：『機杼之屬，所以行緯』。

代結客少年場行

升高臨四關

海按：阮籍《詠懷》之十三：『登高臨四野。』登、升相假例證詳參《會典》《蒸部第二・登字聲系》。

表裏望皇州

海按：《御覽》卷二五二《職官部・尹》所録揚雄【崔駰】《河南尹箴》：『爰作卿士，以尹王州』，鮑氏乃變易爲皇州。《侍宴覆舟山》之二：『繁霜飛玉闥，愛景麗皇州』、《蒜山被始興王命作》：『形勝信天府，珍寶麗皇州』、謝朓《和徐都曹出新亭渚》：『宛、洛佳遨遊，春色滿皇州』、《和蕭中庶直石頭》：『皇州總地德，回江款岩徼』。據《從臨海王上荆初發新渚》：『收纜辭帝郊，揚棹發皇京』、《日落望江贈荀丞》：『君居帝京内』，可知：皇、帝一義，是皇州亦可作帝州。《代陽春登荆山行》：『極眺入雲表，窮目盡帝州。』皇州、帝州，均係帝王州之簡省，指京師所在之州。謝朓《隋王鼓吹曲・入朝曲》：『江南佳麗地，金陵帝王州』、《類聚》卷九七《蟲豸部・蟬》所録盧思道《聽鳴蟬》：『長安城裏帝王州，鳴鍾列鼎自相求』。

九衢平若水

李善：《周禮》（卷四一《考工記・匠人》）曰：『匠人營國，方九里，傍（旁）三門，國中九經九緯』，鄭玄曰：『經、緯謂塗（涂）也』。

張銑：大逵可並九軌，故云九塗[一]。塗，道也。

海按：《周禮》卷一《天官・冢宰》：『體國經野』，賈《疏》：『旁謂四方，方三門，則王城十二門。門有三道，三三而九，則九道。南、北之道謂之經；東、西之道謂之緯，經、緯之道皆九軌』。

扶宮羅將、相；夾道列王、侯

李周翰：扶亦夾也。

許巽行：（卷五）《說文》（十二篇上）：『扶，左也』，此言九塗、雙闕皆有將相王侯之居扶左夾輔也。

海按：《擬古》之七：『秋蛩扶户吟』，扶，《玉臺》卷四：『一作「挾」』；聞人氏《箋》：『扶猶依也』。《漢書》卷二六《天文志》：『短爲旱；奢爲扶』，《集解》引晉灼曰：『扶，附也』、《淮南子》卷一八《人間》：『去高木而巢扶枝』，高《注》：『扶，旁也』、陶潛集卷五《桃花源記》：『便扶向路』。『扶宫』與『夾道』中之受詞：『宫』、『道』乃互文足義，意謂沿著皇宫前之大道兩側。

日中市朝滿，車馬若川流

李善：《周易》（卷八《繫辭下》）曰：『日中爲市，致天下之人（民）〔二〕；聚天下之貨。』

海按：《戰國策》〔三〕卷三《秦策一·司馬錯與張儀争論》：『臣聞：争名者於朝；争利者於市，今三川、周室，天下之市、朝也。』此聯謂至京師争名逐利的人數至日中達到巔峰，以致這群汲汲營營者所乘、騎之車、馬來回奔走，川流不息。《後漢書》卷十上《皇后本紀上·明德馬皇后紀》：『車如流水，馬如游龍。』

擊鐘陳鼎食，方駕自相求

李善： 鄭玄《儀禮》（卷一二《鄉射禮》『左足履物，不方足』）注：『方猶並（并）也。』〔四〕（《文選》卷二九《詩己·雜詩上》）《古詩（十九首之三）》曰：『冠帶自相索。』

海按：《周易》卷一《乾·文言》：『同聲相應，同氣相求。』相求、相索猶言自成一小圈子。《類聚》卷五六《雜文部二·詩》所録范雲《建除》：『定交無恒所，同志互相求。』

埳壈懷百憂

李善：《楚辭》（卷八《九辯》之一）：『坎廩兮貧士失職而志不平。』（卷一六《九歎·怨思》）又曰：『惟鬱鬱之憂獨兮，志坎壈而不違』，王逸曰：『坎壈，不遇貌也』。

海按：《集注》本善《注》未脱，但正如《九辯》《補注》所云：『廩，一作壈』，字體與或本同。《詩品》中《晉弘農太守郭璞》：『辭多慷慨……乃是坎壈詠懷，非列仙之趣也』；《謝解禁止表》：『才愧馮衍，有轗軻之因』、《觀漏賦》：『心轗軻而尠歡』；《樂府》卷四二

《相和歌辭十七·楚調中》沈約《怨歌行》：『坎壈元淑賦；頓挫敬通文』；《玉篇》卷一八《車部》作『轁轗』，自注：『車行不平』。此乃侵部疊韻詞，故不重形體變異，以聲傳義。

【注】

〔一〕《景印宋本五臣集注文選》與尤刻本善注《文選》（北京：中華書局，一九七四），正文『軌』均作『塗』，明州本亦然，且注中『九塗』之『九』未脱。然《類聚》，卷四一《樂部一·論樂》已作『衢』，蓋各所據原抄本即有差異。

〔二〕李匡乂：《資暇集》，《百部叢書集成·陽山顧氏文房》（臺北：藝文印書館，一九六六），卷上《非五臣》：『李氏依舊本，不避國朝廟諱，五臣易而避之』，故知此處乃後人妄改。

〔三〕范祥雍：《戰國策箋證》（上海：上海古籍出版社，二〇〇六）。

〔四〕此本爲《文選》，卷二八《詩戊·樂府下》陸機《日出東南隅行》『方駕揚清塵』善《注》，錢氏移置於此。

卷二

扶風歌

昨辭金華殿，今次雁門縣

黃氏：《漢書》（卷二八下）《地理志》：『雁門郡，秦置。』案：秦置郡後，至隋，始置雁門縣。《宋書》（卷三五）《州郡志》無雁門縣。沈約（《宋書》卷三五《州郡志·敘論》）云：『地理參差，其詳難舉，實由名號驟易……千回百改……不注置立，史闕也。』據此篇所言，或宋時曾置縣歟？

海按：《晉書》卷一四《地理志上·並州》、《魏書》卷一〇六上《地形志·肆州》所載雁門均爲郡，或領八縣，或領二縣。《宋書》卷三五《州郡志一·南兗州》所載雁門依然是郡，『領樓煩、陰館、廣武三縣』，後與平原郡併入東平郡。此處作『縣』，純緣諧韻之故，因通篇乃先部去聲韻，若作文部之『郡』，出韻；作寒部平聲之『關』，其餘韻腳皆仄聲。換言之，與史闕有間或地名改易頻仍無關，重心僅在『雁門』所代表之邊陲。

寒煙空徘徊；朝日乍舒卷

海按：《紹古辭》之六：『羅帳空卷舒』，指因『身孤寂』，寢或不寢皆無別。《秋夜》之一：『帷風自卷舒』，指因風或吹或息，而帷或卷或舒。朝日卷舒指日之升落變化甚速，與煙霧始終徘徊相左。《文選》卷二四《詩丙·贈答二》何劭《贈張華》：『四時更代謝，懸象迭卷舒。』

代少年時至衰老行

憶昔少年時，馳逐好名晨

黄氏：《釋名》（卷四《釋言語》）：『名，明也。』《淮南子》（卷三《天文》）：『日出于暘谷，浴於（于）咸池，拂于扶桑，是謂晨明。』

海按：《詠史》：『明星辰未稀』，善《注》本作『晨』。此處之『晨』當改讀爲『辰』，二字相假例證詳參《會典》《文部第五·辰字聲系》。《廣弘明集》卷二三《僧行篇》丘道護

《道士支曇諦誄》：『屢興名辰，汎觴掇菊』、《玉臺》卷八鮑泉《落日看還》：『妖姬競早春，上苑逐名辰』，吴《箋》：『一作「晨」』、《墓誌彙編》北齊《王諱渲（高渲）墓誌》：『每清風朗夜，佳景名辰』、《周書》[二]卷四一《王褒傳》所載周弘讓《答王褒書》：『絃琴促坐，無乏名晨』，名辰猶言良辰、佳時。末句『作樂當及春』即回應此聯，人當於少年時；時間當於佳節。

歌唱青、齊女；彈筝燕、趙人

錢氏：《史記》（卷三二）《齊太公世家》《正義》：『《括地志》云：「天齊池在青州臨淄縣東南十五里。」（卷二八）《封禪書》云：「齊之所以爲齊者，以天齊也。」』

增補：齊，宋本作『琴』。

海按：燕、趙爲二，與之對仗者自必爲二地，如《宋書》卷六四《何承天傳·安邊論》：『全據燕、趙；跨帶秦、魏』、《類聚》卷一三《帝王部三·宋武帝》所録謝靈運《武帝誄》：『中慦徐、豫，兼應燕、趙』，宋本誤。據《魏書》卷一〇六中《地形志》，青州治東陽；齊州治歷城。據《宋書》卷三六《州郡志二》，劉宋尚擁有淮北時期，青州郡治稱謂齊東、齊西，前者臨海；後者則否，猶燕、趙二地然。

十·南燕》所録《十六國春秋·南燕録》：『青、齊沃壤，號曰東秦』，可知：前此已如是

亦不出此二城。北魏分青州、立齊州，雖非鮑氏所及見，然自《御覽》卷一二六《偏霸部

今日每相念，此事邈無因

海按：因，原因、條件、憑藉。如《松柏篇》：『今日掩奈何，一見無諧因』、《楚辭》卷五《遠遊》：『質菲薄而無因兮，焉託乘而上浮』、《文選》卷二九《詩己·雜詩上》《古詩十九首》之十四：『思還故閭里，欲歸道無因』、《玉臺》卷五沈約《少年新婚爲之詠》：『無因達往意，欲寄雙飛鳧』。引申之，即無機會、無此可能，即《贈故人馬子喬》之二所説之『長絶緣』，如《樂府》卷五九《琴曲歌辭三》蔡琰名下《胡笳十八拍》之十二：『嗟别二子兮會無因』、《文選》卷一三《賦庚·物色》謝惠連《雪賦》：『怨年歲之易暮，傷後會之無因』、《乾隆温州府志》[二]卷二三《古蹟·永嘉縣·北亭》謝靈運《北亭與吏民别》：『前期眇已往；後會邈未【無】[三]因』、庾信《擬詠懷》之五：『無因同武騎，歸守灞陵園』。此句即此種用法，意謂『今日每』『憶昔少年時』之歡愉，要想再度享受『此事』，已

恍如隔世，不可能了，如《懷遠人》所云：『後遇邈無辰』，是以『寄語後生子，作樂當及年輕時。

【注】

〔一〕令狐德棻：《周書》（臺北：藝文印書館，一九七二）。

〔二〕李琬修，齊召南、汪沆纂：《乾隆温州府志》，《中國地方志集成·浙江府縣志輯》（上海：上海書店，一九九三），第五十八册。

〔三〕據樂史：《宋本太平寰宇記》（北京：中華書局，二〇〇〇），卷九九《江南東道十一·温州·永嘉縣》所引校改。蓋本寫作『无』，因形近而訛爲『未』。

代陽春登荆山行

方都列萬室；層城帶高樓

海按：『層』自縱切面論，故曰『帶高樓』；『方』自横切面論，故曰『列萬室』。都、城同義，故可知：『方都』乃形容這座四方形、能容納萬室的城市何等大。《國語》卷七

《晉語一・史蘇論獻公伐驪戎勝而不吉》：『今晉國之方』，韋《解》：『方，大也』、《周禮》卷一三《地官・載師》鄭《注》：『大都，公之采地、王子弟所食邑也』。《左傳》卷二《隱公元年》：『先王之制：大都不過參國之一。』此篇既以『荆山』爲背景，則『方都』指荆州郡治襄陽城。

弈弈朱軒馳；紛紛縞衣流

黄氏：《毛詩》（卷四之四）《鄭（・出其東門）》：『縞衣綦巾』，毛《傳》：『縞衣，白色，男服也』。流謂流品也。

海按：車子奔馳，乘車者之衣袖、裳擺爲疾風飄動，若川流激行之速。孔《疏》：『縞是薄繒，不染，故色白也』，《禮記》卷一三《王制》：『殷人……縞衣而養老』，孔《疏》：『縞，白色生絹，亦名爲素』，是以得與『朱』此顔色對仗，僅一顯一隱也。

攀條弄紫莖；藉露折芳柔

海按：《類聚》卷七《山部上・總載山》所録潘岳《登虎牢山賦》：『仰蔭嘉木；俯藉芳

卉』、《弘明集》〔一〕卷三孫綽《喻道論》：『垂條爲宇，藉草爲茵』、《類聚》卷四《歲時中·三月三日》所録謝惠連《三月三日曲水集》：『解轡偃崇丘，藉草繞迴壑』、江淹《從冠軍建平王登廬山香爐峰》：『藉蘭素多意，臨風默含情』。『攀條』論在上之手，『藉露』論在下之足。草上有露，故藉草變言爲藉露。

【注】

〔一〕僧祐：《弘明集》（臺北：新文豐出版股份有限公司，一九八六）。

代貧賤苦愁行

空庭慚樹萱，藥餌愧過客

黄氏：『藥』當作『樂』。《老子》（第三五章）：『樂與餌，過客止。』

海按：《過銅山掘黄精》：『寶餌緩童年；命藥駐衰歷』、《登黄鶴磯》：『豈伊藥餌泰，得奪旅人憂』、《抱朴子》内篇卷六《微旨》：『知草木之方者，則曰唯藥餌可以無窮矣』、《文選》卷二二《詩乙·遊覽》謝靈運《遊南亭》：『藥餌情所止，衰疾忽在斯』，是南朝人所見《老子》多作『藥』。亦唯有作『藥』，方能與出句之『萱』交錯對。今人每言藥膳，此處的藥餌猶言具有補身益氣作用的待客小點心。

貧年忘日時，黯顏就人惜

海按：『惜』蓋『借』形近之訛。《晉書》卷二七《五行志上·貌不恭·服妖》：『假髻或曰假頭，至於貧家，不能自辦，自號無頭，就人借頭』、卷三八《文五王列傳·齊王攸傳》：『就人借書，必手刊其謬，然後反之』、卷一百《孫恩傳》：『（杜）子恭有秘術，嘗就人借瓜刀』。由於『愁苦窮日夕』，每日僅煩惱下一餐之有無，是以經常忘記家祭、過年節等『日時』，及至想起，唯有灰頭土臉地前往別人處借貸。一旦對方略躊躇，未及時應允，所謂『俄頃不相酬』，自己即刻陷入『恧怩面已赤』之窘境。

代邊居行

紛紛徒滿目，何關慨予傷

海按：《通典》卷一六《選舉四·雜議論上》所載沈約上疏：『此乃雕蟲小道，非關理

（治）功得失』、《梁書》[一]卷五六《侯景傳》所載王偉爲侯景《報齊文襄》：『家累在君，何關僕也』、庾信《詠園花》：『非是金爐氣；何關柏殿香』。何關，與之有何相關，即無關之意。此聯乃謂『世中』『爭此錐刀忙』，『富貴輒相忘』的比比皆是，然此非作者所感傷者。

遇樂便作樂，莫使候朝光

黃氏：（《文選》卷二九《詩己·雜詩上》）古詩（十九首之十五）：『爲樂當及時，何能待來茲。』

海按：據《中興歌》之三：『碧樓含夜月；紫殿爭朝光』、《代堂上歌行》：『朝光散流霞』、《英華》卷二〇一《詩五一·樂府十》沈約《豫章行》：『卧聞夕鍾急；坐閱朝光亟』、何遜《嘲劉諮議》：『房櫳滅夜火；窗户映朝光』，可知：朝光本指白晝日光。據《文館詞林》[二]卷一五二《詩一二·人部九·親屬贈答》謝靈運《贈從弟弘元時爲中軍功曹住京》：『良會難期，朝光易侵』，亦可泛指時間。此處則指某一特定時間，意謂擇期、等候約期來臨，不如及時把握當下。

【注】

〔一〕姚思廉：《梁書》（臺北：藝文印書館，一九七二）。

〔二〕羅國威整理：《日藏弘仁本文館詞林校證》（北京：中華書局，二〇〇一）。

代邽街行

慷慨懷長想；惆悵戀音徽

海按：徽，識也，爲古琴區分音階的琴節，即絃之振動等分節點。《正字通》〔一〕卷三《寅集下·彳字部》：『琴節曰徽。徽十三，象十二月，其一象閏。用螺、蚌爲之，近代用金、玉、水晶。』古人彈琴取音，循五度相生律，五音依次生於固定徽分，即《谿山琴況·和》〔二〕所云：『音有律，或有徽；或不在徽，固有分數以定位』。徽有形，音無形，二者相應相成。徽以部分代表全體，常指琴本身，與音合言，則琴之體、用皆備。此處之『音徽』非詞面義，乃上聯『鄉俗』、『親好』代表之過往生活。蓋暗用《莊子》卷八中《徐无鬼》：『子不聞夫越之流人乎？去國數日，見其所知而喜；去國旬月，見所嘗見於國中者喜；及期年也，見似人者而喜矣，不亦去人滋久，思人滋深乎』。『慷慨』乃溪母雙聲詞；『惆悵』乃徹母雙聲詞，對仗工穩。

【注】

〔一〕張自烈撰、廖文英續：《正字通》，《續修四庫全書》，第二三四册。

〔二〕徐祺：《谿山琴況》，《四庫全書存目叢書》，【子部】第七四册。

吴歌之三

五兩了無聞

錢氏：（《文選》卷一二《賦己·江海》）郭璞《江賦》：『覘五兩之動静』，（善）《注》：『許慎《淮南子》注曰：「綄，候風也，楚人謂之五兩也」』。

海按：許慎注見《御覽》卷七七一《舟部四·五兩》，『風』下當有『扇』。又，善《注》下並引《兵書》曰：『凡候風法，以雞羽重八兩，建五丈旗，取羽繫其巔，立軍營中』。《樂府》卷四八《清商曲辭五·西曲歌中》釋寶月《估客樂》：『初發揚州時，船出平津泊，五兩如竹林，何處相尋博』、庾信《和江中賈客》：『五兩開船頭，長橋【檣】[一]發新浦』。

【注】

〔一〕據《樂府》，卷四八《清商曲辭五·西曲歌中》庾信《賈客詞》校改。

採菱歌之二

含傷捨泉花；營念採雲萼

黄氏： 宋本『捨』作『拾』。『泉花』即指菱花。曰泉花者，猶本集《秋夜詩》之『泉卉』也，皆明遠自造詞。（《文選》卷二《賦甲·京都上》）張衡《西京賦》：『浮鷁首，翳雲芝』，薛綜《注》：『畫芝草及雲氣以爲船覆飾也』。此亦言船幔所畫之雲華，故曰『營念』。

海按： 捨，《樂府》卷五一《清商曲辭八·江南弄下》亦作『拾』。準此篇其他三句爲『搴蕙荑』、『紉薫若』、『採雲萼』，則此句亦當爲『拾』。《類聚》卷三《歲時上·秋》所録夏侯湛《秋可哀》：『感時邁以興思，情愴愴以含傷』、《宋書》卷七九《文五王列傳·竟陵王誕傳》：『遂令神主宵遷，改卜委巷，宗戚含傷；行路掩涕』，含傷，含悲也。營，《漢書》卷七五《李尋傳·對詔問災異》：『爲妻妾役使所營』，顔《注》：『營謂繞也』。今多寫作『縈』，二字相假例證詳參《會典》《青部第三·熒字聲系》。雲、泉相對，猶天、淵或雲、泥相對。所取雖爲泉花，所念則在雲間之萼。雲間萼乃譬喻所思者。徑言之，則如《玉臺》卷一枚乘名下《雜詩》之六：『美人在雲端，天路隔無期』，或卷九張載《擬四愁詩》之二：『佳人遺我雲中翮，何以贈之連城璧，願因歸鴻超遐隔，終然莫致增永積』、《擬行路難》之三：『寧作野人【中】〔一〕之雙鳧，不願雲間之別鶴』。

【注】

〔一〕據《玉臺》，卷九鮑照《行路難四首》之四校改。

採菱歌之三

暌闊逢暄新；悽怨值妍華

黃氏：《玉篇》（卷二〇《日部》）：『暄，春晚也。』

海按：《周易》卷八《繫辭下》：『弧、矢之利以威天下，蓋取諸《睽》』，韓《注》：『睽，乖也』。《爾雅》卷一《釋詁上》：『闊，遠也。』《文選》卷四二《書中》曹植《與吳季重書》：『別有參、商之闊』、卷二四《詩丙・贈答二》陸機《贈尚書郎顧彦先》之一：『音聲日夜闊』。睽闊，睽違也。《代悲哉行》：『如何復乖別』，乖別猶闊別。《類聚》卷三〇《人部十四・別下》所録蕭繹《與蕭挹書》：『闊別清顔，忽焉已久。』《廣韻》卷一《上平聲・元第二十二》：『暄，温也。』宣从亘得聲，《説文》十篇上『煖』段《注》指出：『煖』即『晅』。對於與所歡闊別者，逢此萬物更新、春暖花開之時，此種外在景象非但未能令之欣悦，反而愈增内在已有之『淒怨』。《春羈》：『暄妍正在茲，摧抑多嗟思。』

秋心不可盪，春思亂如麻

黄氏：菱秋熟，在水不移，故曰秋心不可盪。由秋以溯春，故曰睽闊，故曰春思。麻在水中，如《毛詩》（卷七之一《陳・東門之池》）之『漚麻』，皆眼前之物。

海按：《和王丞》：『秋心日迴絶，春思坐連綿』，均就人而言。此處亦然，與水中植物無涉。相對於『秋心』者乃『秋容』，《贈故人馬子喬》之四：『衰恨滿秋容』，而秋容即《贈故人馬子喬》之五：『灑酒蕩愁顏』之『愁顏』。若秋容意謂愁容、愁顏，則秋心，愁心也，與時節無關。《周易》卷七《繫辭上》：『八卦相盪』，《釋文》：『衆家作「蕩」……馬（融）云：除也』，《三國志》卷五八《陸遜傳》：『宿惡蕩除』、《御覽》卷一六《時序部一·律》所録夏侯玄《辯樂論》：『蕩除災害也』，則『秋心不可盪』指無法擺落、消除心中之憂愁。

採菱歌之六

春芳行歇落，是人方未齊

黄氏：齊猶比也。《毛詩》（卷十之二《小雅·南有嘉魚之什·六月》）：『比物四驪』，鄭《注》云：『毛馬齊其色』；『物馬齊其力』，以比釋齊。未齊，言人不能與春芳比也。

海按：鄭《注》乃《周禮》卷三三《夏官·校人》文，非釋《六月》該句者，然《六月》孔《疏》曾稱引之。鮑詩中之『齊』，除作地名、國名等專有名詞用，如《代陸平原君子有所思行》：『選色遍齊、代』、《代少年時至衰老行》：『歌唱青、齊女』、《代白紵曲》之二：『齊謳秦吹盧女弦』、《登雲陽九里埭》：『空録齊后瑟』、《還都至三山望石頭城》：

『北榜指齊河』、《擬古》之四：『空謗齊景非』、《學古》：『齊衾久兩設』，餘者，如《代鳴鴈行》：『齊行命侶入雲漢』、《代春日行》：『齊擢驚』、《和王丞》：『性好必齊遂』、《學劉公幹體》之四：『碧葉齊如規』，並此處，皆爲一致之意。此句乃言：佳時將過，而約會者至今未至。以口語述之，即尚未到齊。

幽蘭之二

攬帶昔何道，坐令芳節終

錢氏：（《文選》卷三〇《詩庚·雜擬上》）陸機《擬古詩（·擬行行重行行）》：『攬衣有餘帶。』

黄氏：『昔何道』謂時既變易，物亦不芳，無可再言也。

海按：帶有結，所以約誓也。攬帶因而憶及往日之誓言，然對方已背信諾，故責問昔日何所道？即下首『結佩徒分明，抱梁輒乖忤』之意。《擬行路難》之九：『結帶與君言，死生好惡不相置。』

中興歌之六

北出湖邊戲；前還苑中游

海按：《建除詩》：『定舍後未休，候騎敕前裝』、《蕪城賦》：『白楊早落；塞草前衰』、《玉臺》卷八庾肩吾《南苑還看人》：『中人應有望，上客莫前還』、庾信《周大將軍懷德公吳明徹墓誌銘》：『五兵早竭；一鼓前衰』，諸『前』字均訓『先』，方能與『後』反對；與『早』正對。對照《秋夜》之二：『江介早寒來，白露先秋落』，尤其明顯，『前還』即『先還』。

中興歌之十

願君松柏心，採照無窮極

海按：《梁書》卷二四《蕭景傳附弟昱傳》：『夏初陳啟，未垂採照』，採，納也；照，鑒也，《類聚》卷六四《居處部四·廬》所録張超《靈帝河間舊廬碑》：『上納鑒乎羲、農；中結軌乎夏、商』。此篇以千年一色之竹葉自況，亦希冀君王如長青之松柏，不因時而改易，始終採納其言，洞鑒其忠。

代白紵舞歌詞之一

車怠馬煩客忘歸

聞人氏：（《文選》卷一九《賦癸·情》曹植）《洛神賦》：『車殆馬煩。』

海按： 怠，胡刻善《注》本、南宋陳八郎五臣《注》本、明六臣《注》本〔一〕《文選》《洛神賦》均作『殆』，然均應改讀爲『怠』。二字相通例證詳參《會典》《之部第十一（上）·台字聲系》。指御者因久俟而倦怠。

【注】

〔一〕《增補六臣註文選》（臺北：華正書局有限公司，一九八〇）。

代白紵舞歌詞之二

象牀瑶席鎮犀渠

聞人氏：《楚辭》（卷二《九歌·東皇太一》）：『瑶席兮玉瑱。』《國語》（卷一九《吴語·吴欲與晉戰得爲盟主》）：『奉文犀之渠』，《注》：『甲也』。

海按：韋《解》無此文，但曰：『謂楯也』，此乃《文選》卷三一《詩庚·雜擬下》鮑照《擬古》之三五臣《注》。《楚辭補注》曾云：『玉瑱』之『瑱』『一作鎮』，對照《湘夫人》：『白玉兮爲鎮』，王《注》：『以白玉鎮坐席』，可知：一本是。席無以盾爲鎮者。《山海經》卷五《中山經·中次四經·釐山》：『有獸焉，其狀如牛，蒼身……其名曰犀渠』，此處瑶席之玉鎮即作此獸形，出土文物可證〔一〕。

【注】

〔一〕詳參孫機：《坐席鎮與博鎮》，《文物天地》第六期（一九八九）、《漢鎮》，《文物叢談》（北京：文物出版社，一九九一）。

代白紵舞歌詞之三

凝華結藻久延立

海按：久延，久長也。《楚辭》卷三《天問》：『受壽永多，夫何久長』、《文選》卷四《賦乙·京都中》張衡《南都賦》：『闢門反距，漢德久長』、卷四〇《箋》吴質《答魏太子箋》：『臣獨何德，以堪久長』。延立，延佇也，《楚辭》卷一《離騷》：『結幽蘭而延佇』、《後漢書》卷五九《張衡傳·思玄賦》：『悵相佯而延佇』、《贈故人馬子喬》之五：『延佇空結蘭』。亦即佇立也，《毛詩》卷二之一《邶·燕燕》：『佇立以泣』、《文選》卷二七《詩戊·樂府上》《傷歌行》：『佇立吐高吟』、卷二九《詩己·雜詩上》王粲《雜詩》：『佇立望爾形』、《擬阮公夜中不能寐》：『佇立爲誰久』。此句乃指『紅顔』盛妝美飾，久立以待『君』。

代白紵舞歌詞之四

簪金藉綺升曲筵

聞人氏：『簪金藉綺』猶所謂『紆青拖紫』也。

海按：古代富貴者因不需外出勞動，故可著絲履。如《搜神記》〔一〕卷一《神化篇之一·鈎弋夫人》載夫人仙去之後，棺中『獨絲履存焉』、《玉臺》卷九《歌詞二首》之二：『洛陽女兒名莫愁……足下絲履五文章』。然升席必須脱履，《左傳》卷六〇《哀公二五年》載：褚師聲子穿著足衣登席，衛出公大怒，必斷其足，而後世於權臣之殊禮每曰『劍履上殿』，可爲明證，則『藉綺』當指穿著羅襪。《文選》卷四《賦乙·京都中》張衡《南都賦》：『羅襪躡蹀而容與』、卷一九《賦癸·情》曹植《洛神賦》：『羅襪生塵』。『藉綺』論及足下穿著之講究；『簪金』論及頭上裝飾所費不貲，以部分代表全體，藉此説明上句『丁溢恩』、下句『君厚德』的具體狀況。曲筵，曲席也，《史記》卷五《秦本紀》：『繆公……因與由余曲席而坐，傳器而食』，《正義》：『牀在繆公左右，相連而坐』，以見寵渥。

曲席猶言接席，《後漢紀》卷十《明帝紀·永平十六年》：『入則談論接席；出則遊觀同輿，甚見親禮』、《三國志》卷二一《王粲傳》裴《注》引《魏略》所載曹丕《與吳質書》：『行則同輿；止則接席』。

潔誠洗志期暮年，烏白馬角甯足言

聞人氏：《史記》（卷八六《刺客列傳·荊軻傳》）《索隱》（引《燕丹子》曰）：『燕丹求歸，秦王曰：「烏頭白，馬生角，乃許耳。」丹乃仰天歎，烏頭即白；馬亦生角。』

按：此照以赤鯉自況，而寓其感恩之意，言必將有以報之也。

海按：《毛詩》卷一之一《序》：『在心爲志』，『洗志』乃從《周易》卷七《繫辭上》：『聖人以此洗心』蛻變而來。《漢書》卷二一上《律歷志》：『姑洗，洗，絜也』，然此處之『潔』、『洗』均已非動詞，乃形容詞。意謂此番誠心誠意純一不雜，縱燕太子丹當年能令烏頭白、馬生角之至誠豈能與之相提並論？『期暮年』乃稟告『君』，對方可預期自己將終生如是。所以不用『終生』、『畢生』，因《代白紵舞歌詞》四首、《代白紵曲》二首，不似《擬行路難》，均仍七言舊貫：句句韻；不用『終年』、『永年』，因易滋誤解僅此一整年，或很長一段時間内會如此。

【注】

〔一〕李劍國：《新輯搜神記　新輯搜神後記》（北京：中華書局，二〇〇七）。

代白紵曲之一

洛陽年少邯鄲女

錢氏：《玉臺》（卷九）作『少童』。

吴氏：（卷九）（《文選》卷三一《詩庚·雜擬下》袁淑《効曹子建樂府白馬篇》善《注》引）王逸《荔枝（支）賦》：『宛、洛少年；邯鄲游士。』（《類聚》卷五七《雜文部三·七》所録）魏王粲《七釋》：『邯鄲才女』。

海按：《類聚》卷四三《樂部三·歌》所録亦作『少童』。對照《擬青青陵上柏》：『輿童唱秉椒；棹女歌採蓮』、《舞鶴賦》：『燕姬色沮；巴童心恥』、《後漢書》卷七八《宦者列傳·序》：『歌童舞女之玩充備綺室』、《類聚》卷四《歲時中·三月三日》所録成公綏《洛禊賦》：『妖童媛女嬉游河曲』、《樂府》卷三五《相和歌辭十・清調曲三》沈約《江蘺生幽渚》：『既美修嫮女，復悦繁華童』、何遜《春夕早泊和劉諮議落日望水》：『孌童泣垂釣，妖姬哭蕩舟』，作『少童』蓋是。《文選》卷二七《詩戊・樂府上》曹植《名都篇》：『名都多妖女，京洛出少年』，『少年』乃指遊俠紈袴子弟，非賣藝賣色者。

代白紵曲之二

春風澹蕩俠思多

黃氏：《漢書》（卷九七上）《外戚傳》：李夫人卒，『上又自爲作賦以傷悼夫人，其辭曰：「……佳俠函光隕朱榮兮」』，孟康曰：『佳俠猶佳麗』。據此，俠思猶麗思也。

海按：『俠』應改讀爲『狎』。从夾、从甲相通例證詳參《會典》《緝部十六・甲字聲系》。《類聚》卷四一《樂部一・論樂》所録《長安有狹邪行》，其中陸機所作者作『狎斜』，《文選》所收作『狹邪』。《三日》：『氣暄動思日【心】；柳青起春懷』、《樂府》卷四四《清商曲辭一・吴聲歌曲一》《子夜四時歌・春歌》之二：『春風動春心』，俠思即春懷、春心。

千金顧笑買芳年

增補： 宋本『顧』作『雇』。

海按： 《類聚》卷四三《樂部三·歌》所録亦作『雇』。《列女傳》〔一〕卷五《節義傳·楚成鄭瞀》：『初，（楚）成王登臺，臨後宫，宫人皆傾觀，子瞀直行不顧，徐步不變。王曰：「行者顧。」子瞀不顧。王曰：「顧吾，以女爲夫人。」子瞀復不顧。王曰：「顧吾，又與女千金，而封若父兄。」子瞀遂行不顧。』千金求顧原典固出於此，然後世使用對象多屬歌妓舞女或姬人〔二〕，則千金顧笑當推《類聚》卷五七《雜文部三·七》所録崔駰《七依》：『回顧百萬；一笑千金』最早。《樂府》卷六七《雜曲歌辭七》張華《輕薄篇》：『一顧傾城國，千金不足多』、《類聚》卷三二《人部十六·閨情》所録王僧孺《寵姬詩》：『再顧連城易；一眄千金買』、《樂府》卷三九《相和歌辭十四·瑟調曲四》張正見《置酒高殿上》：『千金一巧笑；百萬兩鬟姝』、卷七四《雜曲歌辭十四》江總《内殿賦新詩》：『三五二八佳年少，百萬千金買歌笑』。《後漢書》卷七八《宦者列傳·張讓傳》：『因强折錢買，十分雇一』，章懷《注》：『雇猶酬其價也』。下文既已言『買』，上文再言『雇』，義複也，宋本誤，此蓋壞爛所致〔三〕。此乃言美女回眸一笑如此難得珍貴，故不惜重資贖買。

【注】

〔一〕梁端校注：《列女傳》（臺北：臺灣中華書局，一九八一）。

〔二〕《文選》，卷三〇《詩己·雜詩下》謝朓《和王主簿怨情》：『生平一顧重，宿昔千金賤』，則屬夫婦之間；《玉臺》，卷三李充《嘲友人》：『願爾降玉趾，一顧重千金』，則屬男性之間；卷六吴均《詠少年》：『百萬市一言，千金買相逐』，則屬女性對美少年之愛慕。

〔三〕雇、顧相通假，詳參王利器《顏氏家訓集解（增補本）》（北京：中華书局，一九九三），卷三《勉學》：『明經求第，則顧人答策』注。

擬行路難之一

七彩芙蓉之羽帳、九華蒲萄之錦衾

吴氏：（卷九）（《御覽》卷八一五《布帛部二·錦》所録）陸翽【翽】《鄴中記》：

『錦有蒲萄（蒲桃）文錦。』

海按：《西京雜記》〔一〕卷一《霍顯爲淳于衍起第贈金》：『霍光妻遺淳于衍蒲桃錦二十四匹』、卷三《鮫魚荔枝》：『高祖報以蒲桃錦四匹』。對照江淹《麗色賦》：『帳必藍田之寶；席必蒲陶之文』、《類聚》卷一八《人部二·美婦人》所録蕭繹《古意》：『機上蒲萄紋』，可知：『文錦』之『文』當讀爲『紋』，蒲萄錦即繡有蒲萄花紋之織錦。《玉臺》卷六王僧孺《爲人述夢》：『以親芙蓉褥；方開合歡被』、卷七蕭綱《戲作謝惠連體十三韻》：『珠繩翡翠帷；綺幕芙蓉帳』，對照《樂府》卷二三《横吹曲辭三·漢横吹曲三》沈約《洛陽道》：『領上蒲桃繡；腰中合歡綺』，可知：與『蒲萄』相對之『芙蓉』亦必爲『繡』於帳、褥上之花紋，故得與兩漢已降慣用之『合歡』花紋相提並論。又，前揭蕭綱詩中之『翡翠』非羽毛，用其原本指謂：相依伴之雄（赤羽）、雌（翠羽）二鳥，作爲花紋，與《文選》卷二九《詩己·雜詩上》《古詩十九首》之十八：『客從遠方來，遺我一端綺……文彩雙鴛鴦，裁爲合歡被』同一性質。

【注】

〔一〕向新陽、劉克任：《西京雜記校注》（上海：上海古籍出版社，一九九一）。

擬行路難之四

酌酒以自寬，舉杯斷絶歌路難

張玉穀：（卷一七）斷絶，腸斷絶。

黄氏： 斷絶謂歌辭斷絶也。本集《發後渚詩》：『聲爲君斷絶。』

海按：《擬行路難》之十四：『音塵斷絶阻河關』，與《發後渚》一致，斷絶者乃在前之主詞：『音塵』、『聲』，則此處斷絶者乃舉杯而飲此一舉動。或人蓋因下聯既言：『心非木石豈無感？吞聲躑躅不敢言』，則誤以爲不歌，實未悉：『吞聲』即『不敢言』，非指吞歌聲。《後漢書》卷七八《宦者列傳·曹節傳》：『群公卿士杜口吞聲，莫敢有言』、《晉書》卷四八《閻纘傳·史臣曰》：『遂使謀臣懷忠而結舌，義士蓄憤而吞聲』。鬱悶『自寬』之法有二：自外而内者，『酌酒』『舉杯』而飲；自内而外者，『歌路難』。

擬行路難之五

人生苦多歡樂少，意氣敷腴在盛年

黄氏：敷腴即敷愉，見本集《擬青青陵上柏》（『孚愉鸞閣上，窈窕鳳楹前』：孚愉，怤愉也。孚、怤並芳無切，音敷。《方言》〔一〕（卷一二）：『怤愉，悦也。』郭璞《注》云：『怤愉猶呴喻（愉）也。』孚愉、窈窕皆疊韻字。或作『敷愉』，如（《玉臺》卷一）《古樂府（·隴西行）》：『顔色正敷愉』；轉爲『欨愉』，（《文選》卷一八《賦壬·音樂下》）嵇康《琴賦》：『欨愉歡（懽）釋』，並同）。

海按：或作呴俞，如《莊子》卷四上《駢拇》：『呴俞仁義，以慰天下之心』，《釋文》：『俞音臾……本又作呴……呴喻顔色，爲仁義之貌』；或作煦嫗，如《禮記》卷三八《樂記》：『煦嫗覆育萬物』；或作嘔喻，如《漢書》卷六四下《王褒傳·聖主得賢臣頌》：『嘔喻受之，開寬裕之路』，《集解》引應劭曰：『嘔喻，和悦貌』；或作愉呴，如《漢書》卷六五《東方朔傳·非有先生論》：『説色微辭，愉愉呴呴』；或作煦嘘，如《後漢書》卷二五《魯恭傳・諫盛夏斷獄疏》：『陽氣……雖煦嘘萬物，養其根荄』；或作敷渝，如徐陵《東陽雙林寺傅大士碑》：『色貌敷渝，光彩鮮潔』；或作煦愉，如《英華》卷七一《賦七一・樂一》李百藥《笙賦》：『隨流睇而煦愉』。於上古，臾、俞、句、區、孚以及从彼等得聲之字均屬侯部韻；敷、嘘爲魚部韻，但在兩漢時期，侯部併入魚部；晉、宋時期，某些侯部之字與魚部分開〔二〕，但上述諸字皆仍屬魚部。此疊韻詞原本蓋和藹愉悦之貌，《擬青青陵上柏》中之『孚愉』即此意，引申出温暖、孕育之意。《文選》卷五《賦丙・京都下》左思《吴都賦》：『異荂蓲蘛』，善《注》：『蘛與蕍同……蓲與敷同』，劉《注》：『蓲蘛，華開貌』，則是進一步引申。『意氣敷腴在盛年』，猶言唯有在年輕時能意氣飛揚，故下句續言『且願得志』追求快意，至於建立『功名』，留諸青史，則『非我事』。

【注】

〔一〕錢繹：《方言箋疏》（上海：上海古籍出版社，一九八九）。

〔二〕詳參羅常培、周祖謨：《漢魏晉南北朝韻部演變研究（第一分册）》（北京：中華書局，二〇〇七），第二章《周秦韻部與兩漢韻部的分合》。周祖謨：《魏晉南北朝韻部之演變》（臺北：東大圖書股份有限公司，一九九六），上篇《魏晉宋之部》，第二章

《魏晉宋時期韻部的演變・陰聲韻》。

擬行路難之六

安能蹀躞垂羽翼

聞人氏：《韻會》〔一〕（卷三〇《入聲・十六劫》）：『蹀躞，行貌。』

海按：此乃葉部疊韻詞，故不重字面異同，如《樂府》卷四一《相和歌辭十六・楚調曲上》《白頭吟》：『蹀躞御溝上，溝水東西流』，《宋書》卷二一《樂志三》所收則作『蹀踥』。正因是疊韻詞，故上下倒乙，意義依舊，《樂府》所載本辭及《玉臺》卷一所收即作『躞蹀』，又如《類聚》卷三〇《人部十四・怨》所録吳均《行路難》之二：『躞蹀橫行不肯進』、卷九一《鳥部中・雞》王褒《看鬬雞》：『躞蹀始橫行，意氣欲相傾』，皆徙倚往復之意。此句意謂：焉能始終戢翼，原地踏步，而不一飛沖天，大展鴻圖？

【注】

〔一〕黃公紹、熊忠：《古今韻會舉要》（北京：中華書局，二〇〇〇）。

擬行路難之七

但見松、柏園，荆棘鬱蹲蹲

聞人氏：《左傳》（卷二八《成公十六年》：『蹲甲而射之，徹七札焉』，杜）《注》：『蹲，聚也』。

增補：『蹲蹲』，宋本作『樽樽』。

海按：《文選》卷二八《詩戊・樂府下》陸機《門有車馬客行》：『墳壟日月多，松、柏鬱芒芒』，善《注》引仲長統《昌言》：『古之葬，植松、柏、桐以識其墳』，故卷二九《詩己・雜詩上》《古詩十九首》之十三曰：『驅車上東門，遥望郭北墓……松、柏夾廣路，下有陳死人』、《北堂書鈔》〔一〕卷九二《禮儀部十三・挽歌三三》所録傅玄《挽歌》亦曰：『茫茫丘墓間，松、柏鬱參差』，可知：『松、柏園』乃墓園。《文選》卷四《賦乙・京都中》張衡《南都賦》：『杳藹蓊鬱於谷底，森蓴蓴而刺天』，善《注》：『皆茂盛貌也』。蓴蓴、蹲蹲當改讀爲蔥蔥〔二〕。尊、宗、叢、總相假例證詳參《會典》《東部第一・宗字聲系》、《匆字聲系》。《御覽》卷一六〇《州郡部六·河南道下·青州》所録《韓詩外傳》：『齊景公遊於牛山之上，北望齊國，曰：「美哉國乎！鬱鬱蔥蔥」』、《論衡》卷二《吉驗》：『王莽時，謁者蘇伯阿能望氣，使過舂陵，城郭鬱鬱蔥蔥』、《英華》卷二一〇《詩六十·樂府十九》王勃《臨高臺》：『帝鄉佳氣鬱蔥蔥』。鬱鬱、蔥蔥均係繁盛貌。墓園因乏人料理，故荆棘叢生。

【注】

〔一〕虞世南：《北堂書鈔》（臺北：宏業書局，一九七四。以下簡稱《書鈔》）。

〔二〕可參《廣雅疏證》，卷三下《釋詁》。

擬行路難之八

從風簸蕩落西家

海按：《毛詩》卷一三之一《小雅·谷風之什·大東》：『維南有箕，不可以簸揚。』《文選》卷二《賦甲·京都上》張衡《西京賦》：『蕩川瀆，簸林薄』，薛《注》：『簸，揚也』。簸蕩，飛揚飄蕩。

零淚霑衣撫心歎

海按：《代白頭吟》：『非君獨撫膺』、《從臨海王上荆初發新渚》：『撫襟同太息』、《山行見孤桐》：『棄妾望掩淚；逐臣對撫心』，諸『撫』字均當改讀爲『拊』，二字通假例證詳參《會典》《侯部第十·付字聲系》。嵇康集卷一《答二郭》之二：『羲、農邈已遠，拊膺獨咨嗟』、《文選》卷二七《詩戊·軍戎》王粲《從軍》之二：『拊襟倚舟檣，眷眷思鄴城』、卷三七《表上》曹植《求通親親表》：『未嘗不聞樂而拊心；臨觴而歎息也』。拊，擊也。

擬行路難之九

黄絲歷亂不可治

聞人氏：本集詩（《紹古辭》之七：『憂來無行伍，）歷亂如葛覃【覃葛】。』

海按：《類聚》卷八八《木部上·桑》所録蕭綱《採桑》：『細萍重疊長；新花歷亂開』、《初學記》卷三〇《蟲部·蟬第十二》所録顏之推《聽鳴蟬》：『歷亂起秋聲，參差攪人慮』，『歷亂』與『重疊』、『參差』對仗，可知：乃雜亂之意，故《紹古辭》之七以行軍時『無行伍』譬況。又可作『離亂』，如《代鳴鴈行》：『中夜相失群離亂，留連徘徊不忍散』、《類聚》卷七四《巧藝部・圍棊》所録馬融《圍棊賦》：『離亂交錯，更相度越』、《通典》卷一五六《兵九・挑戰》：『若其衆追北，旗幟離亂』[一]。此句指女子因内心煩亂無從理絲，表現在外，即工作亦無果效，猶《文選》卷二九《詩己・雜詩上》《古詩十九首》之十：『札札弄機杼，終日不成章』所云。

意中索寞與先異

吴氏：（卷九）（《類聚》卷六二《居處部二・宫》所録）漢王褒《甘泉宫頌》：『徑落莫以差錯。』

黄氏：《小爾雅》（卷二《廣言》）：『索，空也。』又，（《毛詩》卷一之二《周南・桃夭》孔《疏》所引《小爾雅》：）『（凡無妻無夫通謂之）寡，寡夫曰索【煢】』[二]。索莫猶言空寞。

海按：《玉臺》卷九作『錯漠』。此乃藥部疊韻詞，不容據字形分別訓釋。《類聚》三一

《人部十五·贈答》所録曹攄《贈石崇》：『野次何索漠』、《文心雕龍》卷六《風骨》：『索莫乏氣』、《樂府》卷六八《雜曲歌辭八》范静妻沈滿願《晨風行》：『風彌葉落永離索，神往形返情錯漠』，乃蕭條、低沈之謂。此句言男方對女方冷淡、意興闌珊，與以往熱戀時迥異。

【注】

〔一〕《御覽》，卷三一一《兵部四十二·挑戰》引此二句，冠於『《戰國策》曰』下，今本《戰國策》不見。或出自《吴子》，《百部叢書集成·武經七書》（臺北：藝文印書館，一九六六），卷四《論將》，但文字頗有出入。

〔二〕今見宋咸注《孔叢子》（臺北：臺灣中華書局，一九七〇），卷三《小爾雅·廣義》。

擬行路難之十一

但令縱意存高尚

錢氏：《周易》（卷三《蠱·上九》）：『不事王侯，高尚其事。』

海按：《文選》卷三八《表下》桓温《薦譙元彦表》：『太樸既虧，則高尚之標顯』、謝朓集卷四所附蕭衍《直石頭》：『率土皆王士，安知全高尚』、《魏書》卷七二《陽尼傳附從孫固傳·演賾賦》：『欽四皓之高尚兮；歎伊、周之涉危』，『存高尚』謂保持不争逐名位權勢之氣節。

擬行路難之十二

邇來寂淹無分音

黄氏：《説文》（二篇上）：『分，别也』，分音謂别後音問也。

海按：《後漢書》卷三三《朱浮傳·乞援師上疏》：『既歷時月，寂寞無音』、卷二四《馬援傳·與隗囂將楊廣書》：『前别冀南，寂無音驛』，無音，無訊息也，因書信等訊息由驛站傳遞，故曰音驛。死後，幽、明隔絶，故《擬行路難》之十曰：『千秋萬歲無音詞』。《觀漏賦》：『撫寸心而未改；指分光而永違』、『樂兹情於寸光』，分、寸均極言其短、少，是以『無分音』猶言無絲毫音訊。

擬行路難之十三

榮志溢氣干雲霄

海按：《吳興黃浦亭庾中郎別》：『藻志遠存追』、《發後渚》：『華志分馳年』，『榮志』即『藻志』或『華志』，皆『美志』之變造。《類聚》卷五一《封爵部·尊賢繼絶封》所録曹操《郭嘉有功早死宜追贈封表》：『薄命天隕，不終美志』、《文選》卷四二《書中》曹丕《與吴質書》：『其才學足以著書，美志不遂，良可痛惜』、《初學記》卷二六《器物部·酒第十一》所録張載《酃酒賦》：『言之者嘉其美志；味之者弃事忘榮』。『溢氣』言：内在志氣充盛，因而外顯，如《孟子》卷一三上《盡心上》所言『睟然見於面、盎於背、施於四體』，類乎水盈滿而溢於容器外。粗言之，即『壯志淩雲』之意。

流浪漸冉經三齡

錢氏：《楚辭》（卷一三《七諫·沈江》）：『日漸冉而不自知兮。』

海按：從王《注》：『稍積爲漸，汙變爲染』可推知：今本作『染』，無誤。『冉』乃錢氏根據《文選》卷十五《賦辛·志中》所收張衡《思玄賦》：『恐漸冉而無成兮』，善《注》所引《楚辭》，未悉善《注》體例，經常改動徵引的文字，以遷就要注解的正文。《晉書》卷七〇《卞壼傳·自陳牋》：『委質二府，漸冉五載』，漸冉，實即漸漸冉冉之並省。

但恐羈死爲鬼客，客思寄滅生空精

黄氏：《老子》（第二一章）：『孔德之容，惟道是從。道之爲物，惟恍惟惚……窈兮冥兮，其中有精』，王弼《注》：『孔，空也』，（第十四章）又曰：『繩繩不可名，復歸於無物……是謂惚恍』，無物，是滅也。由滅生空，由空生精，則從前之榮志溢氣盡矣！

海按：神思寄託於形軀，『思寄滅』即形軀死亡，獨餘精神。精神非如形軀有實體，故曰『空精』：虛靈也，即上句之『鬼』。客死異鄉，故曰『鬼客』。

忽見過客問何我

錢氏：『何』疑當作『向』。

張玉穀：（卷一七）問何我，何問我也。

黃氏：《漢書》（卷四八）《賈誼傳（·治安策）》：『大譴大何』，（顔）《注》曰：『何，問也』，問何我，謂詰問我也。

海按：『問何我』即『問我何』，乃試探的語氣問我是否乃何處人士，故下句方疑問：『寧知我家在南城』。《賈誼傳》中之『何』當改讀爲苛、呵，相假例證詳參《會典》《歌部第十五·可字聲系》，原本指：大臣犯重大過失，當遭嚴譴痛責時，如何維繫其尊嚴。顔《注》固然失之輕，黃氏更比附不當。

擬行路難之十四

登山遠望得留顔

海按：《類聚》卷七《山部上·總載山》所録謝莊《山夜憂》：『年去兮髮不還，金膏玉液豈留顔。』留顔又可稱駐年，如嵇康集卷四《答〈難養生論〉》：『邛疏以石髓駐年』、《抱朴子》内篇卷二《論仙》：『以住（駐）年藥食雞雛及新生犬子，皆止不復長』、《華陽陶隱居内傳》〔一〕卷下沈約《酬華陽先生》之四：『餐玉駐年齡，吞霞反容質』，然上文既已言：『少壯從軍去，白首流離不得還』，則此處與仙家號稱令時光於生理所起之老化歷程停止、青春容顏常駐無關。有頭始有顏，留顏猶言保全其首領、得以活命。《漢書》卷六六《楊敞傳附子惲傳·報孫會宗書》：『豈意得全首領，復奉先人之丘墓乎』、《三國志》卷四五《張翼傳》裴《注》所引《續漢書》：『得全首領以就農畝，則抱戴没齒，爵禄非所望也』。雖然主人公亦知此殆妄想：『將死胡馬跡，能見妻子難』。《幽蘭》之一：『傾輝引暮色，孤景留思顏』，將日頭擬人化，於西沈前，猶冀望多留片刻，令人睹其容顏。

【注】

〔一〕賈嵩：《華陽陶隱居内傳》，《正統道藏》，第九册《洞真部·記傳類·翔字號》。

擬行路難之十五

長袖紛紛徒競世，非我昔時千金軀

錢氏：《後漢書》（卷二四）《馬（援傳附子）廖傳》：『城中好大袖，四方全匹帛。』

陶潛（集卷三）《飲酒詩》（之十一）：『客養千金軀，臨化銷（消）其寶』。

海按：《韓非子》〔一〕卷一九《五蠹》：『鄙諺曰：「長袖善舞，多錢善賈。」』《後漢紀》卷一九《順帝紀·永和五年》：『（馬融）乃歎曰：「……生貴於天下。今以咫尺之恥，而喪千金之軀，非老、莊之意也。」』此聯蓋言：當今世間忽忘生命之可貴，而施展盡手段以競逐富貴等外物者，已更換另一批人，非『昔時』我輩。彼等瀕臨死亡之際，亦將同我輩悔悟其不值，而『含歎下黄壚』。

【注】

〔一〕王先慎：《韓非子集解》（臺北：世界書局，一九六一）。

擬行路難之十六

誰令摧折强相看

海按：《文選》卷二四《詩丙·贈答二》曹植《贈王粲》：『何懼澤不周，誰令君多念』、《樂府》卷三七《相和歌辭十二·瑟調曲二》謝靈運《折楊柳行》：『誰令爾貧賤，咨嗟何所道』，『令』乃及物動詞，下本當有受詞，《上潯陽還都道中》：『誰令乏古節，貽此越鄉憂』，省卻之受詞乃自身。此處亦然，然因採取第三人稱之聲口，故當云『誰令爾摧折』，豈非因爾强行照鏡，『看』見自身『白髮零落不勝冠』，以致『摧折』？《玉臺》卷八庾肩吾《詠美人自看畫應令》：『相看如照鏡。』

擬行路難之十八

莫言草木委冬雪，會應蘇息遇陽春

錢氏：《尚書》（卷八《（僞）仲虺之誥》）：『后來其蘇』，（僞孔）《傳》：『待我君來，其可蘇息』。

海按：《文選》卷二六《詩丁・贈答四》謝朓《暫使下都夜發新林至京邑寄西府同僚》：『時菊委嚴霜』，善《注》：『委猶悴也』，蓋將『委』改讀爲『萎』。二字相假例證詳參《會典》《齊部第十三（上）・委字聲系》。《漢書》卷六《武帝紀・元朔元年》《集解》引應劭曰：『蘇，息也』，《禮記》卷三八《樂記》：『蟄蟲昭蘇』，鄭《注》：『更息曰蘇』。息，生也，故『蘇』

亦引申出此義。《淮南子》卷五《時則》：『蟄蟲始振蘇』，高《注》：『蘇，生也』，《周易》卷五《震・六三》：『震蘇蘇』，《周易集解》[一]卷十引虞翻曰：『死而復生稱蘇』。蘇息乃同義複詞。

窮途運命委皇天

黃氏：《魏志・阮籍傳》：『時籍率意獨駕，不由徑路，車跡所窮，輒痛哭而返。』

海按：《阮籍傳》在《晉書》卷四九，否則，當云《三國志》卷二一《王粲傳》裴《注》所引孫盛《魏氏春秋》。

【注】

〔一〕李鼎祚：《周易集解》（臺北：臺灣學生書局，一九六七）。

代淮南王

合神丹，戲紫房，紫房綵女弄明璫

吳氏：（《類聚》卷七八《靈異部上・仙道》所録）《神仙傳》：『采女乘輜軿，注

【往】問道於彭祖，采女具受諸要，以教王，王試爲之，有驗。』

海按：《抱朴子》内篇卷四《金丹》：『采女丹法，以兔血和丹與蜜，蒸之百日，服之。如梧桐子者大一丸，日三，至百日，有神女二人來侍之，可役使。』

朱城九門門九閨

聞人氏：一作『朱門九重』。

海按：見《北史》〔一〕卷五《魏本紀·孝武帝紀·永熙三年》。

【注】

〔一〕李延壽：《北史》（臺北：藝文印書館，一九七二）。

代雉朝飛

意氣相傾死何有

黄氏：陶潛（集卷四《擬古》詩》（之一）：『意氣傾人命，離隔復何有。』

海按：《老子》第二章『有、無相生；難、易相成；長、短相較【形】〔一〕；高、下相傾』，雖然乃見存資料中『相傾』一詞之最早出處，然乃相倚相生之意，與此處用法迥别。《史記》卷八五《吕不韋列傳》：『當是時，魏有信陵君、楚有春申君、趙有平原君、齊有孟嘗君，皆下士、喜賓客以相傾。吕不韋以秦之彊，羞不如，亦招致士』，復參以卷七八《春申君列傳》：『相傾奪』，可知：乃競争以壓服對方之意。是以表現於姬妾邀寵方面，則爲『競爲佳麗之態』；表現於御車方面，則爲『馳競』；表現於鬥雞方面，『意氣欲相傾』則爲欲令對手雌伏，分見《漢書》卷八七上《揚雄傳·反離騷》顔《注》、《文選》卷一七《賦壬·音樂上》傅毅《舞賦》善《注》、《類聚》卷九一《鳥部中·雞》所録王褒《看鬪雞》。然亦由此引申出與對方惺惺相惜之意，如《後漢書》卷四三《朱暉傳附孫穆傳·崇厚論》：『彼與草、木俱朽；此與金、石相傾』、《梁書》卷五六《侯景傳》所載高澄《與侯景書》曰：『意氣相傾，人倫所重，感於知己，義在忘軀』、《北齊書》卷二一《高乾傳》：『魏領軍元叉權重當世，以意氣相得，接乾甚厚』，即後世所言之『意氣相投』，《漢書》卷八七下《揚雄傳·長楊賦》：『歌投《頌》；吹合《雅》』，投，合也。此處即此意，故以雉而言，『刎繡頸；碎錦臆，絶命君前無怨色』；以所喻之人而言，『握君手，執杯酒』，許君以軀，死亡算得了什麼？《文選》卷二五《詩丁·贈答三》盧諶《贈劉琨》：

『意氣之閒，靡軀不悔』、《三國志》卷四六《孫策傳》裴《注》引孫盛曰：『意氣之閒，猶有刎頸』、《類聚》卷四二《樂部二·樂府》所録吴邁遠《胡笳曲》：『輕命重意氣，古來豈但今』。

【注】

〔一〕據王卡：《老子道德經河上公章句》（北京：中華書局，一九九三），卷一《養身第二》校改。此一小節乃韻文，『生』、『成』、『形』、『傾』均爲上古耕部韻。若作上古宵部韻的『較』，嚴重不叶。

代夜坐吟

朱燈滅，朱顔尋，體君歌，逐君音

海按：《南齊書》卷二三《豫章文獻王傳》：『陛下若不照體臣心，便當永廢不修』、《魏書》卷三六《高允傳》：『伏願聖慈體臣悾悾之情』、《墓誌彙編》北魏《魏故使持節征東將軍青州刺史元（湴）君墓誌》：『帝方體君器幹，維縶不已』，體，領會也；照體，明察領會也。燈燭既滅，黑暗中唯聞男子之歌，因領會出歌中『意深』，故隨歌聲方向而前尋。

代春日行

汎舟艫，齊櫂驚

張玉穀：（卷一七）齊舉櫂而摇盪，或有驚也。

海按：《禮記》卷三六《學記》：『大時不齊』，孔《疏》：『齊謂一時同也』。《楚辭》卷四《九章·涉江》：『齊吴榜以擊汰』，王《注》：『吴榜，船櫂也；汰，水波也……士卒齊舉大櫂而擊水波』。再參照《文館詞林》卷一五八《詩一八·人部一五·雜贈答四》丘淵之《贈記室羊徽其屬疾在外》：『連鑣朔野，齊櫂江、湘』，可知：『齊櫂』之主詞與『舟』均爲多數。《後漢書》卷四〇上《班彪傳附子固傳·西都賦》：『櫂女謳，鼓吹震，聲激越；謍厲天』、《文選》卷二《賦甲·京都上》張衡《西京賦》：『齊栧女，縱櫂歌……奏《淮南》；度《陽阿》……驚蜩蝻；憚蛟蛇』，『驚』動外物者均爲歌、吹聲，鮑氏改爲令人『驚』者乃運櫂動作畫一，是爲新變。《文選》卷三一《詩庚·雜擬下》江淹《雜體詩三十首·王侍中懷德》：『倚棹汎涇、渭』，善《注》：『棹與櫂同』。

卷三

侍宴覆舟山之一

遊軒越丹居，暉燭集涼殿

錢氏：《樂府》（卷四四《清商曲辭一·吳聲歌曲一》）《子夜四時歌（·夏歌）》（之十六）：『窈窕瑶臺女，冶遊戲涼殿。』

海按：『丹居』即『朱宫』。《文選》卷二〇《詩甲·公讌》謝靈運《九日從宋公戲馬臺集送孔令》善《注》引傅玄《西都賦》曰：『彤彤朱宫』、《河清頌》：『朱宫潛耀；紫閣陰鮮』，指裴潢考究之皇宫。《後漢書》卷四〇上《班彪傳附子固傳·西都賦》：『焕若列星，紫宫是環，清涼、宣溫……不可殫論』，章懷《注》引《三輔黄圖》：『未央宫有清涼殿、宣室殿、中溫室殿』。《晉書》卷一三〇《赫連勃勃載記·統萬城功德銘》：『溫宫膠葛；涼殿崢嶸。』

追燚起流宴

錢氏：《説文》（十篇下）：『燚，火華也。』

海按：《文選》卷一《賦甲·京都上》班固《東都賦》：『燚燚炎炎，揚光飛文』，李善即引此注之。段《注》已指出：『古書「燚」與「猋」二字多互訛』，此處恐當作『猋』，飆也，『猋』、『飆』相假例證詳參《會典》《宵部第十八·猋字聲系》。如是方能與出句之『淩高』互文足義：因速度之快若追風，故車隊恍似淩空御氣而馳。《學劉公幹體》之四：『回風蕩流霧』，从斿、从流相假例證詳參《會典》《幽部第十七（上）·斿字聲系》，流霧即遊霧。宴，樂也；遊宴，遊樂也。《三國志》卷一三《王朗傳·諫明帝營修宮室疏》：『華林、天淵足用展遊宴』、《類聚》卷二九《人部十三·别上》所録何劭《洛水祖王公應詔》：『遊宴綢繆，情戀所親』、《金樓子》〔二〕卷四《立言上》：『予不喜遊宴淹留，每宴輒早罷』。

明輝爍神都；麗氣冠華甸

錢氏：《尚書》（卷六《禹貢》）：『五百里甸服。』

海按：僞孔《傳》：『規方千里之内謂之甸服』，意謂以王城爲中心，四方各距王城五百里，以致由東至西、由南至北各千里，然非此處用法。《左傳》卷三四《襄公二一年》：『罪重於郊甸』，杜《注》：『郭外曰郊；郊外曰甸』、《周禮》卷四《天官·甸師》：『共野果蓏之薦』，鄭《注》：『甸在遠郊之外』，是以郊、甸經常連言，如《文選》卷二《賦甲·京都上》張衡《西京賦》：『郊甸之内，鄉邑殷賑』、卷二六《詩丁·行旅上》潘岳《在懷縣作》之二：『登城望郊甸』。謝朓《夏始和劉孱陵》：『春色卷遥甸；炎光麗近邑』，最能顯示『甸』乃遠郊之意，不限於以王城爲中心者，故《上潯陽還都道中》：『登艫眺淮甸』、江淹《從建平王遊紀南城》：『江甸知禮富』。輝，光也；氣，風也。爍即鑠，二字相假例證詳參《會典》《宵部第十八·樂字聲系》，《方言》卷二郭《注》：『言光明也』，《代白紵曲》之二：『朝日灼爍發園華』，《古文苑》卷八《詩》李陵名下《録别詩》之二：『爍爍三星列』，《毛詩》卷一九之四《周頌·閔予小子之什·酌》：『於鑠王師』，毛《傳》：『鑠，美』。從上文『暉燭集涼殿』、之二『愛景麗皇州』可知：此次蓋爲傍晚的遊宴。此聯乃互文足義，言覆舟山傍晚的風光在美麗（『華』）的遠郊（『甸』）中乃居『冠』者，替『神都』鍍上一層最亮眼的金箔。

【注】

〔一〕蕭繹：《金樓子》（臺北：世界書局，一九六七）。

侍宴覆舟山之二

愛景麗皇州

海按：『愛』當改讀爲『曖』。《文館詞林》卷一五二《詩一二·人部九·贈答一·親屬贈答》蕭統《示徐州弟》：『曖曖景晚』、《英華》卷一七〇《詩二十·應制三》虞世南《奉和幸江都應詔》：『嚴飆肅林薄，愛景落江湖』。《楚辭》卷一《離騷》『時曖曖其將罷兮』，王《注》：『曖曖，昏昧貌』、《文選》卷五七《誄下》謝莊《宋孝武宣貴妃誄》：『金釭曖兮玉座寒』，善《注》：『曖，不明也』。曖景，夕照也，言傍晚落暉灑在整個建康城上，使其若敷上一片金粉。

羽蓋佇宣游

錢氏：《楚辭》（卷一五）《九懷・（通路）》：『宣遊兮列宿，順極兮彷徨（彷徉）。』

黃氏：宣，《說文》（七篇下）曰：『天子宣室也，从宀亘聲』。（《說文繫傳》[二]卷二六）徐鉉【鍇】曰：『宣字从回，風回轉，所以宣陰、陽也。』游、斿古通。（《史記》卷一一七《司馬相如傳》）司馬相如《上林賦》：『前皮軒，後道游』，《注》【《集解》引郭璞曰】：『游，謂斿（游）車也』。《周禮》（卷二七）《春官（・司常）》：『斿車載旌。』『宣游』謂天子之斿車，故上言『羽蓋』也。

海按：王《注》：『徧歷六合視眾星也』，《補注》：『宣，徧也』。《文選》卷二二《詩乙・遊覽》顏延之《車駕幸京口侍遊蒜山作》：『宣遊弘下濟，窮遠凝聖情』、謝朓《杜若賦》：『憑瑤圃而宣游，臨水木而延佇』。出句言車駕之奔走，故言『戒馳路』，此對句則言駐馬下車後，四處遊覽，故言『羽蓋佇』。

慚無勝化質，謬從雲雨遊

錢氏：（《文選》卷二〇《詩甲・公讌》）應瑒《（侍五官中郎將）建章臺集詩》：『欲因雲雨會，濯翼陵高梯。』

海按：《周易》卷一《乾・文言》：『雲從龍』；《淮南子》卷一七《説林》：『人不見龍之飛舉而能高者，風雨奉之』，是『雲雨』乃譬喻此度侍宴之群臣，鮑氏代柳元景自謙：以我資質如此不堪教化者，居然亦得與其間，故曰『謬從雲雨遊』。

【注】

〔一〕徐鍇：《説文繫傳》（臺北：華文書局股份有限公司，一九七一）。

從拜陵登京峴

黄氏：本傳：照遷秣陵令，文帝以爲中書舍人，故收句云：『深德竟何報，徒令田陌空』。

海按：此乃從《南史》〔一〕卷一三《長沙景王道憐傳所附鮑照傳》將『世祖』誤爲『太祖』所致，《宋書》可證。照出爲秣陵令，亦『孝武初』之事，虞炎《序》可證。《宋書》卷一五《禮志二》：『自元嘉以來，每歲正月，輿駕必謁初寧陵，復漢儀也。世祖、太宗亦每歲拜初寧、長寧陵。』然拜陵非止天子，諸王、百官亦可，桓謙奏曰：『百僚拜陵起於中興……尋武皇帝詔，乃不使人主、諸王拜陵，豈唯百僚』，然後又弛禁，故『宋明帝又斷群臣初拜謁陵』。

孟冬十月交

錢氏：《毛詩》（卷一二之二《小雅·節南山之什·十月之交》）：『十月之交。』

海按：《宋書》卷二一《樂志三》曹操《步出夏門行·碣石》：『孟冬十月，北風裵回。』

哀賤謝遠願

海按：『遠願』即『遠志』，遠大之志向。《文選》卷二三《詩丙·贈答一》王粲《贈士孫文始》：『白駒遠志，古人所箴』、《玉臺》卷三陸機《爲周夫人贈車騎》：『男兒多遠志，豈知妾念君』。

【注】

〔一〕李延壽：《南史》（臺北：藝文印書館，一九七二）。

蒜山被始興王命作

錢氏：劉楨《京口記》曰：『蒜山無峰嶺，北臨江。』

張雲璈：（卷一〇）胡中丞云：『「楨」當作「損」。《隋書·經籍志（二·史·地理記）》曰：「《京口記》二卷，（自注：）宋太常卿劉損撰」，即此。』

海按：據《三國志》卷四六《孫策傳》，建安元年（一九六），高郵至揚州已入孫吴勢力範圍；據《文選》卷三〇《詩庚·雜擬上》謝靈運《擬魏太子鄴中集·劉楨》：『貧居晏里閈，少小長東平，河、兗當沖要，淪飄薄許京』，劉氏蓋無可能嘗遊京口。『楨』蓋『損』形近之訛〔一〕。

玄武藏木陰，丹鳥還養羞

錢氏：（《文選》卷一五《賦辛·志中》）張衡《思玄賦》：『玄武縮於殼中兮』，（舊）《注》：『龜與蛇交曰玄武』。《左傳》（卷四八《昭公十七年》）：『丹鳥氏，司閉者也。』《禮記》（卷一六《月令》）：『仲秋之月……群鳥養羞。』

海按：鄭《注》：『羞謂所食也。《夏小正》曰：「九月，丹鳥羞白鳥」，《説》曰：「……白鳥也者，謂閩、蚋也……養也者，不盡食也」』，《釋文》：『閩音文，依字作蟁，又作蚊』。『羞』既爲實指之物，則與之對仗的『木陰』當亦然。陰即蔭，二字通假例證詳參《會典》《侵部第七·今字聲系》。指玄武此神獸將春、夏的樹蔭暫時收藏起來，即言此時衆木葉盡凋零，然尚餘枝椏，如同丹鳥保留部分蚊、蚋。

鹿苑豈淹睇？兔園不足留

錢氏：《三輔黄圖》[二]（卷六《陵墓》）：『惠帝安陵去長陵十里……有果園、鹿苑。』《西京雜記》（卷二《梁孝王宫囿》）：『梁孝王好營宫室苑囿之樂……築兔園也。』

海按：《左傳》卷二五《成公二年》：『無令輿師淹於君地』，杜《注》：『淹，久也』、卷二三《宣公十二年》：『二三子無淹久』，杜《注》：『淹，留也』。《説文》四篇上：『睇，小衺視也。』此謂：蒜山此自然形勝之地豈人爲之帝王苑囿可比？『睇』字極佳，因隨上司登覽，不容拖延落後，是以鹿苑之流果新奇佳美，侍從人員等於行進途中，勢必不停地偷偷斜視。

升嶠眺日軏

錢氏：《説文》（十四篇上）：『軏（軏），車轅端持衡者。』振倫按：日軏疑似即日御、日輪之意。

海按：《論語》卷二《爲政》：『大車無輗，小車無軏，其何以行之哉』，《集解》引包咸曰：『軏者，轅端上曲鉤衡』。此爲部分代表全體，陸雲《九愍·修身》：『瞻前軏【軏】[三]而我先；顧後乘而駕遲』，『軏』與『乘』相對，是以日軏即日車。《類聚》卷一《天部上·日》所録李尤《九曲歌》：『年歳晚暮時已斜，安得力士翻日車』、《文選》卷三○《詩己·雜詩下》謝靈運《石門新營所住四面高山回溪石瀨修竹茂林詩》：『庶持乘日車，得以慰營魂』。

王德愛文雅，飛翰灑鳴球

錢氏：《尚書》（卷五《益稷【皋陶謨】》）：『戛擊鳴球。』

海按：僞孔《傳》：『球，玉磬。』鳴球猶鳴玉，《文選》卷一七《賦壬・論文》陸機《文賦》：『懼蒙塵於扣缶；顧取笑乎鳴玉』，以音樂喻文學造詣。《河清頌》：『盛德形容，藻被歌頌。察之上代，則奚斯、吉甫之徒鳴玉鑾於前』，以鸞鈴喻文學作品之高明，與此句同屬一類。

【注】

〔一〕詳參俞紹初《建安七子集》（臺北：文史哲出版社，一九九〇），附録四《建安七子年譜》。

〔二〕何清谷：《三輔黄圖校釋》（北京：中華書局，二〇〇五）。

〔三〕宋本作『軏』，點校者據明張溥本改爲『軌』，以是爲非，全然不明校讎基本前提之一：唯罕見字誤爲常見字，常見字則無由誤爲罕見字。

登廬山

懸裝亂水區；薄旅次山楹

聞人氏：《晉書》（卷六九《戴若思傳》）：『陸機赴洛，船裝甚盛。』（《文選》卷五《賦丙・京都下》左思）《吴都賦》：『開軒幌，鏡水區。』《周易》（卷六）《旅卦》（孔）《疏》：『旅者，客寄之名。』（《楚辭》卷一四）莊忌《哀時命》：『鑿山楹而爲室兮』，《卓氏藻林》〔一〕（卷五《宮室類・楚辭》）：『山楹，山房也』。

海按：『懸』，古但作『縣』。《説文》九篇上：『縣，繫也』、《荀子》卷一二《正論》：『聖王没，有埶籍者罷不足以縣天下』，楊《注》：『縣，繫也，音懸』，是以《莊子》卷三上《大宗師》《釋文》所引向《注》，以『無所係也』訓『縣解』。《尚書》卷六《禹貢》：『亂於河』，僞孔《傳》：『正絶流曰亂』，孔《疏》引孫炎曰：『横渡也』。裝，行裝也，《漢書》卷三九《曹參傳》：『蕭何薨，參聞之，告舍人趣治行』，顔《注》：『治行，謂脩治行裝也』、卷九五《南粵傳》：『王、王太后飭治行裝重資，爲入朝具』。《吴都賦》

劉《注》：『水區，河中也』，非此處之用法。《宋書》卷六七《謝靈運傳·山居賦》：『緬邈水區』，方得之。出句謂將行囊紮束好，横渡有水的地區。《吕覽》卷一五《報更》：『雖得則薄矣』，高《注》：『薄，輕少也』、《淮南子》卷二一《要略》：『悉索薄賦』，高《注》：『薄，少也』。旅之字形本指軍事隊伍。『薄旅』指此行人員甚少，相對於此者乃《從過舊宫》之『雲旅』。因此本聯類乎輕裝簡從、涉水跋山之謂。

巃嵸高昔貌；紛亂襲前名

聞人氏：（《漢書》卷五七上《司馬相如傳》）《上林賦》：『巃嵸崔巍。』

黄氏：（《類聚》卷七《山部上·廬山》所録）宋支曇諦《廬山賦》曰：『昔哉壯麗，峻極氤氲』，又：『咸豫聞其清塵，妙無得之稱名也』，『昔貌』、『前名』疑出此。

增補：『亂』，宋本作『純』。

海按：宋本是。紛純猶紛綸，《史記》卷一一七《司馬相如傳·封禪文》：『紛綸葳蕤』、《後漢書》卷四〇下《班彪傳附子固傳·東都賦》：『豈特方軌並跡，紛綸後辟』。『紛綸』與出句之『巃嵸』分别爲真部、冬部之疊韻詞，故相對仗。《漢書》卷五七上《司馬相如傳》《集解》引郭璞曰：『高峻貌』，或作『嶠嶸』，如卷八七上《揚雄傳·甘泉賦》：『陵高衍之嶠嶸兮』；或作『隴嵸』，《楚辭》卷一二《招隱士》：『山氣巃嵸兮』，王《注》：『岑崟嵾嵯雲滃鬱也』，明茶陵六臣本《文選》卷三三《騷下·招隱士》『巃』作『隴』。此聯指：此度來遊，眾多峯嶺名稱依舊，但似因山嵐蒸騰，廬山較以往印象中愈形高聳嵯峨。

深崖伏化跡；穹岫閟長靈

聞人氏：（《宋書》卷六七《謝靈運傳》）謝靈運（《山居）賦》：『賤物重己，棄世希靈，駭彼促年；愛是長生。』

黃氏：（《類聚》卷七八《靈異部上·仙道》所録）晉湛方生《廬山神仙詩》曰：『室宅五岳；賓友松、喬』；（《廬山記》[二]卷四《古人留題篇》所録）惠【慧】遠《廬山雜詩》：『幽岫棲神跡』，所謂『化跡』，『長靈』也。

海按：《說文》七篇下：『穹，窮也』、『窮，極也』，引申爲高之意，故《廣韻》卷一《上平聲·東第一》逕曰：『穹，高也』，與出句之『深』相對。同型之對仗見諸《登翻車峴》：『高山絕雲霓；深谷斷無光』。江淹《草木頌·黃連》：『長靈久視，驂龍行天』，首句取自《老子》第五九章：『長生久視』。『靈』當改讀爲『命』，兩字相假例證詳參《會典》《青部第三・霝字聲系》、《真部第四・令字聲系》。長命即長生，亦即下文之『羽人』。

【注】

〔一〕卓明卿：《卓氏藻林》，《四庫全書存目叢書》，【子部】第二一四册。

〔二〕陳舜俞：《廬山記》，《四部分類叢書集成續編・殷禮在斯堂叢書》（臺北：藝文印書館，一九七〇）。

登廬山望石門

訪世失隱淪，從山異靈士

聞人氏：（《文選》卷一一《賦己・遊覽》）孫綽《遊天臺山賦・序》：『靈仙之所窟宅。』

方東樹：『靈士』用（《文選》卷二一《詩乙・詠史》顔延之《五君詠・嵇中散》善《注》所引顧凱之）《嵇康贊》（：『鮑靚，通靈士也』）。

海按：『靈士』猶言『靈人』，陶潛集卷四《讀〈山海經〉》之六：『靈人侍丹池，朝朝爲日浴』、《真誥》〔一〕卷四《運象篇》楊羲《紫微詩》：『靈人隱元（玄）峰，真神韜雲采』、江淹《山中楚辭》之二：『予將禮於太一……要靈人兮中洲』。靈人，神人、仙人也。

巑岏象熊耳

聞人氏：《韻會》（卷五《平聲上·十四干》）：『巑岏，山鋭貌。』

海按：《楚辭》卷一六《九歎·憂苦》：『登巑岏以長企兮，望南郢而闚之』，王《注》：『巑岏，鋭山也』。《文選》卷三〇《詩己·雜詩下》謝朓《和王著作八公山》：『茲嶺復巑岏』，善《注》：『《字林》曰：「巑岏，鋭山也」』、《廣弘明集》卷二四《僧行篇》劉峻《東陽金華山栖志》：『巑岏嶾嶙，上虧日月』，此乃寒部疊韻詞。

雞鳴清澗中；猨嘯白雲裏，瑶波逐穴開；霞石觸風起

海按：風，今多誤作『峰』，乃音近致訛。於上古，風乃侵部；峰乃東部，晉、宋時，風已轉隸東部，與峰同韻。後一聯乃『穴逐瑶波開；風觸霞石起』的倒裝句法。霞、瑕二字相假例證詳參《會典》《魚部第十九（中）・叚字聲系》，故霞石即瑕石，《文選》卷一二《賦己・江海》木華《海賦》：『瑕石詭暉』，善《注》：『《説文》（一篇上）：「瑕，玉之小赤色者也」』，是以得與『瑶』對仗。《從庾中郎遊園山石室》稱美整片山壁，故曰：『瑕壁麗錦質』。《公羊傳》卷一二《僖公三一年》：『觸石而出，膚寸而合，不崇朝而徧雨乎天下者，唯泰山爾』，《類聚》卷一《天部上・雲》所録《尚書大傳》，則以爲『五岳』皆然，實則大山皆然。《類聚》卷二《天部下・雨》所録陰鏗《閑居對雨》之二：『觸石朝雲起』、卷三七《人部二一・隱逸下》所録蕭繹《隱居先生陶弘景碑》：『觸石起雲』，以致『觸石』可作雲之代詞，如《初學記》卷五《地理上・泰山第三》所録謝靈運《泰山吟》：『觸石輒遷綿』。此乃呼應上聯對句：何以會有『白雲』，並且從『白雲裏』傳來『猨嘯』。《飛白書勢銘》：『霑此瑶波，染彼松煙』，又可曰『玉波』，《英華》卷一五六《詩六・天部六・風》王臺卿《詠風》：『暫拂蘭池上，瀲淡玉波生』，瑶波、玉波皆水波之美稱，乃言水力之强，衝擊兩岸山壁，形成大小窟窿：穴。同樣是呼應上聯出句：山『澗』中何以會有『雞』棲息之處，得聞『雞鳴』。

【注】

〔一〕張海鵬訂；陶弘景撰：《真誥》（臺北：廣文書局有限公司，一九八九）。李永晟點校：《雲笈七籤》（北京：中華書局，二〇〇三），卷九七《歌詩》楊羲《紫微王夫人一十七首》之九，次句作『真人韜雲來』。點校者僅稱引異文，未斷是非。按：『真人』乃道家慣用語，寫、刻者因此而致誤，未顧及出句對仗處已爲『人』字，犯了六朝人撰文的重出大忌；『韜』、『隱』於此處均爲動詞，故與『元峯』妃偶的必爲省略介詞（於）後的名詞，不可能再出現動詞，蓋因『來』俗寫作『来』，字形過於近似而訛。又，張海鵬乃清人，故避聖祖諱，易『玄』爲『元』。

從登香爐峯

徒收杞梓饒，曾非羽人宅

聞人氏：《左傳》（卷三七《襄公二六年》）：『晉卿不如楚，其大夫則賢，皆卿材也，如杞梓、皮革自楚往也。雖楚有材，晉實用之。』《山海經》有羽人之國。

黄氏：杞梓，喻人才之盛，謂歌頌義慶比魯侯之保有鳧、繹，然未若茲山爲羽人之宅，羅景、沾光爲可記也。（《類聚》卷六七《衣冠部·衣冠》所録）郭璞《詩》：『杞梓生南荆，奇才應世出。』

海按：《國語》卷一七《楚語上·蔡聲子論楚材晉用》：『其大夫皆卿材也。若杞梓、皮革焉，楚實遺之……不能用也』，韋《解》：『杞梓，良材也』、《文選》卷四七《贊》袁宏《三國名臣序贊》：『赫赫三雄，並回乾軸，競收杞梓，争采松竹』、江淹《雜體詩·盧中郎感交》：『自顧非杞梓，勉力在無逸』。首聯『辭宗盛荆夢，登歌美鳧繹』乃並列者，焉有楚人頌美他國君主之理？聞人氏注不當。此聯乃言荆、徐等地方内文、武之才固盛，然非方外仙家樂居之所。《山海經》卷六《海外南經》：『羽民國在其東南，其爲人長頭，身生羽。』聞人氏乃據《楚辭》卷五《遠遊》：『仍羽人於丹丘兮』王《注》轉引。

羅景藹雲扃；沾光扈龍策

聞人氏：《廣雅》（卷一上《釋詁》）：『羅，列也。』按：景，日景也。雲扃猶雲扉也。《韻會》（卷一二《上聲·七古》）：『扈……尾也，後從曰扈。』

海按：『羅』當改讀爲『離』，亦即『麗』，附麗也。三字相假例證詳參《會典》《歌部第十五·離字聲系》。《文選》卷一二《賦己·江海》木華《海賦》善《注》所引蘇武名下《答李陵書》：『雖乘雲附景，不足以比速』、《墓誌彙編》北魏《魏故襄威將軍大宗正丞元（斌）君墓誌銘》：『連霄附景之華，固以圖彼丹青，被茲鍾萬者矣』、《英華》卷六六七《書一·宰相上》王勃《上劉右相書》：『附景摶風，捨薹衣而見朱闕』。『附景』與『沾光』正相對仗。《説文》十二篇上：『扃，外閉之關也』、『關，以木横持門户也』，《莊子》卷四中《胠篋》：『將爲……盜而爲守備，則必……固扃鐍』，《釋文》：『扃……崔、李云：「關也」』。《周易》卷一《乾·文言》：『雲從龍。』龍喻天子，則『雲扃』喻隨駕出行之侍從禁衛人員。『藹』乃『藹藹』之省。此句指自己沾光，有幸得參與衆多侍從禁衛人員之行列。

青冥摇煙樹，穹跨負天石

聞人氏：《漢書》（卷二七下之上《五行志·思羞·月晦》顔）《注》：『冥，暗也』……言摇煙之樹蒽然者，因望窮而晦；負天之石穹然者，若遠跨而來也。

海按：《楚辭》卷四《九章・悲回風》：『上高岩之峭岸兮，處雌蜺之標顛，據青冥而攄虹兮，遂倏忽而捫天』、卷一七《九思・悼亂》：『玄鶴兮高飛，曾遊兮青冥』，王《注》：『青冥，太清』。《文選》卷四六《序下》任昉《〈王文憲集〉序》善《注》：『《鍾會集》言程盛曰：「丹霄之鳳，青冥之龍」』，對照《楚辭》卷一六《九歎・遠遊》：『譬若王僑之乘雲兮，載赤霄而淩太清』，王《注》蓋是。《老子》第三九章：『天得一以清。』太清，天之甚高處。此句乃形容山峰峻極於天，以致峰頂摇曳的衆樹下方處在一片煙霧彌漫中，好似天界中的仙木。『穹』具有『高』義，已見上文，然該處乃簡言之。詳言之，《周禮》卷三九《考工記・輪人》：『部廣六寸』，鄭司農云：『部，蓋斗也』，賈《疏》：『此言蓋之斗……於上部高隆穹然謂之爲部』、《爾雅》卷六《釋天》：『穹蒼，蒼天也』，邢《疏》引李巡云：『古時人質，仰視天形穹隆而高』，可知：上古由於認爲天圓地方，所謂蓋天説〔二〕，天被視爲若弓之拱起狀，此狀詞即上古蒸（弓）、中（冬）旁轉通韻的疊韻詞穹隆，或作穹崇，《文選》卷一六《賦辛・哀傷》司馬相如《長門賦》：『正殿塊以造天兮，鬱並起而穹崇』，善《注》：『穹崇，高貌』；或作崇隆，《古文苑》卷四《揚雄賦三首・蜀都賦》：『爾乃倉山隱天……崇隆臨柴』；或作隆穹，《後漢書》卷六〇上《馬融傳・廣成頌》：『金山石林殷起乎其中……隆穹槃回』。讀得慢，則爲穹隆；讀得快，則爲穹，如扶搖之於飆、之乎之於諸，故《一切經音義》卷四《觀佛三昧海經》第二卷『穹脊』下曰：『穹謂穹隆也』。《楚辭》卷三《天問》：『八柱何當』，王《注》：『言天有八山爲柱』；《淮南子》卷四《墬形》：『天、地之間，九州八極【柱】』。由於山必呈錐形或弓形，故形容香爐峰如巨人兩腿横『跨』，以背負蒼天。此乃夸飾香爐峰猶負天之柱。

高世伏音華

海按：音，聲也。《文選》卷三六《令》任昉《宣德皇后令》：『客游梁朝，則聲華藉甚』、《類聚》卷三七《人部二一·隱逸下》所録劉峻《與宋玉山元思書》：『金石可碎，聲華無寂』、《弘明集》卷八玄光《辯惑論·俠道作亂四逆》：『真宗難曉，聲華易惑』。無論聲或華，均與實相對，此句中之聲華指方内虚名。

【注】

〔一〕《晉書》，卷一一《天文志上·天體》。

從庾中郎遊園山石室

至哉煉玉人，處此長自畢

海按：《楚辭》卷八《九辯》之九：『直怐愗而自苦』，王《注》：『守死忠信以自畢也』、阮籍《答伏義書》〔一〕：『守臊穢以自畢』、《玉臺》卷七蕭衍《織婦》：『君情倘未忘，妾心常自畢』、《魏書》卷九二《列女列傳·魏溥妻房氏傳》：『出事君子，義在自畢』、《北史》卷五三《綦連猛傳》：『竟如相者言，卒以榮寵自畢』。《文選》卷一九《賦癸·情》宋玉名下《高唐賦》：『言辭已畢』，善《注》：『畢，竟也』，自畢，終身也。於死者而言，則爲永久，如《傷逝賦》：『閉金扃於下泉，永山河以自畢』。此聯乃贊佩修煉仙道者能終生潛心處此山中。

【注】

〔一〕阮籍：《阮步兵集》，《歷代卅四家文集》（鄭州：中州古籍出版社，一九九七），卷三《書》。

登雲陽九里埭

徒憶江南聲；空録齊后瑟

聞人氏：《韓非子》（卷一二《外儲説左下》）：『齊宣王問康【匡】倩……又問：「儒者鼓瑟乎？」……』。

海按：《文選》卷二三《詩丙·哀傷》潘岳《悼亡詩》之二：『此志難具紀』，善《注》：『賈逵《國語注》曰：「紀猶録也」』、卷三《賦乙·京都中》張衡《東京賦》：『咸用紀宗存主』，薛《注》：『紀，録也』，而紀、記通假例證詳參《會典》《之部第十一（上）·己字聲系》，故《漢書》卷五八《公孫弘卜式兒寬傳·贊》：『不可勝紀』，顔《注》：『紀，記也』、《釋名》卷四《釋言語》：『紀，記也』，則『空録』意猶『空記』，與出句的『徒憶』同義。

自礪山東望震澤

爛漫潭、洞波；合沓崿、嶂雲

錢氏：（《文選》卷一一《賦己·宮殿》）王延壽《魯靈光殿賦》：『流離爛漫』……（卷二一《賦甲·京都上》）張衡《西京賦》（善）《注》：『（《文字集略》曰：）崿，崖也。』

海按：『爛漫』乃寒部疊韻詞，是以《送從弟道秀别》：『浸淫旦潮廣，瀾漫宿雲滋』，將之與侵部疊韻詞『浸淫』對仗。此詞之意本爲負面，後引申出正面意，同見於《史記》卷一一七《司馬相如傳·子虚賦》。其上文：『牢落陸離，爛曼遠遷』，此指其分散、逐漸零落貌，但亦因分散，引申出遍佈、衆多等意，其下文：『所以娱耳目而樂心意者麗靡爛漫於前』即此種用法。他如《古文苑》卷二《宋玉賦六首·笛賦》：『般衍瀾漫，終不老兮』、《文選》卷一八《賦壬·音樂下》馬融《長笛賦》：『紛葩爛漫，誠可喜也』、《梁書》卷一三《沈約傳·郊居賦》：『布濩南池之陽，爛漫北樓之後』、《墓誌彙編》北魏《魏兗州故長史穆（彦）君墓誌銘》：『弈葉扶疎，分柯瀾漫』，亦然。至於《文選》卷三五《七下》

張協《七命》：『瀾漫狼籍……藪爲毛林，隰爲丹薄』、《魏書》卷一九下《景穆十二王列傳・南安王楨附孫熙傳》：『細草不除，將爲爛漫』，雖是此詞引申後之用法，但仍保持原先負面語意。《楚辭》卷四《九章・抽思》：『亂曰：長瀨湍流泝江潭』，王《注》：『楚人名淵曰潭』；卷三《天問》：『天何所沓』，王《注》：『沓，合也』。《爾雅》卷七《釋丘》：『上正，章丘』，郭《注》：『頂平』，後世寫作『嶂』。崿、嶂爲二，猶潭、洞匪一。『爛漫』言水之四散、充沛；『合沓』言雲之聚攏、重疊。謝朓《詠菟絲》：『爛漫已萬條，連綿復一色』，即此種表述法：前言散，後言合。

漲島遠不測；岡澗近難分

錢氏：《說文》（九篇下）：『海中往往有山可依止曰島。』

海按：《文選》卷一二《賦己・江海》郭璞《江賦》：『蹐江津而起漲』，善《注》：『漲，水大之貌』。於此處，『漲』乃漲海之省稱，此所以得與『岡』相對。漲島，漲海中之島。《南齊書》卷一四《州郡志上・交州》：『鎮交趾，在海漲島中。』《蕪城賦》：『南馳蒼梧、漲海』，善《注》引謝承《後漢書》：『陳茂常渡漲海』。

結言非盡意，有念豈敷文

錢氏：『結言』見《幽蘭》〔之三『結佩徒分明』，錢氏《注》引《楚辭》（卷一）《離騷》：『解佩纕以結言兮，吾令蹇修以爲理』〕。《晉春秋》：『（謝）安優遊山水，以敷文析理自娱。』

海按：《離騷》之『結言』乃訂情、結婚約之謂，與此處之『結言』風馬牛不相及。結言即屬文，猶『意』之於『念』，故對句改用『敷文』。《文選》卷二五《詩丁·贈答三》盧諶《贈劉琨書》：『《易》曰：「書不盡言，言不盡意」，然則書非盡言之器，言非盡意之具矣。』此聯乃言：今雖作詩寄懷，然内心之意豈文字所能道盡？意在言之表，真欲令人知我心，亦不會假此舉矣。『（謝）安』云云見諸《世説新語》〔二〕中卷《賞譽》條一〇一劉《注》所引《續晉陽秋》。《晉陽秋》東晉孫盛撰；《續晉陽秋》劉宋檀道鸞撰。『春秋』作『陽秋』，乃因東晉孝武帝尊本生祖母會稽太妃鄭阿春爲簡文太后，故諱之。《荀子》卷一六《正名》：『約定俗成，謂之宜；異於約，則謂之不宜。』原書名即如是，錢氏妄自回改，徒增識别困擾，殊不當。對照《與荀中書别》：『敷文勉征念，發藻慰愁容』，可知：敷文即撰文。雅言之，則或作『摛藻』，如《漢書》卷一百上《敘傳·答賓戲》：『摛藻如春華』；或作『奮藻』，《文選》卷一五《賦辛·志中》張衡《歸田賦》：『揮翰墨以奮藻』。

【注】

〔一〕楊勇：《世説新語校箋（修訂本）》（臺北：正文書局有限公司，二〇〇〇）。

三日遊南苑

錢氏：（《御覽》卷一九六《居處部二十四·苑囿》所録）《南朝宮苑記》曰：『南苑在臺城南鳳臺山。』

海按：《景定建康志》〔一〕卷二二《城闕志三·亭軒》：『水亭有二：一在臺城寺，即今法寶寺；一在齊南苑中，是陸機故宅，乃王處士水亭也，今鳳臺山南、傍秦淮是其處。』《宋書》卷八《明帝紀·泰豫元年》：『以南苑借張永，云：且給三百年，期訖更啟』、卷五三《張茂度傳附子永傳》：『永衆於此潰散，永亦棄軍奔走，還先所住南苑』，則前此孝武帝時，該處乃皇家園囿。

採蘋及華月；追節逐芳雲

海按：《和王護軍秋夕》：『節徙芳歲殘』、《紹古辭》之四：『芳歲猶自可』、《詠雙燕》之一：『沈吟芳歲晚』，芳歲即芳年，《代白紵曲》之二：『千金顧笑買芳年』。芳、華意通，《初學記》卷三《歲時部·春第一》所録蕭繹《纂要》：『節曰華節、芳節、良節、嘉節』。一年四節，一節三月，『華月』乃自此變化而來，《文選》卷三一《詩庚·雜擬下》劉鑠《擬行行重行行》：『芳年有華月；佳人無還期』、唐瑾《華嶽頌·序》〔二〕：『至如芳年華月』。此聯乃交錯對，『及華月』與『追節』意義一致，趁著美好之季節月份，『採蘋』『逐芳雲』。

騰蒨溢林疏

增補：宋本『騰』作『勝』。

海按：宋本作『勝』，乃『騰』形近之訛。《文心雕龍》卷六《通變》：『夫青生於藍；絳生於蒨，雖踰本色，不能復化』，蒨〔三〕，茜也，騰蒨，飛紅，即飛花也。疏，孔隙之處。言飛花甚夥，自林間孔隙處漫溢出。《蒜山被始興王命作》：『高薄符【浮】好蒨』，即高處雜樹偏生美麗之紅花。

清潭圓翠會

海按：《學劉公幹體》之四：『荷生淥泉中，碧葉齊如規。』規，畫圓之工具。圓翠，以顏色與形狀代言荷葉也。葉葉相連，故曰『會』。

花薄緣綺紋

錢氏：『薄』見《蒜山被始興王命作》（『高薄符好蒨』，錢氏《注》引《楚辭》（卷四《九章・涉江》王）《注》：『草木交錯曰薄』）。

增補：宋本『花』作『化』。

海按：宋本作『化』，乃『花』之壞訛。『花』乃『華』之俗字，見《説文》六篇下段《注》。《文選》卷二八《詩戊・樂府下》陸機《君子有所思行》：『清川帶華薄』、江淹《雜體詩・陳思王贈友》：『清池映華薄』、《類聚》卷四《歲時中・三月三日》所録謝惠連《三月三日曲水集》：『芳飆起華薄』。華薄，花叢也。『緣綺紋』，流觴之水兩岸盡爲花叢，如衣服之沿其邊而飾之者。

折榮憖組芬

海按：《爾雅》卷八《釋草》：『綸，似綸；組，似組，東海有之』，郭《注》：『海中草生彩理有象之者，因以名云』。《文選》卷一二《賦己·江海》郭璞《江賦》：『青綸競糾，縟組爭映』、《類聚》卷二九《人部十三·別上》所録劉孝綽《侍宴餞庾於陵應詔》：『芳卉疑綸組，嘉樹以【似】雕飾』，組芬猶言草香，憖（吝）組芬，惜香草。

【注】

〔一〕周應合：《景定建康志》，《景印文淵閣四庫全書》，第四八九册。

〔二〕王昶：《金石萃編》（臺北：國聯圖書出版公司，一九六四），卷三七。

〔三〕逯欽立：《先秦漢魏晉南北朝詩》（臺北：木鐸出版社，一九八八），《宋詩》卷八，自注曰：『《歲時雜詠》作「芳」。』蒲積中：《歲時雜詠》，《景印文淵閣四庫全書》，第一三四八册，卷一六《上巳》，並無異文。且作『芳』，意雖可通，然與上句『逐芳雲』之『芳』犯重出。

贈故人馬子喬之一

躑躅城上羊，攀隅食玄草

錢氏：崔豹《古今注》〔二〕（卷下《草木》）：『羊躑躅花，花黄，羊食之，則死；羊見之，則躑躅分散，故名羊躑躅。』

海按：《荀子》卷一三《禮論》：『大鳥獸則先亡其群匹，越月踰時，則必反鉛過故鄉……躑躅焉、踟躕焉，然後能去之』、《類聚》卷九一《鳥部上·鸚鵡》所録王粲《鸚鵡賦》：『步籠阿以躑躅』、卷二《天部下·雨》所録曹植《愁霖賦》：『馬躑躅以悲鳴』、《英華》卷二六六《詩一六十【一一六】·送行一》吴均《送柳吴興竹亭集》：『躑躅牛羊下，晦昧崦嵫色』，均與周遭草木有何避忌者無涉。此處純言衆羊因覓食，於險峻之城上左右徘徊揣度，以便登城隅，得草果腹。

俱共日月輝，昏、明獨何早

海按：《山行見孤桐》：『昏、明積苦思，晝夜叫哀禽』、《文選》卷三七《表上》劉琨《勸進表》：『昏、明迭用；否、泰相濟』，善《注》：『昏明謂晝夜也』。『何』乃『一何』之省略。《宋書》卷二一《樂志三》曹丕《短歌行》：『嗟我白髮，生一何早』、《樂府》卷三七《相和歌辭十二·瑟調曲二》謝靈運《折楊柳行》：『嚴駕一何早』，一何，何其、何等。晝夜之形成由於日月運行，運行之速度於萬物應一致，所謂『共』，乃就人、羊而言，試觀城上之羊尚在覓食，爲何『獨』獨於我似乎特別『早』，轉瞬已至日暮而『夕風』起？

【注】

〔一〕崔豹：《古今注》，《百部叢書集成·畿輔叢書》（臺北：藝文印書館，一九六六）。

贈故人馬子喬之五

宿心誰不欺，明白古所難

海按：《後漢書》卷十上《皇后本紀·和熹鄧皇后紀·遺詔》：『上欲不欺天愧先帝；

下不違人負宿心』、《公羊傳》卷七《莊公十三年》：『要盟可犯，而（齊）桓公不欺；曹子可讎，而桓公不怨，桓公之信著乎天下』、《説苑》〔一〕卷一六《談叢》：『義士不欺心』。『不欺』『宿心』即《擬古》之八『勿輕【慙】素誠』。此聯意謂：誰能不因時、空、人事變異，保持以往之情誼，而不負心？然人心叵測，要別人信得過這番誠篤，自古以來亦非易事。

永念平生意，窮光不忍還

海按：窮，盡也、終也，窮光，終朝。《代貧賤苦愁行》：『愁苦窮日夕。』或徑言『窮日』，如《文選》卷五二《論二》韋昭《博弈論》：『窮日盡明』；或曰『盡日』，如《文選》卷二七《詩戊·軍戎》王粲《從軍》之一：『盡日處大朝，日暮薄言歸』。此聯乃言：追憶起自年輕時以來二人之情誼，於此送別之際，雖已屆日暮，猶不忍折返居所。

【注】

〔一〕趙善詒：《説苑疏證》（上海：華東師範大學出版社，一九八五）。

贈故人馬子喬之六

雌沈吴江裏；雄飛入楚城

海按：《吴越春秋》〔一〕《闔閭内傳第四》：『湛盧之劍惡闔閭之無道也，乃去而出，水行如楚。楚昭王卧而寤，得吴王湛盧之劍於床。』阮籍《詠懷》之二八：『夜飛過吴洲』、《文選》卷三五《七下》張協《七命》：『或馳名傾秦；或夜飛去吴』，皆用此典。《秋日示休上人》：『東西望楚城』、江淹《從建平王游紀南城》：『江甸知禮富；漢渚聞教清，君王澹以思，樹羽望楚城』、《太平廣記》〔二〕卷四九九《雜録七·郭使君》：『江陵有郭七郎者……乃楚城富民之首』，楚城指江陵。

神物中不隔，千祀儻還並

錢氏：《晉書》（卷三六）《張華傳》：『斗、牛之間常有紫氣……，豫章人雷煥妙達緯象……，以爲【煥曰：「】寶劍之精上徹於天耳。」……華大喜，即補煥爲豐城令。煥到縣，掘獄屋基，入地四丈餘，得一石函，光氣非常，中有雙劍，並刻題，一曰龍泉，一曰太阿……送一劍并土與華，留一劍自佩……華……報煥書曰：「詳觀劍文，乃干將也，莫邪何復不至？雖然，天生神物，終當合耳。」……華誅，失劍所在。煥卒，子華爲州從事，持劍行經延平津，劍忽於腰間躍出，墮水。使人没水取之，不見劍，但見兩龍各長數丈，蟠縈有文章。没者懼而反……於是失劍。」

海按：中，《玉臺》卷四、《類聚》卷六〇《軍器部·劍》、《御覽》卷三四四《兵部七五·劍下》引此，均作「終」。中、終可相假借，例證詳參《會典》《東部第一·中字聲系》。然下文既云「儻」，乃或然未定語態，如《園中秋散》：「儻結絃上情，豈孤林下彈」，則「中」仍當如字讀。「不」方應改讀爲「否」，如《松柏篇》：「父兮知來不」之「不」，二字通假例證詳參《會典》《之部第十一（下）·不字聲系》。《文選》卷一七《賦壬·音樂》傅毅《舞賦》：「啟泰真之否隔兮」，善《注》：「否隔，不通也」、卷三七《表上》曹植《求通親親表》：「今之否隔，友于同憂」，善《注》引《廣雅》（卷一下《釋詁》）：「否，隔也」。

【注】

〔一〕徐元祐音注：《吴越春秋》（臺北：世界書局，一九八〇）。

〔二〕張國風：《太平廣記會校》（北京：北京燕山出版社，二〇一一）。

答客

我以蓽門士，負學謝前基

海按：蓽即篳。《禮記》卷五九《儒行》：『篳門圭窬』，鄭《注》：『篳門，荆竹織門也』、《左傳》卷三一《襄公十年》：『篳門閨竇之人而皆陵其上』，杜《注》：『篳門，柴門』。《論衡》卷二《吉驗》：『繼體守文，因據前基』，前基，先王之基礎；《晉書》卷五四《陸機傳·制曰》：『自以智足安時；才堪佐命，庶保名位，無忝前基』，前基，祖、考建立之家庭聲譽，均本諸《尚書》卷一三《大誥》：『若考作室，既厎法，厥子乃弗肯堂，矧肯構……厥考翼〔二〕其肯曰：予有後，弗棄基』。此處因屬論學，故指士林之前修、前哲。《類聚》卷五六《雜文部二·詩》所録王融《奉和竟陵王郡縣名詩》：『端溪慚昔彦；測水謝前修』、卷三八《禮部上·學校》所録任昉《求爲劉瓛立館啟》：『瓛之器學無謝前修』、《英華》卷七四二《論四·文》裴子野《雕蟲論》：『高才逸韻頗謝前哲』。『前基』與末句之『後賢』相對照。此句乃言有負所學、對不起前修。

專求遂性樂；不計緝名期

海按：《墓誌彙編》北魏《魏故銀青光禄大夫于（纂）君墓誌銘》：『未仕播聲，昇朝緝譽』、東魏《魏故南陽郡君趙（胡仁）夫人墓誌銘》：『清暉早映，緝譽幽房』，譽、名同義。緝即輯，改讀爲集，相假例證詳參《會典》《緝部第十六·咠字聲系》、《集字聲系》。期，期望也。對句乃謂置他人對其培育名聲之期望於不顧。

深憂寡情謬

海按：《文選》卷一七《賦壬·論文》陸機《文賦》：『言寡情而鮮愛』、《文心雕龍》卷七《情采》：『繁采寡情』，此處之意則略殊，乃嵇康集卷四所附向秀《難養生論》：『寡情欲；抑富貴』之謂。既然『愛賞好偏越，放縱少矜持』，不緝名譽，故予人寡淡世俗情欲的印象，作者時或不免自我質疑此種生活態度是否不當。

【注】

〔一〕詳參王引之：《經義述聞》（臺北：廣文書局有限公司，一九七九），卷三《尚書上·厥考翼其肯曰予有後弗棄基》。

和王丞

銜協曠古願

聞人氏：銜，含也；《篇海》〔一〕（卷一五《來母第三十五·力部第十七》）：『協，胡頰切，合也』。

海按：江淹《劉僕射東山集》：『紳裳視絶雲，銜意方此時』、《當春四韻同□左丞》：『我有幽蘭念，銜意矚里斜』、《類聚》卷七九《靈異部下·神》所録王僧孺《湘夫人》：『日暮思公子，銜意嘿無辭』。『銜……願』即『銜意』。

夜聽黃石波；朝望宿岩煙

聞人氏：潤流横過石上，故曰『横石波』。

增補：宋本『黄』作『横』。

海按：『宿』既爲動詞，則與之對仗者當作『横』。《楚辭》卷二《九歌·河伯》：『沖風起兮横波。』《石帆銘》：『息石横波』，『息』、『横』均爲動詞，正如此聯『宿』之於『横』，一止一動。《樂府》卷三二《相和歌辭七·平調曲三》顏延之《從軍行》：『横海咸飛驪，絶漠皆控弦』、《擬青青陵上柏》：『涓涓亂江泉，綿綿横海煙』，『横石波』與『横海……驪』、『横海煙』構詞法近似，指河中有嶙峋之石，河水前進時，必須横越過這些阻礙，夜中萬籟俱寂，故衝擊石頭之水波聲格外清晰。

【注】

〔一〕韓孝彦、韓道昭撰，釋文儒、思遠、文通删補：《成化丁亥重刊改併五音類聚四聲篇海》，《續修四庫全書》，第二二九册。

日落望江贈荀丞

惟見獨飛鳥，千里一揚音，推其感物情，則知遊子心

海按：《史記》卷一二六《滑稽列傳·淳于髡傳》：『王曰：「此鳥不飛則已，一飛沖天；不鳴則已，一鳴驚人」。』[一]《舞鶴賦》：『指蓬、壺而翻翰；望崑閬而揚音』，即脱胎於此。『獨飛鳥』喻荀某，高飛『千里』，『揚音』驚人，故下文以『君居帝京内，高會日揮金』狀其得意。『其』指該鳥這種脱穎而出之情況；『物』指無從振翅高飛之餘鳥。以餘鳥因之所『感』『情』懷類『推』，則知我——此身困異鄉之『遊子』心境如何。斷章取義，作者期盼者乃如《代陳思王京洛篇》之描繪：『唯見雙黄鵠，千里一相從』，然現實則如《擬阮公夜中不能寐》所云：『鳴鶴時一聞，千里絶無儔』。

【注】

〔一〕瀧川龜太郎指出：此故事源於《吕氏春秋》，卷一八《重言》『爲成公賈父諫楚莊王語』。按：此類譎諫的故事、傳聞重義，不重事實，因此人物、情節、措辭，甲書與乙書所載者往往有出入。詳參拙作：《賦源平章隻隅》，《漢賦史略新證》（西安：陝西人民出版社，二〇〇四）。

吴興黄浦亭庾中郎别

旅雁方南過；浮客未西歸

聞人氏：（《文選》卷二五《詩丁·贈答三》）謝惠連（《西陵遇風獻康樂》）詩：『眷眷浮客心。』

海按：善《注》：『孔安國《尚書》（卷九《盤庚中》「鮮以不浮于天時」）《傳》曰：「浮，行也。」』〔一〕《禮記》卷五五《緇衣》：『大人不倡游言』，鄭《注》：『游猶浮也』、《後漢書》卷二《明帝紀·永平十二年》：『游食者衆』，章懷《注》：『游食謂浮食者』，是以『浮』得與『旅』對仗，浮客猶言旅客。《登大雷岸與妹書》：『旅客貧辛，波路壯闊』、《宋書》卷八二《周朗傳·上書獻讜言》：『江東旅客盡令西歸』、何遜《贈諸遊舊》：『望鄉空引領，極目淚沾衣，旅客長憔悴；春物自芳菲』。所以用『浮』，一則假萍逐水而徙，以喻離故鄉根本者之狀態；再則二篇詩中之主人公所行皆水路，以『浮』代『旅』，愈形貼切。早先多用『遊客』，如《古文苑》卷八《詩》蘇武名下《答詩》之一：『連翩遊客子，于冬服涼衣，去家千里餘，一身常渴飢』、《文選》卷二九《詩己・雜詩上》曹植《雜詩》之二：『類此遊客子，捐軀遠從戎』、卷二八《詩戊・樂府下》陸機《悲哉行》：『遊客芳春林，春芳傷客心』。

昧心附遠翰；炯言藏佩韋

聞人氏：《集韻》[二]（卷七《去聲上・遇第十》）：『附……托【託】也。』按：翰，毛羽也，遠翰謂遠行者。

海按：《論衡》卷一《累害》：『昧心冥冥之知使之然也。』昧心，愚心也，《漢書》卷六四下《王褒傳・聖主得賢臣頌》：『敢不略陳愚心而抒情素』、《後漢書》卷六〇下《蔡邕傳》章懷《注》引《邕別傳》：『但懷愚心有所不竟』。爲求與對句之『炯』相對，故以『昧』代『愚』。《文選》卷二六《詩丁・贈答四》顔延之《贈王太常》：『屬美謝繁翰，遥懷具短札』，『遠翰』之『翰』即此處『繁翰』之『翰』。若以顔詩表述之，即表達『遥懷』

的『短札』。此聯意謂：將自己一片愚忱寓於寄送千里外之文字中；對方臨别高明之贈言則謹記於懷，如平素穿著佩戴之物件，以便隨時自我惕勵。

【注】

〔一〕『浮』當改讀爲『符』，詳參屈萬里《尚書集釋》（臺北：聯經出版事業公司，一九八三），《商書·盤庚》，然古人習非而不察，猶不知《大禹謨》、《冏命》等乃僞作，以其中詞句立論，或爲其行文出處，此即詮釋學所言：雖非原始的正確，但乃歷史的正確，是以回歸歷史脈絡，以『行』訓『浮』，仍可援據。《文選》，卷二〇《詩甲·公讌》謝靈運《九日從宋公戲馬臺送孔令》：『浮驂無緩轍』，善《注》亦引僞孔《傳》此句訓釋。

〔二〕丁度等：《集韻》（臺北：臺灣中華書局，一九六六）。

與伍侍郎别

飲齕具攢聚；翹陸欻驚迸，傷我慕類情；感爾食苹性

錢氏：《莊子》（卷四中《馬蹄》）：『齕草飲水，翹足而陸，此馬之真性也。』（《文選》卷一《賦甲・京都上》班固《西都賦》：『列刃鑽鍭』，善《注》引）《倉（蒼）頡篇》：『攢，聚也。』（《文選》卷二《賦甲・京都上》張衡）《西京賦》（：『窾從背見』，薛）《注》：『窾者【之】言忽也。』（徐氏）《說文》（二篇下・新附字）：『迸，走散【散走】也。』

海按：成《疏》：『齕，齧也……翹，舉也』，《釋文》引司馬彪云：『陸，跳也』。『具』讀如《代苦熱行》『渡瀘寧具腓』之『具』，俱也。『攢聚』乃同義複詞，益以『具』，實爲贅語。此聯藉同飲共食，以表雙方基於同類相求的本能，生活在一起，後因外界突發之驚惶因素，而舉足奔散。此舉自然破壞我等『慕類』之天『性』，相對亦格外有『感』於對方總是願意分享之盛『情』，如鹿得苹，必呦呦然呼朋引類。情、性義通，所以必倒置，因此篇乃押庚部去聲韻，『情』乃平聲韻。

送別王宣城

江郊藹微明

聞人氏：《玉篇》（卷一三《艸部》）：『藹，樹繁密【茂】貌。』

海按：藹或作靄，《文選》卷一三《賦庚・物色》謝惠連《雪賦》：『連氛累䨠，揜日韜霞』，善《注》：『《文字集略》：「靄，雲狀」，又曰：「䨠，亦靄也」』，六朝人徑用作名詞：『雲』。《登大雷岸與妹書》：『左右青靄，表裏紫霄』，青藹，青雲也。江淹《雜體詩・顏特進侍宴》：『山雲備卿藹』，善《注》：『《尚書大傳》曰：「百工相和而歌卿雲」』，鄭玄曰：「卿當爲慶」，魏文帝《東閣詩》曰：「高山吐慶雲」』，卿藹，卿（慶）雲也。雲本身藴含繁多之意，故《毛詩》卷一八之四《大雅・蕩之什・韓奕》：『諸娣從之，祁祁如雲』、卷四之四《鄭・出其東門》：『有女如雲』，毛《傳》皆以『衆多也』訓之。是以藹藹意謂衆盛也。卷一七之四《大雅・生民之什・卷阿》：『藹藹王多吉士』，毛《傳》：『藹藹猶濟濟也』，卷一六之三《大雅・文王之什・旱麓》：『榛楛濟濟』，毛《傳》：『濟濟，衆多也』；《楚辭》卷一六《九歎・逢紛》：『讒夫藹藹而漫著兮』，王《注》：『藹藹，盛多貌也』。《採桑》：『藹藹霧滿閨』，所用即此義。雲或衆多之雲必然隱天蔽日，故藹或藹藹又引申出遮蔽、幽暗之意。如《文選》卷二六《詩丁・贈答四》顏延之《直東宮答鄭尚書》：『流雲藹青闕，皓月鑒丹宮』、卷一六《賦辛・哀傷》司馬相如《長門賦》：『望中庭之藹藹兮』，善《注》：『藹藹，月光微闇之貌』。古人啟程、親友送別必於夜半至日出之間，《還都道中》之一即曰：『鳴雞戒征路』，《上潯陽還都道中》亦云：『侵星赴早路』，故此時夜色仍籠罩大地，然天際已露曙光，故曰『藹微明』，即古典中之『昧爽』。

樹道慕高華，屬路佇深馨

聞人氏：賈誼《新書》〔一〕（卷九《脩政語上》）：『積道者以信；樹道者以人。』按：『高華』即指黃霸、汲黯也；屬路，屬於宣城路之人也。

海按：《左傳》卷八《莊公八年》：『《夏書》曰：「皋陶邁種德」』，孔《疏》認爲杜《注》乃以『勉力種樹功德』訓讀之〔二〕，卷四八《昭公十九年》：『吾聞：撫民者節用於內，而樹德於外，民樂其性』、《尚書》卷一一《（僞）泰誓下》：『樹德務滋』，『樹道』即『樹德』之變造。《史記》卷二八《封禪書》：『使者存問供給相屬於道』、卷三〇《平準書》：『遣使冠蓋相屬於道』，簡言之，即『屬道』。道、路一意，《魏書》卷七上《孝文帝紀》：『送故迎新相屬於路』、卷三四《盧魯元傳》：『傳驛相屬於路』。因出句已用『道』，爲免重出，故此處乃用『路』。《左傳》卷一二《僖公五年》：『黍稷非馨；明德惟馨』、《文選》卷二四《詩丙·贈答二》潘尼《贈河陽》：『既立宰三河，流聲馥秋蘭』、卷三

○《詩己·雜詩下》沈約《和謝宣城》：『昔賢侔時雨；今守馥蘭蓀』。此一聯乃鮑照勉勵王氏當仰慕昔賢，流惠於民，以致德馨美名始終停佇於宣城郡，謳頌之聲不絶於巷道，即《行京口至竹里》：『君子樹令名』之意。

【注】

〔一〕閻振益、鍾夏：《新書校注》（北京：中華書局，二〇〇〇）。

〔二〕僞孔將『皋陶邁種德』下文『德乃降』亦視爲《夏書》内容，採入《尚書》，卷四《（僞）大禹謨》，訓釋爲『邁，行；種，布……皋陶布行其德，下治於民』，故孔《疏》不以杜《注》爲然。

送從弟道秀別

參差生密念，躑躅行思悲

黄氏：《楚辭》（卷二）《九歌（·湘君）》：『吹參差兮誰思』，王逸《注》：『參差，洞簫也』，下故云『别所思』。

增補： 宋本『悲』作『疑』。

海按：《蒜山被始興王命作》：『參差出寒吹，颾戾江上謳』、《觀漏賦》：『弄參差以歌越』之外，《代白紵舞歌詞》之二：『三星參差露霑濕』、《登廬山望石門》：『迴互非一形；參差悉相似』、《從登香爐峰》：『蕭散生哀聽；參差遠驚覿』、《蜀四賢詠》：『首路或參差；投駕均遠託』、《園葵賦》：『上參差而覆疇』、《舞鶴賦》：『衆變繁姿，參差洊密』、《登大雷岸與妹書》：『積山萬狀……參差代雄』，『參差』均不作『洞簫』解。密，多也。密念即《秋夜》之一：『願君翦衆念』、《文選》卷二四《詩丙·贈答二》曹植《贈王粲》：『誰令君多念，自使懷百憂』、卷二六《詩丁·行旅上》謝靈運《入彭蠡湖口》：『千念集日夜；萬感盈朝昏』之『衆念』、『多念』、『千念』，指因送從弟遠行，心中先後興起各種情緒。『悲』乃脂部韻，此首其餘韻腳皆之部韻；《冬日》適相反，八個韻腳中『次』、『棄』、『利』、『媚』、『穉』、『至』皆脂部韻，卻與之部韻『異』相諧。事實上，自上古，之、脂兩部即有通韻現象。如脂部之『爾』經常即之部之『耳』。淺人不顧文意，故將『悲』妄改爲同屬之部之『疑』。

揚袂別所思

錢氏：（《類聚》卷七二《食物部九·酒》所録）曹植《酒賦》：『或揚袂屢舞。』

海按：此句蓋化自《文選》卷一九《賦癸·情》宋玉名下《高唐賦·序》：『揚袂鄣日而望所思。』

浸淫旦潮廣；瀾漫宿雲滋

海按：宿，當改讀爲夙，兩字相假例證詳參《會典》《幽部第十七（下）·夙字聲系》。夙雲，朝雲也，是以得與『旦潮』對仗。《文選》卷八《賦丁·畋獵中》司馬相如《上林賦》：『侵淫促節』，善《注》：『侵淫，漸進之貌』。卷一三《賦庚·物色》宋玉名下《風賦》：『起於青蘋之末，侵淫谿谷，盛怒於土囊之口』、卷三四《七上》枚乘《七發》：『陽氣見於眉宇之間，侵淫而上，幾滿大宅』，最能表現此詞之意。侵、浸兩字相假例證，詳參《會典》《侵部第七·㑴字聲系》。上古侵部的疊韻詞『浸淫』形容早『潮』漸『廣』；上古元部的疊韻詞『瀾漫』形容朝『雲』漸『滋』，但此二疊韻詞皆表示逐漸散佈、擴張之意。

贈傅都曹別

邂逅兩相親，緣念共無已

黃氏：《維摩經》曰：『如影從身，業緣生見。』僧肇（《注維摩詰經》[一]卷二《方便品》）曰：『是身如影，從業緣見』，『身亦然耳，衆緣所成，緣合則起，緣散則離』。（曇無讖譯）《金光明經》[二]（卷七《流水長者子品》）所謂：『無明緣行，行緣識，識緣名色，名色緣六入，六入緣觸，觸緣受，受緣愛，愛緣取，取緣有，有緣生，生緣老病死憂悲苦惱』。（鳩摩羅什譯）《維摩詰所説經》[三]（卷上《弟子品第三》）曰：『諸法不相待，乃至一念不住』，（釋傳燈）《維摩經無我疏》[四]（卷五）曰：『一念有六十刹那，一刹那有六十生滅，是則生住異滅，刹那刹那，不得停住』。本詩所謂『緣念共無已』也。

聞人氏：《玉篇》（卷二七《糸部》）：『緣，因也。』

海按： 黃氏前半蓋轉引自《文選》卷五九《碑文下》王中《頭陁寺碑文》：『以爲宅生者緣業，空則緣廢』善《注》。念，想也，因此而設想二人將可一直共處。《代悲哉行》：『羈人感淑節，緣感欲回轍』，『緣念』與『緣……欲』乃同一構詞法。

追憶栖宿時，聲容滿心耳

海按： 『聲』相應於『耳』；『容』相應於『心』。似脱胎自《文選》卷二三《詩丙·哀傷》潘岳《悼亡》之二：『寢興目存形，遺音猶在耳。』

【注】

〔一〕《大正原版大藏經》（臺北：新文豐出版股份有限公司，一九八三），第三八册。

〔二〕《大正原版大藏經》，第十六册。

〔三〕《大正原版大藏經》，第十四册。

〔四〕河村照孝編集：《卍新纂大日本續藏經》（東京：株式會社國書刊行會，一九七五—一九八九），第十九册。

和傅大農與僚故別

絶節無緩響；傷雁有哀音

錢氏：『絶節』見《堂上歌行》〔：『高唱相追和』，注：（《文選》卷五五《連珠》）陸機《演連珠》（之二三）：『絶節高唱，非凡耳所悲』〕。

海按：《文選》卷二八《詩戊·樂府下》陸機《猛虎行》：『急弦無懦響。』

非同年歲意，誰共别離心

黄氏：（《金石萃編》卷八）《漢敦煌長史武班（斑）〔一〕碑》云：『金鄉長河間高陽史恢等追惟昔日同歲郎署』，同年歲謂同僚也。

海按：《世説》上卷《言語》條八四劉《注》所引孫綽《遂初賦·敘》：『孰與坐華幕、擊鐘鼓者，同年而語其樂哉？』年、歲意同，猶别、離無異，均爲同義複詞。『同』、『共』相通，如同『意』、『心』直詞面换動耳，是以『同年歲』即『共年歲』。其意乃謂若非兩下曾有共處一段時候之感情，即下文之『孰謂游居淺』，否則，雙方焉會於此別離之際俱傷懷。

冠屣預人林

海按：《侍郎報滿辭閤疏》：『得從下走，叨跡人行』、《拜侍郎上疏》：『生丁昌運，自比人曹』、《從過舊宫》：『微臣逢世慶，征賦備人徒』、《顔氏家訓》卷一《後娶》：『河北鄙於側出，不預人流』，『人林』即『人曹』、『人徒』等。此乃極謙之詞，比況自身如沐猴而冠、納履於足，側身人之行列。實即《漢書》卷六二《司馬遷傳·報任少卿書》所云『列於君子之林矣』。

辰物盡明茂，尊盛獨幽沈

海按：《類聚》卷八八《木部上·桐》所録王融《應竟陵王教梧桐賦》：『同歲草以委暮；共辰物而滋榮』、《樂府》卷三七《相和歌辭十二·瑟調曲二》沈約《卻東西門行》：『辰物久侵晏【尋】，征思坐論【淪】越』。『辰』論時間；『物』論環境，『辰物盡明茂』，意謂當時周邊之景物盡佳，即良辰、美景也，然而被送别之『尊盛』者：傅某因心情低落，『獨幽沈』不歡。

墜歡豈更接？明愛邈難尋

黄氏：（《文選》卷四一《書上》）司馬遷《報任少卿書》：『未嘗銜杯（盃）酒、接殷勤（慇懃）之餘歡（懽）。』

海按：《淮南子》卷一七《説林》：『長而愈明』，高《注》：『明猶盛也』。此句之『明』即上上聯『明茂』之『明』。『明茂』，盛茂，茂盛也。《代陳思王京洛篇》：『盛愛逐衰蓬。』『歡』、『愛』同義。此聯蓋以日之當空與西沈，以喻雙方感情之變化。《通世子自解啟》：『墜辰永往，遺思在心。』墜辰，已過去的時光；墜歡，以往之歡愛。此一聯實爲合掌對，出句論遺落於過往之歡愉豈會復燃再續；對句言過往之盛情恐將遠去，以致無跡可尋。

【注】

〔一〕趙明誠：《金石録》，《古逸叢書三編之二》（北京：中華書局，一九八三），卷一四

《跋尾四・漢敦煌長史武班碑》引碑文：『武君諱班，字宣張。』按：『班』、『斑』二字通假例證，詳參《會典》，《文部第五・班字聲系》，然從其『字宣張』，當以『班』爲是。

與荀中書別

思君吟涉洧；撫己謡渡江

錢氏：《毛詩》（卷四之三《鄭・褰裳》）：『子惠思我，褰裳涉洧。』《家語》（卷二《致思》）：『童謡曰：「楚王渡江，得萍實，大如斗；赤如日，剖而食之，甜如蜜。」』

海按：《楚辭》卷九《招魂》：『陳鐘按鼓造新歌些，《涉江》、《采菱》發《揚荷》些』，王《注》：『皆楚歌名』、《類聚》卷七八《靈異部上・仙道》所録張華《遊仙》：『湘妃詠《涉江》；漢女奏《陽阿》』、卷八二《草部下・芙蕖》所録朱超《詠同心芙蓉》：『徒歌《涉江》曲，誰見緝爲裳』。『渡江』實爲『涉江』，唯因出句既要直接用經典中之成詞『涉洧』，爲避重出，乃易爲『渡』。

從過舊宮

靈命藴川瀆；帝寶仗蒕圖

錢氏：（《文選》卷二《賦甲·京都上》）張衡《西京賦》：『蕩川瀆，簸林薄。』（卷一《賦甲·京都上》）班固《東都賦（·白雉詩）》：『啟靈蒕兮披瑞圖。』

增補：宋本『仗』作『伏』。

海按：靈命，天命也，言天命早已藴含水德將興之運。《周易》卷八《繫辭下》：『聖人之大寶曰位』，帝寶，帝位也。《河清頌》：『君圖帝寶粲爛瑰英』、《類聚》卷一四《帝王部四·齊明帝》所録沈約《賀齊明帝登祚啟》：『竊惟皇源浚遠，帝寶連暉』。既與『藴』對仗，當從宋本作『伏』。《國語》卷八《晉語二·獻公問卜偃攻虢何月》：『龍尾伏辰』，韋《解》：『伏，隱也』、卷一四《晉語八·醫和視平公疾》：『物莫伏於蠱』，韋《解》：『伏，藏也』。據《宋書》卷二《武帝紀中·元熙二年》，東晉恭帝《禪位策》中云：『圖讖之文既明』、《讓位璽書》又曰：『圖讖禎瑞皎然斯在』，此即『蒕圖』之謂，指劉裕即帝位之事早以隱晦的方式見諸圖讖等預告中。

虎變由石紐；龍翔自鼎湖

錢氏：《周易》（卷五《革・九五》）：『大人虎變。』《蜀志》（卷三八）《秦宓傳》：『禹生石紐，今之汶山郡是也。』《史記》（卷二八）《封禪書》：『黃帝采首山銅，鑄鼎於荆山下。鼎既成，有龍垂胡髯，下迎黃帝。黃帝上騎，群臣、後宮從上者七十餘人，龍乃上去。餘小臣不得上，乃悉持龍髯，龍髯拔墮……後世因名其處曰鼎湖。』

海按：裴《注》引《帝王世紀》：『鯀納有莘氏女曰志，是爲脩己。上山，行見流星貫昴，夢接意感，又吞神珠，臆圮胸坼，而生禹於石紐』，《楚辭》卷三《天問》：『何勤子屠母，而死分竟地』，王《注》：『言禹愊剥母背而生，其母之身分散竟地』。《宋書》卷四一《后妃列傳・孝穆趙皇后傳》：『生高祖，其日后以產疾，殂於丹徒官舍』，故鮑氏以此典況之。義熙十四年（四一八）十二月，安帝崩，如黃帝登遐僊去，劉裕龍飛九五之勢已成，故元熙二年（四二〇）六月即帝位。

餘祥見雲物；遺像存陶漁

錢氏：《左傳》（卷一二《僖公五年》）：『凡分、至、啟、閉，必書雲物』；《史記》（卷一）《五帝紀》：『舜耕歷山，漁雷澤，陶河濱。』

海按：《左傳》所言『雲物』，重在災變，與此處所欲表示之吉『祥』預兆不契，不若《周禮》卷二六《春官·保章氏》：『以五雲之物辨吉凶』，較中性。『像』既與『祥』對仗，則當改讀爲『象』，二字通假例證詳參《會典》《陽部第九（下）·象字聲系》。非指其畫像，乃其徵候。《周易》卷七《繫辭上》：『見乃謂之象』，韓《注》：『兆見曰象』。因這些『祥』『象』乃劉裕未發達前已現之端倪，某些尚留存至今，故曰『餘』『遺』。《南史》卷一《宋本紀·武帝紀》：『微時躬耕於丹徒，及受命，耨耜之具頗有存者，皆命藏之，以留於後。及文帝幸舊宮，見而問焉，左右以實對……床頭有土障，壁上掛葛燈籠、麻繩拂。』

仁聲日月懋

海按：『懋』當改讀爲『茂』，二字相假例證詳參《會典》《幽部第十七（下）·矛字聲系》。《毛詩》卷十之一《小雅・南有嘉魚之什・南山有臺》：『德音是茂』，鄭《箋》：『茂，盛也』。讚美劉宋武帝仁厚的名聲如日月般永不衰退。

採束謝生芻

錢氏：《後漢書》（卷五三）《徐穉傳》：『郭林宗有母憂，穉往吊之，置生芻一束於廬前而去。衆怪不知其故，林宗曰：「此必南州高士徐孺子也」。』

海按：《毛詩》卷一一之一《小雅・鴻鴈之什・白駒》：『皎皎白駒，在彼空谷，生芻一束，其人如玉』，孔《疏》：『主人禮餼待汝雖薄，止有其生芻一束耳，當得其人如玉者而就之，不可以貪餼而棄賢也』。《類聚》卷三一《人部十五・贈答》所録摯虞《答杜育》：『其人如玉，美彼生蒭』、《廣弘明集》卷三〇上《統歸篇》江總《入攝山棲霞寺》：『比德喻生芻』。此句乃自謙非比德『如玉』之人，宋皇室揚仄陋，視己如《白駒》一詩中所言採一束生芻之賢者，敬謝不敢當。

從臨海王上荆初發新渚

梁珪分楚牧

錢氏：《史記》（卷五八）《梁孝王世家》：『梁孝王武者，孝文皇帝子也，而與孝景帝同母，母，竇太后也。』又，褚先生曰：『成王與小弱弟立樹下，取一桐葉以與之，曰：「吾用封汝」。周公聞之，進見曰：「天王封弟，甚善」。成王曰：「吾直與戲耳。」周公曰：「人主無過舉，不當有戲言。言之，必行之。」於是乃封小弟以應縣。』

海按：不取司馬遷正文：《史記》卷三九《晉世家》，而采褚氏補文，一不當。補文無『削桐葉爲珪』，與此句毫無關涉，二不當。該故事乃兄封弟，與孝武帝以父封子不相應，三不當。『梁珪』乃言自歷陽王徙封臨海王之劉子頊身爲宋之親藩，猶同自代王徙封梁王之劉武爲漢之親藩。封爵必以圭爲符信，《周禮》卷二〇《春官·典瑞》：『公執桓圭，侯執信圭，伯執躬圭』、『子執穀璧，男執蒲璧』，故《代放歌行》以『珪爵』連言。

戾戾旦風遒

海按：戾可改讀爲厲，厲可改讀爲烈，例證詳參《會典》《泰部十四・列字聲系》、《齊部十三（中）・戾字聲系》。江淹《雜體詩・張黄門苦雨》：『戾戾颸風舉』、《效阮公十五首》之一：『戾戾曙風急』。《文選》卷二九《詩己・雜詩上》曹丕《雜詩》之一：『烈烈北風涼』、卷二八《詩戊・雜歌》劉琨《扶風歌》：『烈烈悲風起』。

還都道中之一

物哀心交横；聲切思紛紜

海按：《舞鶴賦》：『輕跡凌亂；浮影交横』、《瓜步山楬文》：『超然遠念，意類交横』。交横，交錯縱横，即『紛紜』之意。

還都道中之二

夜分霜下淒，悲端出遥陸

聞人氏：《後漢書》（卷一下）《光武紀（·中元二年）》：『夜分乃寐。』（《文選》卷二五《詩丁·贈答三》）謝靈運（《登臨海嶠初發彊中作與從弟惠連見羊、何共和之》）詩：『況乃協悲端』。

海按：夜分，夜之中也。善《注》：『悲端，謂秋也』，於此處不協。此處用法乃擷自《左傳》卷一八《文公元年》：『履端於始……舉正於中……歸餘於終。』悲端，悲之始也，《懷遠人》即云『哀、樂生有端；離、會起無因』；與出句『夜分』相對，猶『始』、『中』相對。《梁書》卷二七《明山賓傳》所載蕭統《與殷芸令》：『不謂長往，眇成疇日，追憶談緒，皆爲悲端』、《類聚》卷三四《人部十八·哀傷》所録任昉《與沈約書》：『永念生平，忽焉疇曩，追尋笑緒，皆成悲端』。《吕覽》卷六《音初》：『流辟誂越慆濫之音出』，高《注》：『出，生也』。此句乃言因思歸心切，而路途遥遠，是以悲哀之情緒因此油然而生。與《代東門行》因旅居於外地，『彌起長恨端』基本一致，僅有情緒内容之異。端、緒一意，《樂府》卷三〇《相和歌辭五·平調曲一》謝靈運《長歌行》：『覽物起悲緒，顧已識憂端』，故『悲端』即《登雲陽九里埭》：『既成雲雨人，悲緒終不一』之『悲緒』。

上潯陽還都道中

客行惜日月，崩波不可留

李善：（《文選》卷一二《賦己·江海》郭璞）《江賦》曰：『駭湍（崩）浪而相礧』，言客行既惜日月，兼崩波之上不可少留。

吕向：崩波猶奔波也。

張雲璈：（卷一一）崩波即奔波，謂客行之勞也，注似未的。黄士珣云……借喻日月，言日月之去如波之崩，不可留挽。上文『昨夜』、『今旦』，下文『侵星』、『畢景』、『夕雲』、『曉風』，日復一日，正極形其日月之速如崩波，故可惜耳。二語一氣相生。

海按：『崩波』猶『崩浪』。《法書要録》[二]卷一衛夫人《筆陣圖》：『崩浪雷奔』、陶潛集卷三《庚子歲五月中從都還阻風于規林》之二：『崩浪聒天響』，亦可作崩濤，《石帆銘》：『崩濤山墜；鬱浪雷沈』。《文選》卷一二《賦己・江海》木華《海賦》將之形容爲：『崩雲屑雨』，善《注》：『言波浪飛灑，似雲之崩，如雨之屑』。歸心急切乃内在因素；江浪洶湧乃外在因素，二者共同促成『逐前濤』、『赴早路』。《代櫂歌行》：『驚波無流連；舟人不躊竚』即此聯之意。文士不論如何好生澀新變，總有其用詞慣性。鮑氏論及時光飛逝，或徑用『馳』，如《代別鶴操》：『緬然日月馳』、《發後渚》：『華志分馳年』；或以『馳』爲現在分詞，加一比況之名詞，如《代蒿里行》：『馳波催永夜』、《從拜陵登京峴》：『馳光不再中』、《答客》：『浮生急馳電』、《望孤石》：『馳波往不窮』。此句之外，其餘四處之『崩』：《松柏篇》：『肝心盡崩抽』、《從庾中郎遊園山石室》：『崩危坐驚慄』、《擬古》之四：『宫闕久崩填』、《山行見孤桐》：『上倚崩岸勢』，皆形容具體事情，無一與時間相關。吕向訓爲『奔（騰）波（濤）』，固然已不切，因『崩』非論水流之速度，乃是形容波濤起伏相互撞擊，並爲岸石反彈後之驚人景象，張氏將之誤解爲『客行之勞』，復以爲比況時光川流，乃夢中説夢。

鱗鱗夕雲起，獵獵晚風遒

吕延濟： 鱗鱗，雲皃；獵獵，風声。

海按： 江淹《應劉豫章别》：『獵獵風剪樹，颯颯露傷蓮』、《類聚》卷二七《人部十一·行旅》所録吴均《憶費昶》：『皎皎日將上，獵獵起微風』。聲（風聲）、色（雲貌）對仗乃六朝慣例。

絶目望平原

吕向： 絶，極也。

錢氏： 絶猶盡也。

海按： 《漢書》卷八七上《揚雄傳·羽獵賦》：『東瞰目盡，西暢亡厓』，顔《注》：『目盡，極望亡厓也，言廣遠也』。《文選》卷一一《賦己·遊覽》王粲《登樓賦》：『平原遠而極目兮，蔽荆山之高岑』、《類聚》卷二八《人部十二·遊覽》所録蕭綱《應令》：『平原忽兮遠極目』。『絶目』乃『極目』之變造。亦可曰『窮目』，《代陽春登荆山行》：『窮目盡帝州』、《類聚》卷三〇《人部十四·别下》所録蘇武名下《報李陵書》：『窮目極望，不見所識；傾耳遠聽，不聞人聲』。

倐悲坐還合；俄思甚兼秋

李善： 兼猶三也。《毛詩》（卷四之一《王·采葛》）：『一日不見，如三秋兮。』

李周翰： 倐忽俄頃之際，悲思已合於心，若經三秋也。

增補： 各本皆作『倐忽』，黄《注》引作『倐悲』，無版本可據。

海按： 無論宋明州六家本、南宋五臣本、明茶陵六臣本、胡刻善《注》本《文選》俱作『倐悲』。『悲』、『思』對仗，方工穩。『悲』誤作『忽』，非止因二字形近，更緣『倐忽』乃一成詞，抄、刻者聯想致謬。《蕪城賦》：『驚沙坐飛』，善《注》：『無故而飛曰坐飛』，《文選》卷二八《詩戊·樂府下》陸機《長歌行》：『體澤坐自捐』，善《注》：『無故自捐曰坐也』、卷二九《詩己·雜詩上》張華《雜詩》：『蘭膏坐自凝』，善《注》：『無故自凝曰坐』、張協《雜詩》之六：『百籟坐自吟』，善《注》：『無故自吟曰坐也』。《代白頭吟》：『何慚宿昔意，猜恨坐相仍』、《文選》卷二七《詩戊·行旅下》顔延之《還至梁城作》：『憂念坐自殷』，與此處之『坐』皆此義。李周翰將此聯視爲互文足義，是也。『坐還合』說明『倏』、『俄』，論速度；『甚兼秋』說明『悲』、『思』，論程度。意謂原本已消散之悲思莫名地突然聚合於心頭，其程度較諸分離甚久所引生之悲思猶甚。

【注】

〔一〕張彥遠：《法書要録》，《百部叢書集成初編·學津討原》（臺北：藝文印書館，一九六六）。

還都至三山望石頭城

闕扃繞天邑；襟帶抱尊華

聞人氏：《晉書》（卷六五《王導傳·史臣曰》）：『王敦内侮，憑天邑而狼顧』……《還都口號》：『分壤蕃帝華；列正藹皇宮』，詩意以皇都爲帝華，此云尊華，猶帝華也。

黄氏：《尚書》（卷一六）《多士》云：『肆予敢求爾于天邑商。』《說文【廣雅】》（卷四下《釋詁》）：『尊，高稱也。』〔一〕《爾雅》（卷七《釋丘》）：『絶高曰【爲之】

京。』尊華猶京華也。

海按：《文選》卷四八《符命》班固《典引》：『革滅天邑』，蔡邕《注》：『天邑，天子邑也』。《文館詞林》卷一五七《詩一七・人部一四・贈答六・雜贈答三》曹攄《答趙景猷》之一：『濟濟京華，儁乂並湊』、《文選》卷二一《詩乙・遊仙》郭璞《遊仙詩》之一：『京華遊俠窟；山林隱遯棲』、卷三〇《詩己・雜詩下》謝靈運《齋中讀書》：『昔余遊京華，未嘗廢丘壑』。京城繁華，故曰京華；乃皇帝所居，故曰帝華；皇帝至尊，故又可曰尊華。

偕萃猶如茲，弘易將謂何

聞人氏：《說文》（八篇上）：『偕……一曰俱也』；《周禮》（卷二七《春官・車僕》鄭）《注》：『萃猶副也』；《周易》（卷一《坤・文言》）：『含弘光大』；何晏《論語》（卷三《八佾》引包咸）《注》：『易，和易也』。按：明遠爲臨海王參軍，從荊州還，當時必有爲之副者，故曰偕萃。歎景促，倦路多，以偕萃而猶如此，將含弘和易之謂何矣！

錢氏：疑『弘易』或『孔易』之誤。

黄氏：萃謂車僕也……舍舟而陸，可謂路多矣！車僕猶倦……則『王道蕩蕩』、『王道平平』之謂何也。弘易猶蕩平也，歎長途之險仄，喻所遭之艱困也。

海按：『如茲』之内容乃上聯所云：『彌前歎景促；逾近倦路多』，分别從時間（景）、空間（路），形容返京之心切，以致産生主觀錯覺：愈趕路，天上的日御似乎故意作梗，奔馳得更加快，讓趕路者不久即必須中輟；地祇好像也在刁難，將距京里程拉長，導致愈接近目的地，反而似乎覺得目的地愈發往後退，令趕路者疲於縱轡。此一聯則爲比較式。對比兩極乃『偕萃』與『弘易』。前者既爲人，後者亦必然，與道路險仄或平順無關，否則，即失類矣。錢氏所疑蓋是。《毛詩》卷一七之四《大雅·生民之什·板》：『牖民孔易』，孔《疏》：『「牖」與「誘」古字通用，故（毛《傳》）以爲導也』。此處乃藏詞格，書面爲『孔易』，實意則在『牖民』。教化誘導人民乃中央有司、封疆大吏之責。是以此聯以今語譯之，即扈從、僚佐尚有如是之感，則此行領導者（府主）之心境將會如何，豈非更難耐？

【注】

〔一〕《説文》，十四篇下：『𢍜，酒器也，从酋，廾以奉之……尊，𢍜或从寸。』黄氏此説蓋本《康熙字典》，《寅集上·寸字部》『尊』下所引《説文》。

還都口號

海按：『號』當讀陽平。口號，口占也〔一〕，不以筆墨起草，當場徑以口述腹稿。《漢書》卷九二《遊俠列傳·陳遵傳》：『遵馮几，口占書吏……書數百封，親疏各有意』，顔《注》：『占，隱度也，口隱度其辭以授吏也』、《三國志》卷二五《高堂隆傳》：『隆疾篤，口占上書』、卷五四《呂蒙傳》：『蒙少不修書傳，每陳大事，常口占爲牋疏』。《類聚》卷二八《人部十二·遊覽》有蕭綱《仰和衛尉新渝侯巡城口號》、庾肩吾《和衛尉新渝侯巡城口號》，《英華》卷二四十《詩九十·詶合一》有王筠《和衛尉新喻【渝】侯巡城口號》，以『口號』命篇，均較此篇爲晚。

列正藹皇宮

錢氏：《史記》（卷六〇）《三王世家（·褚先生補）》《索隱》：『宗正，官名，必以宗室有德者爲之。』

黃氏：《周禮》（卷三）《天官（・宮正）》：『宮正掌王宮之戒令。』

海按：『正』當改讀爲『政』，兩字相假例證詳參《會典》《青部第三・正字聲系》，乃官長之謂〔二〕。列正，百官也。『藹』乃『藹藹』之省略。《文選》卷六《賦丙・京都下》左思《魏都賦》：『禁臺省中……藹藹列侍』、《文心雕龍》卷五《議對》：『藹藹多士，發言盈庭』。

維舟歇金景

增補：謂隨落日而停舟。金景，西日也。《春秋繁露》〔三〕（卷一三）《五行相生》：『西方者金。』

海按：依照五行間架，金行，方位配西；時序配秋。句中既言『歇』，而下文又言『踐開冬』，則可知：金景非謂秋陽，乃指西景，日將西沈之際。《宋書》卷四三《傅亮傳》：『初，奉迎大駕，道路賦詩三首，其一篇有悔懼之辭，曰……東隅誠已謝，西景逝不留』、《廣弘明集》卷二三《僧行篇》釋慧琳《武丘法綱法師誄・序》：『東瀾弗復，西景莫收』。景，日光也，故西景猶西光。謝朓《海陵王墓誌銘》：『西光已謝，東旭又良』、《初學記》卷一四《禮部下・葬第九》所録虞騫《遊潮山悲古冢》：『西光長檟落，促爾膝前樽』。因日已西斜，故停止行程，將舟船繫於岸邊木樁，以便休息。

歸吹踐開冬

海按：《禮記》卷三一《明堂位》：『周公踐天子之位』，鄭《注》：『踐猶履也』。《文選》卷二二《詩乙·遊覽》顏延之《應詔觀北湖田收》：『開冬眷徂物』，善《注》：『開冬猶開春、開秋。《楚辭》（卷四《九章·思美人》）曰：「開春發歲」。』古以十二律與十二月相配，是以由歸途中管吹之聲可推知此時已步入冬季之序幕。

旌、鼓貫玄塗；羽、鷁被長江

海按：一位作者措辭取義多有其習慣。除了《松柏篇·序》中所言『《傅玄集》』之『玄』，《代挽歌》：『玄鬢無復根』、《代苦熱行》：『玄蜂盈十圍』、《蒜山被始興王命作》：『玄武藏木陰』，『玄』均訓解爲黑，縱使《蜀四賢詠》：『《玄經》不期賞』、《建除詩》：『閉帷草《太玄》』的『玄』，按照《漢書》卷八七上《揚雄傳·解嘲》：『意者《玄》得毋尚白乎』，可知：該書名玄本即取義自黑〔四〕，是鮑詩中的『玄』從無漫長、遥遠的用法，然黑塗不詞。從上文『維舟』、『結棹』可知，此度進京乃循水路。按照五行間架，水搭配之色爲玄，玄塗，水路也。此猶《贈故人馬子喬》之一：『攀隅食玄草』，因水搭配的季節爲冬，玄草，冬草也。『旌鼓貫玄塗』與《贈故人馬子喬》之三『悲涼貫年節』之『貫』均謂自始至尾，直一就空間論；一就時間論。『貫玄塗』與『被長江』乃一義。《周禮》卷二七《春官・司常》：『掌九旗之物，各各有屬……全羽爲旞；析羽爲旌』，鄭《注》：『全羽、析羽皆五采，繫之於旞、旌之上，所謂「注旄於干首」也』，《左傳》卷三二《襄公十四年》孔《疏》：『蓋有全取其翅；或析取其翮，故有全、析二名也』。由此可知：船上旗桿上的『羽』與船首所增雕的水鳥（『鷁』）像均係裝飾，以部分代言整體（船）。此聯言江面儘是王之船隊，故旌旗之容、鼓吹之聲自上游貫穿至下游。《從臨海王上荆初發新渚》：『雲艫掩江汜，千里被連旌』與此同義。

勉哉河、濟客，勤爾尺波功

錢氏：（《文選》卷二八《詩戊・樂府下》）陸機《長歌行》：『寸陰無停晷，尺波豈徒旋？』

黄氏： 照，東海人，故曰『河、濟客』，爾，自謂也。

海按： 《莊子》卷九上《外物》：『（鮒魚）對曰：「我，東海之波臣也。」』《文選》卷四〇《箋》謝朓《拜中軍記室辭隋王箋》：『不悟滄溟未運，波臣自蕩；渤澥方春，旅翮先謝』，善《注》：『滄溟、渤澥皆以喻王；波臣、旅翮皆自謂也』。諸侯祭境内山川，此處則以河、濟等四瀆喻之，百川所歸之大海喻天子。照爲王之幕僚，乃陪臣，故曰『客』，『河、濟客』與其故里無關。《漢書》卷五四《李廣傳》：『然終無尺寸功以得封邑者，何也』、謝朓集卷四所附蕭衍《直石頭》：『尺寸功爲施，河山賞已諒』，尺波功猶言涓滴之功。

【注】

〔一〕詳參趙吉士：《寄園寄所寄》，《四庫全書存目叢書》，【子部】第一五五册，卷七《獺祭寄·人事》所引《懷秋集》。

〔二〕詳參《經義述聞》，卷三《尚書上·凡厥正人》。

〔三〕蘇輿：《春秋繁露義證》（臺北：河洛圖書出版社，一九七五）。

〔四〕道家尚混沌，混沌乃形而上的道體，無法以經驗世界的狀詞名之，但爲曉諭衆生，乃取烏黑不明以比況。烏黑不明，故予人深邃、奥妙之感。故《老子》，第一章説：『玄之又玄，衆妙之門』、第六章説：『玄牝之門是謂天地根』，『玄』均爲雙關語。第二八章則直白表示：『知其白，守其黑，爲天下式。』

行京口至竹里

君子樹令名；細人効命力，不見長河水，清、濁俱不息

黄氏：《禮記》（卷六《檀弓上》）：『君子之愛人也以德；細人之愛人也以姑息。』《説文》（二篇上）：『命，使也。』命力，爲人役而致力也。

海按：《學劉公幹體》之五：『北園有細草』，細，小也，則細人，小人也。君子、小人俱有兩義，原本乃就先天血統、身份論；自孔子伊始，側重以後天德行區分。《檀弓上》所云屬後者，非此處用法。《韓非子》卷四《説難》：『與之論大人，則以爲閒己矣；與之論細人，則以爲賣重』、卷七《喻老》：『宋之鄙人得璞玉，而獻之子罕，子罕不受，鄙人曰：「此寶也，宜爲君子器，不宜爲細人用」』，『細人』既係『小人』，則『小人』亦即『鄙』野微賤之『人』，與之相對者乃『大人』『君子』。由此可知：於此聯，『君子』指在上位之府主等，『小

人』指我等屬下。《後漢紀》卷二二《桓帝紀·延熹九年》：『朱寓嘗爲司隸校尉，奏（單）安、（徐）盛曰：「……不能思展命力，以答天地。」』又可作『力命』，《三國志》卷五一《宗室列傳·孫皎傳》：『但當輸效力命，以報所天』、《晉書》卷八一《桓伊傳》：『猶欲輸效力命，仰報皇恩』。『效命力』乃『效命』、『效力』之併合語。江河納百物，有魚蝦；有瓦礫，正如官僚系統有清（君子）、濁（細人）之別〔一〕，如《通典》卷一四《選舉二·歷代制中》所云：『官有清、濁，以爲升降，從濁得清，則勝於遷』，然而不論清、濁，都忙個不停。

【注】

〔一〕詳參周一良：《南齊書丘靈鞠傳試釋兼論南朝文武官位及清濁》，《魏晉南北朝史論集》（北京：北京大學出版社，一九九七）。吴慧蓮：《六朝時期的選任制度》（臺北：臺灣大學歷史研究所博士論文，一九九〇），第五章，第二節。

發後渚

涼埃晦平皋

海按：《說文》十三篇下：『埃，塵也』，而『沙塵』習慣連言，如《宋書》卷二二

《樂志四》韋昭《吴鼓吹曲之五・秋風》：『秋風揚沙塵』、《晉書》卷九四《隱逸列傳・夏統傳》：『沙塵煙起』、《文選》卷三〇《詩庚・雜擬上》謝靈運《擬魏太子鄴中集・阮瑀》：『河洲多沙塵』，故『涼埃』即『涼沙』。《舞鶴賦》：『窮陰殺節，急景凋年，涼沙振野；箕風動天。』《紹古辭》之三：『瑟瑟涼海風，竦竦寒山木』，涼、寒義通，故『涼沙』實即『寒沙』，《文選》卷三一《詩庚・雜擬下》范雲《效古》：『寒沙四面平；飛雪千里驚』。《還都口號》：『蕭瑟涼海空』，涼海即寒海，《玉臺》卷七蕭衍《代蘇屬國婦》：『或聽西北雁，似從寒海湄』。

飛潮隱脩樾

聞人氏：《玉篇》（卷一二《木部》）：『楚謂兩木【樹】交陰之下曰樾。』

海按：《集韻》卷九《入聲上・月第十》：『樾，《字林》：「樹陰也」』，引申之，有蔭之樹亦謂之樾。《梁書》卷一三《沈約傳・郊居賦》：『既取陰於庭樾；又因籬於芳杜』，『樾』必爲名詞：木本植物，方得與杜若此草本植物相對，何況該句上文已言『隱』，再將『樾』訓爲樹陰，則複沓矣。《新唐書》〔一〕卷八三《太平公主傳》：『自興安門設燎相屬，道樾爲枯』、卷一五九《吴湊傳》：『街樾稀殘，有司蒔榆其空』。兩旁有樾之『街』、『道』即林蔭之路。浪潮高揚，遮蔽視線，因而連陸地上修長之喬木亦不得見。

孤光獨徘徊

海按：蓋脱胎自《文選》卷二三《詩丙·哀傷》曹植《七哀》：『流光正徘徊』。卷三○《詩己·雜詩下》沈約《詠湖中鴈》：『群浮動輕浪；單泛逐孤光』、《類聚》卷二七《人部十一·行旅》所録王僧孺《中川長望》：『危帆渡中懸；孤光巖下昃』，孤，形容其微弱，孤光，落日餘暉也。

華志分馳年

張玉穀：言豪華之志分散於馳逐之年。

海按：《觀漏賦》：『佩流歎於馳年；纓華思於奔月』，『華思』猶『華志』。『馳年』乃取自《宋書》卷二一《樂志三》曹丕《善哉行》：『今我不樂，歲月其馳』，《類聚》卷三○《人部十四·怨》所録吴均《行路難》之三：『何言歲月忽若馳』、卷三二《人部十六·

閨情》所録蕭綱《倡樓怨節》：『年馳節流易盡』亦然。此句言原本美好之志向已隨飛逝之歲月而盡散。

推琴三起歎，聲爲君斷絶

黃氏：『君』字自指也……讀《莊子》（卷一下《齊物論》）：『百骸、九竅、六藏賅而存焉，吾誰與爲親……其有真君存焉』，是『吾』與『真君』皆自指言之也。《維摩詰所説經》（卷中《入不二法門品第九》）：『德守菩薩曰：「我、我所爲二，因有我故，便有我所；若無有我，則無有我所。」』是我之外有我所，亦《莊子》所謂『吾』與『真君』也。通觀此理，則『君』字可作自指之詞。謝宣城《將游湘水尋句溪詩》：『魚、鳥余方翫；纓、緌君自縻』，謂『君』字亦自指，可也。

《淮南子》（卷六）《覽冥訓》：『夫有改調一弦，其於五音無所比，鼓之，而二十五弦皆應，此未始異於聲，而音之君已形矣【也】』，高誘《注》：『一弦，宮音也，音之君也』。此詩『聲爲君斷絶』謂宮音絶也。《補注》當改正。

海按：《文選》卷二六《詩丁・行旅上》潘尼《迎大駕》：『道逢深識士，舉手對我揖……且少停君駕，徐待干戈戢』，善《注》：『既假爲彼人之辭，故自謂爲君也』。《答客》從客人角度狐疑，故曰：『問君何所思』，及主人答，則曰：『方爲子陳之：我本篳門士……』。此篇自始即假借他人自敍臨冬尚須離鄉背井之苦，至末聯，作者方以聽衆身份（第一人稱）表達其感受，故稱所假之他人爲『君』也。《學劉公幹體》之五：『北園有細草，當晝正含霜……抽琴爲爾歌，絃斷不成章』、江淹《望荆山》：『奉義至江漢，始知楚塞長……悲風撓重林，雲霞肅川漲，歲晏君如何，零淚染衣裳……一聞《苦寒》奏，再使《豔歌》傷』，表述方式亦然。

【注】

〔一〕宋祁、歐陽修：《新唐書》（臺北：藝文印書館，一九七二）。

岐陽守風

海按： 劉孝綽〔一〕有《櫟口守風》，並附載何遜《和劉諮議守風》、《類聚》卷九《水部下·池》所録王褒《玄圃濬池》：『對樓還泊岸，迎波暫守風』、《御覽》卷八六五《飲食部二三・鹽》所録《笑林》：『姚彪至武昌，遇風，與沈浙江渚守風』，均指守候適於行船之風勢。

差池玉繩高；掩藹瑶井没

聞人氏：（藹，）一作『映』。杜預《左傳》（卷三五《襄公二二年》）《注》：『差池，不齊一。』（《文選》卷五六《誄上》）曹植詩【《王仲宣誄》】：『芳風晻藹。』（《史記》卷二七《天官書》《索隱》所引）《元命包（苞）》：『東井八星主水衡。』

黄氏：《漢書》（卷二八下）《天文【地理】志》：『秦地於天官東井、輿鬼之分野也。』岐陽，秦境，故用瑶井。

海按：『掩藹』乃影母雙聲詞，是以方得與同爲雙聲詞：初母之『差池』對仗，如同《紹古辭》之七以先部疊韻詞『婭娟』與『晻靄』對仗。既爲雙聲詞，則不重寄寓字形之變化，或作『晻藹』，如《楚辭》卷一《離騷》：『揚雲霓之晻藹兮，鳴玉鸞之啾啾』，王《注》：『晻藹猶蓊鬱，蔭貌』，洪氏《補注》：『暗也』；或作『庵藹』，如《文選》卷四《賦乙・京都中》左思《蜀都賦》：『豐蔚所盛，茂八區而庵藹』；或作『窈藹』，如《文選》卷三一《詩庚・雜擬下》江淹《雜體詩・王徵君養疾》：『窈藹瀟湘空』，善《注》：『窈藹，深遠之貌』；或作『闇藹』，如《文選》卷一九《賦癸・情》宋玉名下《高唐賦》：『隨波闇藹』；或作『暗藹』，如卷七《賦丁・郊祀》揚雄《甘泉賦》：『儐暗藹兮降清壇，瑞穰穰兮委如山』，善《注》：『暗藹，眾盛貌也』。作『掩映』亦可，因『映』仍係影母字，《與謝尚書莊三連句》：『掩映晨物彩；連綿夕羽興』。

『瑶井』即『玉井』，避免與出句之『玉繩』犯重，方改用同義之『瑶』。李白集[三]卷一《古賦・明堂賦》：『目瑶井之熒熒；拖玉繩之離離』，亦然。《後漢書》卷三〇下《郎顗傳・對尚書條便宜七事》：『有白氣從西方天苑趨左足，入玉井，數日乃滅』，章懷《注》：『参星下四小星爲玉井』、《晉書》卷一一《天文志上・星官在二十八宿之外者》：『玉井四星在參左足下』、《魏書》卷九一《術藝列傳・張淵傳・觀象賦》自注亦如是云。東井乃南方七宿中之井宿，《文選》卷二八《詩戊・挽歌》陸機《挽歌》之二：『卧觀天井懸』，善《注》引《天官星占》曰：『東井一名天井』，下有十九星座；玉井則爲西方七宿參宿下六星座之一，此所以郎顗言妖氛『從西方』『入玉井』。

蓬思亂光髮

聞人氏：《莊子》（卷一上《逍遥遊》）：『夫子猶有蓬之心也夫。』本集《（芙蓉）賦》：『笑夏女之光髮。』

錢氏：末句兼用（《毛詩》卷三之三《衛・伯兮》）『首如飛蓬』意。

海按：《文選》卷九《賦戊・畋獵下》揚雄《長楊賦》：『頭蓬不暇梳』，善《注》：『頭蓬，髮亂如蓬也』。《擬行路難》之八：『髮蓬亂』、之十二：『蓬首亂鬢』，足見：蓬、亂同義，故既可成爲同義複詞，二詞又可爲内對。《左傳》卷五二《昭公二八年》：『昔有仍氏生女黰黑而甚美，光可以鑒，名曰玄妻……生伯封，實有豕心，貪惏無饜……有窮后羿滅之』、《史記》卷二《夏本紀》《正義》引《帝王世紀》：『初，羿之殺帝相也，妃有仍氏女，曰后緡，歸有仍，生少康』，可見：玄妻乃有夏政權之盟邦有仍氏之女，故可曰夏女。此句乃言内在（心思）紛亂，導致外在（光髮）亦不修邊幅。

【注】

〔一〕劉孝綽：《劉秘書集》，《歷代卅四家文集》，卷一。

〔二〕王琦：《李太白集注》（上海：上海古籍出版社，一九九二）。

發長松遇雪

土牛既送寒，冥陸方浹馳

錢氏：《禮記》（卷一七《月令》）：『季冬之月……出土牛，以送寒氣。』《左傳》（卷四二《昭公四年》）：『日在北陸而藏冰。』

黄氏：宋本作『蓂陵』。節按：《楚辭》（卷十）《大招》云：『冥凌浹行』，王逸《注》：『冥，玄冥，北方之神也。凌猶馳也。浹，徧也』。詩言『冥凌浹馳』，猶《大招》言『冥凌浹行』也。諸本皆誤。

增補：宋本『土牛』作『出牛』。

海按：鄭《注》：『出猶作也，作土牛者，丑爲牛……送猶畢也。』杜《注》：『謂夏十二月，日在虛、危』，孔《疏》：『十二月，日在玄枵之次，小寒節、大寒中。《漢書》（卷二一下）《律歷志（·歲術）》載劉歆《三統歷》云：「玄枵之初，日在婺女八度，爲小寒節；

在危初度，爲大寒中；終於危十五度。」是夏之十二月在虚、危也』。冥，幽暗也。五行間架，水行的空間爲北；時間爲冬；色爲黑，故冥陸即北陸。此聯之主詞均隱去，出句是作土牛送寒之世人；對句是於天上北陸奔馳之日，是以從天、人相應而言，此聯堪稱巧對，均指時序乃夏曆十二月。《荀子》卷二一《解蔽》：『不足以浹萬物之變』，楊《注》：『浹，周也』、卷一三《禮論》：『方皇周挾』，楊《注》：『挾讀爲浹，帀也』、《國語》卷二一《越語下·范蠡乘輕舟以浮於五湖》：『浹日而令大夫朝之』，韋《解》：『從甲至甲曰浹。浹，帀也』。夏曆十二月（丑月）過去，即返回正月（寅月）；以節、氣而言，則是立春、驚蟄〔一〕矣，一元復始，即《冬日》『白日欲還次』之意，故曰『浹馳』。如今正在『寒氣』將『畢』之過程中，故曰『方』。苟依黄氏之説，對句乃『（玄）冥馳，正偏馳』，全然不辭矣。又，『土』乃形容詞，宋本之『出』乃動詞，與『冥』此形容詞失對。古本未必即善本，於此昭昭可見。

振風摇地局

海按：《文選》卷二四《詩丙·贈答二》陸機《贈尚書郎顧彦先》之二：『振風薄綺疏』，善《注》：『鄭玄《禮記》（卷一四《月令·孟春》「蟄蟲始振」）《注》：「振，動也」』，與此處之『振』均當改讀作『震』。二字通假例證詳參《會典》《文部第五・辰字聲系》。《喜雨》：『震風沈羽鄉』、《文選》卷五五《連珠》陸機《演連珠》之三九：『震風洞發，則夏屋有時而傾』。《説文》二篇上：『局……博所以行棊，象形』，《文選》卷五二《論二》韋昭《博弈論》善《注》引邯鄲淳《藝經》：『棊局縱、横各十七道，合二百八十九道』，可知：棊局必正方。古素以天圓地方，是以鮑氏曰『地局』。此句乃言：飈風撼動原本如棊局般安穩之方正大地。

昆明豈不慘？黍谷寧可吹

錢氏：《高僧傳》[二]（卷一《譯經上・漢雒陽白馬寺竺法蘭》）：『昔漢武穿昆明池底，得黑灰，以問東方朔，朔曰：「不知，可問西域梵人」。後竺法蘭既至，衆人追以問之，蘭云：「世界終盡，劫灰【火】洞燒，此灰是也」。』

黄氏：（《御覽》卷一二《天部十二・雪》所録）《拾遺記》：『周靈王起昆明之臺，召諸方士，有二人乘飛遊之輦上席，酣醉。時【天】赤旱，地裂木燃。其一人先唱，能爲以歌召霜雪，王乃請焉，於是引氣一噴【吸】，則雲起雪飛，坐者皆凜然。』〔三〕案：本集收句『黍谷寧可吹』，則是喜雪之下，其爲旱後得雪，所謂『昆明慘』者，即『地裂木燃』也。

海按：上聯言『凍馬骨』、『傷役疲』，則非喜雪，乃苦寒之謂。昆明本極南之地，與代表極北之地：燕之黍谷相對，意謂：雪勢之大、寒氣之强，雖昆明亦慘，遑言在燕地之黍谷？縱有鄒衍再世，亦無從吹律，令天氣變温。『昆明』與池、臺俱無關。

【注】

〔一〕西漢武帝太初之後，始將啟（驚）蟄、雨水互調，以前者爲二月節；後者爲正月中氣。詳參《左傳》，卷六《桓公五年》孔《疏》。

〔二〕湯用彤校注：《高僧傳》（北京：中華書局，一九九二）。

〔三〕黃氏此處所引《拾遺記》蓋據張英等：《淵鑒類函》（臺北：新興書局，一九七八），卷九《天部九・雪二》。

詠史

京城十二衢

李善：（《文選》卷一《賦甲·京都上》班固）《西都賦》曰：『立十二之通門。』

海按：《文選》卷二《賦甲·京都上》張衡《西京賦》：『旁開三門，參塗夷庭，方軌十二，街衢相經』，薛《注》：『一面三門，門三道，故云參塗。塗容四軌，故方十二軌，軌，車轍也』。《代結客少年場行》言『九衢』，乃就一邊三門之道路數量言；此處之『十二衢』乃就一邊一門車輛可行走若干線道之總數而言。一門凡十二線道，三門則三十六線道。

君平獨寂寞，身、世兩相棄

李善：《莊子》（卷七上《達生》）曰：『夫欲勉【免】爲形者，莫如棄世。棄世，則無（无）累矣。』

吴淇：舉世繁華如此，那得不棄君平？舉世繁華如此，君平那得不棄世？詩用『兩相』

字者，有激之言。畢竟世先棄君平，君平始棄世耳。

海按： 陶潛集卷五《歸去來兮辭》：『世與我而相違，復駕言兮焉求』，《文選》卷四五《辭》所載，『違』作『遺』。

蜀四賢詠

海按： 據《三國志》卷三八《秦宓傳》，乃以嚴遵、李弘、司馬相如、揚雄爲蜀四賢。鮑氏退李弘，而進王褒。《北史》卷四二《常爽傳附孫景傳》：『淹滯門下，積歲不至顯官，以蜀司馬相如、王褒、嚴君平、揚子雲等四賢皆有高才，而無重位，乃託意以讚之』，異地合轍。

春山玉抵鵲

聞人氏： 《鹽鐵論》〔一〕（卷七《崇禮》）：『昆（崑）山之下【旁】，以玉璞抵烏鵲。』

黃氏： 宋本作『春山』。節按：（《御覽》卷三八《地部三·鍾山》所録）《論衡》

云：『鍾山之上，以玉抵鵲。』《穆天子傳》作『春山』，郭璞《注》云：『《山海經》「春」字作「鍾」，音同耳』。

海按：『春』乃『舂』形近之訛。今本《論衡》卷二七《定賢》云：『崑山之下，以玉爲石。』又，郭氏之文見《山海經》卷二《西山經·西次三經·鍾山》之《注》：『《穆天子傳》云鍾山，作「春」字，音同耳』。春、鍾韻母均爲東部；聲母一爲書，一爲章，乃同系者，確實音近。《穆天子傳》[二]卷二：『天子北升于春山之上，以望四野，曰：「春山是唯天下之高山也」』，卷四：『南至於春山、珠澤、昆侖之丘』。《廣弘明集》卷三〇上《統歸篇》王融《法樂辭》之九《歌賢衆》：『春【舂】山玉所府；檀林鸞所棲』、卷二七下《浄住子浄行法門·大忍惡對門二十二·頌》：『春【舂】山之下玉柢【抵】禽；漢水之陽璧千金』、《樂府》卷四一《相和歌辭十六·楚調曲上》張正見《白頭吟》：『彈珠金市側；抵玉春山東』。

陵令無人事，毫墨時灑落

海按：《抱朴子》外篇[三]卷四六《正郭》：『入不能揮毫屬筆』、《御覽》卷一九四

《居處部二二・館驛》所録高允《塞上公亭詩・序》：『揮毫以寄言』。揮『毫』『灑』『墨』，『落』於何處？《南齊書》卷五二《文學列傳・史臣曰》：『放言落紙』、《梁書》卷三八《朱异傳》：『屬辭落紙……不暫停筆』、《類聚》卷五五《雜文部一・談講》所録江總《皇太子太學講碑》：『含毫落帋』。

《玄經》不期賞，蟲篆憂散樂

方東樹：讀《禮記》（卷三《曲禮上》）『齋（齊）者不樂』，（鄭）《注》：『爲哀樂，則失正，散其思也』，乃知此言子雲覃思《太玄》，恐蟲篆散其志慮，故不爲也。

海按：《漢書》卷八七下《揚雄傳・解謿》：『散以禮、樂，風以《詩》、《書》』，顔《注》：『風，化也』。《文選》卷三四《七上》曹植《七啟》：『散樂移風，國富民康』、《晉書》卷五二《華譚傳・舉秀才對策之三》：『使爲諸侯，於散樂休風，未爲不泰也』。散樂，音樂普遍流傳，因而於無形中移風易俗也。子雲不期世俗賞識其《太玄》，所憂唯在其雕蟲瑑刻之賦影響世俗。

【注】

〔一〕王利器：《鹽鐵論校注》（天津：天津古籍出版社，一九八三）。

〔二〕王貽樑：《穆天子傳匯校集釋》（上海：華東師範大學出版社，一九九四）。

〔三〕楊明照：《抱朴子外篇校釋》（北京：中華書局，一九九七）。

卷四

擬古之一

魯客事楚王，懷金襲丹素

李善：揚子《法言》〔一〕（卷二《學行》）：『或曰：使我紆朱懷金，其樂可量也。』李軌曰：『金，金印也』……《毛詩》（卷六之一《唐·揚之水》）：『素衣朱襮』，毛萇曰：『襮，領也。諸侯繡黼，丹朱中衣也』。

海按：李軌《注》不見於今本《法言》，然見諸《後漢書》卷七十八《宦者列傳》『若夫高冠長劒，紆朱懷金者，布滿宮闈』章懷《注》所引。同書卷二八下《馮衍傳》：『經歷顯位，懷金垂紫』，章懷《注》：『金謂印也；紫謂綬也』。孔《疏》：『以素爲衣，丹朱爲緣，繡黼爲領。』對照《禮記》卷二五《郊特牲》：『繡黼丹朱中衣，大夫之僭禮也』，則此處之魯客乃楚之封君。

【注】

〔一〕汪榮寶：《法言義疏》（臺北：藝文印書館，一九六八）。

擬古之二

側覩君子論；預見古人風

海按：《和傅大農與僚故别》：『冠屣預人林』，並此處之『預』、《詩品》中《序》：『預此宗流者，便稱才子』，均當改讀爲『與』，二字相假例證詳參《會典》《魚部第十九（上）·予字聲系》。與，參與也。《晉書》卷六二《劉琨傳》：『臣雖不逮，預聞前訓』、《宋書》卷七五《顏峻傳》：『預聞中旨，罔不宣露』、《南齊書》卷二六《王敬則傳》所載明帝《收王敬則父子詔》：『皇運肇基，預聞未【末】議』，預聞，與聞也。《論語》卷一三《子路》：『如有政，雖不吾以，吾其與聞之』、《左傳》卷四《隱公十一年》：『寡人弗敢與聞』，『與聞』、『與見』構詞法一致。

兩説窮舌端；五車摧筆鋒

李善：兩説謂魯連説新垣衍及下聊城。

《鈔》：（《論語》卷九《子罕》：）『孔子云【曰】：「我扣其兩端而竭也【焉】」』，然兩端，道之本、末。

劉良：謂本、末之説……言其博聞，舌端能摧折文士之筆端。

李冶：（卷七）兩可之説也，謂兩可之説能窮舌端，而五車之讀能摧筆鋒云者〔一〕。

孫志祖：（《李注補正》卷二）顧仲恭云：兩説……當以縱、横解之。《莊子》（卷八中《徐無鬼》）：『縱【横】説之則以《詩》、《書》、《禮》、《樂》，横【從】説之則以《金版》、《六韜（弢）》。』

海按：善《注》殊泥，李説是。《拾遺記》〔二〕卷九《晉時事》：『録曰：……兩説不同，故偕録焉』、《搜神記・序》：『呂望事周，子長存其兩説』、《廣弘明集》卷二六《慈濟篇》沈約《究竟慈悲論》：『亦猶闡提二義，俱在一經，兩説參差，各隨教立』。言其善辯，持甲説以破乙説，復能以乙説破甲説，令遊説之士盡屈。《世説》上卷《文學》條六：

「（何）晏聞（王）弼來……因條向者勝理語弼曰：「此理僕以爲極，可得復難不？」弼便作難，一坐人便以爲屈。於是弼自爲客、主數番，皆一坐所不及』，即最佳實例。

解佩襲犀渠；卷袠奉盧弓

李善：《國語》（卷一九《吴語·吴欲與晉戰得爲盟主》）：『奉文犀之渠。』

李周翰：犀渠，甲也。

海按：韋《解》：『文犀之渠謂楯也。文犀，犀之有文理者。』《文選》卷五《賦丙·京都下》左思《吴都賦》：『家有鶴膝，户有犀渠』，劉《注》：『鶴膝，矛也……犀渠，楯也，犀皮爲之』。徐陵《爲貞陽侯重與王太尉書》：『霜戈雪戟，無非武庫之兵；龍甲犀渠，皆是雲臺之仗』、《隋書》〔三〕卷六七《虞世基傳》：『貝胄雍弧之用；犀渠闕鞏之殷』，據《左傳》卷四七《昭公十五年》及杜《注》，闕鞏乃該國所出之『鎧』『甲』，則若如五臣所言，『龍甲犀渠』、『犀渠闕鞏』均複沓矣。『犀渠』之於『雍弧』，猶『犀渠』之於『盧弓』，分别爲防禦及攻擊之軍械，『貝胄』、『闕鞏』方爲防身之穿、戴物。

【注】

〔一〕李治：《敬齋古今黈》（臺北：世界書局，一九六三）。

〔二〕齊治平校注：《拾遺記》（臺北：木鐸出版社，一九八二）。

〔三〕長孫無忌等：《隋書》（臺北：藝文印書館，一九七二）。

擬古之三

飛鞚越平陸

李善：《埤蒼》曰：『鞚，馬勒鞚。』

海按： 對照《御覽》卷三五八《兵部八九・鞚》所引《埤蒼》，後一『鞚』蓋衍文。《初學記》卷二二《武部・轡第八》：『鞚，控制之義也。《通俗文》云：「所以制馬曰鞚。」』前引《御覽》同卷所録傅玄《良馬賦》：『縱銜則往；攬鞚則止』、《英華》卷二〇九《詩五九・樂府十八》徐悱《白馬》：『飛鞚度河干』、《類聚》卷二九《人部十三・别上》所録吴均《别夏侯故章》：『白馬黄金羈；青驪紫絲控』。『鞚』（控）與『銜』、『羈』

同義正對，『攬』之則馬止；『縱』之則馬馳，其義充分可見。

擬古之四

生事本瀾漫，何用獨精堅

聞人氏：（《文選》卷一七《賦壬·音樂》）王褒《洞簫賦》：『悼悵瀾漫，亡偶失儔』，（善）《注》：『瀾漫，分散也』。

張玉穀：（卷一六）瀾漫，如瀾之漫，繁多也。言人生之事本無紀極。

海按：『瀾漫』乃疊韻詞，不容循字形分別訓解。此處之『瀾漫』乃其原始負面意義，指因分散而淪喪。《莊子》卷四下《在宥》：『誕、信相譏，而天下衰矣；大德不同，而性命爛漫矣』，成《疏》：『爛漫，散亂也』、《淮南子》卷六《覽冥》：『夏桀之時，主闇晦而不明；道瀾漫而不修』。《楚辭》卷一四《哀時命》：『生天墜之若過兮，忽爛漫而無成』，王《注》：『爛漫猶消散也』。以文藝腔之筆法表述之，此聯乃言：人生本乃一場混亂、轉瞬消亡之荒謬劇，獨自堅守道德原則又有何用？

提爵止中山

聞人氏：《周禮》（卷五《天官・酒正》賈）《疏》：『中山，郡名也。』《搜神記》〔一〕（卷一九）：『狄希，中山人也，能造千日酒。』

海按：鄭《注》：『清酒，今中山冬釀。』《文選》卷六《賦丙・京都下》左思《魏都賦》：『醇酎中山，流湎千日』、《英華》卷三五一《雜文一・問答一》蕭統《七契》：『其酒則蒼梧九醖、中山千日，取譬湛露；擬之飴蜜』。此句意謂：攜杯盞至出名酒佳釀之處，以便縱飲。

【注】

〔一〕胡懷琛：《新校搜神記》（臺北：世界書局，一九五九）。

擬古之五

伊昔不治業

錢氏：《國語》（卷五《魯語下・公父文伯之母論內朝與外朝》）：『公父文伯之母如

季氏……寢（寢）門之內，婦人治其業焉。』

海按：《和傅大農與僚故別》：『伊昔謬通塗。』《文選》卷二六《詩丁・贈答四》顏延之《和謝監靈運》：『伊昔遘多幸』、卷二四《詩丙・贈答二》陸機《答賈長淵》：『伊昔有皇』，善《注》：『《爾雅》（卷二《釋詁下》）曰：「伊，惟（維）也」，郭璞曰：「發語辭也」。』『伊昔』此成詞中的『伊』乃當事人因追憶過往，將要緩緩道來前，長舒一口氣，略帶感慨的狀聲詞。治業，即從事工作之意。對官吏而言，則爲盡心職務，如《漢書》卷五六《董仲舒傳・舉賢良對策》：『是以有司竭力盡知，務治其業而以赴功』；對商人而言，則爲盡心牟利，如《史記》卷六九《蘇秦傳》：『周人之俗，治産業，力工商，逐什二以爲務』；對於農夫而言，則爲力求增益收穫，如《史記》卷八《高祖本紀》：『起爲太上皇壽曰：「始大人常以臣無賴，不能治産業，不如仲力」』；對士人而言，則爲竭力向學，如《南齊書》卷五二《文學列傳・賈淵傳》：『祖弼之廣集百氏譜記，專心治業』。從下文『結髮起躍馬；垂白對講書』，可知：此處之『不治業』指不治學業，卻專事鬥雞走馬，且『遊觀五都』。

陳觶發瓢壺

錢氏：《説文》（四篇下）：『觶，鄉飲酒角【觶】也。』

海按：《儀禮》卷二《士冠禮》：『勺觶』，鄭《注》：『爵三升曰觶』。古爲木制，故《周禮》卷四一《考工記》將作器之務歸諸《梓人》：『爲飲器，勺一升；爵一升；觚三升』，鄭《注》：『字聲之誤，觚當爲觶』。《禮記》卷六一《昬義》：『共牢而食；合巹而酳』，孔《疏》：『巹爲半瓢，以一瓢分爲兩瓢，謂之巹』。『瓢壺』乃近義複詞。若以語體表述，此聯乃言：陳設好酒杯，打開（『發』）盛滿酒的酒瓶瓶蓋，以便斟酒至杯中。

君來誠既晚，不覩崇明初

黄氏：《尚書》（卷一二）《洪範》：『無虐煢獨，而畏高明』，高明，有位之尊顯者也。《周易》（卷七）《繫辭（下）》：『崇高莫大於【乎】富貴。』崇明猶高明，謂今所遇者壯士、宿儒，若桓、管之高明，不及覩矣。

海按：《後漢書》卷八〇上《文苑列傳·杜篤傳·論都賦》：『述大漢之崇』，章懷

《注》：『崇，高盛也』。崇明，盛明。《採桑》：『盛明難重來』、《後漢書》卷六九《竇武傳》：『臣幸得遭盛明之世』，逢文、武之化』、《三國志》卷一三《王朗傳》裴《注》引《魏名臣奏》之王朗《節省奏》：『豈夫當今隆興盛明之時，祖述堯、舜之際』，『崇（盛）明』乃就時代優劣而言，與富貴尊顯無關。齊桓得成其霸業，端賴管仲，管仲得見用，源於知交鮑叔之力薦。今則不同，故曰『交友義漸疏』，徒有過往以『玉椀』所代表之奢侈風尚留存至今。

擬古之六

朔風傷我肌；號鳥驚思心

黃氏：《晉書》（卷三五）《裴秀傳》：『詔曰：「……尚書令、左光禄大夫裴秀雅量弘博，思心通遠」。』

海按：此句之『思心』與《文選》卷二九《詩己・雜詩上》蘇武名下《詩》之二：『胡馬失其群，思心常依依』、曹攄《思友人》：『思心何所懷？懷我歐陽子』、卷四三《書下》趙至《與嵇茂齊書》：『思心彌結，誰云釋矣』一致，皆謂思鄉懷人之心。所以思念，因離鄉『送』『田租』而往『函谷』，『輸』『獸稾』於『上林』。風觸於外，故『肌』『傷』；聲入於内，故『心』『驚』。

不謂乘軒意，伏櫪還至今

聞人氏：《左傳》（卷一六《僖公二八年》）：『晉侯[……]入曹，數之以[其]不用僖負羈，而乘軒者三百人也。』（《樂府詩集》卷三七《相和歌辭十二・瑟調曲二》）魏武帝《樂府（・步出夏門行）》：『老驥【驥老】伏櫪，志在千里。』

海按：杜《注》：『軒，大夫車。』卷一一《閔公二年》孔《疏》引服虔云：『車有藩曰軒』，故《説文》十四篇上：『軒，曲輈藩車也』。《搜神記》卷七《感應篇之四・成公智瓊》：『不謂君德，蓋宿時感運，宜爲夫婦』、《文選》卷三〇《詩庚・雜擬上》謝靈運《擬魏太子鄴中集・王粲》：『不謂息肩願，一旦值明兩』、《顔氏家訓》卷三《勉學》：『不謂（韋）玄成如此學也』，不謂，未料及。此處的『伏櫪』乃藏詞格用法。本聯乃言未料及昔年欲仕，志在軒冕，蹉跎至今，仍淪爲見役之老畜。

擬古之七

宿昔改衣帶；朝日異容色

錢氏：《玉臺》（卷四）作『宿昔衣帶改；旦暮異容色』。

海按：昔、夕二字相假例證，詳參《會典》之《魚部第十九（下）·昔字聲系》。若依《玉臺》，『宿昔』當改讀爲『夙夕』，即夙夜，方得與『旦暮』相對。若依本集，則唯『昔』當改讀爲『夕』，『宿夕』同義，一夕之間也，與『朝旦』一個早上正相對。對照《代白頭吟》：『何慚宿昔意』、《中興歌》之一：『萬夜視朝日』、《苦雨》：『驟雨淫朝旦』，本集蓋是。

紹古辭之一

逢君金華宴

聞人氏：《漢書》（卷一百上）《敘傳》：『上方鄉（向）學，鄭寬中、張禹朝夕入説

《尚書》、《論語》於金華殿中。』

海按：《扶風歌》：『昨辭金華殿。』《漢書》卷七五《翼奉傳》：『孝文皇帝躬行節儉，外省繇役，其時未有甘泉、建章及上林中諸離宮館也；未央宮又無高門、武臺、麒麟、鳳皇、白虎、玉堂、金華之殿』，是以卷一百上《敘傳》顏《注》云：『金華殿在未央宮』。西漢故事：帝居西宮未央；太后居東宮長樂，謂之兩宮[一]，是以『君』乃指天子而言。

三川窮名、利，京洛富妖、妍

海按：《説文》七篇下：『富，備也』，以今語迻譯，猶言充斥著。《通典》卷一四一《樂一》自注引裴子野《宋略》：『會、同、饗、覲[二]，則以吴趨、楚舞爲妖妍』、《初學記》卷二七《寶器部·繡第七》所録張率《繡賦》：『盡衣裳之妖妍』、《文選》卷二七《詩戊·樂府上》曹植《名都篇》：『名都多妖女』，吕向曰：『妖，美』、《漢書》卷五七上《司馬相如傳·上林賦》：『妖冶閑都』，顏《注》曰：『妖冶，美好也』、《擬行路難》之八：『陽春妖冶二三月』。《文選》卷一七《賦壬·論文》陸機《文賦·序》：『妍蚩好惡可得而言』，善《注》：『《説文》（十二篇下）曰：「妍……一曰慧也」』；《釋名》（卷三

《釋姿容》）曰：「蚩，癡也」……然妍蚩亦好惡也』。與『妖妍』對仗者既係『名利』，名非利，則妍亦非妖，『妖妍』當指美麗而巧慧者。『窮』既與『富』對仗，則當訓盡也。『窮名利』，皆爲有名有利者，不似生於『湘水側』之『橘』，既無名聲（『人莫傳』），又無家世背景（『菲陋』）。

覿席妾淒愴；覯翰君泫然

聞人氏：《戰國策》（卷一四《楚策一·江乙説於安陵君》）：『嬖色【女】不敝席，寵臣不敝軒。』《漢書》《注》：『翰，筆也。』

方東樹： 覯我之翰，君當泫然。

海按： 此聯乃上承『恩榮難久恃；隆寵易衰偏』而來，宮眷得幸侍寢未幾，即爲其他妃嬪取代，故曰覿席淒然；男臣得寵時，每逢帝出，則陪乘，然五路依舊，人已遭冷落，覯車不禁欲涕。是以『翰』疑爲『輪』形近之訛。《真誥》卷一三《稽神樞第三》：『顧哀朝生惠，孰盡汝車輪』，自注即引作『女寵不弊席；男愛不盡輪』。『軒』、『輪』皆指車之部件。又，偏檢《漢書》《集解》，均無該引文，此實出自《文選》卷九《賦戊·畋獵下》揚雄《長楊賦》李善稱引之韋昭舊注。據《隋書》卷三三《經籍志二・正史》所著録，韋昭確有《漢書音義》七卷，然該書早已亡佚，非聞人氏所得見。

【注】

〔一〕詳參郭永吉：《先秦兩漢東宫稱謂考》，高雄中山大學《文與哲》第八期（二〇〇六年六月）。

〔二〕點校者據北宋本改『覲』爲『覿』，且加按語：『《儀禮・聘禮》聘享後有私覿儀節』。按：《周禮》，卷一八《春官・大宗伯》：『以賓禮親邦國……秋見曰覲……時見曰會；殷見曰同』；《儀禮》，卷一九《聘禮》題下賈《疏》引鄭《目録》：『聘，諸侯相於久無事，使卿相問之禮』，『賓奉束錦以請覿』所聘國之君，乃卷二一《聘禮》中的儀節，諸侯間相聘問之禮不得與諸侯朝天子之禮並列，故《禮記》，卷二五《郊特牲》：『朝覲，大夫之私覿，非禮也』。又，依禮，饗後必有宴，前者爲官方儀節性饋食；宴乃官方實質性聚餐。不論此處的『饗』包不包括『宴』，與之並列的都斷非『私覿』。

紹古辭之二

緜繡多廢亂；篇帛久塵緇

聞人氏：《説文繫傳》（卷九）徐曰：『篇一義聯也。』

海按：《擬行路難》之十八：『對酒敘長篇』、《送從弟道秀別》：『篇詩後相憶』，『篇』乃作品之代詞；《從登香爐峯》：『洗汙奉毫帛』、《擬古》之二：『篇翰靡不通』，則以書寫載體及書寫工具代言之，此即《文選》卷一七《賦壬・論文》陸機《文賦》：『唯毫素之所擬』、卷二一《詩乙・詠史》顔延之《五君詠・向常侍》：『深心託豪素』之『毫素』。對照之下，可知：『篇帛』與彼等之異唯在純以書寫載體爲代詞。出句就女方而言，夫君不在，誰適爲容？對句就男方而言，久未通音訊，如《紹古辭》之六所云：『彌祀闕還書』，早先之來箋已沾塵變色。

石席我不爽；德音君勿欺

聞人氏：《毛詩》（卷二之一《邶·柏舟》）：『我心匪石，不可轉也；我心匪席，不可卷也』，又（卷四之三《鄭·有女同車》）：『德音弗【不】忘』。

海按：出句就心而言；對句就言而論，互文足義，女方冀望男方亦不變心、守然諾，否則，即成卷三之三《衛·氓》所言：『女也不爽，士貳其行』。《有女同車》中，德音乃男子贊慕女方之詞，與是否失信無涉，當引卷二之二《邶·谷風》：『德音莫違，及爾同死』爲注，方契此處之旨。

紹古辭之三

瑟瑟涼海風；竦竦寒山木，紛紛羈思盈；慊慊夜絃促

黄氏：《毛詩》（卷三之二）《衛風·碩人》，『洋洋』狀水；『活活』狀流；『濊濊』狀施罛之聲；『發發』狀鱣鮪之尾；『揭揭』狀葭菼之長；『孽孽』狀庶姜之盛，此詩首四句句法字法所從出。

海按：此詩開篇連用疊字或亦取法《文選》卷二九《詩己・雜詩上》《古詩十九首》之二：『青青河畔草，鬱鬱園中柳，盈盈樓上女，皎皎當窗牖，娥娥紅粉粧，纖纖擢素手。』

訪言山海路，千里歌別鶴

黃氏：《毛詩》（卷一三之一）《小雅・（谷風之什・）大東》：『睠言顧之』，《荀子》（卷二〇）《宥坐》篇引作『眷焉』，《後漢書》（卷五七）《劉陶傳》作『睠（眷）然』。『焉』與『然』皆語詞，則『言』亦語詞。

海按：《毛詩》之『言』用法極複雜，包括作爲句中狀語詞尾者，後必接動詞〔一〕，而此處接續『言』者乃名詞，是以黃氏所舉之例失類不當。《周書》卷四八《蕭詧傳》：『龐參恤民，蓋訪言於高逸』、《册府元龜》〔二〕卷一百《帝王部一百・聽納》：『古之爲天下者何嘗不虛己訪言，疇諮詢度』。《擬行路難》之十四：『音塵斷絕阻河關』，『山海路』猶言『關河路』。此句謂從各方遠歸者詢問遥隔千里外者之消息。《擬古》之七：『去歲征人還，流傳舊相識，聞君上隴時，東望久歎息』，即此句句意之鋪衍。

絃絶空咨嗟，形音誰賞録

海按：《後漢書》卷三〇下《郎顗傳》：『未見朝廷賞録有功；表顯有德』、《三國志》卷十《荀彧傳》裴《注》引《彧别傳》：『前所賞録，未副彧巍巍之勳』。《文選》卷三《賦乙·京都中》張衡《東京賦》：『咸用紀宗存主』，薛《注》：『紀，録也』、『紀禪肅然之功』，薛《注》：『紀，記也』。對照《登雲陽九里埭》：『徒憶江南聲；空録齊后瑟』，則『録』乃記憶之謂。此處係閨中『美如玉』者自道之詞，與功績無關，指男方未贊許自己之形（容貌）音（音樂造詣），將之記在心上。

【注】

〔一〕詳參梅廣：《詩三百篇『言』字新議》，丁邦新、余藹芹編：《漢語史研究：紀念李方桂先生百年冥誕論文集》（南港：『中央研究院』語言學研究所，二〇〇五）。

〔二〕王欽若等：《册府元龜》（北京：中華書局，一九九四）。

紹古辭之四

牕前滌歡爵；帳裏縫舞衣

海按：《吴興黄浦亭庾中郎别》：『懽觴爲悲酌；歌服成泣衣。』懽觴猶歡爵也。《後漢書》卷七〇《孔融傳》所載曹操《激厲孔融書》：『是以區區思協歡好』、《文選》卷二三《詩丙·詠懷》阮籍《詠懷》之十三：『願覩卒歡好；不見悲别離』、《南齊書》卷一《高帝紀》：『申以歡好，以長女義興公主妻（沈）攸之第三子元和』，可知：『歡爵』乃自《周易》卷六《中孚·九二》：『吾有好爵，吾與爾靡之』變化詞面而來。靡，《釋文》：『《韓詩》云：「共也」，孟（喜）同』。《陸雲集》卷三所附鄭豐《答陸士龍》之一《鴛鴦》：『我有好爵，與子偕嘗。』是以此句乃謂於窗前洗好二人對飲之酒杯，以備對方萬一歸來時之用。

紹古辭之五

物情乖喜歇，守操古難聞

黄氏：《廣雅》（卷一下《釋詁》）：『歡，喜也』，『喜歇』猶『歡歇』。（《文選》卷二六《詩丁·贈答四》）顔延之（《贈王太常》）詩：『豫往誠歡歇。』

海按：《代陳思王京洛篇》：『古來共歇薄』、《代白頭吟》：『人情賤恩舊』，則『歇落』、『消歇』之後，仍喜愛，即色衰而愛不弛，實屬有乖人情之舉，如此堅持情義，自古罕聞，所謂『守操古難聞』，故下聯乃揣度『三越豐少姿，容態傾動君』。

紹古辭之六

開黛覩容顔

聞人氏：《釋名》（卷四《釋首飾》）：『黛，代也，滅眉毛，去之，以此畫代其處也。』

海按：《玉臺》卷四鮑令暉《擬青青河畔草》：『鳴弦慚夜月，紺黛羞春風』、《類聚》卷三二《人部十六·閨情》所録蕭繹《代舊姬有怨》：『怨黛舒還斂，啼紅拭復垂』、卷四四《樂部四·箜篌》所録蕭綱《賦得箜篌》：『欲知心不平，君看黛眉聚』，黛乃眉之代詞。開黛猶言解眉，如《玉臺》卷五沈約《登高望春》：『解眉還復斂』、展眉，如李白集卷四《樂府·長干行》之一：『羞顏未嘗開……十五始展眉』。此句蓋言夢中得覩『君子』之『容顏』，原先深鎖之眉頭綻開。此句實乃《文選》卷二九《詩己·雜詩上》《古詩十九首》之十六：『獨宿累長夜，夢想見容輝……願得常巧笑，攜手同車歸』之縮寫。是以夢醒之後，進行鏡占，以『訪遥塗』人之音訊。

紹古辭之七

天賦愁民命，含生但契闊

聞人氏：含生猶有生也。

海按：《冬日》：『含生共通閉』、《樂府》卷五九《琴曲歌辭三》蔡琰名下《胡笳十八拍》之四：『稟氣含生兮莫過我最苦』、《類聚》卷六五《産業部上·蠶》所録楊泉《蠶賦》：『惟陰、陽之産物……物受氣而含生』、《宋書》卷七三《顔延之傳·庭誥》：『含生之氓同祖一氣』。或作含情，如《文選》卷二二《詩乙·遊覽》謝靈運《晚出西射堂》：『含情尚勞愛，如何離賞心』；或作含識，如《宋書》卷七九《文五王列傳·竟陵王誕傳》：『含識能言孰不憤歎』。因上句用『命』，故此處以『生』字爲愜，意義一致，卻不犯重出。

學古

會得兩少妾

海按：《史記》卷三六《陳杞世家》：『哀公……二嬖妾，長妾生留；少妾生勝。』少、幼義通，《戰國策》卷一七《楚策四·莊辛謂楚襄王曰》：『左抱幼妾，右擁嬖女』。姬妾習慣連言，故又可曰少姬，《南齊書》卷五〇《明七王列傳·江夏王寶玄傳》：『娶尚書令徐孝嗣女爲妃。孝嗣被誅，離絶，少帝送少姬二人與之』；《玉臺》卷十收有庾肩吾《詠主人少姬應教》。此輩能生育，則至少已屆十四或十五，然年齡亦不容過長，故《北齊書》卷三二《陸法和傳》載其於梁有一『少姬，年可二十餘』，已自稱『越姥』。否則，宜曰姬人，如《類聚》卷三二《人部十六・閨情》所録王僧孺《爲姬人怨》、《詠姬人》。

嬛綿好眉目；閑麗美腰身

海按：『嬛綿』乃先部疊韻詞。或作『便嬛』，如《史記》卷一一七《司馬相如傳・上林賦》：『便嬛綽約』、《初學記》卷二八《果木部・竹第十八》所録蕭大圜《竹花賦》：『倜儻傲人；便嬛笑語』；或作『遷綿』，如《初學記》卷五《地理上・泰山第三》所録謝靈運《泰山吟》：『觸石輒遷綿』；或作『芉綿』，如《宋書》卷六七《謝靈運傳・山居賦》：『孤岸竦秀；長洲芉綿』，然多作『千眠』，如陸雲《南征賦》：『行雲藹而千眠；旌旆翻其猗靡』、『仟眠』，如《楚辭》卷一七《九思・悼亂》：『藿葦兮仟眠』，《補注》：『一作仟玄；仟，一作阡』、『芉眠』，如謝朓《高松賦》：『既芉眠於廣隰，亦迢遞於孤嶺』，乃委曲綿延之貌，因而引申出盛多之意。於此處，指眉目斜長入鬢之狀。

凝膚皎若雪

錢氏：《莊子》（卷一上《逍遥遊》）：『藐姑射之山有神人居焉，肌膚若冰雪。』

海按：『凝』字無著落。《類聚》卷三四《人部十八·哀傷》所録潘岳《金鹿哀辭》：『鬒髮凝膚，蛾眉螓領』、《樂府》卷二八《相和歌辭三·相和曲下》高允《羅敷行》：『巧笑美回盼，鬒髮復凝膚』，可見：此蓋自《毛詩》卷三之二《衛·碩人》：『膚如凝脂』化來。

齊衾久兩設

黄氏：《後漢書》（卷四八《應奉傳附子劭傳》）應劭奏『漢儀……曰……緹緡十重』，（章懷）《注》引《楚辭》（卷一五《九懷·昭世》）：『襲英衣兮緹緡』，『謂鮮明之衣』。緡，緁也、緶也、齌也。《釋名》（卷八《釋喪制》）：『齌，齊也』，齊衾謂鮮明之衾也。

海按：《戰國策》卷七《秦策五·濮陽人吕不韋賈於邯鄲》：『異人至，不韋使楚服而見，王后悦其狀……曰：「吾楚人也」』、謝脁《永明樂》之七：『趙服麗有輝』；《後漢書·續漢志》卷三〇《輿服志下·長冠》：『高祖微時，以竹皮爲之……楚冠制也』、《晉書》卷二五《輿服志》：『遠遊冠，傅玄云：「秦冠也」』；《御覽》卷七一六《服用部十八·手巾》所録秦嘉婦《與嘉書》：『今奉越布手巾二枚』、《類聚》卷八五《布帛部·錦》所録蕭繹《謝東宫賚辟邪子錦白褊等啟》：『鮮潔齊紈，聲高趙縠』、《玉臺》卷八蕭慤《秋思》：『燕幃湘綺被』，類比之，『齊衾』之『齊』當亦爲産地名。《史記》卷八七《李斯列傳·諫逐客書》：『阿縞之衣』，《集解》引徐廣曰：『齊之東阿縣，繒帛所出』，《漢書》卷二八下二《地理志》曰：『齊地……其俗彌侈，織作冰紈、綺繡、純麗之物，號爲冠帶衣履天下』，則『齊衾』指齊地質地考究之繒帛精工製作之卧被。

擬青青陵上柏

浮生旅昭世

錢氏：（《楚辭》卷一五）王褒《九懷》有《昭世》。

海按：《類聚》卷一六《儲宫部·儲宫》所録王融《皇太子哀策文》：『遠賓上靈；長違昭世』、卷二一《人部五·友悌》所録蕭綱《敘南康簡王薨上東宫啟》：『豈謂不幸，獨隔昭世』，昭，明也。幽、明指死、生，昭世即現下生活之經驗世界。

渭濱富皇居；鱗館帀河山

黄氏：鱗館，謂眾鱗所萃之館也。又，（《漢書》卷五七上《司馬相如傳》）司馬相如《上林賦》曰：『登龍臺』，《注【集解】》：『張揖曰：「觀名也，在豐水西北，近渭」』。龍臺作鱗館，或用代字法。此詩上句用『渭濱』，下句用『鱗館』，必有實地，非如韓愈（集〔一〕卷四《酬裴十六功曹巡府西驛途中見寄》）詩所云：『候館同魚鱗』也。

海按：既言『富』，則堂皇之居非一；既言『帀』，《説文》六篇下：『帀，周也』、《廣雅》卷二上《釋詁》：『偏也』，則不可能指一館。何況此一聯乃交錯對：『皇居』對『鱗館』，『渭濱』對『河山』。『鱗館』乃泛稱，非某一實際處所之名。《淩煙樓銘》：『鱗嶺相葺』、《詠史》：『飛甍各鱗次』、《文選》卷一一《賦己·宫殿》何晏《景福殿賦》：『屯坊列署三十有二，星居宿陳，綺錯鱗比』，即此處『鱗』之謂。言豪宅甲第眾多，而寸土是金，故彼等如水生物身上的鱗片緊密相接。

【注】

〔一〕《朱文公校昌黎先生集》，《四部叢刊初編集部》（臺北：藝文印書館，一九七五），第三九册。

學劉公幹體之一

爲身不爲名

海按：《韓非子》卷三《十過》：『田成子游於海而樂之，號令諸大夫曰：「言歸者死」。……顔涿聚曰：「……臣言爲國，非爲身也」。』《莊子》卷一上《逍遥遊》：『吾將爲名乎？名者，實之賓也。吾將爲賓【實】乎？鷦鷯巢於深林，不過一枝；偃鼠飲河，不過滿腹。』對照下文『披雪拾園葵』，則此處之『爲身』即『爲實』，指個人基本生存而言。刻意用『爲身』，表明非爲君、爲國，純屬自私動機。

連冰上冬月

海按：《周禮》卷七《天官・内宰》：『上春，詔王后帥六宫之人而生穜稑之種』，與上文『中春詔后帥外内命婦始蠶于北郊』相對，故賈《疏》以『建寅之月』釋『上春』，則『上冬』猶言『孟冬』。《廣文選》〔一〕卷九《詩・遊覽》謝靈運《遊嶺門山人》：『協以上冬月。』《禮記》卷一七《月令・孟冬》：『水始冰。』《後漢書》卷五《安帝紀・元初四年・詔》：『連雨未霽，懼必淹傷』、陶潛集卷二有《連雨獨飲》，則『連冰』即落雪不停地凝爲冰，是以詩中主人公須『披雪拾園葵』以果腹。

聖靈燭區外

海按：《文選》卷二五《詩丁・贈答三》謝靈運《還舊園作見顔范二中書》：『聖靈昔回眷，微尚不及宣』，善《注》：『聖靈謂高祖也』。靈，神也，《漢書》卷一百上《敘傳・答賓戲》：『昔咎繇謨虞，箕子訪周，言通帝王，謀合聖神』。《列子》〔二〕卷六《力命》：『天道自運……聖智不能干』，張《注》：『聖神雖妙，不能逆時運也』。《文選》卷五八《碑文上》蔡邕《郭有道碑文·序》：『將蹈鴻涯之遐跡，紹巢、許之絶軌，翔區外以舒翼』、卷五七《誄下》顔延之《陶征士誄·序》：『遂乃解體世紛，結志區外』，區外猶方外。六朝習以天子僅治方内，今既並方外亦洞燭，光被四表，何以獨我『見遺』，未蒙察照？

【注】

〔一〕劉節：《廣文選》，《四庫全書存目叢書》，【集部】第二九七册。

〔二〕楊伯峻：《列子集釋》（北京：中華書局，一九九六）。

學劉公幹體之二

曀曀寒野霧；蒼蒼陰山柏，樹迥霧縈集；山寒野風急

錢氏：《毛詩》（卷二之一《邶·終風》）：『曀曀其陰。』

海按：毛《傳》：『陰而風曰曀。』此乃照應下聯對句之『風』。

學劉公幹體之三

茲晨自爲美，當避豔陽天，豔陽桃、李節，皎潔不成妍

張銑： 茲晨謂冬時，喻亂代也；豔陽，春也，喻明君也；風、雪，比佞人也；桃、李，比忠直也，言未遇至明之時，雖忠直之人，爲佞者所乱，不成其美。

陸善經： （雪來）以興士自遠而至在君側，得盡才用……豔陽以興諂媚之人；皎潔以比貞素之士。

劉履： 此亦明遠被間見疏而作。

吴淇： 有一輩小人，自有一輩小人行事。前人之術巧矣，後人更有巧者，前人必爲後人所傾，故小人猖獗肆志，各有其時，把個時勢盡是小人迴轉據住，何日是君子道長之時乎？

張玉穀： （卷一六）此借雪以自比。前四言膺薦致身；後四言畏讒避位也。

海按： 危急之時（『茲晨』），前來勤王之士（『朔雪』）『自爲美』；承平之際（『豔陽天』），則爲佞色者（『桃、李』）取代，『朔雪』不復爲君賞悦。共患難而不共安樂矣。

學劉公幹體之四

不愁世賞絶，但畏盛明移

黄氏：《漢書》（卷二二）《禮樂志（·郊祀歌）》：『朱明盛長，旉與萬物。』

海按：《採桑》：『盛明難重來』，二處之『盛明』皆取自《漢書》卷九七下《外戚列傳·班倢伃傳·自悼賦》：『蒙聖皇之渥惠兮，當日月之盛明，揚光烈之翕赫兮，奉隆寵於增成』。以日喻君，故曰『盛明』；以對方與自身之感情而言，即《代陳思王京洛篇》：『但懼秋塵起，盛愛逐衰蓬』之『盛愛』。

學劉公幹體之五

乖榮頓如此，何用獨芬芳

海按：上言『天下共明光』，唯此小草『乖榮』，則『榮』訓光也。《吕覽》卷七《振亂》：『且辱者也而榮』，高《注》：『榮，光明也』。《擬古》之四：『生事本瀾漫，何用獨精堅』、《喜雨》：『無謝堯爲君，何用知柏皇』、《詠白雪》：『蘭焚石既斷，何用恃芳、堅』，逯譯爲今語，『何用』均當倒置於該句末，言芬芳、精堅等有何用。

擬阮公夜中不能寐

酌酒亂繁憂

海按：《論語》卷八《泰伯》『予有亂臣十人』，《集解》引馬融曰：『亂，治也』，皇氏《義疏》〔一〕卷四：『亂，理也』，即《月下登樓連句》：『樂來亂憂念；酒至歇憂心』之意。

【注】

〔一〕皇侃：《論語集解義疏》（臺北：廣文書局有限公司，一九六八）。

學陶彭澤體

長憂非生意，短願不須多

錢氏：《晉書》（卷九九）《殷仲文傳》：『此樹婆娑，無復生意。』

海按：《代貧賤苦愁行》：『長歎至天曉，愁苦窮日夕……以此窮百年，不如還窀穸』，即此篇首句之意：長年憂愁豈乃活之意義？『短願』與《從拜陵登京峴》之『遠願』適相對，指近期微小之願望。《代昇天行》：『窮途悔短計，晚志重長生』，短計，目光短淺之規劃。

數詩

五侯相餞送

李善：《漢書》（卷九八《元后傳》）曰：成帝【上】『悉封舅王譚爲平阿侯、王立紅陽侯、王根曲陽侯、王逢高平侯、王商時成都侯爲列侯。五人同日封，故世謂之五侯』。

海按：獲封高平侯者乃王逢時，今本『時』字誤乙於『王商』之下，且王商當在王譚之後、王立之前。《集注》本不誤。

六樂陳廣坐

李善：《周禮》（卷二二《春官·大司樂》）曰：『凡六樂者，文之以五聲』，鄭玄曰：『此固【周】所以存六代之樂』。

海按：據《周禮》卷十《地官·大司徒》鄭《注》引鄭司農曰，及卷二二《春官·大司樂》鄭《注》、賈《疏》，『六樂謂（黃帝）雲門、（帝堯）咸池、（帝舜）大韶、（夏禹）大夏、（商湯）大濩、（周武王）大武』。

庭下列歌鍾

李善：《國語》（卷一三《晉語七·悼公賜魏絳女樂歌鍾》）：『鄭伯嘉來，納……女樂二八，歌鍾二肆……（悼）公錫魏絳女樂一八，歌鍾一肆。』

海按：此乃《文選》卷六《賦丙·京都下》左思《魏都賦》張載注文，乃撰者移置於此，手民且將『八』誤爲『分』。《周禮》卷二三《春官・小胥》：『凡縣鍾、磬，半爲堵；全爲肆』，鄭《注》：『十六枚而在一虡謂之堵；鍾一堵、磬一堵謂之肆』，卷二四《春官・鍾師》賈《疏》：『堂上歌之，堂下以鍾、鼓應之』。《左傳》卷三一《襄公十一年》孔《疏》：『《傳》言歌鐘二肆，則兼有磬矣，若其無磬，不得成肆……其磬數亦同矣。』

八珍盈彫俎

李善：《周禮》（卷五《天官》）：『食醫掌和王……八珍之齊。』

增補：《周禮》（卷四《天官・膳夫》）：『珍用八物』，鄭玄《注》：『珍謂淳熬、淳母**【毋】**〔一〕、炮豚、炮牂、搗（擣）珍、漬、熬、肝膋也』。

海按：據《禮記》卷二八《内則》及鄭《注》、孔《疏》，淳熬、淳毋均『煎醢』，加於飯上，並澆『膏』油於上，兩者差別僅一爲『陸稻』飯；一爲『黍』飯。炮豚、炮牂均爲『刲之刳之』，去除内臟，『實棗於其腹中』，外塗泥，以火烤之。擣珍則爲取牛、羊等之『脊側肉』，搗捶之，去其『筋腱』，煮熟，以『汁和』之。漬爲取『新殺』之『牛肉』『薄切之』，煮熟後，『湛諸美酒』，隔天加醢等調味料『而食之』。熬爲搗捶牛肉，置於『萑』

架上，『屑桂與薑，以洒諸上』，並以鹽漬之，烤熟後，食之。肝膋『取狗肝』，外裹膋，即『腸間脂』，『炙之』。

【注】

〔一〕《禮記》，卷二八《内則》：『淳毋』，鄭《注》：『毋，讀曰模，模，象也』，孔《疏》：『毋是禁辭，非膳羞之體，故讀爲模，模，象也，法象淳熬而爲之，但用黍爲異耳』，可知：斷乎不作『母』。

建除詩

投鞍合營牆

錢氏：汲冢《周書》（卷七《王會》）：『成周之會，……周公旦主東方，所之青馬黑鬣謂之母兒，其守營牆者衣青，操弓執矛。』

海按：《文選》卷五七《誄下》顔延之《陽給事誄》：『攢鋒成林；投鞍爲圍』、江淹《尚書符起都官軍局符蘭臺》：『投鞌成岳』，乃狀軍士衆多，解鞍，豎之，則足以合爲圍牆；横疊之，則高若山嶽。又，《隋書》卷三三《經籍志二·古史》著録《周書》十卷，自注：『汲冢書』，已非盡允，《新唐書》卷五八《藝文志·乙部·雜史類》既著録汲冢《周書》十卷，又著録孔晁注《周書》八卷，乃得其情。前者早已亡散，錢氏無從得見，此乃沿後世認知之誤，以歷代相傳之《周書》爲《逸周書》所致〔一〕。

士女獻壺漿

海按：《孟子》卷六上《滕文公下》：『其君子實玄黄於匪，以迎其君子；其小人簞食壺漿，以迎其小人』，本指歡迎弔民伐罪者之軍隊，此處移用爲歡迎本國勝敵之師。

開壤襲朱紱

海按：《華陽陶隱居内傳》卷下沈約《酬華陽先生》之二：『開壤賦千室。』又作分壤，《還都口號》：『分壤蕃帝華』。開壤、分壤實皆裂土之謂。《漢書》卷三四《韓彭英盧吴列傳·贊》：『咸得裂土，南面稱孤』、卷七〇《陳湯傳》：『皆裂土受爵』。《白虎通》〔二〕卷十《紼冕》：『天子朱紼，諸侯赤紼』；《晉書》卷二四《職官志》則曰：『文、武官公皆假金章紫綬』，然此處顯然根據《禮記》卷三〇《玉藻》所言：『天子……玄組綬；公、侯……朱組綬』。驗諸《文選》卷二〇《獻詩》曹植《責躬》：『冠我玄冕，要我朱紱』、卷三七《表上》曹植《求自試表》：『上慚玄冕，俯愧朱紱』，可知不誤。

【注】

〔一〕詳參黃沛榮：《周書研究》（臺北：臺灣大學中文研究所博士論文，一九七六），《前言》。

〔二〕陳立：《白虎通疏證》（北京：中華書局，一九九七）。

白雲

煉金宿明館；屑玉止瑶淵

錢氏：《魏書》（卷一一四）《釋老志》：『至於化金銷玉，行符敕水，奇方妙術，萬等千條。』

海按：《史記》卷二八《封禪書》：『（李）少君言上曰：「祠竈則致物，致物而丹沙可化爲黃金，黃金成，以爲飲食器，則益壽，益壽而海中蓬萊僊者乃可見，見之以封禪，則不死」』，『物』即《漢書》卷三六《楚元王傳附玄孫向傳》：『淮南有枕中鴻寶苑秘書，書言神僊使鬼物爲金之術』之『鬼物』，是以欲仙者須煉金。《尚書》卷一二《洪範》：『惟辟玉食』、《周禮》卷六《天官·玉府》：『王齊，則共食玉』，鄭《注》引鄭司農云：『王齊，當食玉屑』、《楚辭》卷一《離騷》：『精瓊靡以爲粻』，王《注》：『精鑿玉屑以爲儲糧』、《文選》卷二《賦甲·京都上》張衡《西京賦》善《注》引《三輔故事》：『武帝作銅露盤，承天露，和玉屑飲之，欲以求仙』。《從庾中郎遊園山石室》：『至哉煉玉人，處此長自畢』，對照江淹《雜體詩·郭弘農遊仙》：『道人讀丹經，方士煉玉液』、《英華》卷三四六《謌行十六·愁怨》江總《姬人怨服散篇》：『薄命夫婿好神仙，避愁高飛向紫煙，金丹欲成猶百鍊，玉酒新熟幾千年』，是煉玉亦食玉也，僅所食者一爲液體，一爲固體。

淩崖采三露，攀鴻戲五煙

錢氏：郭憲《洞冥記》：『武帝問東方朔曰：「吉雲五色露可得以嘗否（不）？」朔乃東走，至夕而還，得玄、黃、青露，盛之玩【琉璃】器，以授帝。帝偏賜群臣，老者

【得露】嘗之【者】，老者皆少』。

海按：《御覽》卷一二《天部·露》所引《洞冥記》如是，然《御覽》卷八〇八《珍寶部七·琉璃》所引《洞冥記》作『得五色露』，《太平廣記》卷六《神仙六》作『吉雲五露』[一]。此處所以作『三』，乃避下文之『五』，避重出係六朝通則。《文選》卷三五《七下》張協《七命》：『價兼三鄉，聲貴兩都』，善《注》：『實二鄉，而云三者，避下文也』、卷三〇《詩己·雜詩下》謝朓《和王著作八公山》：『東限琅邪臺，西距孟諸陸』，善《注》：『孟諸澤在八公山東，而云西距者……以避上文耳』、《類聚》卷一《天部上·星》所録邢子才《賀老人星表》：『三星共色，五老同遊』，據《史記》卷二七《天官書》及《英華》卷八《賦八·天象八》張叔良等四篇同名之賦，可知：本當作『五星同色』，避下文，乃强改『五』爲『三』。

【注】

[一]《初學記》，卷二《天部下·露第五》：『露之異者有朱露、丹露、玄露、青露、黄露。』田藝蘅《留青日札》，《四庫全書存目叢書》，【子部】第一〇五册，卷九《甘露》，『黄露』下有『白露』，且云『即五行之異稟也』，可知：朱露、丹露二者必有一衍。

臨川王服竟還田里

豐霧粲草華；高月麗雲崿

海按：《文選》卷二五《詩丁·贈答三》陸雲《爲顧彥先贈婦》之二：『皎皎彼姝子，灼灼懷春粲』，善《注》引《國語》賈逵《注》：『粲亦美貌』。《毛詩》卷二之三《邶·静女》：『静女其姝』，毛《傳》：『姝，美色也』。陸氏該聯乃互文足義：彼懷春姝粲之子何等豔光四射。《可愛》：『魏粲縫秋裳；趙豔習春歌』、《採菱歌》之四：『要豔雙嶼裏；望美兩洲間』，正因『粲』與『美』、『豔』義通，故得以對仗。《在江陵歎年傷老》：『園桜美花草』，『花草』即此處之『草華』，尤爲『粲』當訓美之明證，然此處乃作使役動詞，言濃霧使草華顯得更美。

行藥至城東橋

迅風首旦發

海按：《類聚》卷四五《職官部一·丞相》所録沈約《齊丞相豫章文憲【獻】王碑》：『每至三元首旦，華裔在庭。』《代鳴鴈行》：『邕邕鳴鴈鳴始旦』、《後漢書》卷六七《黨錮列傳·李膺傳》所載荀爽《貽李膺書》：『不謂夷之初旦明而未融』。始旦、初旦、首旦同義。

開芳及稚節，含綵吝驚春

李善：以草喻人也。草之開芳，宜及少節，既以含彩，理惜驚春。夫草之驚春，花葉必盛，盛必有衰，固所當惜也……孔安國《尚書》（卷八《僞仲虺之誥》）《傳》：『無所吝惜也。』

張銑：夫人開布芳華之德，宜在幼稚之年；含其光彩，驚惜春序，恐時過年謝。吝，惜也。

劉履：當及此少壯，以進德脩業，開布芳榮，何乃徒自含章，羞驚盛年之失？且尊貴而有德者雖不免於形役，猶得以揚名後世……蓋亦勉人及時自樹，不可徒爲淪没也。

方回：（卷一）《文選》注『吝』字殊爲費力……竊謂『吝』字可疑，豈以上文有『各事百年身』，故於此句避『各』字，以爲『吝』字乎？以愚見決之，當作『開芳及稚節，含采各驚春』爲是。此蓋有感於行藥之際，見夫開芳含采之藥物及乎未老之時，而皆有驚春之色，以譬夫仕宦撫劍、市井懷金之徒。

吴淇：余觀參軍《詠史詩》有『繁華及春媚』五字……此詩『及』字、『春』字即《詠史》之『及』字、『春』字也。『稚節』亦春也，『開芳』即繁華。人若得志而據要津，在少年之際，何等繁華，他人見此繁華，未有不驚者。若韜斂其光彩，而甘心陋巷，則鮮不忽略之矣，故曰『吝驚春』也。

海按：本集作『合』，然宋本、善注本、明州本六家注、陳八郎本五臣注、茶陵本六臣注《文選》皆作『含』。《淩煙閣銘》：『合彩煙塗』，宋本、《類聚》卷六三《居處部三·樓》所録亦均作『含』。雖然與開相對時，合與含意思無多差別，但仍以作『含』爲是。《舞鶴賦》：『精含丹而星曜』、《擬行路難》之十七：『百草含青俱作花』，可爲内在的佐證。

《文選》卷四《賦乙·京都中》張衡《南都賦》：『芙蓉含華，從風發榮』、卷二九《詩己·雜詩上》《古詩十九首》之八：『傷彼蕙、蘭花，含英揚光輝』、卷五六《誄上》潘岳《楊仲武誄》：『含芳委耀』，可爲外在的佐證。又，避免重出，僅能以同義、近義詞替换。『吝』、『各』字義懸殊，焉有以彼代此之理？此聯乃鮑氏自嘲以嘲人之一貫手法。諸芳皆知當趁早展示其美，如《紹古辭》之七所言：『暖歲節物早，萬萌競春達』，亦即吴淇所引『繁華及春媚』，藉此博名利，唯我不識時務，含彩不開放，似乎吝於驚覺春訊，從衆爭豔。如此愚頑，究竟所爲何來？故末聯言『容華坐消歇，端爲誰苦辛』。

園中秋散

流枕商聲苦，騷殺年志闌

聞人氏：（《文選》卷二《賦乙·京都中》張衡）《東京賦》：『飛流蘇之騷殺』，按：騷殺，不翹起也。

海按：善《注》：『騷殺，垂貌。』騷殺乃雙聲詞，或作梢殺，如《文選》卷一三《賦庚・物色》宋玉名下《風賦》：『靡石伐木，梢殺林莽』；或作蕭颯，《歲時雜詠》卷三九《冬至》陳叔寶《五言畫堂良夜履長在節歌管賦詩列筵命酒十韻成篇》：『季冬初陽時，寒氣尚蕭颯』；或作肅殺，《類聚》卷二七《人部十一・行旅》所録陸機《思歸賦》：『寒風肅殺，白露霑衣』；或作蕭散，如《文選》卷五七《哀上》潘岳《哀永逝文》：『視天日兮蒼茫；面邑里兮蕭散』。依《廣韻》，騷、颯、蕭、肅、散皆精系心母字；梢、殺皆莊系生母字，上古時，精、莊二系合一，至中古始分，前者配一、三、四等韻；後者配二等及部分三等韻。《文選》卷二六《詩丁・行旅上》謝靈運《永初三年七月十六日之郡初發都》：『述職期闌暑』，善《注》：『闌猶盡也』、卷五七《誄下》謝莊《宋孝武宣貴妃誄》：『白露凝兮歲將闌』，善《注》：『闌猶晚也』。此句乃言年紀與志氣均已進入如同暮秋蕭條將盡之狀態。

過銅山掘黃精

聞人氏：（《類聚》卷八一《藥香草部上・草》所録）《博物志》：『太陽之草名黃精，食【餌】之，可以長生。』

海按：《抱朴子》内篇卷六《微旨》：『長谷之山……有道之士登之不衰，采服黄精，以致天飛』、卷一一《仙藥》：『服黄精僅十年，乃可大得其益耳』、《御覽》卷九八九《藥部六·黄精》所録《神仙傳》：『白菟公服黄精而得仙』。

土肪閟中經

聞人氏：《説文》（四篇下）：『肪，肥也。』

海按：《文選》卷四二《書中》曹丕《與鍾大理書》：『竊見玉書稱美玉，白如截肪』，善《注》：『王逸《正部論》：「……白如豬肪，黑如純漆，玉之符也」，《通俗文》曰：「脂在腰曰肪」』。『土肪』即《從登香爐峯》：『霜崖滅土膏』之『土膏』。

命藥駐衰歷

聞人氏：命藥，續命之藥。

海按：命，改讀爲靈，靈藥，仙藥也。

矧蓄終古情

海按：《秋夜》之二：『終古自多恨』、《楚辭》卷一《離騷》：『余焉能忍與此終古』，終古，指一輩子。

空守江、海思，豈懷梁、鄭客

聞人氏： 列子，鄭人。鄭，戰國梁地。

錢氏： 莊子，蒙人，蒙爲梁地，即並指莊、列亦可，然語終迂晦。《史記》（卷七〇）《張儀傳》：『從鄭至梁，二百餘里』，疑此爲明遠自述行蹤。

海按： 魏都大梁，故又曰梁；韓都新鄭，故又曰鄭。《史記》卷七八《春申君傳》：『王以十萬戍鄭，梁氏寒心。』梁（魏）、鄭（韓）乃三晉之代詞，因與之對仗者乃江、海二者。《史記》卷七〇《張儀列傳·太史公曰》：『三晉多權變之士，夫言從衡强秦者，大抵皆三晉之人也。』《莊子》卷九下《讓王》：『中山公子牟謂瞻子曰：「身在江、海之上；心居乎魏闕之下，奈何？」』《釋文》所引司馬彪云：『魏之公子封中山，名牟』。此聯乃反用其意，言自己多年以來徒懷江海之思，如今得遂，豈會眷念詭譎多端之政壇中人，所謂『今何惜』。

見賣玉器者

子實舊楚客，蒙俗謬前聞

海按：『蒙俗』、『謬前聞』乃句中正對。蒙、謬皆被動語態之動詞。被『前』『俗』所蒙蔽，猶《文選》卷一《賦甲·京都上》班固《東都賦》：『東都主人喟然而歎曰：「痛乎風俗之移人也」』；被流傳下來之『前聞』誤導，猶卷三《賦乙·京都中》張衡《東京賦》：『安處先生……笑曰：「若客所謂末學膚受，貴耳而賤目者也」』。

安知理孚采，豈識質明温

海按：『理』論玉之外觀；『質』論玉之内涵。《類聚》卷七六《内典上·内典》所録蕭綱《慈覺寺碑序》：『温明内湛，慈慧天發』、《魏書》卷六四《張彝傳》：『顯祖以温明之德潤沃九區』、《墓誌彙編》東魏《魏故使持節都督三州諸軍事驃騎大將軍東梁州東徐州刺史當州大都督儀同三司兗州刺史臨濟縣開國侯叔孫（固）公墓誌之銘》：『温明內發，秀采外彰』。明，光也；温，和也，温明蓋即《老子》第四章之『和其光』。《南齊書》卷四三《何昌寓傳·上蕭驃騎理建平王景素啟》：『俱沐温光，獨酸霜露。』不曰『温明』，而倒乙之，因本篇主要以魂部字爲韻——『分』、『聞』乃文部字；『轅』乃先部字——『明』則是庚部字，斷無通押之理。

我方歷上國，從洛入函轅

錢氏：《左傳》（卷二六《成公七年》）：『是以始大通吴于（於）上國。』《水經注》[一]（卷一五《洛水》）：『洛水……又東出關，惠水右注之，世謂之八關水』，自注：『靈帝中平元年……置函谷、關【廣】城[二]、伊闕、大谷、轘轅、旋門、小平津、孟津等八關』。

海按：該句杜《注》：『上國，諸夏。』卷五二《昭公二七年》孔《疏》引服虔云：『上國，中國也』；《毛詩》卷七之二《檜·匪風》孔《疏》：『下國謂諸侯，對天子爲下國』。是『上國』有兩種用法，此處當從錢說，因若以『上國』謂京邑，則下句之『從洛』複沓矣。《文選》卷二〇《詩甲·公讌》沈約《應詔樂遊園餞呂僧珍》：『函、轘方解帶；嶢、武稍披襟』，善《注》：『函，函谷；轘，轘轅也』。卷三《賦乙·京都中》張衡《東京賦》薛《注》：『轘轅，阪名也……阪，十二曲，道將去復還，故曰轘轅。』

揚芳十貴室；馳譽四豪門

錢氏：（《文選》卷十《賦戊·紀行下》）潘岳《西征賦》：『窺七貴於漢庭』，（善）《注》：『漢庭七貴【七姓謂】：呂、霍、上官、丁、趙【趙、丁】、傅、王，並后族也』。『十貴』未詳。

黃氏：《史記》（卷一一）《孝景本紀》：『中五年夏，立皇子舜爲常山王，封十侯』，『十貴』疑指此。

海按：錢氏所引蓋雜用五臣（李周翰）注。《周禮》卷三九《考工記》：『凡攻木之工七』，鄭《注》：『故書「七」爲「十」……鄭司農云：「十」當爲「七」』、卷四〇《考工記·輈人》：『輈前十尺而策半之』，鄭《注》：『「十」或作「七」……「七」非也』、

《荀子》卷一三《禮論》：『有天下者事十世』，楊《注》：『當爲「七」』，『七』、『十』相亂乃因二者之古文僅有中豎一筆長短之别，『七』作『十』。然漢世已多不辨古文，故不宜援引以爲形近而訛之證。《漢書》卷九七下《外戚列傳·孝元王皇后傳》：『成帝母也。家凡十侯，五大司馬，外戚莫盛焉』，顔《注》：『十侯者，陽平頃侯禁、禁子敬侯鳳、安成侯崇、平阿侯譚、成都侯商、紅陽侯立、曲陽侯根、高平侯逢時、安陽侯音、新都侯莽也』。『四豪』既代表宗室，則『十貴』當爲外戚。江淹《拜中書郎表》：『汝、潁之金，或揚采於四豪；江、淮之珠，已馳光於七貴』，取義一致。

【注】

〔一〕王先謙：《水經注》（成都：巴蜀書社，一九八五）。

〔二〕《增補》將『關』連上文讀，並妄增『廣』字。按：下文總言『八關』，則『函谷』之下必不容復言『關』，對照《後漢書》，卷八《靈帝紀·中平元年》，清晰可判。『廣』之作『關』，乃音近致訛，不足咎也。《增補》蓋欲文過，反而愈見其非。

懷遠人

馳風掃遥路

海按：《文選》卷四《賦乙·京都中》張衡《南都賦》：『箭馳風疾』，馳猶疾也，馳風，疾風。

夢還鄉

開奩奪【集】香蘇；探袖解纓徽

錢氏：（《文選》卷一八《賦壬·音樂下》）嵇康《琴賦》：『新衣翠粲，纓徽流芳。』（《晉書》卷五一《束晳傳》）束晳《元（玄）居釋》：『背纓緌而長逸。』

黄氏：《琴賦》李善《注》：『《爾雅》曰：「婦人之徽謂之縭」，郭璞曰：「今之香纓也」』。節案：《爾雅》（卷五《釋器》）作『褘』，不作『徽』。『徽』，疑謂琴徽。纓，系也。

海按： 善《注》是。别本正作『徽』，詳參阮元《十三經校勘記》。《禮記》卷二七《内則》：『男、女未冠、笄者……皆佩容臭』，鄭《注》：『容臭，香物也，以纓佩之』。《芙蓉賦》：『抽我衿之桂蘭』、《類聚》卷四《歲時中・三月三日》所録夏侯湛《禊賦》：『榮【縈】香丸於素襟』。然現實社會中，繫香物並不限於未成年者。《文選》卷一九《詩甲・述德》謝靈運《述祖德》：『而不纓垢氛』，善《注》：『纓，繞也』。漢語動詞名詞每相兼具，是以『纓』即繫繩也；《説文》十三篇上：『徽……一曰三糾繩也』，《周易》卷三《坎・上六》：『係用徽纆』，《釋文》引劉（表）云：『三股曰徽；兩股曰纆，皆索名』，『纓徽』乃同義複詞。夫君不在，誰適爲容；良人既歸，乃求媚悦，『刈』、『採』『蘭』、『菊』等香料『集』於『奩』内，探袖『解』下原繫已久之香囊，去其中枯槁者，易以新鮮『芬芳』。又，錢氏乃清人，故須避聖祖諱，易『玄』爲『元』。

波瀾異往復；風霜改榮衰

錢氏：（《文選》卷一二《賦己・江海》）郭璞《江賦》：『自然往復，或夕或朝』，（善《注》引）《抱朴子》：『麋氏云：朝（潮）者，據朝來也；言夕（汐）者，據夕至也』。《漢書》（卷五二《韓安國傳》）：『韓安國曰：「……夫盛之有衰，猶朝之必暮（莫）」。』

海按：《周易》卷二《泰·九三·小象》：『无往不復，天地際也』、卷三《復·彖》：『復，其見天地之心乎』。此聯乃言：人『異』於『波瀾』，既『往』之後，又可重新再開始，所謂『復』，以春『風』秋『霜』代表的時間之流只會令人走在單向道上，由『榮』『改』爲『衰』，至終消亡，不復存有。即《冬日》所言：『瀉海有歸潮，衰容不還穉』。

春羈

岫遠雲煙綿；谷屈泉靡迤

海按：『靡迤』既爲支部疊韻詞，則與之對仗之『煙綿』當亦然。煙、綿二字於上古固然分屬真、元二部，然至晉、宋，已均爲先部韻矣。煙綿即綿延，亦即《和王丞》：『春思坐連綿』之連綿，乃延續不已之狀。《英華》卷二六七《詩一一七·送行二》宋之問《送趙司馬赴【赴】[二]蜀州》：『餞子西南望，煙綿劍道微』、卷三三六《謌行六·酒》杜甫《晦日賀蘭傳楊長史筵醉歌》：『煙綿碧草萋萋長』、《司空圖集》[二]卷八《雜著・情賦》：『阻佳期兮日難忘，情煙綿兮悄自傷』。

染翰餉君琴，新聲憶解子

錢氏：（《類聚》卷二〇《人部四・孝》）潘岳【劉柔妻王氏】《秋興【懷思】賦》：『聊染【擥】翰以寄懷。』

黃氏：錢注[三]既疑明遠曾依衡陽，節證之。《宋書》（卷九三《隱逸列傳・》）戴顒傳》：『衡陽王季鎮京口……顒……爲義季鼓琴，並新聲變曲』，則本詩收句『君』字、『子』字當指顒言。

海按：《文選》卷一三《賦庚・物色》潘岳《秋興賦・序》僅曰：『染翰操紙，慨然而賦。』《廣雅》卷三上《釋詁》：『餉、饋……遺也。』《三國志》卷二《文帝紀》裴《注》引胡沖《吴歷》：『帝以素書所著《典論》及詩、賦餉孫權』、庾信《燕歌行》：『盤龍明鏡餉秦嘉，辟惡生香寄韓壽』。《世説》上卷《文學》條二四：『非但能言人不可得，正索解人亦不可得』、中卷《賞譽》條五：『鍾士季目王安豐：「阿戎了了解人意」』、《莊子》卷一下《齊物論》：『萬世之後而一遇大聖，知其解者，是旦暮遇之也』，成《疏》：『如此解人，其爲希遇』。易『人』爲『子』，諧韻也。《文選》卷五二《論二》曹丕《典論·論文》：『文以氣爲主，氣之清、濁有體……譬諸音樂』、卷一七《賦壬·論文》陸機《文賦》善《注》引臧榮緒《晉書》：『新聲妙句，係蹤張、蔡』。《南史》卷一五《徐羨之傳附玄孫君蒨傳》：『文冠一府，特有輕豔之才，新聲巧變，人多諷習』，以音樂喻文學，乃舊貫。此聯意謂：作此詩（『新聲』），餽贈你，以酬答昔日『君』之『琴』音，於此寄贈之際，尤憶君。鮑引對方爲彼此知心者，我懂你琴音中或在高山或在流水之意，你也『解』我詩中的『嗟思』。

【注】

〔一〕據祝穆撰：《方輿勝覽》，《景印文淵閣四庫全書》，第四七一册，卷五十二《成都府路·崇慶府·題詠》校改。

〔二〕司空圖：《司空表聖文集》（上海：上海古籍出版社，一九九四）。

〔三〕錢注見《見賣玉器者》：『從洛入函、轅』下。

歲暮悲

皎潔冒霜雁；飄揚出風鶴

錢氏：（《文選》卷二七《詩戊·樂府上》）班婕妤《怨歌行》：『皎潔如霜雪』；（卷五《賦丙·京都下》）左思《吴都賦》：『冒霜停雪』；（《玉臺》卷一）宋子侯《董嬌嬈》：『花落何飄揚』。

海按：此聯乃具體説明上聯對句『白雪夜迴薄』之狀，是以改以騈文出之，則爲『皎潔若冒霜之雁；飄揚似出風之鶴』。《贈故人馬子喬》之五：『皎如川上鵠』、《冬至》：『眇眇負霜鶴；皎皎帶雲雁』，與此句法一致。

天寒多顔苦；妍容逐丹壑

錢氏：（《類聚》卷八《山部下·太平山》所録）孫綽《太平山銘》：『下籠丹壑。』

黄氏：丹壑，日没處也。

海按：顏苦即苦顏，與《冬至》『哀哀古老容，慘顏愁歲晏』之『慘顏』一致。《爾雅》卷七《釋地》：『岠齊州以南，戴日爲丹穴；北，戴斗極爲空桐；東至日所出爲大平；西至日所入爲大蒙……四極。』此聯乃交錯對，『顏苦』對『妍容』；空間：『丹壑』對時間：『天寒』，則『丹壑』當代表温暖之處，引申爲暑季。對句謂歡顏已隨暑季之逝而消失。

絲罥千里心，獨宿乏然諾

海按：《文選》卷一二《賦己·江海》木華《海賦》：『或挂罥於岑嶅之峯』，善《注》：『《聲類》曰：「罥，係也」』。『絲』乃諧聲雙關詞，兼謂『思』也[一]。將此聯略去之主格、所有格補入，則成『（婦）絲罥千里（夫之）心，（婦）獨宿乏（夫之）然諾』，意謂女子每運作機杼一次，每根絲線都蘊含著對千里之外夫君的一份掛慮：對自己是否仍有情義，自己雖始終等候，守貞獨眠，卻因對方從未承諾必然回來，使得這份堅持毫無保障。

【注】

〔一〕詳參王運熙：《論吴聲西曲與諧音雙關語》，《六朝樂府與民歌》（上海：上海文藝聯合出版社，一九五五），第二節。

在江陵歎年傷老

三命戒淵抱

海按：淵，深也；抱，懷也。陶潛集卷二《歲暮和張常侍》：『顦顇由化遷，撫己有深懷』、《廣弘明集》卷一九《法義篇》蕭子良《與荆州隱士劉虬書》：『及搉其輕重，品其得失，則淵懷洞賞寧或符之』。言心中深以三命爲戒。

方瞳起松髓；頳髮疑桂腦

錢氏：《抱朴子》（内篇卷六《微旨》）：『若令吾眼有方瞳，耳出長【長出】頂，亦將控飛龍而駕慶雲，凌流電而造倒景。』……嵇康（集卷四）《答〈難養生論〉》：『赤斧以練丹頳髮；涓子以术精久延。』

海按：《拾遺記》卷三《周靈王》：『帷有黄髮老叟五人……耳出於頂，瞳子皆方……與（老）聃共談天地之數』、《列仙傳》〔一〕卷上《偓佺》：『好食松實，形體生毛，長數寸，兩目更方』；卷下《赤斧》：『能作水澒煉丹，與消石服之，三十年反如童子，毛髮生皆赤』。

役生良自休，大患安足保

錢氏：《老子》（第十三章）：『吾所以有大患者，爲吾有身。』

海按：《楚辭》卷一五《九懷・危俊》：『望太一兮淹息，紆余轡兮自休』，王《注》：『緩我馬勒留寢寐也』。死亡猶同長眠，故《古文苑》卷五《漢臣賦九首》張衡《髑髏賦》曰：『死爲休息，生爲役勞』、陸雲《九愍・□□》曰：『嗟有生之必死，固逸我以自休』。此處『大患』乃藏詞格，意在下文未書之『吾身』。此聯乃謂爲世俗所役之一生誠然必告結束，如辛勞者終獲休息，此身焉值得保存？

【注】

〔一〕王叔岷：《列仙傳校箋》（南港：『中央研究院』中國文哲研究所，一九九五）。

翫月城西門廨中

李周翰：解，公府也。時昭（照）爲秣陵令。

海按：《集注》本五臣注無『時照爲秣陵令』一句，此乃《鈔》之文，然宋刊明州本六家《注》、南宋陳八郎本五臣注《文選》已羼入此句。

始見西南樓，纖纖如玉鉤；末映東北墀，娟娟似娥（蛾）眉，娥（蛾）眉蔽珠櫳；玉鉤隔瑣窻，三五二八時，千里與君同

李善：珠櫳，以珠飾疏也。瑣窻，窻爲瑣文也。范曄《後漢書》（卷三四《梁統傳附玄孫冀傳》）：『梁冀乃大起第舍……窻牖皆有綺疏青瑣也。』

海按：從末句『金壺啟夕淪』，可知：此度『翫月』乃通宵未眠，然而從『三五二八時』可知，『始』、『末』乃就整個月之月相而言，作者斷無可能整月不眠，是以所述僅能視爲過往至今的經驗，此其一。此乃文學作品，非天文學報導，因此不得要求前者如後者一般精確，讀者不當以文害意，此其二。作者在北半球，是以該月第三至第六天，下午至黃昏之間，可見右側之月魄，確實類乎玉鉤；該月倒數第三至第六天，曙光前至清晨，可見左側之月魄，仍類乎玉鉤，實不似蛾眉。《漢書》卷九八《元后傳》：『曲陽侯根驕奢僭上，赤墀青瑣』，《集解》引孟康曰：『以青畫户邊，鏤中，天子制也』。《説文》六篇上：『龒，房室之疏也』、『櫳，檻也』，一般將二者視爲一字，指窗户木板挖空，疏通空氣、光線處。《漢書》卷九七下《外戚列傳·孝成趙皇后傳》：『弟絶幸，爲昭儀，居昭陽舍……壁帶往往爲黃金釭……明珠、翠羽飾之』，則以珠鑲嵌於窗户餘木上或交會處，亦非絶貴者不得辦。

夜移衡、漢落，徘徊帷、户中

李善：（《文選》卷二三《詩丙·哀傷》）曹植《七哀詩》：『明月照高樓，流光正徘徊〔一〕。』

海按：《儀禮》卷五《士昏禮》：『席於户、牖間』，鄭《注》：『室户西、牖東，南面位』。户扉以木爲之；牖以帷掩之，則『帷、户中』猶户、牖之間，此乃最尊之處，主人所坐，即上聯『千里與君同』之『君』。《毛詩》卷二之一《邶·柏舟》：『日居月諸』，鄭

《箋》：『月，臣象也』，自譬也。連同上二聯，可知：明面乃翫月，實際爲個人與主君互動的隱喻。除了月望大朝之時，不論何時（月『始』或月『末』），何地（『西南樓』或『東北墀』），他都不可能面見對方，一表心跡、意見，誠可謂『君之門以九重』，『閨闈扃閉道路塞也』[二]。即使大朝之時，得覩君面，因爲自己官微秩卑，班列在末，兩下也若雲泥（『千里』）遥隔。雖然隨著時間推移（『夜移衡、漢落』），他仍思戀吾皇未已，如月光『徘徊』於寢宫[三]前，久久不去。一方絶情掩面不顧，一方長期癡候，終於導致後者『客游厭苦辛；仕子倦飄塵』。

金壺啟夕淪

李善：金壺之漏已啟夕波……《爾雅》（卷七《釋水》）：『小波爲淪。』

《鈔》：啟，開也；淪，没也，言金壺聲開月没也。

劉良：金壺之水已開滴漏，言夜將盡矣……啟，開也；淪猶盡也。

陸善經：金壺之漏以啟夕淪之波也，論天明。

黃氏：（《初學記》卷二五《器物部・漏刻第一》所録）張衡《漏水轉渾天儀制》：『鑄

金銅仙人居左壺，爲金胥徒居右壺。』『金壺啟夕淪』，謂所鑄之金人踞而承夕漏也。劉良《注》：『淪猶盡也』。若從善《注》，則上既云『衡漢落』，夜已深矣，何又曰夕波始啟？

海按：《尚書》卷十《微子》：『今殷其淪喪，若涉大水，其無津涯』，僞孔《傳》：『淪，没也』，《鈔》訓是。日淪，則夜始；『夕淪』，即『夜盡』，夜盡則將『天明』，故『啟夕淪』猶言『啟明』。以漏刻論，黄氏尋檢未全，故説誤。張衡《漏水轉渾天儀制》：『以銅爲器，再迭差置，實以清水，下各開孔，以玉虯吐漏水入兩壺，右爲夜；左爲晝』，出處同上。鑄金胥徒之右壺滴將盡；鑄金仙人之左壺漏將始，計數白日時光之流逝。通宵酣飲，至天明，客將歸，故下文方云：請求『迴軒駐輕蓋』，因『酒未闋』，是欲以晝繼夜，沈湎於觴中。《還都道中》之三：『太息終晨漏』、《望孤石》：『嘯歌清漏畢，徘徊朝景終』，則適相反，若以此處詞彙表述，則爲『朝淪』、啟夕。

【注】

〔一〕《文選》，卷二三《詩丙・哀傷》曹植《七哀詩》：『明月照高樓，流光正徘徊』，善《注》：『夫皎月流輝，輪無輟照，以其餘光未没，似若徘徊。前覺以爲文外傍情，斯言當矣。』按：前半以天文物理解説文學措辭，殊迂泥。這僅僅是在描繪作者旁觀時的片刻景象：月光如水，灑在整個樓頂與樓房上。

〔二〕《楚辭》，卷八《九辯》之四及王《注》。

〔三〕《禮記》，卷二九《玉藻》：『朝服以日視朝於内朝……退適路寢聽政……然後適小寢釋服』，鄭《注》：『此内朝，路寢門外之正朝也』。後世大朝，則於外朝正殿。

喜雨

海按：《宋書》卷六《孝武帝紀·大明七年》：『東諸郡大旱』、《大明八年》：『詔：去歲東境偏旱，田畝失收……可出倉米付建康、秣陵二縣，隨宜贍恤』。

營社達群陰

海按：《公羊傳》卷八《莊公二五年》：『日食則曷爲鼓、用牲于社？求乎陰之道也，以朱絲營社』，何《解詁》：『求，責求也……朱絲營之，助陽抑陰也』。此時因久旱，故須反其道而行之。《後漢書·續漢志》卷五《禮儀志中》：『行雩禮求雨……反拘朱索縈〔二〕

社，伐朱鼓』，乃助陰以抑陽也。

河、井起龍蒸；日、魄斂游光

錢氏：《唐類函》[二]（卷一九八《鱗介部一·龍》）：『辛氏《三秦記》曰：「河津一名龍門，大魚集龍門下數千，不得上。上者爲龍。」《齊地記》曰：「昌平【平昌】城有井，與荆水通，有神龍出入焉，故曰【名】龍城。」』《春秋繁露》（卷十《深察名號》）：『陰之行不得于【干】春、夏，而月之魄常厭于（於）日光。』

海按：《國語》卷一《周語上·虢文公諫宣王不籍千畝》：『陽氣俱蒸』，韋《解》：『蒸，升也』。《周易》卷一《乾·文言》：『雲從龍，風從虎。』龍升，則雲興，雲興，則雨作。由此可知：『龍蒸』猶言『雲蒸』。《史記》卷八四《屈賈列傳·服鳥賦》：『雲蒸雨降兮，錯繆相紛』、《類聚》卷七三《雜器物部·盤》所録曹植《車渠椀賦》：『鬱蓊雲蒸；蜿蜒龍征』、《文選》卷五五《論五》劉峻《廣絶交論》：『雕虎嘯而清風起，故絪緼相感，霧涌雲蒸』、《類聚》卷二五《人部九·説》所録蕭綱《與魏東荆州刺史李志書》：『雲蒸雨合』，並可爲證。龍之潛棲豈限於某河某井？錢氏貌似博聞徵以實，洵乃末學昧於文。『河』、

『井』爲二，則對仗之『日』、『魄』亦當爲二。《文選》卷二三《詩丙・詠懷》謝惠連《秋懷》：『頽魄不再圓，傾羲無兩旦』，善《注》：『魄，月魄也』。《玉臺》卷七蕭衍《擬明月照高樓》：『圓魄當虛闥，清光流思筵』，圓魄，圓月也。《類聚》卷六《地部・巖》所録丘遲《夜發密巖口》：『敞朗朝霞澈，驚明曉魄懸』，曉魄，曉月也。『日、魄』，日、月也。

族雲飛泉室，震風沈羽鄉

錢氏：『羽鄉』見《從登香爐峯》〔三〕。

黃氏：（《文選》卷五《賦丙・京都下》）左思《吳都賦》：『泉室潛織而卷綃。』

海按：黃氏引文之下句爲『淵客慷慨而泣珠』，然此處與鮫人故事無關，泉室但指傳説中南方眾泉彙聚之所。《周書》〔四〕卷二一《程典》：『工不族居』，孔《解》：『族謂群也』、《禮記》卷四六《祭法》：『大夫立三祀，曰族厲』，孔《疏》：『族，眾也』。今眾水氣蒸騰爲簇雲，則與之相對之『羽鄉』當亦爲瀦水之所。《山海經》卷一七《大荒北經》：『有大澤方千里，群鳥所解』、《穆天子傳》卷三：『爰有□藪水澤；爰有陵衍平陸，碩鳥解羽』、《史記》卷一一一《衛將軍驃騎列傳》《索隱》引崔浩曰：『北海，群鳥之所解羽，故云翰海』。《初學記》卷十《儲宫部·太子妃第四》所録謝莊《太子妃哀册文》：『風沈〔五〕國路；雲起郊門。』風吹水乾。今風沈，則雨勢可滂沱。

升雰浹地維；傾潤瀉天潢

海按：《史記》卷二七《天官書》：『漢中四星曰天駟，旁一星曰王良……旁有八星絶漢，曰天潢』，《索隱》引《元命包（苞）》宋均《注》：『天潢，天津也』，《後漢書》卷五九《張衡傳·思玄賦》：『乘天潢之汎汎兮；浮雲漢之湯湯。』此處以『天潢』代表『天河』，言潮濕之氣甚盛，若天河之水傾瀉下土，潤澤萬方。

平灑周海、嶽；曲潦溢川、莊

黄氏：（《御覽》卷六八《地部三三·川》所録）蔡邕《月令章句》：『衆流注海曰川』；《爾雅》（卷五《釋宫》）：『六達謂之莊』。

海按：『海、嶽』與『川、莊』各自爲水、陸内對，二者復外對。雨自天而普降，故曰『平灑』。《左傳》卷三《隱公三年》：『潢汙行潦之水可薦於鬼神』，孔《疏》：『行，道也；

雨水謂之潦，言道上聚流者也』，道路不可能平滑如砥，其上之積水亦隨地形而多變，故曰『曲潦』。後一句所描述者即《孟子》卷八上《離婁下》所言之狀況：『七、八月之間，雨集，溝澮皆盈』。此等暴雨猝集所形成之『無本』之水，川渠不及收納，故並道路亦積水。

無謝堯爲君

海按：《文選》卷二六《詩丁·贈答四》顏延之《贈王太常》：『屬美謝繁翰』，善《注》：『謝猶慚也』。相傳堯時有洪水，世所習知，但這首既以久旱爲背景，則引喻亦當如之。《淮南子》卷八《本經》：『堯之時，十日並出，焦禾稼，殺草木，而民無所食……堯乃使羿……上射十日……萬民皆喜』。此句恭維孝武帝，相較於堯之『爲君』，毫不遜色。

【注】

〔一〕據劉昭《注補》：『《漢舊儀》曰：「……朱繩反縈社……」』，干寶曰：「朱絲縈社……」』補入。『繩』、『絲』均係針對『索』的訓讀，若逕將『索』改爲『縈』，則不辭矣。

〔二〕俞安期：《唐類函》，《四庫全書存目叢書》，【子部】第二一〇册。錢氏稱引時，將

《三秦記》倒置於《齊地記》之前。所引《齊地記》本自《類聚》，卷九六《鱗介部上・龍》所録。辛氏《三秦記》此段文字最早見諸《文選》，卷三〇《詩己・雜詩下》謝脁《觀朝雨》：『乘流畏曝鰓』善《注》，對照《集注》，僅『一名龍門』下省去『去長安九百里』六字。二書均爲治六朝文學者習用之籍，而錢氏似均未嘗經心寓目，竟至轉引。

〔三〕該處乃聞人氏注：『（《楚辭》卷五《遠遊》：『仍羽人於丹丘兮』，王《注》：「）《山海經》[言]有羽人之國」』。王氏所言本自《山海經》卷六《海外南經・羽民國》。

〔四〕黄懷信、張懋鎔、田旭東：《逸周書彙校集注》（上海：上海古籍出版社，二〇〇七）。

〔五〕《類聚》，卷一六《儲宮部・太子妃》所録作『吹』。按：非是，因『沈』、『起』適爲反對，猶此處『飛』、『沈』之一上一下。

苦雨

蹊濘走獸稀；林寒鳥飛晏

錢氏：《玉篇》（卷二〇《日部》）：『晏，晚也。』

海按：《周易》卷三《隨·大象》：『君子以嚮晦入宴息』、《西京雜記》卷三《生作葬文》：『封於長安北郭，此焉宴息』、《梁書》卷一三《沈約傳·郊居賦》：『肇胥宇於朱方，掩閒庭而晏息』。《樂府》卷一四《燕射歌辭二·北齊元會大饗歌·皇夏》：『反寢宴息』，宴、晏同一字，止息也。

川梁日已廣

錢氏：『川梁』見《登翻車峴》。〔（《文選》卷二四《詩丙·贈答二》）曹植《贈白馬王彪詩》：『欲濟川無梁。』〕

海按：《還都道中》之三：『川廣每多懼。』若夫川上之橋樑，不可能驟窄驟寬，『梁』

蓋『渠』形近之訛。《類聚》卷九《水部下·陂》所録曹丕《於玄武陂作》：『野田廣開闢，川渠互相經』、《書鈔》卷一四八《酒食部七·酒六十》所録傅玄《敘酒賦》：『飲者栝無算，甌醴成川渠』。川爲自然形成；渠爲人工開鑿，無論何者，均因雨水注入量的驟增，水位上漲，以致水面擴大。

詠白雪

投心障苦節；隱跡避榮年

錢氏：《魏志》（卷二八）《毌邱【丘】儉傳》：『（文）欽亦感戴，投心無貳』；《周易》（卷六《節》）：『苦節，不可貞』。

黃氏：投心，縱心也……《釋名》（卷五《釋宫室》）：『障，衛也。』

海按：《書鈔》卷八四《禮儀部五·婚禮十一》所録傅玄《樂府雜歌》：『男當進曰【仕】女適人，投心委命□受身』、《文選》卷五六《誄上》潘岳《楊荆州誄》：『投心魏朝，策名委身』，投心，委身也。苦節，嚴寒辛苦之冬季，與『榮年』適相反對。此聯乃言嚴寒時，堅貞以衛節操；春華滿目時，則肥遁不見世。若仍『恃芳、堅』，將如『蘭焚』、『石』『斷』。

三日

時豔憐花、藥，服浄俛登臺

錢氏：《唐類函》（卷九《歲時部四·三月三日四》）：『宋武帝三月三日登八公山劉安故臺，曰：「城郭如匹帛之繞叢花也」。』〔一〕

海按：陶潛集卷一《時運》之四：『花、藥分列；林、竹翳如』、《宋書》卷七一《徐湛之傳》：『果、竹繁茂，花、藥成行，招集文士，盡遊玩之適』，指衆花、衆藥草。《世説》中卷《品藻》條五七劉《注》引石崇《〈金谷詩〉敘》：『有別廬在河南縣界金谷澗中，或高或下，有清泉、茂林，衆果、竹柏、藥草之屬莫不畢備。』《類聚》卷八六《菓部上·柿》所録庾仲容《詠柿》：『發葉臨層檻；翻英糅花藥』、《洛陽伽藍記》〔二〕卷四《城西·沖覺寺》：『樹響飛嚶；堦叢花藥』，則指開花的衆藥草。此處蓋從前者用法。文帝時，鮑照方起家，不可能參與武帝時三日修禊之會而登臺。鮑氏措辭蓋本自《老子》第二十章：『如春登臺』。

泥泥濡露條；嫋嫋承風栽

海按：《類聚》卷二七《人部十一・行旅》所録謝靈運《歸途賦》：『林承風而飄落』、卷五八《雜文部四・書》所録蕭綱《答張纘謝示集》：『轉蕙承風』。『栽』既與『條』相對，則已由動詞轉爲名詞，指栽種的木本、草本植物之莖、幹。《類聚》卷八六《菓部上・石榴》所録張協《安石榴賦》：『鬱敷萌以挺栽，傾柯遠擢；沈根下盤』、《文選》卷二六《詩丁・行旅上》潘岳《在懷縣作》之一：『稻栽肅仟仟；黍苗何離離』、《晉書》卷八八《孝友列傳・許孜傳》：『時有鹿犯其松栽』、徐陵《梅花落》：『對户一株梅，新花落故栽』。逯譯爲駢文，則此聯乃『條濡泥泥之露；栽承嫋嫋之風』。

臨流競覆杯

海按：《周易》卷三《否・上九》：『傾否』，《周易集解》卷四引侯果曰：『傾爲覆也』、《淮南子》卷一《原道》：『持盈而不傾』，高《注》：『傾，覆也』。覆杯即傾杯，盡飲杯中酒，無令有餘，《擬行路難》之十一：『何時傾杯竭壺罌』，《後漢書》卷七七《酷吏列傳·董宣傳》章懷《注》引謝承《後漢書》：『敕令詣太官，賜食。宣受詔出，飯盡，覆杯食机上……上問宣，宣對曰：「臣食不敢遺餘……」』。《秋夜》之一：『且共覆前觴』、《西京雜記》卷四《梁孝王忘憂館時豪七賦》所載鄒陽《酒賦》：『傾盌覆觴』，覆觴即覆杯。徑言之，則曰傾酒，如《代陽春登荆山行》：『且共傾春酒』、《代春日行》：『絃亦發，酒亦傾』。

【注】

〔一〕此條早見於白居易《白氏六帖事類集》（臺北：新興書局，一九七五），卷一《三月三第四十五》『八公山』自注、《御覽》，卷三〇《時序部十五·三月三日》所録《宋書》、吴淑《事類賦注》（北京：中華書局，一九八九），卷四《歲時部一·春》『叢花繞練以凝望』自注所引《宋書》，上述三者均爲經見的類書，錢氏竟捨彼等而取此晚近者。

〔二〕范祥雍：《洛陽伽藍記校注》（上海：上海古籍出版社，一九八二）。

詠秋

沈陰安可久？豐景將逐淪

海按：《歲暮悲》：『晝色苦沈陰』，沈陰指天色深沈陰暗。『景』本即日光，故與出句之『陰』相對。豐景，盛陽也。《樂府》卷四四《清商曲辭一·吴聲歌曲一》《子夜四時歌·夏歌》之十六：『赫赫盛陽月，無儂不握扇』、卷四八《清商曲辭五·西曲歌中》《采桑度》之六：『采桑盛陽月，緑葉何翩翩』。盛陽即《和王護軍秋夕》：『隆陽微且單』之『隆陽』。《楚辭》卷二《九歌·河伯》：『乘白黿兮逐文魚』，王《注》：『逐，從也』、《史記》卷四六《田敬仲完世家》：『秦逐張儀』，《索隱》：『逐，隨也』。此聯乃言豈止沈陰不可久，盛陽亦將隨之而西沈，則人生短暫可知。

何由忽靈化，暫見别離人

錢氏：（《初學記》卷一《天部上·雷第七》所録）夏侯湛《雷賦》：『信靈化【威】

之誕昭。』

黄氏：（《楚辭》卷一）《離騷》：『余既不難夫離别兮，傷靈修之數化』，王逸《注》：『靈謂神也，以喻君化變也』。『靈化』，謂君心之轉變也。『别離人』，自謂。

海按：《韻補》[一]卷三《十六軫·上》所録郭璞《遊仙》：『雖欲思陵【靈】化，龍津未易上』、《小説》[二]《王子喬墓在京茂陵》引《神仙經》：『真人去世，而多以劍代其形，五百年後，劍亦能靈化』。王逸訓『靈』爲『神』，是也。《從庾中郎遊園山石室》：『神化豈有方』，然此處『靈化』之主詞乃作者，煩惱如何能瞬間改變既有之菲質，得仙家能耐，暫入彼界，一睹長逝與之别離者。暗用武帝假方士見李夫人故事。

【注】

〔一〕吴棫：《宋本韻補》（北京：中華書局，一九八七）。

〔二〕周光培編：《歷代筆記小説集成》（石家莊：河北教育出版社，一九九四），第一册，《漢魏六朝小説》。

秋夕

慮涕擁心用；夜默發思機

黄氏：《毛詩》（卷一二之三《小雅·節南山之什·小弁》）：「心之憂矣，涕既隕之。」慮涕猶憂涕也。

海按：《法書要録》卷十《右軍書記》：「憂涕深重」、《御覽》卷五一九《宗親部·孫》所録《宋齊語録》：「張元……祖喪明三年，元每憂涕，讀佛書以求福祐」。「擁」既與「發」相對，則當改讀爲「壅」，二字通假例證詳參《會典》《東部第一·邕字聲系》。《禮記》卷二七《内則》：「女子出門，必擁蔽其面」，鄭《注》：「擁猶障也」、《初學記》卷七《地部下·橋第七》所録王褒《和庾司水修渭橋》：「使者開金堰；太守擁河流」。《宋書》卷七三《顔延之傳·庭誥》：「今所載咸其素畜，本乎生靈，而致之心用」、《金樓子》卷四《立言下》：「遲於通變，質於心用」。此聯乃言：因情緒激動，使心之功能受阻，至夜間冷静下來，心才如機器發動般，再度理出頭緒。

江上淒海戾；漢曲驚朔霏

錢氏：《説文》：『霏，雰也。』

黄氏：海戾，海風也。（《文選》卷四《賦乙·京都中》）張衡【左思】《蜀都賦》：『歌江上之飉厲』，厲、戾古通……（《文選》卷二《賦甲·京都上》）張衡《西京賦》：『度曲未終，雲起雪飛，初若飄飄，後遂霏霏』，薛綜《注》：『霏霏，雪下貌』。

海按：『霏』確爲『霏霏』之省，『戾』則係『戾戾』之省，《從臨海王上荆初發新渚》：『戾戾旦風遒』，戾戾即厲厲、烈烈，已詳上文。霏霏、戾戾本均爲狀詞，分别形容落雪之密度及風聲之淒厲。鮑氏以狀詞代名詞，且將疊詞省爲單詞。此聯乃言海風戾戾，令佇江上者淒涼莫名；朔雪霏霏，令漢水曲隈之人怵目驚心。又，鮑氏於他處亦用『飉厲』此一來母雙聲詞，《代櫂歌行》：『飂戾長風振』、《蒜山被始興王命作》：『飉戾江上謳』。至於錢氏所謂《説文》云云，蓋出自《佩文韻府》〔一〕卷五之一《上平聲五·微韻一》：『霏，芳非切。《説文》：雰也』。

【注】

〔一〕張玉書、陳廷敬等：《御定佩文韻府》，《景印文淵閣四庫全書》，第一〇一一册。

秋夜之一

啟明旦未央

錢氏：《毛詩》（卷一三之一《小雅·谷風之什·大東》）：『東有啟明。』

海按：毛《傳》：『日旦出，謂明星爲啟明；日既入，謂明星爲長庚。』此處但用字面，非某星之專稱。『啟明』猶言『破曉』，此時自然尚未至亭午日中之時。

絲、紈夙染濯，綿綿夜裁張

黄氏：（《御覽》卷二五《時序部十·秋下》所録）應璩《百一【雜】詩》：『秋日苦作【促】短，遥夜邈綿綿。』

海按：『夙染濯』、『夜裁張』已足以顯示女紅無停息，唯恐『冬雪旦夕至，公子乏衣裳』，是以『綿綿』成贅語。第二個『綿』疑爲『縞』形近之訛〔一〕，如此方得與『絲、紈』二者相對仗。《史記》卷八七《李斯傳·諫逐客書》：『阿縞之衣』，《集解》引徐廣曰：『齊之東阿縣，繒帛所出』。《説文》十三篇上：『繒，帛也』、《文選》卷七《賦丁·畋獵上》司馬相如《子虚賦》：『揄紵縞』，善《注》引司馬彪曰：『縞，細繒也』。裁張，將衣料鋪開，以便剪裁。

華心愛零落，非直惜容光

黄氏：（《楚辭》卷一）《離騷》：『惟草木之零落兮，恐美人之遲暮。』本集《觀漏賦》：『纓華思於奔月』，『華心』猶『華思』也。

海按：《墓誌彙編》北魏《魏故處士王（基）君墓誌銘》：『閣曦華心；鴻秋麗志』，『華心』即『芳心』。江淹《雜體詩·謝光禄郊遊》：『始整丹泉術；終覿紫芳心。』《禮記》卷五四《表記》：『愛莫助之』，鄭《注》：『愛猶惜也』、《吕覽》卷二〇《長利》：『我，國士也，爲天下惜死；子，不肖人也，不足愛也』，高《注》：『愛亦惜也』。此處所惜乃秋、冬之際，衆芳零落。

【注】

〔一〕所以不認爲第二個『綿』字爲『錦』形近之訛，因『絲』、『紈』同類；『綿』、『錦』則屬異類，對仗欠工整。

秋夜之二

折柳樊場圃；貞綆汲潭壑

錢氏：《毛詩》（卷五之一《齊·東方未明》）：『折柳樊圃。』……《説文》（十三篇上）：『綆，汲井綆。』

黄氏：（《尚書》卷二〇）《粊（費）誓》《正義》引舍人《注》云：『楨，正也，築牆所立兩木也。』此言貞綆，謂兩木衡駕【架】，引綆以汲也。

增補：宋本『貞』作『負』。

海按：《毛詩》『折柳』之『折』原本爲動詞，鮑氏已將之轉爲形容詞。折，曲也；貞改讀爲正，通假例證詳參《會典》《青部第三·正字聲系》，正，直也，曲、直適相反對。宋本誤。對句明言所汲之水來自『潭壑』，非自井，架木云云乃夫子自構。縱作井幹，亦係以轆轤卷綆以汲水，焉有人負綆之理？

麻壟方結葉；瓜田已掃籜

海按：《初學記》卷二八《果木部·橘第九》所録曹植《橘賦》：『既萌根而弗幹，諒結葉而不華』、《樂府》卷四四《清商曲辭一·吴聲歌曲一》《子夜四時歌·夏歌》之十：『芙蓉始結葉』、《類聚》卷八九《木部下·竹》所録沈約《詠簷前竹》：『萌開籜已垂，結葉始成枝』、《玉臺》卷九蕭綱《和蕭侍中子顯春別詩》之二：『蜘蛛作絲滿帳中，芳草結葉當行路』。『結』與『萌』、『作』對文，爲初『始』之狀況，則結乃生之意。《文選》卷二九《詩己·雜詩上》《古詩十九首》之八：『冉冉孤生竹，結根泰山阿』，生根也；《樂府》卷四六《清商曲辭三·吴聲歌曲三》《懊儂歌》之七：『桐樹不結花，何由得梧子』，生花也；《類聚》卷八六《菓部上·桃》所録任昉《詠池邊桃》：『開紅春灼灼，結實夏離離』，生果實也。

傾暉忽西下，回景思華幕

錢氏：（《類聚》卷一三《帝王部三・晉武帝》所録）張華（《武帝哀策》）文：『華幕弗陳。』

海按：洵論『華幕』最早之出處，當推《類聚》卷六五《産業部上・織》所録王逸《機賦》：『披華幕，登神機』。『回景』既與『傾暉』對，則景當如字讀，訓日光。此處將日光擬人化，雖已『西』『傾』，猶依戀人寰，思念未幾之前，烈日當空，如《採桑》所言：『融融景盈幕』之時，如今僅能回光反照於天幕上矣。

和王護軍秋夕

投章心蘊結，千里途輕紈

錢氏：《毛詩》（卷七之二《檜・素冠》）：『我心蘊結兮。』《晉書》（卷四九）《嵇康傳》：『呂安與康爲友【服康高致】，每一相思，輒千里命駕。』振倫按：輕紈言其薄也。

海按：《詩》三百皆入樂可歌，每首中之一段曰章，故《説文》三篇上：『樂竟爲一章』，《學劉公幹體》之五：『絃斷不成章』，即用此本義。引申之，詩縱不被管弦，『章』亦可爲其代詞。《毛詩》卷一二之三《小雅·节南山之什·巷伯》：『投畀豺、虎』，毛《傳》：『投，棄也』。卷一八之一《大雅·蕩之什·抑》：『投我以桃；報之以李』，鄭《箋》曰：『投猶擲也』，是『投』與『報』異。可知：『投章』非《文選》卷二六《詩丁·贈答四》顔延之《和謝監靈運》：『盡言非報章，聊用布所懷』、江淹《池上酬劉記室》：『惜我無雕文，報章慚復素』之『報章』。換言之，非指此篇『和』作。章、篇義通，『投章』即《文選》卷一七《賦壬·論文》陸機《文賦》：『慨投篇而援筆』之『投篇』的變造，然取義亦不同：陸氏所投者乃他人的著作，鮑氏所投者乃自己的篇章。《三國志》卷八《公孫度傳附孫淵傳》裴《注》引《吴書·公孫淵表孫權》：『聖旨彌密，重紈累素』、《晉書》卷八七《涼武昭王李玄盛傳·述志賦》：『表略韻於紈素』、《類聚》卷五八《雜文部四·書》所録劉峻《答劉遴之借〈類苑〉書》：『采亹亹於緗紈；閲微言於殘竹』。紈素本指書寫載體，引申之，可爲作品之代詞。此首上文自敘悲秋。《毛詩·大序》説：『情動於中，而形於言；言之不足，故嗟歎之；嗟歎之不足，故永歌之。』作者先『取琴試一彈』，然『停歌不能和，終曲久辛酸』。既然如此猶不能奏效，則以文字宣洩的篇章更可棄擲，因而『心』繼續『蘊結』。與《文選》卷二〇《詩甲・公讌》劉楨《公讌詩》：『歌之安能詳？投翰長歎息』〔一〕，同一機杼，唯兩下心情迥別。於此際，『千里途』外寄來王護軍書於『紈』素上的詩作，物『輕』而情義重。

【注】

〔一〕善《注》：『翰，筆毫也。』按：以書寫工具而言，曰翰；以書寫成果而言，曰篇，故『翰』可與『篇』連言，代表作品，如《擬古》之二：『篇翰靡不通』、蕭統《〈文選〉序》：『方之篇翰，亦已不同』。

和王義興七夕

匹命無單年；偶影有雙夕

海按：《禮記》卷五八《三年問》：『失喪其群匹』，鄭《注》：『匹，偶也』、卷四三《雜記下》：『納幣一束，束五兩』，兩，鄭《注》：『今謂之匹，猶匹偶之云與？』因古人自兩端向内收卷，故布帛以匹計。引申及夫婦關係，故《列女傳》卷三《仁智傳·魏曲沃負》强調夫婦相處之道時，云：『夫雎鳩之鳥猶未嘗見乘居而匹處也』、《玉臺》卷七蕭衍《織婦》曰：『良人在萬里，誰與共成匹』。偶影本指唯與影爲偶，獨處也，如《文選》卷五五《連珠》陸機《演連珠》之三一：『幽居之女非無懷春之情，是以名勝欲，故偶影之操矜』、陶潛集卷一《時運·序》：『偶景（影）獨游』、《隋書》卷五七《盧思道傳·孤鴻賦·序》：『偶影獨立』。雖然在鮑照之前，偶影並非全無後日儷影之用法，如《類聚》卷八八《木部上·松》所録王韶之《神境記》：『有孤松千丈，常有雙鶴，晨必接翮；夕輒偶影』，然其好詭仄之心仍不得掩，《尚書大傳》〔一〕卷四《洪範五行傳》：『日之夕，則庶民受之』，鄭《注》：『平旦至食時，爲日之朝；禺中至日昳爲日之中；下側至黄昏爲日之夕』。既言『日之夕』，可見有相對的『夜之夕』，此所以下文『星辰莫同』，鄭《注》：『將晨爲夕。或曰：……初昏爲夕』。擺落經説的板執，夜漏自酉至寅，則七日子夜至凌晨、黄昏至夜分均屬夜晚範圍，故曰有雙夕。《文選》卷三〇《詩己·雜詩下》謝惠連《七月七日夜詠牛女》：『昔離秋已兩，今聚夕無雙』，以去年八、九月及今年七月均爲秋季，故曰『秋已兩』；以十二時辰計一日，故曰『夕無雙』。此聯乃謂：牛、女之夫妻關係乃天命注定永恆者，然而儷影雙雙之期僅得兩段昏暗時光。換言之，仳離而另行婚配是永不可能的，但相依伴則僅那麼點時光，形成無窮的折磨。

須臾雲雨隔

聞人氏：（《文選》卷二六《詩丁·贈答四》）顏延之《和謝監靈運詩》：『朋好雲雨乖。』夫雲合，斯雨散，雲一爲雨，則離不復合矣，故鮑以自謂〔二〕。

錢氏：（《文選》卷一九《賦癸·情》）宋玉《高堂【唐】賦》：『風止雨霽，雲無處所。』

黃氏：『雲雨』見《登雲陽九里埭》（『既成雲雨人』），《論衡》（卷一一《說日》）：『雲散水墜，成【名】爲雨矣』」。

海按：《文選》卷四四《檄》陳琳《檄吳將校部曲文》：『並見驅迮，雨絕於天』、《類聚》卷三四《人部十八·哀傷》所録潘岳《哀詩》：『漼如葉落樹；邈若雨絕天』。雨由雲降，而雲在天，是以《玉臺》卷二傅玄《苦相篇》說：『垂淚適他鄉，忽如雨絕雲』。隔、絕義通，故『雲雨隔』即『雲雨絕』。《文選》卷二三《詩丙·贈答一》王粲《贈蔡子篤》：

『風流雲散，一別如雨』，呂延濟注曰：『如雨之降，不還雲中』，而且雲於此處降完雨後，即隨氣流而他往，雨縱得返天，亦不復見雲，故《初學記》卷一八《人部中·離別第七》所録張載《述懷詩》曰：『雲乖雨絶』〔三〕、《文館詞林》卷一五二《詩十二·人部九·贈答一·親屬贈答》左思《悼離贈妹》之二：『雲往雨絶，瞻望弗及』。《登雲陽九里埭》的『雲雨人』猶言離人、異鄉人；《侍宴覆舟山》之二：『謬從雲雨遊』，則取義自《周易》卷一《乾·文言》：『雲從龍；風從虎』，謙稱自己乃沾光者，隨從國之重臣而侍君遊；《從過舊宮》：『惠澤雲雨敷』，乃以『雲雨』潤『澤』萬物，譬喻劉宋開國始祖劉裕於萬民的恩『惠』。

【注】

〔一〕皮錫瑞：《尚書大傳疏證》，《續修四庫全書》，第五五册。

〔二〕見《登雲陽九里埭》：『既成雲雨人』下。

〔三〕顔延之《和謝監靈運》善《注》稱引時，『述』作『詠』；『絶』作『散』。

冬至

美人還未央，鳴箏誰與彈

海按： 對照《歲暮悲》：『歲暮美人還，寒壺與誰酌』，可知：『還』當音『旋』。央，中也，由始至中，後續則漸衰，是以《代白紵曲》之一：『夜長酒多樂未央』、《古辭》：『惆悵獨未央』，即樂未已、惆悵不已，故《文選》卷二六《詩丁·贈答四》謝朓《暫使下都夜發新林至京邑贈西府同僚》：『客心悲未央』，善《注》引《廣雅》（卷四下《釋詁》）曰：『央，已也』。從另一方面説，『未央』則意謂尚在發展中，即尚早。《秋夜》之一：『啟明旦未央』，日光尚未大明。『美人還未央』，美人尚未返。此處之『美人』乃按照《楚辭》學慣例，喻指某一男性知己。此猶《歲暮悲》假想夫君返家爲『歲暮美人還』，亦如《贈故人馬子喬》之二將對方之遠去視爲『佳人捨我去』。斯人未還，無賞音者，何勞鼓箏？換言之，此聯暗用伯牙、鍾子期之典。

冬日

曛霧蔽窮天；夕陰晦寒地

海按：《楚辭》卷四《九章·思美人》：『與纁黄以爲期』，王《注》：『纁黄蓋黄昏時也。一作「曛」』，《補注》：『纁，淺絳也，其爲色黄而兼赤。曛，日入餘光』。對照《九章·抽思》：『曰黄昏以爲期』，可知：王説是，是以此聯以『夕』與之正對。

煙霾有氛氳；精光無明異

錢氏：《楚辭》（卷四《九章·橘頌》王）《注》：『氛（紛）氳（緼），盛貌。』

海按：《文選》卷二一《詩乙·詠史》顔延之《五君詠·劉參軍》：『韜精日沈飲』，善《注》：『賈逵《國語注》曰：「精，明也」』、《淮南子》卷八《本經》：『天愛其精』，高《注》：『精，光明也』，精光乃同義複辭。《楚辭》卷三《天問》：『角宿未旦，曜靈安藏』，王《注》：『日安所藏其精光乎』、《文選》卷一六《賦辛·哀傷》司馬相如《長門賦》：『眾雞鳴而愁予兮，起視月之精光』，此處的『精光』當然指天上的發光體。《文選》卷五〇《史述贊》范曄《後漢書光武紀贊》：『三精霧塞』，善《注》：『三精，日、月、星也』。錢氏於『氛氳』之注蓋轉引自《文選》卷一三《賦庚・物色》謝惠連《雪賦》：『氛氳蕭索』善《注》：『王逸《楚辭注》曰：「氛氳，盛貌」』。『氛氳』亦作葐蒕、紛蘊，即『紛紜』，乃上古文部疊韻詞，則與之對仗者縱非疊韻或雙聲詞，亦必爲同義或近義複詞，可推斷：『異』當爲訛字。《說文》七篇上：『昱，日明也』，段《注》：『「日明」各本作「明日」，今依《眾【一切】經音義》〔一〕（卷七九《經律異相・卷二七》）及《玉篇》（卷二〇《日部》）訂。《太元(玄)》〔二〕（卷十《玄告》）曰：「日以昱乎晝；月以昱乎夜」，范《注》云：「昱，明也」。日無日不明，故自今日言下一日，謂之明日，亦謂之昱日。「昱」之字，古多叚借「翌」字爲之，（《爾雅》卷三）《釋言》曰：「翌，明也」是也』。或本作『昱』，因俗書而作『翌』，復緣音近而訛爲『異』〔三〕。此篇時間背景爲『曛』、『夕』之時，此刻『煙霾』甚盛，相對地，天上光體『無明』光。

風急野田空，饑禽稍相棄，含生共通閉，懷賢敦爲利

錢氏：『敦』疑當作『孰』。

黄氏：宋本『敦』作『孰』。言人生天地間，無所逃於通閉之理，若在閉塞時，如饑禽之相棄，則是爲利而已。人非禽獸，孰爲如此，是以有懷古之賢者也。

海按：錢、黄二氏所以從『孰』，蓋因將『爲』讀去聲，竊以爲當讀陽平。爲利，造福也。《吕覽》卷一九《上德》：『故義之爲利博矣』、《宋書》卷九九《二凶傳·開漕谷湖疏》：『其爲一開其説，萬世爲利』、《廣弘明集》卷一九《法義篇》蕭綱《重謝上降爲開講啟》：『其爲利益，深廣無邊』、庾信《西門豹廟》：『君子爲利博；達人樹德深』。《爾雅》卷一《釋詁上》：『敦，勉也。』『天窺[四]苟平圓』，就應福善禍淫，不會令賢與不肖同樣『衰容不還穉』。

【注】

〔一〕慧琳：《一切經音義》，《景印高麗大藏經》（臺北：新文豐出版股份有限公司，一九八二），第四三册。《衆經音義》乃玄應所撰《一切經音義》的原名，僅二十五卷，段氏蓋一時誤淆。

〔二〕范望注：《太玄經》，《景印文淵閣四庫全書》，第八〇三册。段氏乃清人，故改字以避聖祖諱。因對方已去世，乃於廟諱外加框以別之，非原缺此字。

〔三〕翌、翼、異通假例證，詳参《會典》，《之部第十一（上）·異字聲系》。此首韻腳乃脂（次、棄、利、媚、穉、至）、支（地）、之（異）通韻。見《魏晉南北朝韻部之演變》，上篇《魏晉宋之部》，第五章《魏晉宋北魏詩文韻譜和合韻譜·陰聲韻譜·脂部二》。脂、之某些字通韻，乃習見者，不勞贅言。昱、翌乃緝部字；異、翼乃之部字，二者主要元音均爲『ə』，此所以遠自《尚書》，即每以『翼』假借『翌』。至劉宋時，諸字所隸韻部未易。緝乃入聲韻部。世俗每將各陰聲韻中的入聲字獨立爲一部，至少就上古韻而言，此説待商榷。詳参董同龢：《漢語音韻學》（臺北：學生書局，一九七〇），第十章，第六小節、第十一章，第三小節。

〔四〕黄氏云『「天窺」猶《尚書》所言「天視」』，蓋指卷一一《泰誓中》：『天視自我民視；天聽自我民聽』，然此篇乃僞作，這兩句襲自《孟子》，卷九下《萬章上》所引《泰誓》。後者誠爲《尚書》中的一篇，則從這個角度而言，逕言『《尚書》所言「天視」』，亦未嘗不可。

望水

登高觀水長

海按： 此首乃陽部仄聲韻，是以『長』當讀上聲。《御覽》卷四八六《人部一二七·餓》引《符子》：『（惠）施方來，遇群川之水長，有一人溺流而下』、《南史》卷五三《梁武帝諸子列傳·武陵王紀傳》所載蕭圓正《獄中連句》：『水長二江急；雲生三峽昏』。

千澗無別源；萬壑共一廣

黄氏： 《毛詩》（卷十之二《小雅·南有嘉魚之什·六月》：『四牡修廣』）毛《傳》：『廣，大也。』

海按： 《毛詩》卷一九之三《周頌·清廟之什·雝》：『於薦廣牡』毛《傳》、《禮記》卷三一《明堂位》：『言廣魯於天下也』鄭《注》、《國語》卷二《周語中·劉康公論魯大夫儉與侈》：『若是，則必廣其身』韋《解》均曰：『廣，大也』，以如此浮泛之意訓詁，又不貼合原詩句加以解釋，有猶若無。《爾雅》卷二《釋詁下》：「壑，虚也」，郭《注》：「壑，谿壑也」、《文選》卷二《賦甲・京都上》張衡《西京賦》：「陵巒超壑」，薛《注》：「壑，阬谷也」。據《老子》第二五章：「道大、天大、地大、王亦大，域中有四大」、第三九章：「谷得一以盈」，可知：「千澗」「萬壑」所「共」之「源」無他，均爲「一大」：道也。老學最喜以水、谷喻道，第八章：「上善若水……處衆人之所惡，故幾於道」、第四一章：「上德若谷」、第六六章：「江海所以能爲百谷王者，以其善下之」、第十五章論修道者「曠兮其若谷」。

臨川憶古事，目孱千載想

錢氏：《史記》（卷八九）《張耳傳》《注【集解】》引孟康曰：「冀州人謂懦弱爲孱。」

黃氏：《論語》（卷九《子罕》）：「子在川上，曰：「逝者如斯夫，不舍晝夜。」」

海按：「孱」即「僝」，《説文》八篇上作「㑳」。《尚書》卷一《堯典》：「方鳩僝功」，僞孔《傳》：「聚見其功」，孔《疏》：「能聚集善事，以見其功」，可知：「見」當讀爲『現』。《史記》卷一《五帝本紀》將『孱』訓讀爲『布』，同義。『憶』猶『想』；『古事』與『千載』指謂相同，此聯下半乃交錯對。由於『臨川』，有感時光之流飛逝，爰追『憶古事』，則遥隔『千載』之諸般人、事、物亦透過想像而呈現眼前。此即《文心雕龍》卷六《神思》所云：『寂然凝慮，思接千載；悄焉動容，視通萬里』。

望孤石

朱華抱白雪；陽條熙朔風

海按：《文選》卷一九《賦癸·情》宋玉名下《登徒子好色賦》：『出咸陽，熙邯鄲』，善《注》：『熙，戲也』、《淮南子》卷二《俶真》：『鼓腹而熙』，高《注》：『熙，戲也』。《周禮》卷一六《地官·山虞》：『仲冬斬陽木；仲夏斬陰木』，鄭《注》：『鄭司農云：「陽木，春、夏生者；陰木，秋、冬生者……」玄謂：陽木，生山南者；陰木，生山北者』。『陽條』所以得依舊舞於朔風、白雪中，乃因處於『暖谷』，與向陽背陰無關。是以於此聯，當循大鄭之説爲是。《文選》卷三五《七下》張協《七命》：『時娱觀於林麓……陽葉春青；陰條秋緑。』『陽葉』與『陽木』、『陽條』構詞法一致，而『陽葉』、『陰條』之陽、陰必就季節而論。

山行見孤桐

霧雨夏霖霪

錢氏：《玉篇》（卷二〇《雨部》）：『霪，久雨也。』

海按：《説文》十一篇下：『霖，凡雨三日已往爲霖』、《爾雅》卷六《釋天》：『久雨謂之淫，淫謂之霖』，『霖霪』乃同義複詞。因久雨，濕度過高，故『霧』氣甚濃。

未霜葉已肅

錢氏：《毛詩》（卷八之一《豳·七月》）：『九月肅霜。』

海按：毛《傳》：『肅，縮也，霜降而收縮萬物』，孔《疏》：『肅音近縮，故肅爲縮也』。對照《禮記》卷一五《月令·季春》：『行冬令，則寒氣時發，草木皆肅』，鄭

《注》：『肅謂枝葉縮栗』，孔《疏》：『言枝葉減縮而急栗』，可知：毛《傳》乃改字讀。《禮記》卷一七《月令·季秋》：『是月也，霜始降』，是以農曆九月的中氣名曰霜降。此句言未入深秋，葉已零落稀疏。唯毛《傳》於『肅霜』的訓解大謬，肅霜即肅爽〔一〕、肅殺、蕭瑟、蕭索、瑟縮。肅、蕭、索均爲中古精系心母字；爽、霜、殺、瑟、縮均爲中古莊系生母字，前文已言，上古精、莊二系合一，是以此乃以音表義的雙聲詞，不容分開訓釋，遑言將『肅霜』扭曲爲『霜肅』以求通？

【注】

〔一〕霜、爽通假例證，詳參《會典》，《陽部第九（下）·爽字聲系》。

詠雙燕之二

可憐雲中燕，旦去暮來歸，自知羽翅弱，不與鵠爭飛，寄聲謝飛鵠，往事子毛衣

海按：阮籍《詠懷》之四六：『鸞鳩飛桑榆；海鳥運天池，豈不識宏大，羽翼不相宜』，故逍遥自安於籬間，不似《與荀中書別》中之遺憾：『慚無黄鶴翅，安得久相從』。阮籍《詠懷》之八：『寧與燕雀翔，不隨黄鵠飛，黄鵠游四海，中路將安歸』，則與此篇後半相類，皆屬告誡之辭。

酒後

晨、節無兩淹；年、意不俱處

黄氏：（《類聚》卷二八《人部十二・遊覽》所録）魏文帝《在孟津詩》：『良辰啟初節』，辰、晨通。陶潛（集卷四）《雜詩》（之六）：『求我盛年歡，一毫無復意。』處，止也。

海按：既言『無兩』、『不俱』，則晨（辰）、節爲二；年、意匪一。『年、意不俱處』謂壯志雖依舊，身體狀況卻隨時日消逝而漸衰，二者無法兼備。節，志節；意，志氣。『晨（辰）節』、『年意』同義，僅字面更換。淹，留也，《蒜山被始興王命作》：『鹿苑豈淹睇？兔園不足留』，可爲明證，『淹』、『處』義通。《文選》卷二六《詩丁・贈答四》顔延之《和謝監靈運》：『年往志不偕』，意適相反，善《注》：『言年既日往，志意已衰，不與子俱也』，乃馬齒徒增，壯心則已。《園中秋散》：『騷殺年志闌』，則與顔詩意同。

自非羽酌歡，何用慰愁旅

錢氏： 羽酌見《三日》〔《晉書》（卷五一）《束晳傳》：『武帝嘗問摯虞三日曲水之義……晳對【進】曰：「……昔周公成洛邑，因流水以汎（泛）酒，故逸《詩》云：『羽觴隨波』」。』〕

海按： 《説文》四篇下：『實曰觴；虚曰觶』，可知：觴乃飲器之通稱，言觴，則必連帶指器中之酒。羽觴有二説。一，《楚辭》卷九《招魂》：『瑶漿蜜勺實羽觴些』，王《注》：『羽，翠羽也；觴，觚也』。《儀禮》卷一七《大射儀》：『洗象觚』，鄭《注》：『觚有象骨飾者也』。則此飾以翠羽[一]之觴類乎『以沙羽爲畫飾』之犧尊[二]，『刻畫鳳皇之象於尊』，因逼真，似振羽翅而飛，『其形婆娑然』，見《禮記》卷三一《明堂位》鄭《注》及孔《疏》所引《鄭志》。二，《漢書》卷九七下《外戚列傳·班倢伃傳·自悼賦》：『酌羽觴兮銷憂』，《集解》引孟康曰：『羽觴，爵也，作生爵形，有頭尾羽翼』，則此觴類乎《毛詩》卷一九之四《周頌·閔予小子之什·絲衣》之『兕觵』〔三〕，器本身即取象於物。爵乃飲酒器之通稱，觚居其一，而觚器形固定，斷非動物形狀。其次，《周禮》卷二〇《春官·司尊彝》所列雞彝、鳥彝、象尊等，如某些出土文物所示，確實可能係動物形，然皆屬盛鬱鬯、行祼禮之器，非飲器，故僅需於物形器背上有可覆、可揭之孔、蓋。由此可知，羽觴當以第一説爲是。至於此處的『羽酌』，鮑氏並非禮學家、博物者，純屬使用華詞爾。

【注】

〔一〕鄭衆認爲『飾以翡翠』，據《周禮》，卷二〇《春官·司尊彝》孔《疏》之理解，乃以『翡赤翠青』之羽『爲飾』，程大昌《演繁露》，《百部叢書集成初編·學津討原》（臺北：藝文印書館，一九六六），卷一四《古爵羽觴》已辯其非。

〔二〕故籍中，『犧尊』有古樸、華麗二義，詳參陳麒仰《與巫術相關之周代部分禮俗探賾》（新竹：清華大學中國文學系博士論文，二〇一〇），第二章，第二節。

〔三〕詳參王國維：《説觥》，《王國維遺書》（上海：上海古籍書店，一九八三），第一册，《觀堂集林》，卷三。

講易

雲澤翔羽姬

錢氏：（《文選》卷一九《賦癸・情》）宋玉《神女賦（・序）》：『楚襄王與宋玉游於雲夢之野【浦】，使玉賦高唐之事。其夜，王【玉】寢，果夢與神女遇。』

黄氏：《周易》（卷九）《説卦》：『兑爲澤，爲少女』，雲澤句疑言兑象。（《周易集解》卷一一）干寶《周易》注《漸（・上九・象）》『其羽可用爲儀』，曰：『婦德既終，母教又明，有德而可愛【受】，有儀而可象，故曰「其羽可以爲儀」』，羽姬或取此義。

海按：《尚書》卷六《禹貢・荆州》：『雲土夢作乂』，可知：雲、夢爲二，《史記》卷二《夏本紀》《索隱》已指出：『蓋人以二澤相近，或合稱雲夢耳』，或曰雲夢大澤，《類聚》卷二《天部下・霧》所録王粲《英雄記》即云：『曹公赤壁之役，行至雲夢大澤中，遇大霧，迷失道』。『雲澤』乃其簡稱。故籍中，雖有簡稱作『雲』者，如《國語》卷一八《楚語下・王孫圉論國之寶》：『又有藪曰雲，連徒洲』，但多省作『夢』，如《楚辭》卷九

《招魂》：『與王趨夢兮課後先』，王《注》：『夢，澤中也。楚人名澤中爲夢中』、《左傳》卷四二《昭公三年》：『王以田江南之夢』、《從登香爐峰》：『辭宗盛荆夢』。古謂成仙者爲羽人，《登廬山》：『方躋羽人途，永與煙霧並』。羽姬，女性仙人也，即神女。

横蓋招益人

錢氏：《家語》（卷二《致思》）：『孔子之剡【郯】，遭程子於塗，傾蓋而語終日。』《抱朴子》（外篇卷二三《行品》）：『鋭乃心於精義，吝寸陰以進德者，益人也。』

黄氏：《周易》（卷四）《損·六三》：『一人行，則得其友』，横蓋句疑言《損》象。

海按：蓋本豎立，相對之下，傾蓋爲横。《韓非子》卷一一《外儲説左上》：『（中山）君見好巖穴之士，所傾蓋與車以見窮閭隘巷之士以十數；伉禮下布衣之士以百數矣』、《三國志》卷三五《諸葛亮傳》裴《注》所引《蜀記·李興爲劉弘於諸葛亮故宅所立碣文》：『異徐生之摘寶，釋卧龍於深藏，偉劉氏之傾蓋，嘉吾子之周行，夫有知己之主，則有竭命之良』、《後漢書》卷五八《臧洪傳》：『僕，小人也，本乏志用，中因行役，特蒙傾蓋，恩深分厚，遂竊大州』、《宋書》卷四七《劉敬宣傳》：『時尚書僕射謝混自負才地，少所交納，與敬宣相遇，便盡禮著歡。或問混曰：「卿未嘗輕交於人，而傾蓋於萬壽，何也」』，此句乃言：知人而禮賢下士者必得益己之人。

賁園無金尚，履道易書紳

錢氏：《周易》（卷三《賁·六五》）：『賁於丘園』，又，（卷二《履·九二》：）『履道坦坦』。

黄氏：（《周易集解》卷十）干寶《周易》《注》《鼎（·六五）》『黄耳金鉉』曰：『凡舉鼎者，鉉也；尚三公者，王也。金喻可貴，中之美也。』節案：『賁園無金尚』謂延山林之人；采素士之言，不以鼎之尚金待之，蓋優遇過乎三公也。《論語》（卷一五《衛靈公》）：『子張書諸紳。』

海按：古漢語否定句，每以受詞置於動詞上，故『無金尚』即『無尚金』。《世説》上卷《文學》條六一：『殷荆州曾問遠公：「《易》以何爲體？」答曰：「以感爲體。」』全詩乃以四例釋此意。好聲色者，其遊樂之地自然招致神女入夢；知人禮賢者必徠有益之士；素心者不貴財禄，非金帛所能動；躬行踐道者得一嘉言，必拳拳服膺而奉行之，即《周易》

卷一《乾·文言》所云『同聲相應；同氣相求……各從其類也』。

可愛

魏粲縫秋裳；趙豔習春歌

黃氏：《毛詩》（卷六之二）《唐風（·綢繆）》：『今夕何夕，見此粲者』，毛《傳》：『三女爲粲』。

海按：毛《傳》乃據《國語》卷一《周語上·密康公母論小醜備物終必亡》：『人三爲眾；女三爲粲』而來，然其下文嘗云：『夫粲，美之物也』，故孔《疏》曰：『粲者，眾女之美稱也』。由形容詞轉爲名詞，因此衍生出專字，《釋文》：『《字林》作㛑』。

夜聽聲

歡寡憂自縈

黃氏：『縈』，宋本作『繁』。

海按：『歡寡』、『憂繁』乃句中内對。況此首僅四句二韻，縈乃庚部；繁乃先部。唯作『繁』，方能與末句同爲先部之『翻』相押。

詠老

輭顔收紅蘂；玄鬢生素華

海按：《紹古辭》之七：『輭蘭葉可采；柔桑條易捋。』《文選》卷二二《詩乙·遊覽》謝靈運《晚出西射堂》善《注》稱引本詩時，視爲陸機之作，而『輭』即作『柔』。輭，嬌也、稚也。《蕭史曲》：『嬴女吝童顔』；《廣弘明集》卷五《辨惑篇》曹植《辨道論》：『甘始者，老而有少容』。鮑氏用『軟』，乃本自《老子》第五五章：『含德之厚，比於赤子……骨弱筋柔……物壯則老，謂之不道，不道早已』、第七六章：『人之生也柔弱，其死也堅强；萬物草木之生也柔弱，其死也枯槁，故堅强者，死之徒；柔弱者，生之徒』。《採菱歌》之六：『緘歎凌珠淵；收慨上金堤』，可見『收』有停止之意；《小爾雅》卷二《廣言》：『收，斂也』。意謂原本細柔嬌嫩的臉龐已經見不到燦爛如花的容顏。

贈顧墨曹

錢氏：《宋書》（卷三九）《百官志》：『宋高祖爲諮議參軍，無定員。』

海按：點校本《宋書》[一]已據《册府元龜》卷七一六《幕府部一·總序》指出，『爲』下當補『相，止置』三字。

雲轍泉分，西艫東軌

錢氏：《説文》："轍，跡也"〔二〕；（十四篇上：）"軌，車轍（徹）也"。

黄氏：車有兩轍；泉分，謂兩轍之不並也。

海按：《漢書》卷六《武帝紀·元封五年》："舳艫千里"，《集解》引李斐曰："舳，船後持柂處也；艫，船前頭刺櫂處也"。此處顯然取其引申義，指航行的路線，與陸行的路線（"軌"）相對，復益以一西一東，較之南轅北轍，更形其彼此背反。對句既已言"東軌"，則出句的"轍"若如字讀，勢成贅語。此其一。"西艫東軌"此一内對乃兩個形容詞加名詞，對仗工穩；"泉分"乃名詞加動詞，則與之内對的"雲轍"之"轍"不容爲名詞。此其二。"轍"當改讀爲"軼"，亦即"佚"、"逸"，相假例證詳參《會典》《齊部第十三（中）·失字聲系》。《説文》十篇上："逸，失也"、《左傳》卷七《桓公八年》："隨侯逸"，杜《注》："逸，逃也"。《周書》卷一《文酌》："留身散真"，孔《解》："散，失也"、《周易略例·明爻通變》〔三〕："投戈散地"，邢《注》："散，逃也"。由此可知：逸，散也，"雲轍"即"雲散"。散與分義同。"雲"在上；"泉"在下，猶天、淵乃縱切面相對，對句的『東』、『西』乃横切面相對，此聯堪稱巧矣。

【注】

〔一〕沈約：《宋書》（北京：中華書局，一九七四）。

〔二〕徐氏《説文》新附：『轍，車迹也』，錢氏蓋據《康熙字典》，《酉集下·車字部》『轍』下所引《説文》。

〔三〕樓宇烈：《王弼集校釋·周易略例》（臺北：華正書局有限公司，一九九二）。

附録一

論鮑照《梅花落》

前言

明遠雕藻瑰豔，發唱驚仄，益以生平可論據者鮮，致詩趣幽微，所謂『心非木石豈無感？吞聲躑躅不敢言』，『心自有所存，旁人那得知』〔一〕，前賢業目以難讀〔二〕。其間《梅花落》：

> 中庭雜樹多，偏爲梅咨嗟，問君何獨然？念其霜中能作花；露中能作實，摇蕩春風媚春日。念爾零落逐寒風，徒有霜華無霜質〔三〕。

措詞造句雖平易，志學咸可識，然魯闇如我者，於其比喻所指及感慨所寄難詳依舊。從遊問道於盲，謝不獲免，爰乙乙抽思，聊以爲應，或允或謬，不勝屏營，唯博雅裁正。

一　通行解釋商兑

先且不論這首樂府辭有無寓意，至少表面上主旨是在表達作者對梅的評價，作者以『咨嗟』一詞概括他的表達方式，並間接傳達評價内涵。既然如此，是否掌握『咨嗟』的意義，也就可通解全辭呢？恐怕未必。因爲『咨嗟』固然意謂嘆氣，但導致嘆氣的原因卻可令其出現截然背反的兩種語意。負面者，如《魏書》：

會后疾遂篤，夏六月丁卯崩于鄴，帝哀痛咨嗟〔四〕。

袁宏《三國名臣序贊》：

故有道無時，孟子所以咨嗟；有時無君，賈生所以垂泣〔五〕。

謝靈運《折楊柳行》：

負笮引文舟，飢渴常不飽〔六〕，誰令爾貧賤，咨嗟何所道〔七〕。

正面者，如《晉書》：

華性好人物，誘進不倦，至于窮賤候門之士有一介之善者，便咨嗟稱詠，爲之延譽〔八〕。

《世説新語》：

桓玄既篡位，將改置直館，問左右：『虎賁中郎省應在何處？』有人答曰：『無省。』當時絶逆旨。問：『何以知無？』答曰：『潘岳《秋興賦·敘》曰：「余兼虎賁中郎將，寓直散騎之省」。』玄咨嗟稱善〔九〕。

《宋書》：

涉獵書史，能爲文章，善隸書……紙及墨皆自營造，上每得永表、啟，輒執玩咨嗟，自嘆供御者了不及也〔一〇〕。

因此，鮑詩『豈念慕群客，咨嗟戀景沈』、『絃絶空咨嗟，形音誰賞録』〔一一〕，固然俱屬負面用法，然殊難保：此處究係讚嘆梅獨逾衆多雜樹，抑恨嘆梅不及庭中諸木。整首樂府辭非由『咨嗟』一詞可祛惑，反之，它本身尚須置諸上下文脈中方克獲解。

形式上，『念其』、『念爾』兩節乃一對比：『其』既在『霜中能作花』，又『能作實』，『爾』則『徒有霜華無霜質』（華、花正俗字，而質猶實也）；『其』於『春風』中『摇蕩』，『爾』在『寒風』〔一二〕中『零落』。『其』既是上文『梅』的代名詞，加以『爾』本爲尊者施於卑者之稱，含輕賤的口氣〔一三〕，則鮑照應是在讚嘆梅獨逾衆多雜樹。錢仲聯即如是理會：『其，指梅』；『爾，指雜樹，借喻無節操之士大夫』〔一四〕。且不追究如此詮解下『霜中』、『露中』有無喻指，『媚春日』之主語爲花耶枝耶，亦不深文『其』、『爾』節操面臨的考驗性質不倫——一爲『春風』；一爲『風飆』，僅探問：如此詮解下的『其』符合『梅』的實際寫照嗎？

《春秋繁露》有云：

陰由東方來西；陽由西方來東，至於中冬之月，相遇北方，合而爲一，謂之曰至。別而相去……冬月盡而陰、陽俱南還，陽南還，出於寅；陰南還，入於戌，此陰、陽所始出地、入地之見處也〔一五〕。

是十一月冬至後，一陽萌興，鮑氏爰有『孟冬十月交，殺盛陰欲終』之句。就人爲曆法而言，其時固仍稱冬，但就氣變而言，已可謂春。梅味甚酸，鮑氏即言『食梅常苦酸』〔一六〕，所以若不醃製，生食，常須漬蜜〔一七〕。按五行間架，春乃木德當令，『木曰曲直』，『曲直作酸』〔一八〕。在古人觀念中梅乃春花之一，此所以故籍中均將梅與其他春候之物相提並論，如江總《新入姬人應令》：

梅花柳色春難遍，情來春去在須臾。

《師曠占》：

梅、桃、杏實多者，來年謂之穰〔一九〕。

顧野王《芳樹》：

日影桃蹊色；風吹梅逕香。

江總《雉子斑》：

三春桃照李；二月柳争梅〔二〇〕。

而古人以梅於衆春花中最易感得春訊。王筠《和孔中丞雪裏梅花》首聯：『水泉猶未動；庭樹已先知』〔二一〕，對照吴均《春》：『春從何處來？拂水復驚梅』〔二二〕，是『先知』者指梅而言。至若梁簡文帝《梅花賦》：

梅花特早，偏能識春，或承陽而發金；乍雜雪而被銀。

《採桑》：

春色暎空來，先發院邊梅〔二三〕。

徐陵〔二四〕《梅花落》：

臘月正月早驚春，衆花未發梅花新〔二五〕。

則皆明陳：視梅樹花發爲春之首兆。盡人皆知相傳陸凱《贈范曄》〔二六〕：

折花奉驛使，寄與隴頭人，江南無所有，聊寄一枝春。

據《荆州記》，知：所謂『一枝春』指『梅花一枝』〔二七〕。一株成熟的梅樹於七、八月時，因體内的碳（經由光線、空氣等形成）/氮（經由水分、土壤養分等形成）化合物達到適當比例，部分葉芽轉變爲花芽，開始自外部無從確切觀測出的花芽分化期。接下去，梅樹必須經過相當的低温，進入休眠期，不但停止枝葉生長，並且開始落葉，體内的碳/氮化合物方不致消耗到它處，以供花芽成長變化所需。累積充分，温度一高，即開花。此所以《嶺南異物志》會説：

南方梅繁如北杏，十二月開[二八]。

然而同一株梅樹不僅各枝高低不同，同一枝上的花蕾距離樹幹遠近亦相參差，各蕾綻放所需養分的充足供給因而有先後，以至此落彼方綻，甲盛放乙猶含苞，迆邐相續，形成所謂的花季。至立春，東風始解凍，欲於炎夏用冰者此時即須將所鑿之冰塊納於地窖[二九]。故當『臘月正月』梅花開放時，霜雪固存，縱二月初，亦未盡消。此所以庾肩吾《歲盡》：

歲序已云殫，春心不自安，聊開柏葉酒，試奠五辛盤……梅花應可折，倩爲雪中看。

《侍宴》：

……疎樹出龍樓，北陸冰方壯。西園春欲周，梅心芳屢動。

何遜《詠早梅》：

兔園標物序，驚時最是梅，銜霜當路發，映雪擬寒開。

陰鏗《詠雪裏梅》：

春近寒雖轉，梅舒雪尚飄。

庾信《詠梅花》：

常年臘月半，已覺梅花闌，不信今春晚，俱來雪裏看〔三〇〕。

梅、雪均並存於同一幅景觀中。但個別梅花之花期甚短易落。梁簡文帝《雪朝》：

同雲擬暮序，嚴陰屯廣隰，落梅飛四注，翻霙舞三襲〔三一〕。

吴均《梅花落》：

隆冬十二月，寒風西北吹，獨有梅花落，飄蕩不依枝〔三二〕。

可證。即使至春月猶然，這豈是至蕭梁時期梅種變異？當鮑氏説『春燕參差風散梅』〔三三〕時，難道是在説冬季寒風？而這又豈是南朝人因文害義所致？唐人劉方平《梅花落》也説：

新歲芳梅樹，繁花四面同，春風吹漸落，一夜幾枝空〔三四〕。

若諉稱用舊題，乃不得不襲故旨，君不見三百多年後的李後主《清平樂》怎麼説：

别來春半，觸目愁腸斷。砌下落梅如雪亂，拂了一身還滿〔三五〕。

然則『寒風』中『零落』的不僅是所謂雜樹生的花，而梅花在『春風』中照樣『零落』。換言之，若將風比擬爲考驗，它是每考必輸[三六]。

北朝無名氏《楊白花》：

陽春二三月，楊柳齊作花，春風一夜入閨闥，楊花飄蕩落南家[三七]。

庾信《春賦》：

宜春苑中春已歸，披香殿裏作春衣，新年鳥聲千種囀，二月楊花滿路飛[三八]。

故《四民月令》於三月條下指示採柳絮，以備止瘡痛之藥材。參對《臨海異物志》：

鶗鴂一名田鵑，春三月鳴，晝夜不止，音聲自呼，俗言取梅子。

《子夜四時歌·春歌》：

杜鵑竹裏鳴，梅花落滿道，燕女遊春月，羅裳曳芳草。

梅花落已盡；柳花隨風散，歎我當春年，無人相要喚。

鮑氏《幽蘭》之一：

梅歇春欲罷，期渡往不還。

《三日》：

> 氣暄動思日，柳色起春懷……服浄俛登臺，提觴野中飲……凫雛掇苦、薺；黄鳥銜櫻、梅……臨流競覆杯〔三九〕。

可知：二、三月之交，柳眼滿裂吹綿，梅之花事亦『歇』『盡』，開始結實，所結即鮑氏《代挽歌》中之佐酒者：青梅〔四〇〕。唯我等需注意：臘月、正月已開花者，因當時温度尚低，雌蕊往往退化，不易結果，此時結果的多屬二月較高温時開放者。至暮春上巳，春服成，遊春前後，雀鳥會銜取櫻（含桃）、梅這類春果以爲食，以致鵲鳴被附會爲『取梅子』，鮑氏《採桑》所説：季春始落之梅〔四一〕蓋即此種盡熟者，故俗謂清明、穀雨時節爲黄梅天。黄梅僅適合爲梅諸（菹），《夏小正》：五月『煮梅爲豆實』〔四二〕，或指此而言。於此同時，據《月令》，可『羞以含桃，先薦寢廟』〔四三〕。魯僖公三十三年十二月『隕霜不殺草，李、梅實』，公羊家發問起義：

> 何以書？記異也。何異爾？不時也〔四四〕。

則梅之『作實』正常狀況乃在和風細雨中，隋煬帝《四時白紵歌·江都夏》即言：『梅黄雨細麥秋輕』〔四五〕，並非於寒天嚴霜下結果實。若欲矜誇，未悉可矜誇處在何許。莫非歷史形成的認知差異大到：今人以妖爲正〔四六〕？

二　中古時期梅花意象甄别

任何一個詞彙除了它的事實語意，使用之際，或多或少都會附帶價值語意。『梅』若作爲具有正面意義的符碼，都是從它的果實取喻：輔佐君王的大小臣工。如王融《永明九年策秀才文》：

子大夫選名昇學，利用賓王，懋陳三道之要，以光四科之首，鹽梅之和，屬有望焉。

《梁書》：

普通中，詔曰：『明斆振滯，爲政所先，旌賢求士，夢佇斯急……庶能屈志，方冀鹽梅。』

《陳書》：

九月甲寅，詔曰：『……斯固舟楫鹽梅，遞相表裏，長世建國，罔或不然……。』

《周書》：

乃下教曰：『……鹽梅舟檝，允屬良規，苦口惡石，想勿余隱，並廣示鄉閭，知其款意。』

《隋書》：

高祖肇基王業，昉、譯實啟其謀，當軸執鈞，物無異論……暨夫帝還明德，義非簡在，鹽梅之寄，自有攸歸〔四七〕。

這當然與江左以來僞《古文尚書》流行有關，其《（僞）説命下》有云：

來！汝説……爾惟訓于朕志，若作酒醴，爾惟麴糵；若作和羹，爾惟鹽梅〔四八〕。

因此，在當時動輒隸事的風尚下，君王求賢之詔，或論及元首股肱關係的文字中，經常會出現它的身影。

然而『梅』若意謂梅花，從鮑氏《中興歌》之十：

梅花一時豔；竹葉千年色，願君松柏心，采照無窮極〔四九〕。

吴均《梅花》：

梅性本輕蕩，世人相陵賤，故作負霜花，欲使綺羅見〔五〇〕。

可知：附加於它的價值意義並不高，因爲梅花易落，以致到唐代，形容秀色女子『下車何輕盈』，還以『飄然似落梅』相比，給人的印象非貞篤，而是靠不住，所謂『團圓莫作波中月，潔白莫爲枝上雪，月隨波動碎潾潾，雪似梅花不堪折』〔五一〕。南朝詠梅之句多在落梅上，除上文已稱引者，又好比梁武帝《子夜四時歌·春歌》：

蘭葉始滿地；梅花已落枝，持此可憐意，摘以寄心知〔五二〕。

陳後主《梅花落》：

金砌落芳梅，飄飄上鳳臺，拂妝疑粉散；逐溜似萍開〔五三〕。

因爲梅、雪色近，所以不時强調兩者間的迷似，好比梁簡文帝的《詠雪》説：『看花言可折，定自非春梅』〔五四〕，蘇子卿、江總的《梅花落》分别説：『祇言花是雪，不悟有香來』、『偏疑粉蝶散；乍似雪花開』〔五五〕。在常識層面，雪固然存在著高潔意象，不過真能反映南朝人觀點的，恐怕當推謝惠連《雪賦》。照他的説法，雪的質性在於：

白羽雖白，質以輕兮；白玉雖白，守空貞兮，未若茲雪，因時興滅。玄陰凝，不昧其潔；太陽曜，不固其節。節豈我名？潔豈我貞？憑雲陞降；從風飄零，值物賦象；任地班形，素因遇立；污隨染成，縱心皓然，何慮何營〔五六〕？

則『憑』、『從』、『值』、『任』、『因』、『隨』恐怕才是時人對雪的印象。節豈伊名？潔豈伊貞？檢鮑氏《詠白雪》：

白珪誠自白，不如雪光妍，工隨物動氣；能逐勢方、圓，無妨玉顔媚；不奪素繒鮮。投心障苦節；隱跡避榮年。蘭焚石既斷，何用恃芳、堅〔五七〕？

則鮑照對雪的看法恐去之不遠〔五八〕。

清貞堅篤的符碼，如前揭鮑照《中興歌》之十所示，是松、竹、柏〔五九〕。這種比配自建安即然。劉楨《贈從弟》之二：

亭亭山上松；瑟瑟谷中風，風聲一何盛；松枝一何勁，冰霜正慘愴，終歲常端正，豈不罹凝寒？松柏有本性。

何劭《遊仙》：

青青陵上松；亭亭高山柏，光色冬夏茂，根柢無凋落，吉士懷貞心，悟物思遠託。

虞羲《見江邊竹》：

挺此貞堅性，來樹朝夕池，秋波漱下沚；冬雪封上枝……含風自颯颯；負雪亦猗猗〔六〇〕。

從未聞將松、竹、梅並謂歲寒三友者，則若以梅能耐嚴冬考驗，或者說得更謹嚴點，從梅於霜雪中作花這角度道及梅時，認爲它含有堅貞的意象，恐悖乎當時通義。

三　自鮑照生平及其作品試論此歌辭指謂

詩不過是文學領域中的一個範疇，而文學又僅是當時文化中的向面之一，文化縱使多樣，基盤匪移，奇士心靈固或蹊徑獨闢，唯終非超越存有，未能放逸時代指掌外。本首樂府辭形式上既是品梅之作，此所以上文不嫌詞費，勾勒當時於梅通識之界域，於索玩其辭意抑揚猶疑之際，堪爲指南。唯是首不僅是品梅之作，乃鮑照品梅之作，本諸知人論世説詩之傳統，爰有以下抄撮。

《南史》的一段記載：

照始嘗謁義慶，未見知，欲貢詩言志，人止之曰：『郎位尚卑，不可輕忤大王。』照勃然曰：『千載上有英才異士沈没而不聞者，安可數哉？大丈夫豈可遂蘊智能，使蘭、艾不辯，終日碌碌，與燕、雀相隨乎？』〔六一〕

可謂道盡鮑照一生心事——

在他看來，其時當令者不辯蘭、艾，『食苗實碩鼠；玷白信蒼蠅，梟、鴟遠成美；薪、芻前見陵，申黜褒女進；班去趙姬昇，周王日淪惑；漢帝益嗟稱。心賞猶難恃；貌恭豈易憑』。自己不是未曾有功績，卻爲府主見忘，就像那個『始隨張校尉』、『後逐李輕車』的『寒鄉士』，等到『時事一朝異，孤績誰復論』，因之發出『願垂晉主惠，不愧田子魂』的呼籲。縱使有回饋，在他眼中，也不成比例，尤其缺乏對他本身應有的重視。因爲就當時的官場社會尺度來說，他本『北州衰淪』，『孤門賤生』，則何怪乎『戈船榮既薄，伏波賞亦微，爵輕君尚惜，士重安可希』？『丈夫生世會幾時？安能蹀躞垂羽翼』？不如『棄置罷官去，還家自休息』，『自古聖賢盡貧賤，何況我輩孤且直』。講起來，他知道：『人生亦有命』，如同『瀉水置平地，各自東西南北流』，但他就是無法將『貴賤付皇天』，因爲生就一個以功名富貴爲其事的命。面對這種命運的捉弄，所謂『進、伏兩睽時』，不禁走上屈原的舊轍，或『願賜卜身要，得免後賢嗤』；或對於自己『心爲千條計，事未見一獲，運圮津塗塞』的頓挫情況，衝動到説『以此窮百年，不如還窀穸』〔六二〕。

同僚紛紛宦達，尤其令他心境難平。他多次假借鳥這傳統意象〔六三〕述説個人的悲憤。如《代悲哉行》：

覽物懷同志，如何復乖別，翩翩翔禽羅；關關鳴鳥列，翔鳴尚儔偶，所嘆獨乖絶。

《代鳴雁行》：

邕邕鳴雁鳴始旦，齊行命旅入雲漢，中夜相失群離亂，留連徘徊不忍散，憔悴容儀君不知，辛苦風霜亦何爲。

《詠雙燕》之二：

可憐雲中燕，旦去暮來歸，自知羽翅弱，不與鵠爭飛，寄聲謝飛鵠，往事子毛衣，瑣心誠貧薄，叵吝節榮衰〔六四〕？

有時則明陳雙方心境的隔閡，如《日落望江贈荀丞》：

君居帝京內，高會日揮金，豈念慕群客，咨嗟戀景沉。

《送盛侍郎餞候亭》：

君爲坐堂子；我乃負羈人，欣、悲豈等志？甘、苦誠異身，結涕園中草，憔悴悲此春〔六五〕。

他覺得政壇中『不憶貧賤時，富貴輒相忘』者『滿目』，遠不如畎畝中人淳厚。自己生未逢『崇明初』，以致像齊『桓公』般忘隙委國的上司固難復遇，連鮑叔那樣的知交也『義漸疎』，所謂『無援朝列』〔六六〕。

在失意嫉憤中，側視那些繁華子：或以『雞鳴洛城裏，禁門平旦開，冠蓋縱横至，車騎四方來，素帶曳長飆；華纓結遠埃，日中安能止？鐘鳴猶未歸』來形容對方，鄙夷那批『小人自齷齪，安知曠士懷』？或在『扶宮羅將、相；夾道列王、侯。日中市朝滿，車馬若川流，擊鐘陳鼎食，方駕自相求』中悵惘：『今我何獨爲？埳壈懷百憂』。唯一能令他可略有報復式寬慰的，恐怕是：『君不見蕣華不終朝，須臾奄冉零落銷，盛年妖豔浮華輩，不久亦當詣塚頭』。别看當前在『矜財雄』、『養聲利』的京都内，『仕子彯華纓；遊客竦輕轡，明星辰未稀，軒蓋已雲至，賓御紛颯沓，鞍馬光照地』，須知：『寒暑在一時，繁華及春媚』。身處宦海這些年來，『備聞十帝事；委曲兩都情，倦見物興、衰；驟覩俗屯、平，翩翻若迴掌；恍惚似朝榮』，追求他界幸福方爲長計〔六七〕。依仗這種聞見之知，多少獲得一點情緒上的勝利與滿足，傲然表示：『何當與汝曹，啄腐共吞腥』〔六八〕？

在這種心事脈絡下，竊以爲：《中興歌》，尤其是前引的第十首，乃解其《梅花落》之鑰。唯首須辨明『中興』何所指。誠如：

宋氏正位八君，卜年五紀，四絶長嫡，三稱中興〔六九〕。

考之《宋書》亦然，劉宋人於文、孝武、明三世，咸有中興之稱〔七〇〕。據虞炎《鮑照集·序》，照死時『年五十餘』，縱以五十八歲爲計，是生於東晉安帝義熙五年（四〇九），文帝以宜都王於少帝景平二年（四二四）八月入奉皇統時，鮑照年方十六〔七一〕，根本不得與政局人事。而明帝泰始元年（四六五）十二月丙寅即位，丙子『鎮軍將軍、江州刺史、晉安王子勛舉兵反』，辛巳『子綏、子房、子頊並不受命，舉兵同逆』〔七二〕，次年（四六六）八月反平，照時在子頊幕下，任其『前軍參軍，掌書記之任』已逾兩年，事潰之際，『爲亂兵所殺』〔七三〕，是《中興歌》亦不可能爲明帝而發。後廢帝時劉休範《與袁粲褚淵劉秉書》：

> 高祖武皇帝升叡三光，滌紛四表；太祖文皇帝欽明冠古，資乾承歷，秉鉞西服，鳴鑾東京，搜賢選能，納奇賞異；孝武皇帝岐嶷天縱，先機雷發，陵波靜亂，宏業中興……。〔七四〕

尤可證：設就劉宋政權統緒言中興，當歸諸孝武。《中興歌》將二凶亂定前後比擬爲千冬之於一春、萬夜之於朝日，當此『白日』高照之時，衆『千金』之子『競』『逐』良辰，若『三月春花滋』。以上乃是就時節取譬，若自地點言，既然『襄陽是小地；壽陽非帝城』〔七五〕，他們當然齊集『在上京』展現『遥冶』之姿。鮑照自覺『已輸春日歡』，春日乃君恩的象徵，如公孫淵《上魏明帝表》：

> 唯陛下既崇春日生全之仁，除忿塞隙，抑弭纖介……。

潘岳《關中詩》：

明明天子，視民如傷……惴惴寡弱，如熙春陽〔七六〕。

學者嘗指出：鮑照因嘗任始興王濬之侍郎，而濬助太子劭爲逆，受此牽連，所謂『淪節雪飆，沈誠款晦』，在『天光』『神照』，『遂晞曬陽春，湔汥秋水』〔七七〕之前，遭禁錮，故曰『分隨秋光没』〔七八〕。鮑照寂寥於彈冠相賀之外，唯得假『窮泰已有分』自寬，『莫持憂自煎』，並以具堅貞心、『千年色』之竹自勖，不似彼等『梅花』但有『一時豔』。然而這都只是强説辭，他是個功名心極熱的人，初釋褐時，『榮志溢氣干雲霄』〔七九〕，迄今仍落拓無成，卻眼睜睜看著那些『十載學無就』的人『善宦一朝通』〔八〇〕，怎可能淡然處之？無怪乎《學劉公幹體》之二固然説：

曀曀寒野霧，蒼蒼陰山柏，樹迥霧縈集，山寒野風急。歲物盡淪傷，孤貞爲誰立？賴樹自能貞，不計跡幽澀。

《學劉公幹體》之五自傷情緒又起：

白日正中時，天下共明光；北園有細草，當晝正含霜，乖榮頓如此，何用獨芬芳？抽琴爲爾歌，絃斷不成章〔八一〕。

擺落詞面差異，持與《中興歌》對照，上文之寓意詮解或非附會影響之言。

以是結合前文所述時人於梅之通義，並注六七所揭鮑照承襲阮籍對繁華子的表述，反觀《梅花落》，辭意似漸朗。設以今語出之，猶言：你問我『何獨』『爲梅咨嗟』，是因想到它懂得把握春訊先機，順著『風』勢或左或右[八二]，展現妖冶之姿，像和柔自『媚』夫君的妾婦，迎合如『春日』般當陽之主，終能在雨『露』恩澤中成爲輔佐，發揮梅『實』之用，誠可謂春風得意。何嘗像你們，雖老不老早在秋霜時節已見才『華』，卻因隨『逐寒風』大難『零落』，以致不僅逢彼之怒，迄今没沾到『實』惠，還枉被一個『淪節雪飆』、無『質』的惡名。雖説『莫言草木委冬雪，會應蘇息遇陽春』，『君不見冰上霜，表裏陰且寒，雖蒙朝日照，信得幾時安？』[八三]然則『咨嗟』表面上確是正面用法，讚嘆之謂，但實際上則爲譏諷，猶同『真佩服他懂得看風色，扶摇直上』這類句子中的『佩服』。這種寫作手法於鮑照並非獨而無偶，鮑氏《擬古》之一：

魯客事楚王，懷金襲丹素，既荷主人恩；又蒙令尹顧。日晏罷朝歸，鞍馬塞衢路，宗黨生光輝，賓僕遠傾慕，富貴人所欲，道得亦何懼？南國有儒生，迷方獨淪誤，伐木清江湄；設罝守毚兔[八四]。

即是。表面上看，『魯客』得道；『儒生』『迷方』，但如果我們洞察：鮑照此處在暗隸叔孫通與魯二儒生事〔八五〕，只因爲配合本身所處疆域以便自喻，且下文所用《詩經》典故的地理位置係周南，方改易『不知時變』的『鄙儒』籍里，就可知魯客所得之道乃求取富貴、成其繁華之道。全篇詩旨即《小序》：『刺貪也，在位貪鄙，無功而受禄，君子不得進仕』〔八六〕之謂，卻偏偏寫得痛斥魯客若獎、大褒儒生似貶。

四　南朝文士作品敲重『梅花』意象的文化意涵

見存西漢至西晉的詩中，除了時代真僞難明的《柏梁臺聯句》：

枇杷橘栗桃李梅太官令〔八七〕。

幾乎没有出現過『梅』字。至於這一期間其它文學作品中道及薔薇科杏屬之『梅』〔八八〕時，若非指梅樹，如張衡《南都賦》：

若其園圃……乃有櫻梅山柿、侯桃梨栗、梬棗若留、穰橙鄧橘。

左思《蜀都賦》：

其園則有林檎枇杷、橙柹梬楟，樜、桃函列；梅、李羅生〔八九〕。

即指梅實，如崔駰《七依》：

鹺以大夏之壇；酢以越裳之梅。

張協《七命》：

封熊之蹯、翰音之跖……燀以秋橙；酤以春梅〔九〇〕。

這其實是延續儒門經傳的現象。《詩經》：『摽有梅，其實七兮』、『鳲鳩在桑，其子在梅』、『山有嘉卉，侯栗侯梅』〔九一〕，指的都是梅樹〔九二〕；《禮記》：『麋腥，醢；醬：桃諸、梅諸，卵鹽』、《左傳》：『和如羹焉，水、火、醯、醢、鹽、梅以亨魚肉』〔九三〕，指的則是加工後的梅實。江左之前，略似涉及梅花這部分的僅潘岳《閑居賦》：

爰定我居，築室穿池……靡不畢殖……石榴蒲陶之珍，磊落蔓衍乎其側，梅杏郁棣之屬，繁華麗藻之飾，華實照爛，言所不能極也。

但如參照同類型的謝靈運《山居賦》：

桃、李多品〔九四〕；梨、棗殊所，枇杷林檎，帶谷映渚，椹、梅流芬於回巒；椑、柿被實於長浦〔九五〕。

即可知：『華』猶同『芬』，仍是因鋪敘別業中經濟作物品繁『實』碩，連帶言及。以見知材料而言，最早從花這方面敘及『梅』的已晚至東晉，或充當點染春遊氣氛的素材；或作爲妙齡女性閨怨的導引。

其實，這並不是什麼個别現象。見知最早以花草果木爲主題的詠物之作乃《橘頌》。在前半就橘賦橘的八句六十六字中，以讚敘『圓果摶兮，青黄雜糅文章爛兮，精色内白類可任兮』的筆墨居最，其次是橘樹本身：（根）『深固』、『緑葉』、『曾枝剡棘』，涉及花的僅僅『素榮』二字〔九六〕。兩漢賦壇詠物之作甚夥，然而無論是西都司馬相如的《梨》，東京王逸的《荔支》，或者作者、著成時代並可存疑的枚乘的《柳》〔九七〕，俱仍舊貫。見存可信最早的詠花賦乃朱穆的《鬱金》〔九八〕，已暨順、桓年間，然詠花賦勃盛至西晉始然。東漢末葉以降，雖偶有少許詩蒙以花題，如酈炎《靈芝生河洲》、繁欽《詠蕙》、傅玄《詠秋蘭》、張華《荷》、陸機《園葵》〔九九〕，事實上都只是以花爲引、爲喻，述志説教。以既有材料來説，道地的詠花詩蓋首推陸雲的《芙蕖》〔一〇〇〕，但士林中這類作品要晚至齊、梁方漸夥。如上文所示，梅花入詩辭始見於《吴聲歌曲·子夜四時歌·春歌》。我們知道：直到東晉末葉，某些社會高層人士猶鄙夷吴歌，徐廣《晉記【紀】》：

王恭嘗宴司馬道子室，尚書令謝石爲吴歌，恭曰：『居端右之重，集宰相之坐，爲

妖俗之音乎？』〔一〇一〕

謝石所以懵然不覺，那是因爲在當時謝家尚屬『篤而無禮』的『新出門户』〔一〇二〕。然而委巷淫哇披靡的大勢終不可禦，它品觀事物的『俗』趣也隨之盈盈步入帝王公卿的堂奥，徵候之一即是：詩辭談到梅時，揚棄儒門經傳以及『與三代同風』，『《雅》、《頌》之亞』〔一〇三〕的大賦傳統，不復自梅實，改循下里巴人的視角，自梅花著眼。梅花成爲南朝末葉腴貴詩作的新寵，這從當時不僅詠梅花，且在其他詩作中言及梅香，如徐君蒨《初春攜内人行戲》：

草短猶通屧，梅香未著人。

梁簡文帝《從頓還城》：

日照蒲心暖，風吹梅枝香。

不僅詠自然界的梅花，且在其他詩作中言及人工刻畫者，如陰鏗《新成安樂宫》：

重簷寒露宿，丹井夏蓮開，砌石披新錦，梁花畫早梅。

庾肩吾《和太子重雲殿受戒》：

鏡山銜殿影，梅梁落梵塵，苑桂恆留雪，天花不待春〔一〇四〕。

可窺一斑。古代社會，按理，唯有才德兼備的男性方堪爲君王輔佐，如梅實之於羹饌，今既易轍，且多側重落梅，不僅喻指對象易爲春閨婦女，前此視爲缺點者，如易於凋零、隨風輕蕩，也相隨之轉爲玩賞所在。見知士林第一篇詠梅之作，謝朓《雜詠五首·落梅》：

新葉初冉冉，初蕊新霏霏，逢君後園讌，相隨巧笑歸。親勞君玉指，摘以贈南威，用持插雲髻，翡翠比光輝，日暮長零落，君恩不可追〔一〇五〕。

即作此調。是後，如徐陵《梅花落》：

對户一株梅，新花落故栽，燕拾還蓮井，風吹上鏡臺。倡家怨思妾，樓上獨徘徊，啼看竹葉錦，簪罷未成裁。

江總《梅花落》：

縹色動風香，羅生枝已長，妖姬墜馬髻，未插江南璫，轉袖花紛落，春衣共有芳，羞作秋胡婦，獨採城南桑。

何遜《早梅》：

……枝横卻月觀，花遶陵風臺，朝灑長門泣，夕駐臨邛杯，應知早飄落，故逐上春來。

王筠《和孔中丘雪裏梅花》：

……皭光同雪舞；落素混冰池，今春競時發，猶是昔年枝，唯有長顦顇，對鏡不能窺〔一〇六〕。

均步武相繼。美女、落花互映相參，可謂活色生香，豔怨之極，與大丈夫的志事了不相干。以往操翰之士何嘗不自幼即知梅樹會開花？又何至於未經歷過梅花零落的景觀？誠然，杏耐寒，遍於北地；梅好温暖，適於南方，而見知絶大多數漢、魏文人學者籍里在江北。但司馬相如、王褒、揚雄西漢三大賦家俱係宜梅生長之蜀地人，且據《西京雜記》卷一，長安上林苑中植有『朱梅、紫葉梅、紫華梅、同心梅、麗枝梅、燕梅、猴梅』〔一〇七〕，凡七種。北方若無梅，則『欲持塞上蕊，試立將軍前』、『胡地少春來，三年驚落梅』〔一〇八〕將不悉所謂。問題出在視角上，以致視而不見，雖見也不覺梅花本身以及風飄萬點冉冉、瓣蕊沾衣觸髮、芳蜕委地繽紛等畫面有何可玩味，值得敘寫。換言之，在此之前，梅是以它的功能爲文士把握，而非景觀賞玩對象，重在它的用，而非它的美以及由它興發的那種情調。若再追索那是一種什麼美，由發芽、含苞、開花、結果，梅實代表著全部過程的完成，是常，而梅花中途脱落，意味著無常；梅實内含梅核，係生機所在，而落梅瓣解蕊散，代表著死亡；梅實的喻象爲陽性輔佐，與梅花比配的則是因陽性追求作另一陽性輔佐而產生閨怨的陰性仇侶。這種視角上的盲點/啟蒙，以及美感偏尚至無常、死亡、陰性另一端，反映了社會某一階層文化的重大變遷。

唯情實未止於此，因樂府中鼓吹、相和、清商之作乃以旋律爲主，唱辭直附件耳，故有全捨辭義相干，將精華片段拼搭成新編，以裨聽覺之窮美〔一〇九〕。唐劉餗《樂府解題》曰：

漢橫吹曲，二十八解，李延年造。魏、晉已來唯傳十曲：一曰《黃鵠》，二曰《隴頭》，三曰《出關》，四曰《入關》，五曰《出塞》，六曰《入塞》，七曰《折楊柳》，八曰《黃覃子》，九曰《赤之揚》，十曰《望行人》。後又有《關山月》、《洛陽道》、《長安道》、《梅花落》、《紫騮馬》、《驄馬》、《雨雪》、《劉生》八曲，合十八曲〔一一〇〕。

所言易滋誤導。《晉書》云：

橫吹有雙角，即胡樂也。張博望入西域，傳其法於西京，惟得《摩訶兜勒》一曲。李延年因胡曲，更造新聲二十八解……魏、晉以來，二十八解不復具存，用者有《黃鵠》……十曲〔一一一〕。

郭氏於《橫吹曲辭·敘論》中嘗引述之。是李延年所造橫吹直一曲，一曲內含二十八章（解），並非造二十八曲，然則魏、晉以來所用《黃鵠》等十曲究竟是原初各解獨立成曲，還是踵事新度，直襲用舊名，姑置不論，包括《梅花落》在内之八曲，既在不存之列，郭氏非但言『後又有』，且於《敘論》中指出：『《關山月》等八曲，後世之所加也』〔一一二〕，則彼等定屬江左以來方見世者。檢《樂府》卷二五《梁鼓角横吹曲》，載有《紫騮馬》、《東平劉生》、《折楊柳》、《隴頭》歌辭，郭氏據陳釋智匠《古今樂録》，疑《東平劉生》『即此《劉生》也』〔一一三〕，説亦恐未的。自西京以降，甚多樂府曲題爲歷代沿用，然曲調本身則不斷改易。以江右清商而言，郭氏每自行或稱引故籍標明：孰爲魏、晉兩代奏樂時均用之古辭，孰但爲晉樂所奏之古辭〔一一四〕；孰爲魏武、曹植等本辭，孰爲晉樂所奏〔一一五〕，充分可見：漢、魏、晉三代縱使沿用同一曲題，漢之舊調至魏時會重新編排，歌辭因而隨之增損，魏之曲調及歌辭暨晉時亦罕能一仍舊貫。清商以外各類樂曲不論於江右或江左同樣代有新聲異辭。卷二五《梁鼓角横吹曲》所收的《折楊柳》、《隴頭》固然爲北歌南傳者，但從同卷另收之《折楊柳枝》歌辭、《隴頭》『樂府有此歌曲，解多於此』〔一一六〕，以及《地驅樂》有兩曲、《隔谷歌》曾一度無辭，不僅可推斷：某些北歌南傳後，辭、曲都曾經損益，且足見：卷二一至二四《横吹曲辭》所收梁、陳君臣撰寫的《隴頭》、《隴頭水》、《入關》、《出塞》、《入塞》、《折楊柳》諸辭雖與以往同題，所倚之聲曲定屬當時新譜，至於此外所收隋、唐之前的《關山月》、《洛陽道》、《長安道》、《梅花落》、《紫騮馬》、《驄馬》、《雨雪》、《劉生》蓋亦然。此所以作者皆不外梁、陳君臣，前乎此者無得而聞焉，措辭復明顯雅化。箇中唯鮑照《梅花落》例外。其聲曲今雖絶佚，但其辭乃倚聲而撰，一則形式甚特異——句數固然也是八句，卻是由五、七雜言句組成，不同於此後之齊言。就句子的字數來説，第一、二、三、五句與第四、六、七、八句才各是一組，四、五兩句間錯，可是按用韻而言，前半一組，一、二、四句押平聲支韻；後半一組，五、六、八句押入聲質韻〔一一七〕；再則措辭無絲毫雅化現象，反保持樂府曲辭特性之一：不避犯重——如『霜中能作花；露中能作實』兩句句型一致〔一一八〕，又如第六、第八句於同樣位置分别以同一構辭法（春風／春日、霜華／霜實）疊一字〔一一九〕，頗疑所依殆較早之聲曲。無論是鮑照《梅花落》的舊調，或梁、陳《梅花落》的新腔，都是以悲爲尚、『横笛短簫淒復切』的俗樂〔一二〇〕。伏知道《從軍五更轉》之三：

三更夜驚新，横吹獨吟春，强聽《梅落花【花落】》，誤憶柳園人〔一二一〕。

可爲佐證。

曲既哀咽，辭復輕豔，是以爲人所好，不僅陳時『長安少年多輕薄，兩兩常唱《梅花落》』，至唐代仍是『千金駿馬換少妾，醉坐雕鞍歌《落梅》』〔一二二〕。保守之文評家抨擊齊、梁聲色靡麗之文風，至少於焉可得一具體例示。鮑照辭不避拙，藉品梅爲喻時，猶依質用爲準，鄙其輕蕩，則鮑照猶存江右餘影之説，亦可獲片羽之徵矣。

結論

字音漢唐有别，詞義於歷史長河中會改易，人率能言之。然對同一物之觀點今古異趣、同一詞彙及其指涉之對象於使用者心目中之意涵亦非千載合契，似時或見忽。然苟不警覺，解讀作品之際，恐難免以後律前之弊，致文義理會失宜。蓋自唐、宋以降，品梅側重梅花，梅花於文化主流中乃正面之符碼：堅貞、清高、孤芳，而文化最大特質之一即令浸染其間者於其刻板印象不加反省，視爲放諸四海而不悖，質諸三王則咸蒙印可。據本文粗覈，上述觀點及認定或非中古中葉以前之情實。當時視梅花爲春信，非冬兆，予時人之印象乃輕薄脆弱，具正面意象者乃梅實。事實上，江左前包括文學領域在内之作品言及梅花者甚鮮，梅花見賞文士，成爲彼等筆下新寵，乃南朝末葉以來之事，然當時賞玩觀點與後世迥異。鮑照《梅花落》成於此新變勃興前幾二紀，以梅花喻所鄙惡之趨炎附勢者，固中朝遺緒也。易言之，苟以韓偓《湖南梅花一冬再發偶題於花援》後半：

寒氣與君霜裏退；陽和爲爾臘前來，夭桃莫倚東風勢，調鼎何曾用不材〔一二二〕。

與鮑氏此辭異代同調，蓋未免援後律前矣。以上徧説是否一二有當，堪供賢者推考其餘，謹俟大雅裁斷。

（原載於高雄中山大學《文與哲》第一期，二〇〇二年十二月。收入本書時，略有改動）

【注】

〔一〕分見錢仲聯：《鮑參軍集注》（上海：上海古籍出版社，一九七九。以下簡稱《鮑集》），卷四《樂府·擬行路難之四》，頁二二九、卷三《樂府·代别鶴操》，頁一六四。

〔二〕黄節：《鮑參軍詩注》（臺北：藝文印書館，一九七一），《自序》，頁一一。

〔三〕《鮑集》，卷四《樂府》，頁二四五。

〔四〕盧弼：《三國志集解》（臺北：藝文印書館，一九七二。以下簡稱《三國志》），卷五《后妃列傳·文昭甄皇后傳》裴《注》引，頁一九八。

〔五〕李善注：《文選》（臺北：藝文印書館，一九七一），卷四七《贊》，頁六八三。

〔六〕虞世南：《北堂書鈔》（臺北：宏業書局，一九七四），卷一三八《舟部下·筰》自注，頁六四四，引此二句，『文舟』作『舡行』、『飽』作『食』，且歸諸魏文帝名下。

〔七〕郭茂倩：《樂府詩集》（北京：中華書局，一九九六。以下簡稱《樂府》），卷三七《相和歌辭十二·瑟調曲二》，頁五四八。

〔八〕吴士鑑、劉承幹：《晉書斠注》（臺北：藝文印書館，一九七二），卷三六《張華傳》，頁七五五。

〔九〕楊勇：《世説新語校箋》（臺北：明倫出版社，一九七一），上卷《言語》，條一〇七，頁一二五。

〔一〇〕沈約：《宋書》（臺北：藝文印書館，一九七二），卷五三《張茂度傳附子永傳》，頁七三五。

〔一一〕《鮑集》，卷五《詩·日落望江贈荀丞》，頁二八七、卷六《詩·紹古辭之三》，頁三五〇。

〔一二〕《樂府》，卷二四《横吹曲辭四·漢横吹曲四》，頁三四九，作『風飆』。

〔一三〕《世説新語校箋》，下卷《排調》，條五，頁五八八。

〔一四〕《鮑集》，卷五《樂府·梅花落》增補注，頁二四五。

〔一五〕蘇輿：《春秋繁露義證》（臺北：河洛圖書出版社，一九七四），卷一二《陰陽出入上下》，頁 241b—242a。

〔一六〕以上引文並見《鮑集》，卷五《詩・從拜陵登京峴》，頁二五七、卷三《樂府・代東門行》，頁一四三。

〔一七〕《三國志》，卷四八《三嗣主傳・孫亮傳》裴《注》引《吴歷》，頁九五八：『亮後出西苑，方生食梅，使黄門至中藏取蜜漬梅。』

〔一八〕孫星衍：《尚書今古文注疏》（臺北：臺灣中華書局，一九六六），卷一二上《洪範》，頁3b—4a。

〔一九〕王利器：《鹽鐵論校注》（北京：中華書局，一九九六），卷二《非鞅》，頁九四，則作『夫李、梅實多者，來年爲之衰』。以上引文分見歐陽詢：《藝文類聚》（臺北：文光出版社，一九七七。以下簡稱《類聚》），卷一八《人部二・美婦人》，頁三三〇、卷八七《菓部下・杏》，頁一四八七。

〔二〇〕以上引文分見《樂府》，卷一七《鼓吹曲辭二・漢鐃歌中》，頁二四八、卷一八《鼓吹曲辭三・漢鐃歌下》，頁二五八。

〔二一〕徐堅：《初學記》（臺北：鼎文書局，一九七六），卷二八《果木部・梅》，頁六八三。

〔二二〕《類聚》，卷二《歲時上·春》，頁四三。

〔二三〕以上引文分見《類聚》，卷八六《菓部上·梅》，頁一四七二、卷八八《木部上·桑》，頁一五二二。

〔二四〕《樂府》，卷二四《横吹曲辭四·漢横吹曲四》，頁三五一，將此作歸諸江總。

〔二五〕李昉：《文苑英華》（臺北：新文豐出版股份有限公司，一九七九。以下簡稱《英華》），卷二〇八《詩五八·樂府一七》，頁一〇三〇。

〔二六〕請參曹道衡：《陸凱〈贈范曄詩〉志疑》，《中古文學史論文集》（北京：中華書局，一九八六），頁四二九—四三一。

〔二七〕李昉：《太平御覽》（臺北：臺灣商務印書館，一九九二），卷一九《時序部四·春中》，頁二二四。

〔二八〕《太平御覽》，卷九七〇《果部七·梅》，頁四四三二。

〔二九〕鄭玄：《毛詩鄭箋》（臺北：臺灣中華書局，一九六七。以下簡稱《毛詩》），卷八《豳風·七月》，頁3b：『二之日鑿冰沖沖；三之日納于凌陰。』據前文毛《傳》，頁1a—1b，知：『二之日』指夏正十二月，『三之日』指夏正一月。

〔三〇〕以上引文分見《類聚》，卷三《歲時上·冬》，頁五六、卷三九《禮部中·燕會》，頁七一五、卷八六《菓部上·梅》，頁一四七二、《初學記》，卷二八《果木部·梅》，頁六八三。

〔三一〕《類聚》，卷二《天部下·雪》，頁二三。

〔三二〕吴兆宜箋、程琰删補：《玉臺新詠》（臺北：臺灣中華書局，一九六九），卷六，頁15a—15b。

〔三三〕《鮑集》，卷四《樂府·擬行路難之三》，頁二二七。

〔三四〕仝注二五，頁一〇三一。

〔三五〕唐圭璋：《南唐二主詞彙箋》（臺北：正中書局，一九六九），頁9b。

〔三六〕《鮑集》，卷四《樂府·擬行路難之八》，頁二三四：『中庭五株桃，一株先作花，陽春妖冶二三月，從風簸蕩落西家』，與《梅花落》起式一致，但後者未將與桃同屬春花的梅花於『陽春』『從風簸蕩』零落的情況道明，因這在當時乃通識。《擬行路難之十七》，頁二四三：『君不見春鳥初至時，百草含青俱作花，寒風蕭索一旦至，竟得幾時保光華』，與《梅花落》後半相似，同樣未言明是何種花，然而任何春初

『作花』者之花期豈能延續至八、九月？參照卷一《表疏·謝隨恩被原疏》，頁六七：『古人有言：「楊者，易生之木也，一人植之；十人拔之，無生楊矣。」……況臣一植之功不立；衆拔之過屢至，同彼風霜；異此貞脆。』可見不論『寒風』、『風霜』或『風飆』均不當泥於字面。

〔三七〕《樂府》，卷七三《雜曲歌辭十三》，頁一〇四〇。

〔三八〕倪璠：《庾子山集注》（臺北：臺灣中華書局，一九六八），卷一《賦》，頁26b。

〔三九〕以上引文分見《類聚》，卷三《歲時上·春》，頁四一、《樂府》，卷四四《清商曲辭一·吴聲歌曲一》，頁六四四—六四五、《鮑集》，卷四《樂府》，頁二一一、卷六《詩》，頁三九八。

〔四〇〕《鮑集》，卷三《樂府》，頁一四二。

〔四一〕仝注四〇，頁一三七。

〔四二〕王聘珍：《大戴禮記解詁》（臺北：世界書局，一九七四），卷二《夏小正》，頁13b。

〔四三〕孔穎達：《禮記注疏》（臺北：藝文印書館，一九七七），卷一六《月令》，頁三一七。

〔四四〕何休：《春秋公羊傳解詁》（臺北：臺灣中華書局，一九七〇），卷一二《僖公》，頁18a。

〔四五〕《樂府》，卷五六《舞曲歌辭五・雜舞四》，頁八〇七。

〔四六〕《春秋繁露義證》，卷四《王道》，頁76a—76b：『霣霜不殺草；李、梅實；正月不雨至於秋七月……《春秋》異之，以此見悖亂之徵』、王先謙《漢書補注》（臺北：藝文印書館，一九七二），卷二七《五行志中之下》，頁六二八：『劉向以爲：周十二月，今十月也，李、梅當剥落，今反華實，近草妖也』、焦延壽《焦氏易林》（臺北：藝文印書館，一九八三），卷一《屯・師》，頁二一：『李、梅冬實，國多盜賊』、《國語》（臺北：藝文印書館，一九七四），卷三《周語下・二三年王將鑄無射》韋《解》，頁九四：『積陰而發，則夏有霜雹；散陽，陽不藏，冬無冰，李、梅實之類是也』。

〔四七〕以上引文分見《文選》，卷三六《文》，頁五一七、姚思廉：《梁書》（臺北：藝文印書館，一九七二），卷五一《處士列傳・庾詵傳》，頁三六七、姚思廉：《陳書》（臺北：藝文印書館，一九七二），卷三《世祖本紀・天嘉二年九月》，頁三一、令令狐德棻：《周書》（臺北：藝文印書館，一九七二），卷四八《蕭詧傳》，頁三五四、長孫無忌：《隋書》（臺北：藝文印書館，一九七二），卷三八《劉昉傳鄭譯傳·史臣曰》，頁五五九。

〔四八〕孔穎達：《尚書注疏》（臺北：臺灣中華書局，一九六八），卷十《商書》，頁4a—4b。

〔四九〕《鮑集》，卷四《樂府》，頁二一六。

〔五〇〕《英華》，卷三二二《詩一七二·花木二》，頁一六六五。

〔五一〕以上引文分見《樂府》，卷三四《相和歌辭九·清調曲二》李白《相逢行》，頁五一〇、卷四八《清商曲辭五·西曲歌中》温庭筠《三洲歌》，頁七〇七。

〔五二〕《樂府》，卷四四《清商曲辭一·吴聲歌曲一》，頁六四九。

〔五三〕仝注二五。

〔五四〕《類聚》，卷二《天部下·雪》，頁二三。

〔五五〕《樂府》，卷二四《横吹曲辭四·漢横吹曲四》，頁三五〇—三五一。

〔五六〕《文選》，卷一三《賦庚·物色》，頁二〇〇。

〔五七〕《鮑集》，卷六《詩》，頁三九七。

〔五八〕《鮑集》，卷六《詩·學劉公幹體之三》，頁三五九：『胡風吹朔雪，千里度龍山，集君瑶臺上，飛舞兩楹前，兹晨自爲美，當避豔陽天，豔陽桃、李節，皎潔不成妍』，按照吴淇對這首詩的理會，雪及桃、李比喻的都是小人，只是『前人之術巧矣，後人更有巧者，前人必爲後人所傾，故小人猖獗肆志，亦各有其時也』，詳《鮑參軍詩注》，卷四，頁二一五，所引。吴説待商榷，詳本書正文。

〔五九〕這並不是説松、柏等全然不會受到酷寒影響，如《文選》，卷二三《詩丙·詠懷》歐陽建《臨終》，頁三三四：『松柏隆冬悴，然後知歲寒』、許敬宗：《文館詞林》，張鈞衡輯，《適園叢書》（江蘇：古籍刻印社，一九八六），卷一五七《詩一七·人部一四·贈答六·雜贈答三》曹攄《贈韓德真》，頁2b：『松以冬凋；蘭以春芳』、《類聚》，卷三《歲時上·秋》所録孫綽《詩》，頁四九：『撫葉【菌】悲先落；攀松羡後凋』，《鮑集》，卷五《詩·從拜陵登京峴》，頁二五七，也曾説：『風烈無勁草；寒甚有凋松』，但這些句子或是受到典故的繫絆，或是爲了襯托環境惡劣至極。整體而言，松、柏等代表著堅篤，如戴明揚：《嵇康集校注》（臺北：河洛圖書出版社，一九七八），卷一《游仙》，頁三九：『遥望山上松，隆冬鬱青蔥』、《玉臺新詠》，卷二潘岳《内顧》之二，頁14a：『不見山上松，隆冬不易故；不見陵澗柏，歲寒守一度』、《文館詞林》，卷一五七《詩一七・人部一四・贈答六・雜贈答三》王胡之《答謝安》，頁11b：『思樂寒松，披條暎雪』『如彼竹柏，厲飆俱鮮』、《文選》，卷二二《詩乙・遊覽》殷仲文《南州桓公九井作》，頁三一八：『何以標貞脆？薄言寄松菌』，《鮑集》，卷五《詩・贈故人馬子喬之三》，頁二八〇，也承認：『松生隴坂上……悲涼貫年節，蔥翠恆若斯，安得草木心，不怨寒暑移。』

〔六〇〕以上引文分見《文選》，卷二三《詩丙・贈答一》，頁三四四、卷二一《詩乙・遊仙》，頁三一二、《類聚》，卷八九《木部下・竹》，頁一五五二。

〔六一〕李延壽：《南史》（臺北：藝文印書館，一九七二），卷一三《宋宗室及諸王傳・臨川烈武王道規傳》，頁一六七。

〔六二〕以上引文分見《鮑集》，卷三《樂府・代白頭吟》，頁一五六、《代東武行》，頁一五九、卷一《表疏・拜侍郎上疏》，頁六〇、《解褐謝侍郎表》，頁五五、卷三《樂府・代苦熱行》，頁一八四、卷四《樂府・擬行路難之六》，頁二三一、《之四》，頁

二二九、《之五》，頁二三〇、卷五《詩·答客》，頁二八四、卷四《樂府·代貧賤苦愁行》，頁二〇一。

〔六三〕至於兼用美人意象者，如前揭書，卷三《樂府·代陳思王京洛篇》，頁一五〇：『古來共歇薄，君意豈獨濃？唯見雙黄鵠，千里一相從』，以及單用美人意象者，如卷三《樂府·代朗月行》，頁一八九：『千金何足重？所存意氣間』、卷四《樂府·擬行路難之九》，頁二三五：『我昔與君始相值，爾時自謂可君意，結帶與君言：死生好惡不相置。今日見我顔色衰，意中索寞與先異，還君金釵玳瑁簪，不忍見之益愁思』，影射對象爲僚友或帝王，則不敢必。

〔六四〕以上引文分見《鮑集》，卷三《樂府》，頁一七一、卷四《樂府》，頁二二三、卷六《詩》，頁四一一。

〔六五〕以上引文分見《鮑集》，卷五《詩》，頁二八七、三〇一。

〔六六〕以上引文分見前揭書，卷四《樂府·代邊居行》，頁二〇二、卷六《詩·擬古之五》，頁三四二、卷一《表疏·謝隨恩被原疏》，頁六七。

〔六七〕鮑照對繁華子的描繪（如擬喻爲脆弱花朵、媚時短視、涼薄無品、諂上傲下等），以及自身的情緒反應（如鄙視、可憐、嫉憤、對方遭報後的快感等），阮籍導其先河。陳伯君：《阮籍集校注》（北京：中華書局，一九八七），卷下《詩·詠懷五言》，其八，頁二三五：『如何當路子，磬折忘所歸，豈爲夸與名，憔悴使心悲，寧與燕雀翔，不隨黄鵠飛』、其十，頁二四七：『輕薄閑遊子，俯仰乍浮沈……獨有延年術，可以慰我心』、其十二，頁二五六：『昔日繁華子，安陵與龍陽，夭夭桃李花，灼灼有輝光，悦懌若九春，磬折似秋霜』、其二十七，頁二九七：『周鄭天下交，街術當三河，妖冶閑都子，焕耀何芬葩……盛衰在須臾，離别將如何』、其五十三，頁三五〇：『如何夸毗子，作色懷驕腸：乘軒驅良馬，憑几向膏粱，被服纖羅衣；深榭設閑房，不見日夕華，翩翩飛路旁』、其五十九，頁三六一：『豈效繽紛子，良馬騁輕輿，朝生衢路旁；夕瘞横術隅，歡笑不終晏，俯仰復欷歔，鑒兹二三者，憤懣從此舒』、其七十五，頁三九二：『梁東有芳草，一朝再三榮，色容豔姿美，光華耀傾城……路端便娟子，但恐日月傾，焉見冥靈木，悠悠竟無形』、其八十二，頁四〇四：『墓前熒熒者，木槿耀朱華，榮好未終朝，連飆隕其葩……寧微少年子，日夕歎咨嗟』。唯阮籍以桃、李、木槿爲喻，鮑照則假梅出之。

〔六八〕以上引文分見《鮑集》，卷三《樂府·代放歌行》，頁一四六、《代結客少年場行》，頁一九二、卷四《樂府·擬行路難之十》，頁二三七、卷五《詩·詠史》，頁三二六、卷三《樂府·代昇天行》，頁一七四。

〔六九〕蕭子顯：《南齊書》（臺北：藝文印書館，一九七二），卷二《高帝紀下·史臣曰》，頁二八。

〔七〇〕文帝二次，分見《宋書》，卷四二《王弘傳》，頁六四一〔唯今本《王弘傳》：『陛下聖哲御世，光隆』，下脱『中興』二字，當據王欽若：《册府元龜》（北京：中華書局，一九九四），卷三三一《宰輔部·退讓二》，頁三九〇二，補〕、卷九五《索虜傳》，頁一一二六；孝武七次，分見前揭書，卷一七《禮志四》，頁二三七、卷一九《樂志一》，頁二七二、卷四一《后妃列傳·文帝路淑媛傳》，頁六二八、卷七五《顔竣傳》，頁九四五、卷七九《文五王傳·桂陽王休範傳》，頁九八七、卷八八《薛安都傳》，頁一〇七〇、卷九四《恩倖傳·徐爰傳》，頁一一一三；明帝三次，分見前揭書，卷二二《樂志四》，頁三二五、卷八五《王景文傳》，頁一〇五三、一〇五四。

〔七一〕請參Robert Shanmu Chen，"A Biographical Study of Bao Zhao（Ⅰ）"，《清華學報》，新21∶1（1991.6），頁一三九—一四一；"A Biographical Study of Bao Zhao（Ⅱ）"，《清華學報》新21∶2（1991.12），《附録·鮑照年表》，頁三九七—四〇四。並參《鮑集》，《附録·鮑照年表》，注五，頁四三八—四三九。

〔七二〕《宋書》，卷八《明帝紀》，頁八一—八二。

〔七三〕前揭書，卷五一《宗室列傳·臨川烈武王道規傳》，頁七二一，並請參卷八四《鄧琬傳》，頁一〇三四。據卷六《孝武帝紀》，頁七一、卷八〇《孝武十四王列傳·臨海王子頊傳》，頁九九三，大明六年（四六二）七月，子頊始爲荆州刺史，八年（四六四）由征虜將軍進號前將軍，則《鮑集》，《卷首·虞炎〈序〉》，頁五：『大明五年（四六一），除前軍行參軍，侍臨海王鎮荆州，掌知内命』，恐非是。

〔七四〕《宋書》，卷七九《文五王傳·桂陽王休範傳》，頁九八七。

〔七五〕前揭書，卷一九《樂志一》，頁二七七：『隨王誕在襄陽，造《襄陽樂》；南平穆王爲豫州，造《壽陽樂》』，學者或據此爲説，恐未的。此處談的不是音樂（下句『今日中興樂』之『樂』，快樂之謂，非音樂也），而是真命天子的問題。據前揭書，卷六《孝武帝紀》，頁六一：『明年（四四五），徙都督雍、梁、南北秦四州、荆州之襄陽、竟陵、南陵、順陽、新野、隨六郡諸軍事，寧蠻校尉，雍州刺史，持節、將軍如故。自晉氏江左以來，襄陽未有皇子重鎮，時太祖欲經略關河，故有此授』、卷二七《符瑞志上》，頁四〇四：『文帝元嘉中，謡言錢唐當出天子，乃於錢唐置戍軍以防之。其後，孝武帝即大位於新亭寺之禪堂，禪之與錢音相近也』、卷七一《徐湛之傳》，頁八九一：『二凶巫蠱事發，上欲廢劭，賜濬死，而世祖不見寵，故累出外蕃，不得停京輦。南平王鑠、建平王宏並爲上所愛……元嘉末，徵鑠自壽陽入朝。既至，又失旨；欲立宏，嫌其非次』，則前一句或許是指：小池子容不下大龍，縱使『不見寵』，『累出外蕃』，終究入帝京承皇統；後一句乃是説：天命自有所歸，非人之好惡所得轉移，像壽陽等地並非潛龍之沛豐。“A Biographical Study of Bao Zhao (I)”，頁一七七—一七八，於第一句已改易舊説之誤，然認爲第二句亦係就孝武嘗任南豫州刺史而言，恐非是。且不説，任南豫州刺史時，未之鎮壽陽，實戍石頭，彼躍居九五之前，尚任徐州刺史，鎮彭城、南兖州刺史，鎮山陽、江州刺史，鎮尋陽，而『壽』於詩中又非居句末韻腳位置，得牽就格式需要，是無由捨餘鎮，單以壽陽爲孝武代稱。劉宋諸王出鎮遷轉重疊甚夥，千載後射覆，竊以爲：當自彷彿疑似愈鮮處著眼，方或得貼近情實。

〔七六〕以上引文分見《三國志》，卷八《公孫淵傳》裴《注》引《魏略》，頁二八一、《文選》，卷二〇《詩甲·獻詩》，頁二八八。

〔七七〕《鮑集》，卷二《啟·謝永安令解禁止啟》，頁七五。請參曹道衡：《鮑照幾篇詩文的寫作時代》，《中古文學史論文集》，頁三八五—三八九。

〔七八〕秋光，月也，與上句之『春日』相對，乃鮑照自鑄之詞。《漢書補注》，卷七五《李尋傳》，頁一四〇七：『月者，衆陰之長，銷息見伏，百里爲品、千里立表、萬里連紀，妃后、大臣、諸侯之象也。』

〔七九〕《鮑集》，卷四《樂府·擬行路難之十三》，頁二三九。

〔八〇〕前揭書，卷六《詩·數詩》，頁三六四。

〔八一〕以上引文分見前揭書，卷六《詩》，頁三五九、三六一。

〔八二〕『摇蕩』一詞具有立場不穩的含意。如瀧川龜太郎：《史記會注考證》（臺北：藝文印書館，一九七二），卷九七《酈生傳》，頁一〇七三：『楚、漢久相持不決，百姓騷動，海内摇蕩……天下之心未有所定也』、《三國志》，卷六《公孫淵傳》裴《注》引《魏書》，頁二八三：『今吴、蜀共帝，鼎足而居，天下摇蕩，無所統一』、《類聚》，卷三〇《人部十四・别下》所録王粲《出婦賦》，頁五二九：『心摇蕩兮變易，忘舊姻兮棄之』、卷四二《樂部二・樂府》所録吴邁遠《長離别》，頁七六二：『蕙華每摇蕩，妾心空自持』。花之順風摇蕩，猶草之隨風披靡，在上者之『德』、之勢，風也；小人之『德』、之態，花、草也。

〔八三〕《鮑集》，卷四《樂府・擬行路難之十八》，頁二四三、《之十六》，頁二四二。

〔八四〕前揭書，卷六《詩》，頁三三三。

〔八五〕《史記會注考證》，卷九九《叔孫通傳》，頁一〇八五：『薛人也』，《索隱》引《楚漢春秋》：『薛，縣名，屬魯國』。

〔八六〕《毛詩》，卷五《魏風・伐檀》，頁10b—11a。

〔八七〕章樵注：《古文苑》（臺北：鼎文書局，一九七三），卷八《詩》，頁二〇一。請參顧炎武：《原抄本日知録》（臺北：明倫出版社，一九七〇），卷二二《柏梁臺詩》，頁六〇四—六〇五。

〔八八〕《史記會注考證》，卷一一七《司馬相如傳·上林賦》，頁一二一六：『楟柰厚朴，梬棗楊梅』，指的是楊梅科楊梅屬的楊梅；何寧：《淮南子集釋》（北京：中華書局，一九九八），卷六《覽冥》，頁四六五：『入榛薄，食薦梅』，蓋指薔薇科草莓屬的草莓，或薔薇科懸鉤子屬的樹莓。前者與梅同爲核果類（但楊梅是常緑喬木，梅是落葉喬木），後二者則係漿果類。

〔八九〕以上引文分見《文選》，卷四《賦乙·京都中》，頁七二、七九。

〔九〇〕以上引文分見《類聚》，卷五七《雜文部三·七》，頁一〇二四、《文選》，卷三五《七下》，頁五〇六。這種意義的『梅』字從未見諸《老》、《莊》、《墨》、《荀》、《商君》、《韓非》、《呂覽》、《文子》、《新書》、《新序》、《法言》、《太玄》、《白虎通》、《潛夫論》等先秦、兩漢諸子書中；嘗見者，其詞義皆在本文所述此種範圍內。如袁珂：《山海經校注》（上海：上海古籍出版社，一九九一），卷五《中山經·靈山》，頁一五四：『其木多桃、李、梅、杏』，指梅樹；《淮南子集釋》，卷一七《說林》，頁一二〇六：『百梅足以爲百人酸；一梅不足以爲一人和』，指梅實。唯有趙善詒：《說苑疏證》（上海：華東師範大學出版社，一九八五），卷一二

《奉使》，第十一章，頁三三五：『越使諸發執一枝梅遺梁王』，指梅花，然此字或有訛誤，請參屈守元：《韓詩外傳箋疏》（成都：巴蜀書社，一九九六），卷八，頁六六五—六六六。

〔九一〕以上引文分見《毛詩》，卷一《召南・摽有梅》，頁15b、卷七《曹風・鳲鳩》，頁9b、卷一三《小雅・谷風之什・四月》，頁5a。

〔九二〕《毛詩》，卷六《秦風・終南》，頁11b：『終南何有？有條有梅』、卷七《陳風・墓門》，頁3b：『墓門有梅，有鴞萃止』，毛《傳》俱訓：『梅，枏也』，小學家認爲：世俗觀念中的梅應寫作楳。請參段玉裁：《説文解字注》（臺北：藝文印書館，一九七三），卷六上，注，頁二四一—二四二。

〔九三〕《禮記注疏》，卷二七《内則》，頁五二三、孔穎達：《左傳注疏》（臺北：藝文印書館，一九七七），卷四九《昭公二十年》，頁八五八。

〔九四〕《文選》，卷十六《志下》潘岳《閑居賦》，頁二三一：『三桃表櫻、胡之别』，善《注》：『《漢書音義》曰：「櫻桃，含桃也」』；《爾雅》（卷九《釋木》）曰：「荆桃」，（郭《注》：）「今櫻桃也」、「冬桃」，（郭《注》：）「子冬熟也」、「褫桃，山桃也」，（郭《注》：）「實似【如】桃而小，不解核」、《西京雜記》（卷一《上林名果異木》）曰：「上林苑有……胡桃，出西域」』。前引《西京雜記》，向新陽、劉克任：《西京雜記校注》（上海：上海古籍出版社，一九九一），同條，頁四七，記載：『李十五』種。此所以謝氏曰『多品』。後人焉能以今律古，將『桃李』一律視爲一個不容點斷的成詞？又，《漢書音義》云云見《史記》，卷一一七《司馬相如列傳·子虛賦》，頁一二一六，《索隱》所引張揖曰。

〔九五〕以上引文分見《文選》，卷一六《賦辛·志下》，頁二三一——二三二、《宋書》，卷六七《謝靈運傳》，頁八五六。

〔九六〕洪興祖：《楚辭補注》（臺北：臺灣中華書局，一九六六），卷四《九章》，頁29b。如果我們留心文人措辭時，就會發現：直到魏、晉，除了蘭、蕙、桂、桃、菊、芙蓉等少數花種，寫到花時，一般僅用華、榮等浮泛的類名，與緑葉、紫莖相參。如《文選》，卷二二《詩乙·招隱》左思《招隱》，頁三一六：『丹葩曜陽林』、同卷《遊覽》謝混《游西池》，頁三一九：『水木湛清華』、卷二三《詩丙·詠懷》阮籍《詠懷》之一七，頁三三三：『朱華振芬芳』、卷二五《詩丁·贈答三》劉琨《重贈盧諶》，頁三六五：『繁英落素秋』、卷二九《詩己・雜詩上》王粲《雜詩》，頁四二三：『列樹敷丹榮』、張翰《雜詩》，頁四二八：『黃華如散金』，根本不清楚在說哪種花，但對他們而言，這已經是在就全景進行細部描繪了。至於將這細部獨立出來敘寫，尚在絕大多數作者之度外。

〔九七〕出處分見《文選》，卷六《賦丙・京都下》左思《魏都賦》：『刷馬江洲』張載注，頁一〇六、《類聚》，卷八七《菓部下・荔支》，頁一四九七、《西京雜記校注》，卷四《梁孝王忘憂館時豪七賦》，頁一七四。

〔九八〕《類聚》，卷八一《藥香草部上・鬱金》，頁一三九四。有關此賦在文學史上的意義，請參拙作：《讀兩漢詠物賦雜俎》，《漢學研究》，18：2（2000.12），頁二三八—二四一。

〔九九〕出處分見王先謙：《後漢書集解》（臺北：藝文印書館，一九七二），卷八〇下《文苑列傳・酈炎傳》，頁九四三；《類聚》，卷八一《藥香草部上・蕙》，頁一三九三、《藥香草部上・蘭》，頁一三九〇、卷八二《草部下・芙蕖》，頁一四〇一；《文選》，卷二九《詩己・雜詩上》，頁四二六。至於《類聚》，卷八一《藥香草部上・菊》所録袁山松《菊》，頁一三九一，因僅節抄四句，難窺究竟，或亦其比。

〔一〇〇〕其殘句見諸黃葵點校《陸雲集》（北京：中華書局，一九八八），卷四《詩》，頁九二、《文選》，卷一六《賦辛・哀傷》江淹《别賦》『至乃秋露如珠』善《注》，頁二四四等處。

〔一〇一〕《北堂書鈔》，卷一〇六《樂部二・歌篇二》自注引，頁四七五。

〔一〇二〕《世説新語校箋》，下卷《簡傲》，條九，頁五八一。

〔一〇三〕《文選》，卷一《賦甲・京都上》班固《兩都賦・序》，頁二二。

〔一〇四〕以上引文分見《類聚》，卷一八《人部二・美婦人》，頁三二八、卷六三《居處部三・城》，頁一一三八、卷六二《居處部二・宫》，頁一一一三、卷七六《内典上・内典》，頁一二九八。

〔一〇五〕《玉臺新詠》，卷四，頁15a—15b。

〔一〇六〕以上引文分見《英華》，卷二〇八《詩五八・樂府一七》，頁一〇三〇、卷三二二《詩一七二・花木二》，頁一六六五。

〔一〇七〕《西京雜記校注》，卷一《上林名果異木》，頁四八。

〔一〇八〕以上引文分見《樂府》，卷二四《横吹曲辭四·漢横吹曲四》陳後主《梅花落》之二，頁三五〇、江總《梅花落》之二，頁三五一。

〔一〇九〕余冠英：《樂府歌辭的拼湊和分割》，《漢魏六朝詩論叢》（臺北：坊間本，未著出版日期），頁二六—三八。

〔一一〇〕《樂府》，卷二一《横吹曲辭一·漢横吹曲一·解題》所引，頁三一一。

〔一一一〕《晉書斠注》，卷二三《樂志下》，頁五二九。

〔一一二〕《樂府》，卷二一《横吹曲辭一·漢横吹曲一·解題》所引，頁三〇九。

〔一一三〕《樂府》，卷二四《横吹曲辭四·漢横吹曲四·劉生·解題》引，頁三五九。

〔一一四〕如《樂府》，卷二八《相和歌辭三·相和曲下》《雞鳴》，頁四〇六、《烏生》，頁四〇八、卷三四《相和歌辭九·清調曲二》《豫章行》，頁五〇一、《相逢行》，頁五〇八。

〔一一五〕如前揭書，卷三〇《相和歌辭五·平調曲一》魏武帝《短歌行》，頁四四六—四四七、卷四一《相和歌辭一六·楚調曲上》曹植《怨詩行》，頁六一〇—六一一。

〔一一六〕《樂府》，卷二五《横吹曲辭五·梁鼓角横吹曲·隴頭流水歌辭·解題》引《古今樂録》，頁三六八。

〔一一七〕張玉穀已略及之，見《鮑參軍詩注》，卷二，頁一二四，所引。

〔一一八〕充類至盡者莫若《玉臺新詠》，卷一繁欽《定情詩》，頁 18a—19a。先是連用十一次『何以致（結、慰、答）□□』，續以四節，每節六句，前四句幾乎是同一模式：『與我期何所？乃期□山□，日□兮不來，□風吹我□』。此首郭茂倩歸諸雜曲歌辭，見《樂府》，卷七六《雜曲歌辭十六》，頁一〇七六。

〔一一九〕《樂府》，卷二六《相和歌辭一・相和六引・箜篌引・解題》據崔豹《古今注》轉引古《箜篌引》，頁三七七。短短十六個字，『公』、『河』分別重複三次，『渡』二次。又如前揭書，卷三九《相和歌辭十四・瑟調曲四》曹植《野田黄雀行》，頁五七一。十二句中，『雀』四次，『見』、『羅』各三次，『劍』、『少年』、『飛飛』各二次。

〔一二〇〕《類聚》，卷四四《樂部四・笳》所録曹嘉之《晉書【紀】》，頁七九五：『劉疇曾避亂塢壁，賈胡百數，欲害之，疇無懼色，援笳而吹之，爲《出塞》之聲，動其遊客之思，於是群胡皆倚泣而去』，可供參證。

〔一二一〕《類聚》，卷五九《武部·戰伐》，頁一〇六八。

〔一二二〕以上引文分見《英華》，卷二〇八《詩五八·樂府一七》徐陵《梅花落》，頁一〇三〇、《樂府》，卷八五《雜歌謡辭三·歌辭三》李白《襄陽歌》，頁一二〇二。

〔一二三〕齊濤：《韓偓詩集箋注》（濟南：山東教育出版社，二〇〇〇），卷一，頁四〇—四一。

附録二

從鮑照詩看他心靈的幾個向面

前言

鮑照祖上大概在永嘉風暴前後，從北方的老家逃避兵燹或飢荒，輾轉流離至淮北。本來是個『孤門賤生』的『負鍤下農』〔一〕，但根據他的自述：

身弱涓、甃〔二〕；地幽井、谷。本應守業，墾畛剿芿，牧雞圈豕，以給征賦，而幼性猖狂，因頑慕勇，釋擔受書；廢耕學文〔三〕。

他不安分〔四〕，想改换人生跑道，由農轉士，這也不外乎人之常情。大概就在接受士人教育的過程中，從同儕間的相較，發現自己『才秀』〔五〕，於是期望將來不但學而優則仕，並且仕宦顯達。自古以來，官場講求派系、鼎援，而鮑照『無援朝列』〔六〕，偏偏還身處格外看重門第的南朝，自己卻『身地孤賤』，是以這位『北州衰淪』〔七〕從他涉足宦海的那一刻，就注定了自己的淒涼際遇。本文關懷的重心並非他抒懷的藝術造詣，而是他詩作〔八〕中所反映身處政壇時的心靈狀況。

一　進入鮑照心靈的鑰匙

沈約在《宋書》卷五一《臨川烈武王傳》，藉著敘述過繼給臨川烈武王道規爲嗣的臨川康王義慶『愛好文義』，『足爲宗室之表』，『招聚文學之士』，『引爲佐史國臣』，接著就將國臣之一的鮑照生平概略附在後。爲什麼？鮑照『家世貧賤』〔九〕，始終位沈下僚，構不上舊史撰立專傳的凡例，固然是原因之一，但真正最要緊的原因應該出在《宋書》沒有《文學列傳》或《文苑列傳》！爲什麼沒有？因爲劉宋一朝有一定知名度、上得了檯面的，如傅亮、何承天、王韶之、王微、謝瞻、謝靈運、范曄、顔延之、顔竣、王僧達、袁淑、謝莊、徐爰等人都已經有專傳了；謝惠連附在父親謝方明的傳裏。沈約雖然可能私淑鮑照〔一〇〕，總不能開列一卷僅收鮑照一人的《文學列傳》吧？那爲何又非提到鮑照不可？因爲就仕宦而言，鮑照固然『取湮當代』〔一一〕；但就文學影響力而言，他的重要性不容忽視。其徵有四：一，劉宋明帝泰始二年（四六六），『（臨海王）子頊敗』，當時擔任子頊幕僚的鮑照『爲亂兵所殺』〔一二〕。未幾，『水、木交運』〔一三〕，蕭道成稱帝不過三年（四七九—四八二）即晏駕。長子武帝踐阼，其文惠太子在位期間（四八三—四九三），鮑照的作品已在『命陪趨備加研訪』

的書單中[一四]。兩下相去不過二十來年，反映他的作品甚爲上層士人渴慕。二，蕭子顯的《南齊書》撰成於梁武帝『天監中』[一五]，卷五二《文學列傳·史臣論》説：當時詩壇有三派，其中一派即『鮑照之遺烈』，與之鼎足而立的乃『源出靈運而成』，以及未指名道姓的顔延之這兩系。可見：後世所説的元嘉三傑在極早的時期已成定論。三，鍾嶸《詩品》上《序》記載：當時他心目中的『輕蕩【薄】之徒』恭維鮑照乃『羲皇上人』，意思是他的詩達到最高境界，以致『言險俗者多以附（鮑）照』[一六]。鍾嶸《詩品》是在梁武帝天監年間（五〇二—五一九）後期完成的[一七]，足見鮑照的詩在當時的影響力。四，如果將無名氏的古詩統合爲一而不計，以《文選》收録詩作量前十名的作家而言，鮑照排名第七[一八]。若非他的詩有相當成就，是難以獲得這般青睞的。誠然，沈約《宋書》是蕭齊武帝永明『六年（四八八）二月畢功』[一九]的，上述的後三項觀點尚未見諸筆墨，但只要有點歷史常識的人都知道：一個觀念、潮流的興起，與將此觀念、潮流以文字表述出來，乃兩截事，後者比前者延緩至百年乃常態。而且没有人的影響力會『興之暴也』[二〇]，鮑照能引領風騷，爲人醉心、仿效，這是他生前就已經萌生的現象了。否則，身處當代、爲謝靈運『四友』之一的望族後裔羊璿之[二一]就不會説：

顔公忌照之文〔二二〕，故立休、鮑之論。

意謂顔延之很看不慣鮑照詩帶起的風潮，所以才將湯惠休『匹之鮑照』，但二人的實際造詣乃『商、周矣』〔二三〕。而看不慣的前提自然是鮑照在詩壇聲望崇高。

將《宋書·鮑照傳》中抄録的《河清頌》剔除之後，有關他的生平記載極簡略，不過一百零九個字。縱使參以《南史》，簡略的情況並未改變〔二四〕。然而《南史》增加了一條極關鍵的逸聞：

照始嘗謁義慶，未見知，欲貢詩言志。人止之曰：『郎〔二五〕位尚卑，不可輕忤大王。』照勃然曰：『千載上有英才異士沈没而不聞者，安可數哉？大丈夫豈可遂蘊智能，使蘭、艾不辯，終日碌碌，與燕、雀相隨乎？』於是奏詩。義慶奇之，賜帛二十匹，尋擢爲國侍郎。

鮑照當時用的自然是陳涉的典故：

陳涉少時嘗與人傭耕。輟耕，之壟上，悵恨久之，曰：『苟富貴，無相忘。』傭者笑而應曰：『若爲傭耕，何富貴也？』陳涉太息曰：『嗟乎！燕、雀安知鴻、鵠之志哉？』〔二六〕

聯繫鮑照的農户出身，這個典故用得極貼切，但解讀若止於此，無乃末學膚受。鮑照期許自我的形象爲鳳凰、大鵬，但要緊的是别人如何看待他：不過是社會上隨時到處可見、混個温飽的某隻燕、雀。當代或後世的某些旁觀者儘可批評那群『蘭、艾不辯』者乃矇瞽，無識人之明，可是真正産生影響力的偏偏就是這種謬見。將《宋書》、虞炎《序》、《南史》記載的鮑照任官履歷綜合觀之，先後擔任的臨川王、始興王國侍郎乃第八品；丹陽尹下的秣陵令、吴郡太守下的海虞令、南河東郡太守下的永安令都不過是秩六百石、第七品的小縣令。左常侍[二七]、中書舍人、前將軍參軍[二八]也是第七品。郎中令[二九]、太學博士則爲第六品[三〇]。從《謝解禁止表》：

被宣令解臣禁止……臣……闇澀大義，猖狂世禮，奇非阮籍，無保持之助；才愧馮衍，有轗軻之因[三一]，自非聖朝超然覽臣於視聽之外，則今日渥澤，更成妄遭；來辰萎葉，終先朝草[三二]。

《謝隨恩被原疏》：

即日被曹宣命，元統内外[三三]五刑以下，浩澤盪汰，臣亦預焉，得從漢律故謬之辨[三四]；闇遭周典肆眚[三五]之科[三六]。

由於他當時的府主是始興王劉濬〔三七〕，而劉濬乃弒父弒君的二凶之一，因此，當孝武帝討逆成功，鮑照因身爲大逆案主犯的掾屬連坐，被禁錮。簡言之，鮑照年至『五十餘』〔三八〕，仍舊是個中下級官僚，而且還曾遭幽拘，可證實上述的斷語匪虛。自我期許與他人印象這兩下的反差導致鮑照終其一生，像個困在凡俗鳥雀軀殼内的鳳凰靈魂。試想：這樣渴望富貴、受人尊重的靈魂將發出什麼樣的吶喊？這是瞭解鮑詩的鑰匙。

二　對功名的熱中

卷四《山行見孤桐》是篇道地物、我雙寫的告白：

> 桐生叢石裏，根孤地寒陰，上倚崩岸勢；下帶洞阿深，奔泉冬激射；霧雨夏霖霪，未霜葉已肅；不風條自吟，昏、明積苦思；晝、夜叫哀禽，棄妾望掩淚；逐臣對撫心，雖以慰單危，悲涼不可任，幸願見雕斲，爲君堂上琴。

若從藝術成就上講，這篇可謂絕佳的奪胎換骨，將音樂賦中『稱其材幹，則以危苦爲上』〔三九〕整個移植過來，以詩的方式呈現。『孤』、『寒』、『陰』、『崩』、『肅』、『苦』、『哀』、『棄』、『淚』、『逐』、『單危』、『悲涼』，將全首所欲呈現的孤寒氛圍充分凝構成功。然而正如上述，這篇乃物、我雙寫。他這株梧桐出身『孤』『寒』，也就是單家、寒門的意思，境遇極其艱難困苦。雖然如此，在衆多碌碌『叢石裏』，這株梧桐是唯一足供鳳凰棲息者。俗話說：良禽擇木而棲，意謂賢能者應擇主而仕。鮑照反用典，龍、鳳之姿的皇上不應該是最講究、挑剔的嗎？那就應該擇木，爲朕躬分勞解乏。有關這點，其他的『棄婦』、『逐臣』都能同氣共感，以致爲這株至今被忽略的梧桐『掩淚』、『撫（拊）心』。何況當事人呢？當然希望被『知人則哲』〔四〇〕的皇上視爲不世出的良材而被選採，『雕斲』成至尊者的『堂上琴』。

凡稍微涉獵過鮑詩的，應該會發現：他喜歡以軍旅爲主題。江淹就認爲『戎行』最能代表鮑詩的特色與擅長處〔四一〕。這與後世唐人寫邊塞詩的背景、緣由毫不相干。真正的原委是：在一個講究門第出身的時代，走文人仕宦之途，幾乎可以注定難出頭，除非天幸，蒙得某位貴人激賞拔擢。這番自知之明見諸卷四《學劉公幹體》之一。鮑照在這首詩中指出：要論表現機會，可惜如今承平，『欲宦乏王事』；要論故舊關係，夤緣攀龍附鳳，偏又『結主遠恩私』，以致『散書徒滿帷』，依舊『連冰上冬月，披雪拾園葵』。縱使相信連『區外』四表、『聖靈』都能洞『燭』得到孰賢孰不肖，但按照當時的政治、社會狀況，『小臣良見遺』乃必然的結果。他甚至卑微地表示：想入仕或升遷，純屬『爲身不爲名』，意即但求溫飽，然而連這點也做不到。因此，剩下的一條途徑就是不少人走過的故轍：由武入文。申言之，先藉由軍功拜爵封侯，提高在政壇的位階，但『士大夫故非天子所命』〔四二〕，能不能被士族圈子接納認可，則是另一回事，因爲政治地位與社會地位雖相關，卻有各自獨立的領域。此時就待鮑照展現文學方面的才華，以及其他方面的風姿、氣度。鮑照至少對前一點有相當的自信。否則，他怎麼會自品爲『英才異士』呢？卷四《建除詩》就最能將他的幻想合盤托出：

破滅西零國；生虜郅支王……成軍入玉門，士女獻壺漿，收功在一時，歷世荷餘光，開壤襲朱紱，左右佩金章。

如果從另一個角度理會，而且没有厚誣古人的話，卷一《代出自薊北門行》表達的簡直可謂唯恐天下不亂。巴不得『羽檄起邊亭，烽火入咸陽』，因爲只有如此，才會惹得『天子按劍怒』，進而『徵騎屯廣武；分兵救朔方』。遠赴絶域，境遇當然辛苦，但也只有在這種情況下，方能贏得天子青睞：『時危見臣節；世亂識忠良』。至於尾聯：『投軀報明主，身死爲國殤』，不過是順著上聯的文義説的誇飾語，重在『報』。以後代的話來説，只要您重用，縱使我肝腦塗地，也甘之如飴。像鮑照這般熱中功名者，豈真的會『投軀』『身死』？命都玩完了，再多的死後哀榮於己何益？難不成真的願意作『孝子賢孫』，供他後裔『荷餘光』？如鮑照自供『情淪五難』，『五難未易夷』[四三]，功名心熱切，所以『宋文帝元嘉二十四年（四四七）二月戊戌，河、濟[四四]俱清，龍驤將軍、青、冀二州刺史杜坦以聞』，『當時以爲美瑞』[四五]，他就趕忙上《河清頌》，大概希望聖心大悅，將他調爲京官[四六]，而且升級。可惜從舊史行文看來，他精心撰寫的這篇諛詞如石沈大海，白忙一場。一朝自以爲受重視，得意忘形的嘴臉在卷四《見賣玉器者》中就暴露無遺：

> 涇、渭不可雜；珉、玉當早分，子實舊楚客，蒙俗謬前聞，安知理孚采，豈識質明温？我方歷上國，從洛入函、轅，揚芳十貴室；馳譽四豪門，奇聲振朝邑；高價服鄉村，寧能與爾曹，瑜、瑕稍辨論？

將自己譬喻爲衆所周知的和氏璧。按照原典所述[四七]，和氏璧有一重要特質：原本是塊璞，從外表上看，了無『理孚采』、『質明温』，以致長久以來，都被玉匠誤認爲『石也』，看不到它内含了稀世之珍，這與燕、雀之姿讓人看不清他内在的鳳凰本質一致。如果說：當年的玉匠缺乏眼光，那麼今天蒙蔽他耀眼光澤的乃世『俗』的名『聞』。申言之，世俗講究的乃門第聲望，而非具體實才，他拿不出一卷漂亮的家譜或一紙『灼然二品』[四八]的鄉里品目。若有，顯示的總歸不外乎：

孤門賤生，操無炯迹。

北州衰淪，身地孤賤，衆善必違；百行無一。

田茅下第，質非謝品〔四九〕。

難怪在這首結尾要傲慢地向對頭宣稱：誰有工夫與你等辨析我的長處（『瑜』）與『操』『行』方面的缺點（『瑕』）？從這首詩的内容，結合鮑照的仕宦履歷來看，這不過是將入京領命、請訓、受印，然後外放爲建康附近某處的縣令〔五〇〕，他就樂昏了頭，妄下推論：皇上真的賞識到自己的才能，幻想自己此後將『奇聲振朝邑』，高價服鄉村』，讓以往那些看他不上眼的『十貴』、『四豪』都知道自己是如何地了不得。殊不知：這副小人得志的模樣，反而令人愈發不屑，强化鮑某成不了瑚、璉貴器〔五一〕的印象。

三　進退兩難的窘憤

鮑照大概步入中年，回首前塵以及過去的設想時，也不禁深感自己兩頭落空。卷四《擬古》之二將自己投射在一位『十五諷《詩》、《書》，篇翰靡不通，弱冠參多士，飛步遊秦宫』的傑出青年身上。早先仗恃自己的本事（『兩説窮舌端；五車摧筆鋒』），還將一般的待遇視爲『羞』『恥』。隨著年齡漸長，這才感到現實逼人〔五二〕，因而『從世務』，投筆從戎，『解佩襲犀渠；卷袠奉盧弓』。他當然並没有如近、現代人觀念中的從軍了，但因爲他先後擔任臨川王、始興王等人僚佐的時候，這些府主都是兼具民政（刺史）與軍鎮首長（將軍）的身份〔五三〕，所以從某種廣義上來講，確實可以説已入伍了。至於最後追隨臨海王的時候，更是以『參軍』爲職銜。起初的『願』望固然由於『力不及』，未能達成；現在踏上的仕途，未來的發展又『安知』『所終』？無名的茫然與悽然迴盪不已。

披露這種臨歧路而感茫然、悽然的詩作，卷三《發後渚》乃其中之一：

江上氣早寒，仲秋始霜雪，從軍乏衣糧，方冬與家别，蕭條背鄉心，悽愴清渚發。

真瞭解古典，就要能以現代場景重現詩中的意境，否則，不過是在古代詞彙塑造的文字世界裏夢遊。以上引文所要呈現的，不妨如此試想：小年夜，公司老總一通電話打來，要某職員立即赴美洽商、簽訂一買賣合約。不答應，除非你不想幹了；答應，則有悖原先闔家團圓的微小期望。在飛機上，打開配偶替他準備的年菜餐盒，因爲收入有限，裡邊的食物那般菲薄，這就使得這位職員心中的悲涼、内咎、委屈、憤懣種種情緒糾結翻騰。他也曾想辭職算了，可是正如《發後渚》下文所説：以往的英挺焕發的容顔固然早已隨著無情的『年』『節』流逝，變得滿臉滄桑、表情呆滯，青、壯年那會兒的鬥志又何嘗能經得起不斷的挫折、壓磨而不消散呢？所謂『華志分馳年，韶顔慘驚節』。這種『豈伊藥、餌泰，得奪旅人憂』（五四）的『悽愴』告白難怪會讓同船人『推琴三起歎，聲爲君斷絶』。换言之，鮑照藉著視角、聲口轉换，以第三者的表現與口吻代替自己表達内心的感受。當鮑照心情尚稱平和時，會自嘲自怨，如卷三《上潯陽還都道中》所示：

昨夜宿南陵，今旦入蘆洲，客行惜日、月，崩波不可留，侵星赴早路，畢景逐前儔。鱗鱗夕雲起，獵獵晚風遒。騰沙鬱黄霧，翻浪揚白鷗。登艫眺淮甸，掩泣望荆流，絶目望平原，時見遠煙浮，倏悲坐還合，俄思甚兼秋。未嘗違户庭，安能千里遊？誰令乏古節，貽此越鄉憂？

最後的兩聯反詰句直逼問題核心。他乃農户出身，平素往來不過阡陌鄉里之間，哪來仗劍『千里遊』的豪俠男兒氣概與能耐？没有誰逼他爲五斗米折腰，但要堅守『古』賢的風骨『節』操，是要付相當代價的：成年累月『乏衣糧』。倒過來講，既然只能委屈求生存，也就得承荷另一種代價：『越鄉憂』。如果鮑照心裏愈想愈嘔時，就會出現卷二《擬行路難》

之六的激憤之詞：

對案不能食，拔劍擊柱長歎息。丈夫生世會幾時，安能蹀躞垂羽翼？棄置罷官去，還家自休息。朝出與親辭；暮還在親側，弄兒牀前戲；看婦機中織。自古聖賢盡貧賤，何況我輩孤且直？

鴻、鵠『垂羽翼』，來回踏步，不能一飛沖天，就像他始終在七、八品的掾屬間遷轉，『終日碌碌』，無從一展長才，豈是大『丈夫』所爲？從《侍郎報滿辭閣疏》：

臣所居職限滿，今便收迹。金閨[五五]雲路[五六]，從茲自遠……束馬埋輪，絶游息世[五七]。

卷四《臨川王服竟還田里》：

税駕罷朝衣，歸志願巢壑，尋思邈無報，退命愧天爵，捨耨將十齡，還得守場藿……屏跡勤躬稼，衰疾倚芝藥，顧此謝人羣，豈直止商洛？

『無報』、『愧天爵』乃門面話，甚至可以説乃怨言，應該倒過來理會：在臨川王麾下『六祀』，府主難道不應慚『愧』給予他的回『報』與他的『天爵』全然不相稱嗎？以致這麼多年的際遇居然始終如初，毫無提升。同樣，他將自己『願巢壑』的『歸志』譬擬爲『止商洛』不但是往臉上貼金，也是自欺式的慰藉，因爲他若真的有傳説中四皓的品格，當年就不會俯就『朝衣』，還因『未見知，欲貢詩言志』了。問題是：『收迹』、『屏跡』，回到原本的農民生活，『守場藿』、『勤躬稼』之後，爲何再度出山，『游』塵『世』，而且還是詭譎凶險的宦海？最簡單的答案往往就是真相：一，『貧賤』的現實生活逼人；二，功名熱切之心不死。

有關這點，一方面可驗諸卷二驚心動魄的《代貧賤苦愁行》：

湮没雖死悲，貧苦即生劇，長歎至天曉；愁苦窮日夕，盛顔當少歇；鬢髮先老白。親友四面絶；朋知斷三益，空庭慚樹萱，藥餌愧過客。貧年忘日時，黯顔就人惜，俄頃不相酬，恧怩面已赤，或以一金恨，便成百年隙。心爲千條計，事未見一獲，運圮津塗塞，遂轉死溝洫。以此窮百年，不如還窀穸。

總向人借貸，當然讓『親友』都怕了，以致『斷』『絶』往來。有時不過一點點債務來不及償還，或償還未盡淨，竟然釀成雙方長久的罅『隙』芥蒂。然而有時實在迫不得已，無法不老著臉皮向人開口，自己也百般羞赧。對方其實未必要婉拒或想法子推託，很可能僅僅是略微躊躇該如何措辭，詢問鮑照想借多少，或何時需要，因而『俄頃不相酬』，自己卻很自然地懷疑對方嫌棄、要回絶，甚至冷嘲熱諷他這樣已經不知第幾回啦，整個人瞬間『恧怩面已赤』。自己也並非没有想盡各種辦法自營生『計』，如同水路（『津』）、陸路（『塗』）都嘗試過，但没一樁能成就。這樣的生存完全符合子華子這派所言：

全生爲上；虧生次之；死次之；迫生爲下……所謂迫生者，六欲莫得其宜也，皆獲其所甚惡者……迫生不若死〔五八〕。

因此鮑照才會説：『以此窮百年，不如還窀穸』，但不能忘了第一句：『湮没』無聞而『死』確實夠『悲』哀的，只是這種窘迫『貧苦』地活著實在比死還慘。

另一方面，卷四《擬古》之六：

束薪幽篁裏，刈黍寒澗陰，朔風傷我肌；號鳥驚思心。歲暮井賦訖，程課相追尋，田租送函谷；獸藁輸上林。河、渭冰未開；關、隴雪正深，笞擊官有罰；呵辱吏見侵，不謂乘軒意，伏櫪還至今。

間接透露出些許訊息。他本來就是農民，深切體會農民生活的辛勞及受盡壓榨、欺侮。換言之，當阮籍之類的人表示『方將耕於東皐之陽，輸黍、稷之餘税』〔五九〕，他們根本不知道自己在説什麼。這種艱難的生活也應該是鮑照想進入仕途的重要驅力之一。只是没料到『至今』

還像一匹『伏櫪』的駿馬般，無法馳騁千里。雖然他還沒有嚐到『乘軒』的甜頭，但至少已經好多年再没有被基層胥吏『笞擊』、『呵辱』了。雖然在卷二《啟·重與世子啟》拒絕對方挽留時，曾半賭氣地表示：

且僕棲遲無事，咫尺館第，餐稟〔六〇〕夙微，非旦則夕，居職還私，兩者無異。

但真當他重返田疇，以往不堪的記憶怎麼可能不籠上心頭？而他還能再忍受『見侵』體『罰』嗎〔六一〕？蹉跎十年，換來的竟然仍舊是跌回原先『下農』的景況，恐怕任誰都會不甘。卷四《秋夜》之二雖然開篇一副自甘農家清貧而自得的口氣：

遁跡避紛喧，貨農棲寂寞……既遠人世歡，還賴泉、卉樂。

而面對的景觀『折柳樊場圃；貞綆汲潭壑』，『麻壟方結葉；瓜田已掃籜』，也無任何荒瘠、艱苦的氛圍，但隨著『傾暉忽西下』，這番『迴景』竟然令他『思』起『華幕』來。接著的語氣隨著心緒急轉直下：

攀蘿席中軒，臨觴不能酌，終古〔六二〕自多恨，幽悲共淪鑠〔六三〕。

既說『幽悲』、『多恨』，只怕怎麼解釋，也得不出他安於畎畝生活的推論。

對於劉義慶過世後，那次使氣，魯莽辭官，事後想起，他其實相當懊悔，但以極有趣的類比手法，將之呈現，那就是卷一《代結客少年場行》。他託身爲一個繁華京城裏的遊俠少年，只因一次宴飲時，覺得某人不給他面子，一時衝動，犯下大錯（『失意杯酒間，白刃起相讐』），當然惹來『追兵』。爲了逃避緝捕，『負劍遠行遊』。隔了好久，這才『復得還舊邱』。當他站在京畿外圍，『升高臨』『望』此時整個『皇州』世態，發現：追名逐利者依舊（『日中市朝滿，車馬若川流』）；『將、相』、『王、侯』如以往般『擊鐘陳鼎食，方駕自相求』。殘忍卻真實地顯示：他退出宦海没有帶來絲毫影響，同樣，他重返政壇也没有引發任何波動，因爲還是一個國侍郎而已，我鮑某人就像可有可無的野馬、塵埃罷了。他的自尊心固然受到相當打擊，更令他『懷百憂』的乃是可逆料：無論他如何自詡爲鴻、鵠，有多少凌雲之志，未來仕途必定依然『坎壈』，既然如此，『我』如『今』重拾弁、笏，『爲』的又是什麼呢？

四　轉蓬的鄉愁

鮑照當然知道：重新進入仕途這條見不到終端亮光的漆黑隧道，是爲了蠅頭薄俸，好養家餬口，同時鮑照仍被那種到了黄河還不死的野心驅策。只是像他這種大多在七、八品間徘徊的低階官吏，唯有任由上級調遣的份兒，而實際情況確實如此，除了以太學博士兼任中書舍人那段極有限的時間，其他均爲外放的官僚，當然備嚐羈宦之苦。針對這點，竭力描述的乃卷三《發長松遇雪》：

土牛既送寒，冥陸方浹馳，振風搖地局；封雪滿空枝。江、渠合爲陸；天、野浩無涯，飲泉凍馬骨；斵冰傷役疲。昆明豈不慘？黍谷寧可吹？

那麼，因著『客游厭苦辛；仕子倦飄塵』〔六四〕而出現的怨懟乃必然的心緒反應。乍看，他與日後的謝朓一樣，有相當重的京城情結〔六五〕。如卷三《從臨海王上荆初發新渚》：

客行有苦、樂，但問客何行……收纜辭帝郊；揚棹發皇京，狐、兔懷窟志；犬、馬戀主情，撫襟同太息，相顧俱涕零，奉役塗未啟，思歸思已盈。

不過，從舊史及本詩的詩題即可知：『戀主情』其實也就是留戀權力核心的情慾。說得再白一點，他不願意離開中書舍人這職位，以及以後升遷、擁有更多權力的機會。可是從另一方面說，孝武帝讓第七子臨海王子頊出任足以動搖建康政權的荆州刺史〔六六〕，所謂『全荆』『楚牧』，可見對子頊的喜愛與看重，讓鮑照擔任他的機要人員，算不上冷落黜斥，所以雖然用了『太息』、『涕零』之詞，但全首詩並没有真正悲不自勝的情調。從下列五段引文：

遊子思故居；離客遲新鄉，新知有客慰，追故遊子傷。

悦懌遂還心，踊躍貪至勤，鳴雞戒征路，暮息落日分……孤獸啼夜侶；離鴻噪霜羣……。

太息終晨漏，企我歸飆遇。

征夫喜觀國；遊子遲見家，流連入京引；躑躅望鄉歌，彌前歎景促；逾近倦路多，

君王遲京國；遊子思鄉邦〔六七〕。

以及爲了呈現離别帶給他的痛苦，而不惜大量使用樂府辭特點的卷一《代東門行》〔六八〕：

傷禽惡弦驚；倦客惡離聲，離聲斷客情，賓御皆涕零，涕零心斷絶，將去復還訣，

一息不相知，何況異鄉别？

他懷念的焦點是自己的家鄉。對於一個在外面職場上奮鬥、卻始終無成者，家鄉很容易成爲他想像中慰藉的所在。卷二《擬行路難》之十四，假借軍士這個腳色説出這番心事：

少壯從軍去，白首流離不得還，故鄉窅窅〔六九〕日夜隔；音塵斷絶阻河關……將死胡馬跡，能見妻子難。男兒生世轗軻欲何道，綿憂摧抑起長歎。

《擬行路難》之十三則花大量筆墨，先以第一人稱自道：想當年『我初辭家從軍』時，何嘗不抱著『干雲霄』的『志』『氣』，認爲一定能掙出一片天地，然而隨著時間悄悄、無情地流逝，『浪』跡四處已經多年，還是一事無成，直到有天對鏡整裝時，這才發現『有白髮素髭生』。主人公本能地試圖與歲月較勁，可是落敗，『今暮臨水拔已盡；明日對鏡復已盈』。這個時候，歲月的陰影籠上心頭：

但恐羈死爲鬼客，客思寄滅生空精，每懷舊鄉野，念我舊人多悲聲。

然後藉由巧遇一位聽過主人公之名，但並未見過面的『過客』訴説：

我曾居君鄉，知君遊宦在此城……來時聞君婦閨中，孀居獨宿有貞名，亦云朝悲泣閒房；又聞暮思淚霑裳，形容憔悴非昔悦，蓬鬢衰顔不復妝。見此令人有餘悲，當願君懷不暫忘。

這一首的神髓來自陸機《代顧彦先贈婦》中婦答的那首。表面上看，是藉『過客』代訴閨怨及其『貞』潔，要『遊宦』子莫要因爲對方色衰『非昔悦』，辜負了如此難得的配偶；實際上，這乃假借閨怨來間接表達自己的愧疚。愧疚包含兩方面：一，婦道人家尚且知道『孀居獨宿』，謹守夫妻大義；他這個大男人倒因『京洛多風塵，素衣化爲緇』〔七〇〕，心靈與行徑都或多或少玷污了。二，因爲自己追逐功名，讓這樣的佳偶自『朝』至『暮』以『淚』洗面，弄得『形容憔悴』、『蓬鬢衰顔』，實在叫糟蹋人。然而也正因這點，這首詩真正的隱形筆墨才顯影，即鮑照何等渴望能回到這温柔又充滿韌性、毅力的懷抱中！

至於卷一《代門有車馬客行》，則省略前塵不堪回首、未來令人膽顫的那一段，直接以客中遇客兼客中送客的手法將其鄉愁展現。這篇的手法相當高：先由兩下全然未晤面，而後由店家或店小二來報信：外頭有位剛下『車馬』的客人，問咱們這兒有没有一位某地來的客官，得音訊者立即揣度一定是某某，倒屣『捷步』奔向前面，此時，兩下已互相在自己心裡看到朦朧的對方；最後料得不錯，『果得舊鄰里』，兩下會見。會見之後，先是因長期壓抑的鄉愁，情緒決堤；接著收淚，互問『昔』、『今』，彼此都毫無可令彼此歡『喜』的『新』景況；次日一大早就『相訪慰』〔七二〕，聊到『日暮不能已』，雖然經常還是有些會勾起雙方憂『戚』傷感的事，但整體而言，低壓心頭的愁雲慘霧已經散去不少，露出些許『歡』、『調』的陽光。就在步步邁向高峰時，驛旅提醒客人出發的聲音響起，不但又將一切打回原點，而且正因曾有的短暫解饞，使得尚未饜足的心靈比原先長期飢渴時更痛苦，難怪主人公會『嘶聲盈我口』。此刻，唯一能稍稍寬解的就是將自己寫給家人的一封信，鄭重托給對方：

手迹可傳心，願爾篤行李。

兩度由谷底逐步上升，而每次上升至頂端，都再度墜入谷底。描述手法與内容情緒的跌宕適相吻合。

『每懷舊鄉野』、『果得舊鄰里』都未免有些泛，集中曝露自己對配偶的思戀則見諸卷四《夢還鄉》。雖然開篇也是在『銜淚出郭門』的『無人逵』上鄉愁滿懷，所謂『離心眷鄉畿』，以致『夜分就孤枕，夢想暫言歸』。然而接下去，因日有所思而夜有所夢的對象並非阡陌莊稼、墟里炊煙，或者小溪潺湲、村童笑鬧。他控制不住潛意識，『恍惚神魂飛』奔的對象是自己的陋宅中人：

孀婦當户歎，繅絲復鳴機，慊款論久别，相將還綺闈，歷歷簷下凉；朧朧帳裏暉。刈蘭爭芬芳；採菊競葳蕤，開奩奪【集】香蘇；探袖解纓徽。

夢畢竟是夢，當因夢中某個情節或場景讓他『驚起』後，無盡悵惘帶來的唯有『空歎息』。雖然如此，片刻虚幻的歡愉竟讓他有點上癮，以致不時期盼『何由忽靈化，暫見别離人』〔七二〕。現實中的『巍巍』『高山』、『浩浩』『大江』披露的不止於返家『長路近』只是『夢中』的幻象，也象徵著：『山、川無改時』，草生一秋，來年還會再度抽黄吐緑；『謂人最靈智，獨復不如茲』〔七三〕，像『波瀾』般，只有『往』而無『復』，時光、環境的磨洗，使得包括他們夫妻在内者無不『改榮衰』。可是這種『此土非吾土』，有家又歸不得的『慷慨』〔七四〕『當告誰』呢？

五　誘惑下的嫉憤與掙扎、搖擺

鮑照心中的怨，除了因爲長期外放，令他倍感風塵僕僕，更要緊的乃是這些外放僅僅是地點的遷轉，職級幾乎没有什麽提升。換言之，他在宦海混了三十來年，始終陸沈下僚。『秦、漢已來，山東出相；山西出將。』〔七五〕山指崤山，此山有溝通東、西的關隘：函谷關，所以山東、山西等於關東、關西。他就假借一位『家族滿山東』而西仕長安的豪門子弟之口，採取看似所謂的遊戲筆墨〔七六〕，説出自己心中所認知的辛辣事實。這位公子『仕關西』才第二年，居然已經能贏得皇帝的寵信，成爲貼身隨員，而且受寵信的程度可以『從車駕』，至『甘泉宫』，參與天子祭太一上帝這項最神聖、也最神秘的祭典及事前的『齋』戒。因此，當他提出『休沐』的請求獲准之後，連勢焰燻天的『五侯』都趕來『相餞送，高會集新豐』。等車馬『還舊邦』的那刻，『九族共瞻遲，賓友仰徽容』。據這位貴公子的自述，這一切僅在於會不會做官嘛！與才能、學養等毫不相干，所謂『十載學無就，善宦一朝通』。如果《山行見孤桐》是將音樂賦的第一段改用詩呈現出來，卷四這篇《數詩》等於用有韻的詩，改寫潘岳《閑居賦·序》那段無韻的散文：

岳嘗讀《汲黯傳》，至司馬安四至九卿，而良史書之，題以『巧宦』之目，未嘗不慨然廢書而歎……自弱冠涉乎知命之年，八徙官，而一進階，再免，一除名，一不拜職，遷者三而已矣！雖通、塞有遇，抑亦拙者之效也。昔通人和長輿之論余也，固謂拙於用多。稱多，則吾豈敢？言拙，信而有徵〔七七〕。

簡言之，鮑照遥引潘岳爲同儔，將自己的仕途際遇歸諸自己太『拙』。『拙』的表現之一就是不懂得竭力鑽營。如果説那首《數詩》是用對方得意張揚來羞辱對方，那麼，卷一《代放歌行》就是用自我貶抑來打别人的耳光，而這乃鮑照專擅的筆法。開篇先將自己比喻爲寄生在苦菜葉子上的『蓼蟲』，『習』慣了吃苦，根本不知甘旨爲何物，更懵然：對於正常人而言，『苦』是不好的。無怪乎小鼻子、小眼睛（『齷齪』）的，見到有利的東西（『葵、堇』）還嚇著迴避，哪裏能懂得『大丈夫』（『曠士』）胸『懷』的壯志？也不看看人家：夜色正濃的時間（『雞鳴』），『四方』『冠蓋』就已經擁擠地守候在

『洛城』外，一到三點至五點『禁門』才『開』了個縫，即刻以超音速的勁頭蜂擁入城，投向各類權貴、衙門。這種積極的狀況縱使至『日中安能止，鐘鳴猶未歸』。接著藉由聲口轉換，讓第三者評説：論時代，當今乃難得的『夷世』；論最高領導人，他是位『信愛才』的『賢君』，所以『明慮自天斷，不受外嫌猜』。只要你在任何一方面，有一點點本事，立刻從布衣轉爲卿相，飛躍天衢，所謂『一言分珪爵，片善辭草萊』。你是不是有毛病啊？怎麼唯『獨』你一人還在這裡『遲迴』。要警覺：這番質疑的前提在他有本事，只是『拙於用多』罷了。

這股調門在卷四《行藥至城東橋》同樣出現。時間同樣設定在『雞鳴』之後，『關吏起』『伐鼓』開放城門之際；空間也在瓮城（『闉』）外；人物依舊是那些追求世間價值者，包括『撫劍遠辭親』的『擾擾遊宦子』以及『懷金近從利』的『營營市井人』。他們『争先』恐後的情況仍然弄得『迅風首旦發，平路塞飛塵』。鮑照照樣以故作理解的口吻説：人要成名獲利，本來就該像這樣趁早嘛，所謂『開芳及稚節』。然後依舊假裝自嘲：哪像某些人那般遲鈍，不懂得掌握春訊，還『吝』於將『含綵』綻放出來？這就難怪『尊賢永昭灼；孤賤長隱淪』了。尾聯藉由質疑那極少數的怪胎時，他們難道不懂得花有花期，過了開放時，

『容華』早已『消歇』，同樣提了一個問題：『端爲誰苦辛』？

結合『今君有何疾』、『端爲誰苦辛』兩個問題，鮑照給的答覆見諸卷四《學劉公幹體》之二：

> 曀曀寒野霧，蒼蒼陰山柏……歲物盡淪傷，孤貞爲誰立？賴樹自能貞，不計迹幽澀。

因爲有『貞』節，所以做不出『脅肩諂笑』一類『病于夏畦』〔七八〕的姿態言行。這就使得他與其他『擾擾』、『營營』者成爲兩個國度的人。

他曾兩度建構兩幅對照的圖景，第一幅乃卷三《詠史》。仍然是《代放歌行》的模式：時間還是『明星辰未稀』；空間也設在『飛甍各鱗次』的『京城』；擠破頭的人依舊是那批『賓御紛颯沓，鞍馬光照地』的『仕子』、『遊客』。他們如此積極，因爲服膺的乃世間價值：或者『矜財雄』；或者『有高位』，而且人生短暫，要有出息，就得趁早，所謂『繁華及春媚』。在這一片奮發進取的高潮氛圍中，作者陡然潑下一盆冰水：

> 君平獨寂寞，身、世兩相棄〔七九〕。

第二幅乃卷四《擬古》之一。一位儒學重鎮出身的『魯』生在『楚』國當『懷金襲丹素』

的『客』卿，備受『恩』『顧』。當他『日晏罷朝歸』的時候，如《數詩》所描繪的景觀：『鞍馬塞衢路，宗黨生光輝，賓僕遠傾慕』。鮑照用他一貫的手法，假借爲對方辯護，輕輕戳穿對方的世俗心態，所以大剌剌地説：『富貴人所欲，道得亦何懼』，這位『魯客』一無良心上的羞愧或掙扎。與此相對照的乃『南國』楚地一位『迷方獨淪誤』的真『儒生』，傻不啦嘰地幹體力活，『伐木清江湄，設置守毚兔』〔八〇〕，過得何其貧賤。

爲了給自己打氣，曾寫下卷三的《蜀四賢詠》。先鋪設一個『皇漢方盛明，羣龍滿階閣』的背景，在這種人才濟濟，或者説奴顏處處的時空下，有你一個不嫌多；没你一個不嫌少，所謂『渤渚水浴梟；春山玉抵鵲』。也只有在這樣羣『賢』畢至，少長咸集的環境中，真正的賢者方能對比出，被有洞見的人甄察。鮑照選王褒，取代李弘〔八一〕，每人分别以兩聯四句描述。然後總結這四人：

首路或參差；投駕均遠託。身表既非我；生内任豐薄。

學歷、職銜、爵稱、積蓄等只是鮑照這個人暫時所有的『身表』之物，並非鮑照這個真『我』本身。既然如此，在存活的這段期間内，際遇騰達與否，以及因此導致的那些身外之物或『豐』或『薄』，就根本不用介意縈懷了，『任』憑它們去吧！所以説『不用』，而不説

『不會』，因爲前者僅意謂著應然；後者則代表已經達到果境。前文既説鮑照寫這首詩，是自勵，就可以知道：他離這果境遠著呢！試觀卷四《建除詩》陶醉在封侯拜官的幻想達成之後，居然以輕狂的口氣説出：

閉帷草《太玄》，兹事殆愚狂。

以鮑照那樣的力争上游的個性，『守寂寞』、『不期賞』根本是夢囈，所以有時竟會萌生隨俗屈伸的念頭，如卷四《詠白雪》所述：

白珪誠自白，不如雪光妍，工隨物動氣；能逐勢方圓，無妨玉顔媚；不奪素繒鮮。投心障苦節；隱迹避榮年，蘭焚石既斷，何用恃芳、堅？

雪雖然與珪有交集：純白、固體，但它有項極大的特點，就是不會堅硬不屈，反而會隨著外在環境，所謂『能逐勢』，而或『方』或『圓』。即使順勢因時，它大可自辯：那只是應對人間世，『和其光，同其塵』〔八二〕，好相與而已，『無妨』本心面貌（『玉顔』）依舊維持『鮮』『素』，内在的『節』操不會因此被『奪』〔八三〕，何必要像蘭、石一般，因爲外在不肯圓滑些、妥協些，而弄得『焚』、『斷』的下場？這種動念乃人之常情，可惜鮑照仍然過不了自己那道坎。因此，他還是會埋怨皇上，也感傷自己這般所爲何來。這就是卷四《學劉公幹體》之五的主旋律：

白日正中時，天下共明光，北園有細草，當晝正含霜。乖榮頓如此，何用獨芬芳？抽琴爲爾歌，絃斷不成章。

而卷四《擬古》之八更是以他一貫的筆鋒，繼續發他的尖酸牢騷：以『蜀漢』之地『多奇山』，而山有向陽、背陽兩面爲喻。能耐高的山『崖』只因處於『陰』面，炎『夏』了，居然還『積』『雪』；低能至『谷』底者，卻因蒙受『陽』光照拂，到了深『秋』，還能『散』『榮』。

六　無奈地認分與自我慰藉

鮑照偶爾會接受自己『燕、雀』的命運，而且自我安慰：比上不足；比下有餘。卷二《代空城雀》：

雀乳四鷇，空城之阿[八四]，朝食野粟；夕飲冰河，高飛畏鴟、鳶；下飛畏網、羅，辛傷伊何言，怵迫良已多。誠不及青鳥，遠食玉山禾，猶勝吳宮燕，無罪得焚窠。賦命有厚、薄，長歎欲如何？

傳統向來以衣、食、住、行，或當中的一兩項代表生活。像這首，就以住處（『空城之阿』）與『飲』『食』作爲符碼。他這隻有『四轂』家累的野『雀』處於窮困的生活環境中，而且處處驚恐、受限。雖然無法錦衣『玉』食，也總比像『吴宮燕』那樣被無辜波及者要强太多，連家都被抄滅了。鮑照固然承認『賦命有厚、薄』，但甘之如飴地接受，與被動無奈地忍受，乃兩種完全不同的心態。他屬於前者或後者，從末句『欲如何』：又能怎麽樣呢，即可了然。這一首承認：至少在現實中，自己是『雀』，那麽，心境略平和時所寫的卷四《詠雙燕》之二〔八五〕，就坦然承認自己不過是『燕』。一方面利用成天忙碌、『旦去暮來歸』的『雲中燕』，表明不再試圖高步天衢的決定：『自知羽翅弱，不與鵠争飛』。另一方面還『寄聲謝飛鵠』：

　　陰山饒苦霧，危節多勁威，豈但避霜雪？當儆野人機。

與其説這出自好意，不如説是藉此透露個人對處身宦海隨時可能致命的寒心。因此，也就意謂：兩害相權之下，他寧願認分，『翱翔蓬、蒿之間』〔八六〕。

在青、壯年時期，人總易於覺得未來有無限可能，有大志、野心乃正常傾向。待步入不惑之年以後，不勞卜、筮，自己都可估算出此後的大概狀況，所以他曾假借一『幽、并』

『少年』〔八七〕遊俠之口，訴説：起初，憑藉一股血氣、欲報國兼露才揚己的心態，騎著『白馬』，帶著『騂角弓』參軍。原以爲三兩下就可達到目的，孰料『閉壁自往夏；清野徑還冬』〔八八〕。在被敵軍圍困，『四墉』盡『楚歌』的城郭内，盼瞎了雙眼，也不見京師的援助到來，深切感受到被當作可犧牲的小卒子的悲哀（『含悲望兩都』），這種情勢的結局已經可以逆料。此時不禁懊悔：

丈夫設計誤，懷恨逐邊戍，棄别中國愛；邀冀胡馬功，去來今何道，卑賤生所鍾〔八九〕。

而且從卷一《松柏篇・序》可知：鮑照曾經『患腳上氣四十餘日』，『病劇』到幾乎易簀的地步〔九〇〕，雖倖存下來，此後大概形成了『沈痾』〔九一〕，不時需要服『藥』『行』散〔九二〕，所以在身體狀況日趨下坡，切切實實感受到死亡的陰影後，警覺自己已經没有多少時間揮霍在現實中繼續爭勝、出頭了。既然如此，就苟活下去吧！

然而要鮑照像燕、雀一般，夾著尾巴，認分地苟活下去，根本違反他『因頑慕勇』的本性。看著那些風光顯貴，通過生活上的諸般考究：

繡甍結飛霞；琁題納行月，築山擬蓬、壺〔九三〕；穿池類溟、渤，選色遍齊、代；

徵聲帀邛、越，陳鐘陪夕讌；笙歌待明發。

來展現自己仕宦通達的人們，鮑照終究還是嚥不下這口氣，於是以他尖酸的語氣，指出：不但由盛轉衰乃任何一種生命中都不可逆轉的現象，諸位眼前風光的基礎建立在高官厚禄上，可是宦海波詭雲譎，你們手上既有的，隨時隨刻都面臨他人的覬覦，就像後宮妃、嬪，眼前再得幸，遲早也會色衰寵弛，所謂『年貎不可還，身意會盈歇』。屆時，一點點讒言就可造成彼此間的裂痕，進而導致難以收拾的滅頂之禍。未明言的隱形筆墨：不妨自己想想，當初你們不也是這樣爬上目前的地位嗎？接以諷刺的口吻勸誡『衆多士』，你們不都挺有『辨昭、昧』的『智』慧嗎？怎麼不能洞察天『理』：『器惡含滿攲；物忌厚生没』〔九四〕呢？諷刺也諷刺了；對那些顯貴將來下場也幸災樂禍過了，都或多或少可以彌補他的失意，但是不能忽略這是出自什麼樣的心理：嫉憤與不甘！而這不正反映他無法真正地安於清貧嗎？如果再殘忍點逼問：你鮑照到底肯俯首低眉，一直做隻『空城雀』，還是寧願做那些『衆多士』，縱使明知好景不長，也至少趾高氣昂了一段時光，他會如何抉擇呢？

七　縱樂當下與看破紅塵

隨著無奈吞下命運，以及中年以來的『憂生之嗟』〔九五〕，竟衍生出兩種截然相悖的反應。第一種在卷二《擬行路難》中屢見：

瀉水置平地，各自東、西、南、北流。人生亦有命，安能行歎復坐愁？酌酒以自寬，舉杯斷絶歌路難……。（之四）

君不見：河邊草，冬時枯死春滿道……今我何時當得然，一去永滅入黄泉。人生苦多歡樂少，意氣敷腴在盛年，且願得志數相就，牀頭恆有沽酒錢。功名竹帛非我事，存／亡、貴／賤付皇天。（之五）

君不見：枯籜走階庭，何時復青著故莖……君當見此起憂思，甯及得與時人争……但令縱意存高尚，旨酒嘉肴相胥讌，持此從朝竟夕暮，差得亡憂消愁怖……。（之十一）

諸君莫歎貧，富貴不由人……對酒敘長篇，窮途運命委皇天，但願樽中九醖滿，莫惜牀頭百個錢，直須優游卒一歲，何勞辛苦事百年？（之十八）

甚至模仿陶潛歸於平淡的口氣訴説，見諸卷四《學陶彭澤體》〔九六〕：

長憂非生意，短願不須多，但使樽酒滿，朋舊數相過……保此無傾動，寧復滯風波？

他有時會覺得：『悠悠世中人，争此錐刀忙』，『不如一畝中，高會挹清漿，遇樂便作樂，莫使候朝光』〔九七〕。而最能代表鮑照本來筆法面目的當推卷四《擬古》之四：

鑿井北陵隈，百丈不及泉。生事本瀾漫，何用獨精堅？幼壯重寸陰；衰暮反輕年，放駕息朝歌；提爵止中山……空謗齊景非；徒稱夷、叔賢。

綜言之，他採取今朝有酒今朝醉的態度。從某方面來説，相當合理。因爲無論貴／賤、富／貧、賢／不肖，人生一世，都各有各的艱難、憂煩、操慮，與其被這些困住，且不説未必能將它們解決，縱然解決了，總在這種不舒心的狀態中過日子，形同活受罪，遠不如樂一天，算賺得一天。卷一《代朗月行》就藉著『被服妖且妍，靚妝坐帷裏』的歌伎自我勸説：

酒至顔自解；聲和心亦宣，千金何足重，所存意氣間。

『沽酒』、『酌酒』、『樽中九醖滿』，要將之説成買醉、自我麻痺，未嘗不可，但較深入體會，又何嘗不是一種頽廢與墮落呢？既然『娱生信非謬，安用多求賢』〔九八〕，將之發揮下去，終於見到卷四的《學古》：

> 北風十二月……實是愁苦節……會得兩少妾，同是洛陽人。嫘緜好眉目；閑麗美腰身……驕愛生盼矚；聲媚起朱脣……調絃俱起舞，爲我唱梁塵：『人生貴得意，懷願待君申。幸值嚴冬暮，幽夜方未晨。齊衾久兩設；角枕已雙陳，願君早休息，留歌待三春。』

酒、色，或食、色本來就像孿生子，鮑照『駕息』於『酒池肉林』〔九九〕的『朝歌』，由『旨酒嘉肴』，進而放縱肉慾，玩起當今鄙俗所説的雙飛淫戲，實在毫不足奇。

第二種反應可以説是第一種反應的拓廣，進而轉化。他先採取縱觀歷史洪流的視角，像卷二《擬行路難》之十五：

> 君不見：柏梁臺，今日丘墟生草萊；君不見：阿房宮，寒雲澤雉棲其中，歌妓舞女今誰在，高墳纍纍滿山隅，長袖紛紛徒競世，非我昔時千金軀。

指出：既然連秦皇、漢武這樣不世出的雄主，象徵他們平生強勢霸氣的人、物尚且都經不起時間的沖洗〔一〇〇〕；而『彭、韓及廉、藺，疇昔已成灰，壯士皆死盡，餘人安在哉』〔一〇一〕，更何況那群『浮華輩，不久亦當詣塚頭，一去無還期』，『豈憶平生盛年時？』再怎麼風光，那些因權、位、名、利而來的得意氣焰不過如『不終朝』的『蕣華』〔一〇二〕。《擬行路難》之七甚至運用古老的神話來説明『此死生變化非常理』〔一〇三〕：

愁思忽而至，跨馬出北門，舉頭四顧望，但見松柏園。荆棘鬱蹲蹲，中有一鳥名杜鵑，言是古時蜀帝魂。聲音哀苦鳴不息，羽毛憔悴似人髡，飛走樹間啄蟲蟻，豈憶往日天子尊？

既然世俗追求的轉眼即爲隔日黄花，下一轉語自然就是轉向真正永恒的事物，卷一《代昇天行》於焉登場：

家世宅關輔，勝帶宦王城，備聞十帝事，委曲兩都情，倦見物興、衰，驟覩俗屯、平，翩翻若迴掌，恍惚似朝榮。窮途悔短計，晚志重長生，從師入遠嶽，結友事仙靈……鳳臺無還駕，簫管有遺聲，何當與汝曹，啄腐共吞腥？

如果説，在臨川王幕下時，他曾兩度表示：

……乘此樂山性，重以遠遊情，方躋羽人途，永與煙霧并。

……傾聽鳳管賓，緬望釣龍子，松、桂盈膝前，如何穢城市〔一〇四〕。

不過是因爲廬山原本就是一宗教聖地，鮑照止於觸景生情，信筆書之，那麼，《代昇天行》就是來真的了。他所以要假借一世家子弟的聲口，恐怕就是擔心某些人會將之解讀爲吃不到葡萄，説葡萄酸，實情則是因切身經歷，真正厭『倦』，以致看透了。因此，他不僅用樂府舊題，寫了一首詠仙詩：卷二的《蕭史曲》，同樣以『身去長不返，簫聲時往還』與之呼應，而且又直接寫了收在卷四的《白雲》。開篇就特別表明『情高不戀俗，厭世樂尋仙』，然後極力描寫方外的美妙：

鍊金宿明館；屑玉止瑤淵，鳳歌出林闕；龍駕戾蓬山，凌崖采三露；攀鴻戲五煙，昭昭景臨霞；湯湯風媚泉，命娥雙月際；要媛兩星間，飛虹眺卷河；汎霧弄輕絃。

末聯『一逐白雲去，千齡猶未旋』，不過是變詞易容，與『鳳臺無還駕』、『身去長不返』意思實際一致，顯示：紅塵『俗』世無可『戀』。唯一的遺憾僅是隨著王子喬等幸運者的仙去，『神道不復傳』。如果能得到奧鑰、『五圖』，可以開啟被『九籥』封存的『金記』、『丹經』[一〇五]，窺得羽化的秘訣，就像卷四《過銅山掘黃精》所説：

……空守江、海思，豈懷梁、鄭客？得仁古無怨，順道今何惜？

方外與方內價值高下懸絶，過去在意的哪有可『懷』『惜』的？爲追求當追求的，而且追求到了，抛下那些蠅營狗苟的東西，則他心中以往的『怨』怎麼可能還繼續存在？在觀念上，鮑照挺清楚：

……殊物藏珍怪；奇心隱仙籍，高世伏音華；綿古遁精魄……。〔一〇六〕

然而他這一生就期盼揚名立萬，真的能知與心、行合一，在修道過程中，與『至哉鍊玉人』一樣，『處此長自畢』〔一〇七〕，等修成正果後，欣然擁抱真人不露相，所謂『伏』、『遁』的果境嗎？所以會有此質疑，並非基於在今世及時行樂與追求永恆的他界乃難以並存的兩極端。單就形式邏輯而言，這兩種表現毫無扞格，因爲當人意識到生命『無常』時，很容易滑移嚮往『常』，而也只有高擡方外價值，才能藉由貶抑世俗價值系統，撫慰自己在這系統中的挫敗與悲憤，但人究竟只能在方內與方外價值系統間信從其一。卷三《答客》的場景是他『幽居』室中，『有念』縈懷，陷入外人眼中發楞的印象。『會客從外來，問君何所思』，他這才回過神來，在良久『嘿慮』『迴疑』之後，才決定要訪客稍安勿躁，先坐下來（『謂賓少安席』），聽他解説（『方爲子陳之』）：

我以華門士，負學謝前基，愛賞好偏越，放縱少矜持，專求遂性樂，不計緝名期，歡至獨斟酒；憂來輒賦詩，聲、交稍希歇，此意更堅滋。

看似他打算愈加『堅』持這種『遂性』而爲、『不計』世間毀譽的生活方式，但接著筆鋒一轉，他的心底事才透露出來。一方面，他深感『浮生急馳電』，没多久就會化爲無人識得的一坏土，得趕緊留下些功業『名』『聲』；但是另一方面，他又深悉：假使真要這麼做，在這世間機制，尤其是宦海中，『物道險絃絲』，像走鋼絲，稍一不慎，就會墜落滅頂深淵。鮑照不僅擔心對前述狀況的『深憂』，與目前對世俗追求的『寡情』都可能是錯『謬』的，更煩惱：無論選擇『進』或徹底『伏』，可能都已『兩睽時』了。因此，他希望來訪的賓客：『願賜卜身要，得免後賢嗤』。這不就揭露了：追求方外的永恆他界並未列入他的選項中嗎？任何真實的信仰都必然經歷懷疑、動摇的危機。他既然從未因現實經驗中，『服食求神仙，多爲藥所誤』〔一〇八〕，表示過『愚夫好妄傳』、『王喬假虚詞；赤松垂空言』〔一〇九〕，即可見：《代昇天行》等述説的始終停留在想法階段。他不僅做不到『滅志身、世表』，就算『藏名琴、酒間』〔一一〇〕，也只能當作一時豪語。

八　與皇帝間的各式感情糾結

鮑照的諸般怨固然從他自詡爲鴻、鵠的那一刻就注定了，但不容否認：曾擔任中書舍人，略微嚐到權力的滋味，是一道毒性甚强的亢奮劑。《集注》卷二《瓜步山楬〔一一一〕

文》〔一一二〕就將影響他觀念深切的這點曝之無遺：

……信哉！古人有數寸之籥，持千鈞之關，非有其才施，處勢要也。瓜步山者，亦江中眇小山也，徒以因迥爲高；據絶作雄，而凌清瞰遠；擅奇含秀，是亦居勢使之然也，故才之多少，不如勢之多少遠矣〔一一三〕！

因此，鮑照對於孝武帝是否會繼續讓他擔任近臣，卷一《代陳思王京洛篇》表現得淋漓盡致。情緒上，他充滿了擔憂、恐慌：

但懼秋塵起，盛愛逐衰蓬，坐視青苔滿；卧對錦筵空，琴瑟縱横散；舞衣不復縫。

理智上，他則非常清明：

古來共歇薄，君意豈獨濃〔一一四〕？唯見雙黄鵠，千里一相從。

喜新厭舊，乃人的通病；對於人主而言，『用羣臣，如積薪耳，後來者居上』〔一一五〕，更是慣用的操控權術，好使大、小渴望權、利者都單線伏就他施恩，避免權力下移。卷一《代白頭吟》的後半假借旁觀者之口，以超脱、普遍的運勢開導自己：

鳧、鵠遠成美；薪、芻前見陵，申黜褒女進；班去趙姬昇，周王日淪惑；漢帝益嗟稱。心賞猶難恃；貌恭豈易憑？古來共如此，非君獨撫膺。

然而他仍舊像《白頭吟》這樂府辭中的棄婦般，忿忿不平，因爲如果當初蒙皇上賞識是由於我『直如青絲繩；清如玉壺冰』，至今我還保持著這樣的品質，『何慚宿昔意』，怎麼過去的優點現在全變成了缺陷了呢?他知道小人、對手讒謗是因素，所謂『食苗實碩鼠；玷白信蒼蠅』，導致皇上對他心生『瑕』隙，終於演變成『不可勝』的破裂，『猜恨坐相仍』，但其實這只能算外緣。一個人對另一人假使有真實的信任感與賞識之心，旁人想要見縫插針也難。皇上自己內在先結了疑忌〔一一六〕、『黷舊』〔一一七〕之胎，政壇中人都會覰察風色，於是『世議逐衰興』，就愈發讓皇上對他嫌惡，也導致牆倒衆人推的局面愈發嚴重，形成一無從挽回的惡性循環。

面對這種微妙的君、臣關係，鮑照的反應不外幾種。第一種見諸卷四《紹古辭》之二，以一位『與君別』的閨中少婦自喻，奢望以自己的信守盟約喚起對方的良心：

……絺繡多廢亂；篇帛久塵緇……石席我不爽；德音君勿欺〔一一八〕。

第二種見諸卷四《學劉公幹體》之四，以荷自喻，表示憂心：

……彪炳此金塘，藻耀君玉池，不愁世賞絶，但畏盛明移。

第三種見諸卷二《擬行路難》之二，以原先『承君清夜之歡娛，列置幃裏明燭前』，而今被棄於一隅的香爐自喻，無助地自傷：

……如今君心一朝異，對此長歎終百年。

第四種見諸卷二《擬行路難》之三，以『璇閨』中『字金蘭』〔一一九〕的女子自喻，似乎有些醒悟，因而有些懊惱：

……含淚攬涕恆抱愁，人生幾時得爲樂，甯作野中之雙鳧，不願雲間之别鶴。

第五種見諸卷二《擬行路難》之九，也是以女性自喻，用責備、賭氣的口吻要求仳離：

……我昔與君始相值，爾時自謂可君意，結帶與君言：死／生、好／惡不相置。今日見我顔色衰，意中索寞與先異，還君金釵玳瑁簪，不忍見之益愁思。

第六種見諸卷一《代苦熱行》，以一位南征軍士的聲口，花上十八句的篇幅極力描述蠻荒『死地』的恐怖、危險，此去要想生還乃萬分之一的僥倖。雖然這可説是自找的，所謂『昌志登禍機』，但皇帝也實在夠刻薄：

……戈船榮既薄，伏波賞亦微，爵輕君尚惜，士重安可希？

爲朝廷賣命的前提是買命。且不説按天理或按人道，人命可不可以買，皇帝將這些爲他效命者視如草芥，是些隨時可拋棄、替换的消費品，所以連多出點價錢都吝『惜』，這是什麼

『桀、紂之主』〔一二〇〕啊？第七種見諸卷四《翫月城西門廨中》，以月自喻，向對方剖露自己卑微的單戀：

> 始出西南樓，纖纖如玉鉤；末映東北墀，娟娟似娥（蛾）眉，娥（蛾）眉蔽珠櫳；玉鉤隔瑣窻，三五、二八時，千里與君同，夜移衡、漢落，徘徊帷、户中。

從張衡、左思描寫魏、吴兩國京都正殿時，分别用『青瑣丹墀』、『青瑣丹楹』〔一二一〕，來表現其規制；舊史形容曲陽侯王根『驕奢僭上』時，就以他的府第『赤墀青瑣』説明；梁冀第舍竟然『窻牖皆有綺疎青瑣』，以見其權傾人主〔一二二〕，可推知：『珠櫳』、『瑣窻』大概在暗喻御書房、寢宫等皇上的居所。『月』屬陰，乃『妻道也、臣道也』〔一二三〕。不論什麼時間，上旬中（『始』）或下旬中（『末』）〔一二四〕，也不管哪個空間（『西南樓』或『東北墀』），他這位小臣都被拒絶在帝閽之外。就像燕兒，『意欲巢君幕，層楹不可窺』〔一二五〕。只有在朔、望這種元會大朝時，他才能遥遥一睹傾心的對象。因爲他的官品低，班次在羣臣之末，所以説相隔『千里』。縱然散朝後，他仍舊癡心地『徘徊帷、户中』，卻無從進入室内，隨侍左右。第八種見諸卷一《代東武吟》，自喻爲一個屆齡除役的下級軍官，向皇上乞憐，將他再納入身邊當差：

……少壯辭家去；窮老還入門，腰鐮刈葵、藿；倚杖收【牧】雞、豘。昔如韝上鷹；今似檻中猨，徒結千載恨；空負百年怨〔一二六〕。棄席思君幄；疲馬戀君軒，願垂晉主惠；不愧田子魂。

他顯然被激動的情緒蒙蔽了自己已經洞察到的勢況：『人情賤恩舊』，尤其是皇帝。對於那些至尊者而言，大小臣工都不過是手中的棋子，一顆棋子無利用價值之後，還不捨棄，留著礙手礙腳嗎？他們才不會有田子方那樣的精神，受到『愧』咎與否的困擾呢！不過，他有時還是清醒，肯面對這殘酷事實，這就是見諸卷四《學劉公幹體》之三，以雪自喻的第九種反應：

胡風吹朔雪，千里度龍山，集君瑤臺上；飛舞兩楹前，茲晨自爲美，當避豔陽天，豔陽桃、李節，皎潔不成妍。

某陣雪或某片雪花很識時務，在嚴冬『茲晨自爲美』，能於『人君聽治正坐之處』〔一二七〕『飛舞』騰達，但轉瞬就要到『豔陽天』了，那是屬於『桃、李』表現，並得人君賞識的時『節』。自己雖然『何慚宿昔意』，但外在環境變了，以往再好的優點（『妍』），好比『皎潔』，也將失去價值，甚至成爲令人君厭惡的缺陷。言下之意，識相的自己應該會退讓到角落邊去。

整體而言，若以藝術手法的高妙而言，鮑照對他與皇帝間關係的反應，當推卷四《紹古辭》之一爲最：

橘生湘水側，菲陋人莫傳，逢君金華宴〔一二八〕，得在玉几前。三川窮名、利；京洛富妖、姸。恩榮難久恃；隆寵易衰偏〔一二九〕。觀席妾悽愴；覩翰【輪】君泫然，徒抱忠孝志，猶爲葑菲遷。

以他這麼一個生在窮鄉僻壤、滿林子都是的橘子而言，怎麼也没想到會被摘下，列入貢品中，而在御膳房千中選一的嚴格過程中，又萬萬没料到居然能被相中，『得在玉几前』。他很有自知之明，皇帝眼下對他的『隆寵』，不過是因爲新鮮感：單純、清新、自然，外帶幾分憨態，可是在宦海中心的『京洛』，到處都是家世顯赫、教養得宜、擅長妝扮、手腕高明的『妖姸』閨秀，而她們以及她們的家族無不以追求『名、利』爲人生目標。因此，在後宮鬥争中，自己目前的『恩榮』絶『難久恃』。『席』不弊，而青睞已『遷』，乃轉瞬間必然的結果。理智上，雖洞明；情感上，仍不免『悽愴』，因爲在這短暫蒙幸的日子中，他已將一片赤忱（『忠孝志』）交付對方了。這首高明之處並非喻符（『菲陋』的湘橘）與鮑照的出身相合，而是詩中腳色的三度轉折：先藉由無性別的橘子自述，接著由食轉爲色，改成後宮女性的聲口，最後透過古諺『嬖女不敝席；寵臣不避【敝】軒』〔一三〇〕的改寫，很自然地滑向近侍之臣，身爲男性的作者在圖窮之際正式現形。

這就引發閱讀鮑詩時，始終存在的一個問題：他爲何經常隱於女性之後，借用女性的聲口訴怨言情？表面上，這似乎是受到傳統儒學與《楚辭》學的影響，君／臣習慣與夫／妻或男／女相比配，真正的原因在：按照傳統，要求士有風骨、節操，人君非禮下之，不應招；『三諫不從，遂去之』〔一三一〕。『君、臣，以義合者也』，『君之視臣如手、足，則臣視君如腹、心；君之視臣如犬、馬，則臣視君如國人；君之視臣如土、芥，則臣視君如寇、讎』〔一三二〕。一位臣僚無法，也不應該向他的君主表達流連不捨、繾綣乞憐的態度。『丈夫有淚不輕彈。』〔一三三〕試問：如何容得一士人因失去君上寵信，而憑欄墜涕漣漣如以自傷？只有化身爲人婦，不但無此顧忌，儘可一味不休地糾纏、死乞白賴地試圖挽回、嘮叨埋怨對方的負心等等，而且這樣的表現甚爲符合男性心目中喜歡、塑造的女性形象，這才導致包括鮑照在內的文士每每使用女性身份，以便寫作時，得以放得開宣洩心中的真實情感，因而在文學作品中這才經常出現雙重性別（double gender）的現象。

九　與友僚別離時的多種情懷

與親人、摯友分別，當然會難過，也當然會期望再聚。卷三《送從弟道秀別》就以不斷的變形頂針格：

參差生密念，躑躅行思悲，悲思戀光景，密念盈歲時，歲時多阻折，光景乏安怡……。

來凸顯自己的纏綿不捨。一方面心疼『游子苦行役』；另一方面『冀會非遠期』。他也曾因故人馬子喬這位『佳人捨我去』，而連寫六首，傾洩『賞愛長絶緣』的哀痛。不但送別時，『永念平生意，窮光不忍還』，還將雙方與傳説中蛟龍所化的『雙劍』比配，癡心地期盼：

……雌沈吴江裏，雄飛入楚城……一爲天、地别，豈直限幽、明？神物中不隔，千祀儻還并[一三四]。

除了上述人情之常，如《集注》卷一《謝隨恩被原疏》中所説，因爲『身孤節卑，易成論劾』，『可悔【侮】可誣』：

古人有言：『楊者，易生之木也，一人植之；十人拔之，無生楊矣。』……況臣一植之功不立；衆拔之過屢至，同彼風霜，異此貞脃。

導致他格外看重能交往得來的人。不過，假如再往深處探詢，就會發現：由於鮑照鳳凰、大鵬的靈魂困在燕、雀的軀殼這一情結，使他的贈別詩不時出現另一層的心緒。『泉涸，魚相與處於陸，相呴以溼；相濡以沫。』〔一三五〕就算對方不覺得自己失意、與他同處於困境，至少鮑照這方面，與對方交往過程中，都或多或少懷著這種心態。正因這種心態，當對方調職，兩下分別時，或之後再聯繫時，鮑照就會出現各式反應——

第一種見諸卷三《送盛侍郎餞候亭》：

……君爲坐堂子〔一三六〕；我乃負羈人，欣、悲豈等志？甘、苦誠異身。

毫不隱瞞自己的豔羡與自傷的情懷：別人能調到稱心如意的職位；我卻受限，只能像個站在糕餅店櫥窗外的小乞丐，眼睜睜瞅著裡面受到長輩寵愛的孩子享用精緻的點心。

如果說：第一種反應隱隱含著些許怨尤的味道，第二種反應，從心理學的角度來說，乃由攻擊外在，轉爲自我攻擊：

……役人多牽滯，顧路慚奮飛……。

……慚無黃鶴翅，安得久相從……。〔一三七〕

然而正如上文所述，鮑照最擅長以自貶自汙的方式貶人、汙人，他早就表明自己乃有『鴻、鵠之志』的『英才異士』（《南史》），從自我認知面講，怎麼可能欠缺『黄鶴翅』？否則，《文選》卷一四《賦庚·鳥獸下》收録的那篇《舞鶴賦》在寫什麼？由此可合理地推斷：『無黄鶴翅』指的應該是外界認爲他是燕、雀的刻板印象，這種束縛方令他無從『奮飛』，因此，『慚』這種自我攻擊不過是較爲繞彎地攻擊外界。

第三種見諸卷三《日落望江贈荀丞》。他自比爲『獨飛鳥』，從失群者『千里一揚音』，他這位『遊子』將『心』比心，可以『推其感物情』。他擔憂、感喟對方或許已經將他這舊友『旅人』拋諸腦後了：

君居帝京内，高會日揮金，豈念慕羣客，咨嗟戀景沈〔一三八〕？

箇中的悼往與些許酸味難掩。

第四種見諸卷三《和傅大農與僚故别》，他也是以『有哀音』的『傷雁』自喻。從『孰謂游居淺，慕美久相深』，可知：從横切面講，彼此交往的時間相當『久』；從縱切面講，雙方交情的程度可能也頗『深』，但鮑照對於這份交情以後能否持續，已經不止於擔憂，而是逆料不大可能了：

……之子安所適，我方栖舊岑，墜歡豈更接？明愛邈難尋。

第五種見諸卷三《與伍侍郎別》：

……子無金、石質；吾有犬、馬病，憂、樂安可言？離、會孰能定？欽哉愼所宜，砥德乃爲盛。貧游不可忘，久交念敦敬。

前六句不過是這種贈別題材慣有的門面話：人至中年，就會感到生命的脆弱、人世的變化永遠超過計畫，因此也就不像青、壯時期，好像能掌握未來，信誓旦旦地約『定』後期。雖然對這種狀況感傷，卻也無奈，只能彼此期勉保重身體，若能進一步『砥德』勵行，當然更佳。真正的重點在尾聯。尤其對照與之呼應的篇首：見羣鹿相互嬉鬧，引發他『傷我慕類情；感爾食苹性』。傳統對《鹿鳴》『呦呦鹿鳴，食野之苹』的詮釋乃：『鹿得蓱，呦呦然鳴而相呼，懇誠發乎中。』[一三九]既然如此，即可知鮑照的隱形筆墨乃期望對方不要忘了以『貧』所代表之困窘戢翼時期的這段『交』『游』，能適時替自己拂揚一番，拉拔自己一把。

最能透露他心底感慨，也寫得相當高明的，乃卷四《擬古》之五：

伊昔不治業[一四〇]，倦遊觀五都，海、岱饒壯士[一四一]；蒙、泗多宿儒，結髮起躍馬；垂白對講書。呼我升上席，陳觶發瓢、壺[一四二]：『管仲死已久，墓在西北隅，後面崔嵬者，桓公舊塚廬。君來誠既晚，不覩崇明初，玉椀徒見傳，交友義漸疏。』

一位『白馬飾金羈』〔一四三〕的浪蕩子弟怎麼可能『治業』？當然『躍馬』穿梭於以『五都』代表的燈紅酒緑的花花世界中。然而肉體感官的刺激終究必會達到頂點，而開始逐漸下滑，趨向麻痹，以至於對聲色犬馬感到『倦』、膩。就因這份『倦』、膩感使得他嘗試另一條『對講書』的途徑，來到儒學發祥地：齊、魯。然後藉由智慧老人這樣的腳色出場，他犀利的眼光足以洞察到自己這位新來聽課者與其他學子不搭調的滄桑與内心的茫然，於是『呼我升上席』，以賓客之禮相待，然後藉由這位『宿儒』道出本篇的主旨：『崇明初』之所以能夠形成，不僅在於有明君（如齊『桓公』），更在於有不忌才妒賢的好友（如鮑叔）肯將知交（如『管仲』）推薦給主上。如今流傳下來的僅有以『玉椀』所代表的物質文明，至於像『交友義』那類最寶貴、難得的精神文明早已『疏』淡涼薄，終將杳然無痕。你徒有一腔才能、抱負，可惜生錯了時代。言下之意，雖不能説鮑照交往的都是酒肉朋友，但由於他對人性認識得相當透徹，困窘時，就像『風急野田空，饑禽稍相棄』；得志時，『不憶貧賤時，富貴輒相忘』〔一四四〕，因此，他對那些曾經攜手、把盞、互訴衷腸、相濡以怨的對象頗在意：『含生共通閉，懷賢敦爲利』〔一四五〕，正因寄望高，所以經常流露出失望也高的情懷。

沒了。這就是中國傳統文學批評的大弊，昧於往下探掘。以筆者改寫的譬喻來説，一個鳳凰、大鵬的靈魂，卻受困於燕、雀的外殼中，無從摶扶搖而上九萬里，怎麼可能没有任何冤屈、掙脱、憤懣、吶喊、天問一類的後續反應？而這些正是構成目前所餘兩百首〔一四六〕鮑詩的主要内容與情懷。三十輻共一轂，那個轂就是他熱切的功名心。於是輻射出來的：既有理智清明下、無奈地等待君王變心，又有任由情緒鼓動下、對君王無情，棄之如敝屣的怨尤，當然更渴望君王念舊，重拾舊歡；此刻不惜摇尾乞憐，彼時又如歲暮的松柏，堅忍不屈，但也偶爾會出現放棄貞節、逶迤妥協的想法，至少他在孝武帝在位期間，『爲文』就故意『多鄙言累句』，以迎合對方自我膨脹的心理；一方面奢夢由武入文，先提升自己在官場的位階，一方面又有些醒悟軍人不是那麼好當的，皇上經常不把將士的性命當回事兒；曾從宦海抽身而去，卻又重作馮婦；他自知人際關係不佳，格外重視交往得來的同事，希望分别的距離不會沖淡彼此的情義，甚至能爲他見機進言，可是他對這點又非常悲觀，認爲『古人』、『君子』

結論

鍾嶸《詩品》中《宋參軍鮑照詩》説他『才秀人微』，説到點子上了，然後呢？然後就之『風』〔一四七〕已漸歇；有時橫了心，與其一再苦熬，不如縱情聲色，取樂一時，有時又半自欺、半自慰地將包括自己在內、世人的價值系統一概否定，嚮往他界。綜言之，他心靈輻射出來的不是一個光譜，而是存在著各種牴牾的混雜調色盤。

《文心雕龍》卷七《情采》曾表示：『詩人什篇，爲情而造文；辭人賦頌，爲文而造情。』具體的例證就在：

> 志深軒冕，而汎詠臯壤；心纏幾務〔一四八〕，而虛述人外，真宰弗存，翩其反矣！

這是極原始、膚淺的情——文論〔一四九〕。癥結出在：劉勰雖然在定林寺聽經、譯經『十餘年』，看似『博通經、論』〔一五〇〕，但或許因爲原本就只是蹭飯；或許缺乏慧根，對佛教的理解僅限於字面，恐怕從未真正修行，經由反躬觀想，體會人心。人心就像一個委員會，眾聲喧嘩，主張各異。可能由於某兩股或幾股勢力結合，經常獲勝，但即使在它們的主張付諸實行時，絲毫不意謂：這次決議之後，其他曾表示異議的委員都被槍決，或者從此噤聲。下次再面臨議案，要抉擇時，重新洗牌、局面改觀是絕對可能的〔一五一〕。異質並存、矛盾不斷、混合而非化合乃人心的普遍、正常狀況。是以當某一委員湊巧獲得某派系『叛徒』的支持，驟然得勢時，至少那當下所表述的情緒無疑是真切的。這正是文學的特質，描述複雜不諧的心境，本來就不同於『以立意爲宗』〔一五二〕的哲學，要求觀念首尾融貫一致，不容自相矛盾。更要緊的是：不論從道德或宗教的眼光來看，人的這些心境都庸俗得很，所謂志氣、抱負、抗議、揭露現實醜陋等，都不過是粉飾之詞，説穿了，就是追求世間富貴名權、個人及家族體面，當然，大多都未如願而已。文學表述的絶大多數就是這麼俗的東西。然而也正因爲俗，所以只要人不死，文學就必定永存，也始終會在俗世獲得同情共感。鮑照詩中所流露的心靈向面可謂俗中之尤，卻正是他得以享譽千古的根源。

【注】

〔一〕引文分見錢仲聯：《鮑參軍集注》（上海：上海古籍出版社，一九八〇。以下簡稱《集注》），卷一《表疏·解褐謝侍郎表》，頁五五、《謝秣陵令表》，頁五三。盧弼：《三國志集解》（臺北：藝文印書館，一九七二），卷一五《張既傳》，頁四四四，裴《注》引《魏略》：『既世單家……自惟門寒，念無以自達』、卷二三《裴潛傳》，頁五九三，裴《注》引《魏略》：『馮翊東縣舊無冠族，故（嚴幹、李義）二人並單家』，可知：孤門即單家、寒門，與地方上的著姓、甲族相對。

〔二〕段玉裁：《説文解字注》（臺北：黎明文化事業股份有限公司，一九九一），十一篇上二，頁五五一：『涓，小流也』、十二篇下，頁六四五：『甃，井壁也』，此處指砌成井壁的磚，二詞分別與下句的『谷』、『井』相呼應。

〔三〕《集注》，卷一《表疏・侍郎報滿辭閤疏》，頁六二。

〔四〕《集注》，卷一《表疏・解褐謝侍郎表》，頁五五：『鶉棲草澤，情不及官』、《拜侍郎上疏》，頁六〇：『束菜負薪，期與相畢』，至多只能説是他少年尚懵懂時的想法。

〔五〕曹旭：《詩品集注（增訂本）》（上海：上海古籍出版社，二〇一一。以下簡稱《詩品》），中《宋參軍鮑照詩》，頁三八一。

〔六〕《集注》，卷一《表疏・謝隨恩被原疏》，頁六七。卷一《表疏・謝解禁止表》，頁五六：『臣聞：獲過於神，或憑尸、祝以請；得罪於君，可因左、右而謝』，也清楚地表明：皇帝身邊没有人會替他求情、進言。

〔七〕引文並見《集注》，卷一《表疏・拜侍郎上疏》，頁六〇。

〔八〕本文所引鮑詩率據黄節：《鮑參軍詩注》（臺北：藝文印書館，一九七一）。節省篇幅計，下文註解説明詩句出處時，書名率從省，僅標明卷數、篇名、頁碼。又，本文引爲佐證者，概不及鮑氏賦、頌、銘等韻文，它們與詩雖然同屬南朝人所説的『文』

這大範疇，然而性質與表述手法迥異。待他日誦習得閒，再以鮑氏這類作品爲據，另撰他文。

〔九〕虞炎《序》，《集注》，頁五。

〔一〇〕《詩品》，中《梁左光禄沈約詩》，頁四二六：『詳其文體；察其餘論，固知憲章鮑明遠也。』上《序》，頁六九，批評：『輕薄之徒』『謂』『謝朓今古獨步』，這正是蕭子顯《南齊書》（臺北：藝文印書館，一九七二），卷四七《謝朓傳》，頁三八五：『沈約常云：「二百年來無此詩也」』的另一種表述法，則《序》上文所説的『謂鮑照義皇上人』，應當也出自沈約之口。至少沈約應該會認同這種評價。

〔一一〕《詩品》，中《宋參軍鮑照詩》，頁三八一。

〔一二〕沈約：《宋書》（臺北：藝文印書館，一九七二），卷五一《宗室列傳・臨川烈武王道規傳附鮑照傳》，頁七二一、卷八《明帝紀》，頁八三。

〔一三〕倪璠：《庾子山集注》（臺北：臺灣中華書局，一九六八），卷二《賦・哀江南賦》，頁5b。

〔一四〕見虞炎《序》，《集注》，頁五。

〔一五〕浦起龍：《史通通釋》（臺北：世界書局，一九七〇），卷一二《外篇・古今正史》，頁一六九。『中』究竟意謂天監這段期間中，還是將整個天監十八年（五〇二—五一九）分三階段：初、中、末的『中』？據姚思廉：《梁書》（臺北：藝文印書館，一九七二），卷三五《蕭子恪傳附弟顯傳》，頁二五〇，他『啟撰齊史』，敘在『尚書令沈約』欣賞他的《鴻賦》及其《序》之後。考卷二《武帝紀中》，頁三一、三三，沈氏任尚書令在天監六年（五〇七）閏十月至九年（五一〇）正月間，故此『中』當指天監中期。

〔一六〕《詩品》，中《宋參軍鮑照詩》，頁三八一。

〔一七〕《詩品》，《前言》，頁十。

〔一八〕顏延之、謝朓各以二十一首並列第六。詳參羅志仲：《〈文選〉詩收録尺度探微》（新竹：清華大學中文系博士論文，二〇〇八年九月），《附録・表三》，頁二六一—二六二。

〔一九〕《宋書》，卷一百《自序》，頁一一九〇。

〔二〇〕瀧川龜太郎：《史記會注考證》（臺北：藝文印書館，一九七二。以下簡稱《史記》），卷七《項羽本紀·太史公曰》，頁一五二。

〔二一〕《宋書》，卷六七《謝靈運傳》，頁八五九：『璿之字曜璠。』楊勇：《世説新語校箋（修訂本）》（臺北：正文書局有限公司，二〇〇〇），中卷《方正》，條二五，頁二八四：『諸葛恢大女適太尉庾亮兒；次女適徐州刺史羊忱兒。亮子被蘇峻害，改適江彪。恢兒取鄧攸女。于時謝尚書求其小女婚，恢乃云：「羊、鄧是世婚；江家我顧伊；庾家伊顧我，不能復與謝裒兒婚。」』由此不但可看出：泰山羊氏乃高門舊族，而且高門之間猶有等第之别。

〔二二〕李延壽：《南史》（臺北：藝文印書館，一九七二），卷三四《顔延之傳》，頁四一二：『延之嘗問鮑照：己與靈運優劣。照曰：「謝五言如初發芙蓉，自然可愛；君詩若鋪錦列繡，亦雕繢滿眼」。』《詩品》，中《宋光禄大夫顔延之詩》，頁三五一，將措辭略異、意涵一致的品目歸諸湯惠休，而且加上『顔終身病之』的反應。或人將此視爲『顔公忌照之文』的源由，殊不當，得間將撰文辨之。

〔二三〕《詩品》，下《齊惠休上人　齊道猷上人　齊釋寶月》，頁五六〇。『商、周』使用的是藏詞格，真正的意義指謂在没有寫出的下文『不敵』，如以『顔言』指『思子』、

『友于』指『兄弟』。其出處，該書作者已指出。詳見孔穎達：《左傳注疏》（臺北：藝文印書館，一九七七），卷七《桓公十一年》，頁一二二。

〔二四〕事實上，《南史》，卷一三《宋宗室及諸王列傳·臨川烈武王道規傳附子康王義慶傳》，頁一六七，還有筆誤。『將世祖以爲中書舍人』的『世祖』誤植爲『文帝』。按：文帝的廟號是太祖，世祖乃文帝第三子孝武帝的廟號。又，《南史》將鮑照擔任秣陵令的時間置於擔任中書舍人之前，也非是。從《集注》，卷一《表疏·謝秣陵令表》，頁五三：『用謝刀、筆，猥承宰職』，『今便抵召，違離省闥』，可知：這次外放在任中書舍人之後。至於虞炎《序》，《集注》，頁五，更滋疑點。例如：鮑照乃東海人，乃無疑的事，《宋書》不著籍里，乃是因爲後文『吴郡陸展、東海何長瑜、鮑照』會交代，後文所以又不直接標示他的籍里，乃是蒙上文『東海何長瑜』而省，虞氏卻説他是上黨人，或許是指他老家所在；虞氏説他擔任中書舍人之後，於大明五年（四六一）之前，曾外放永嘉令，但整個南朝僅有永嘉郡，没有永嘉縣，而且對照《集注》，卷二《啟·謝永安令解禁止啟》，頁七五，他出任的應該是永安令；據《宋書》，卷八四《鄧琬傳》，頁一〇三四，鮑照是因爲『荆州治中宗景』

的兵亂而殞命，蓋因形近，傳鈔之訛，虞《序》竟成爲『宋景』。所以可推斷當作『宗』，因爲按照校讎學原則，只有罕見者錯爲常見者，以姓氏而言，『宗』當然遠不如『宋』常見；其次，治中、别駕等大吏慣由地方豪族出任，否則，政令不出郡、縣之衙，蕭繹『重牧荆州，以（宗）懍爲别駕、江陵令』，見令狐德棻：《周書》（臺北：藝文印書館，一九七二），卷四二《宗懍傳》，頁三一三，故他有充分能耐撰寫《荆楚歲時記》。

〔二五〕卷四《臨川王服竟還田里》，頁二二三，鮑照敘述自己：『捨耨將十齡』，《集注》卷二《啟·通世子自解啟》，頁七八，又明言：『自奉清塵，於兹六祀』，可見：在擔任臨川國侍郎之前，他已經進入官場，只是可能乃不入流品、供驅使的小吏，『終日碌碌』，故《集注》，卷一《表疏·謝秣陵令表》，頁五三，自述生平時，會説：『執羈末皂』。直到被劉義慶拔『擢』，這才算正式起家。否則，就不會有卷一《表疏》，頁五五，《解褐謝侍郎表》，並且於《表》中説：自己『觀光幽節；聞道朝年』，感激對方『騰滯援沈』，而卷一《表疏·侍郎報滿辭閤疏》，頁六二，也不會認爲當年的提拔使得他『班榮扈隸』。既然如此，此處的『郎』應當意謂年輕人。

〔二六〕《史記》，卷四八《陳涉世家》，頁七四九。

〔二七〕《集注》，卷一《表疏・轉常侍上疏》，頁六六。《宋書》，卷四〇《百官志下》，頁六一八：『晉武帝初……大國置左、右常侍各三人，省郎中，置侍郎二人……宋氏以來，一用晉制。』『晉制：典書令在常侍下、侍郎上。江左，則侍郎次常侍，而典書令居三軍下矣。』因爲他由侍郎轉爲常侍，乃升官，正符合他熱切的功名心，故下文説：『未冀末望，便荷今榮，欣喜感悦，不敢僞讓。』從履歷上看，『臨川王愛其才，以爲國侍郎。王薨，始興王濬又引爲侍郎』，可推知：這次遷升乃在他於始興王麾下時。至於卷二《啟・謝上除啟》，頁七三，當屬另一次的任命。從『服事日淺』來看，或指『遷太學博士』一事。

〔二八〕據虞炎《序》，《集注》，頁五，鮑照隨臨海王赴任時，職銜乃『前軍行參軍』。《宋書》，卷三九《百官志上》，頁五九八：『除拜則爲參軍事；府板則爲行參軍。』據卷六《孝武帝紀》，頁七一、卷八《明帝紀》，頁八三、卷八〇《孝武十四王列傳・臨海王子頊傳》，頁九九三，明帝泰始二年（四四六）八月，『子頊賜死，時年十一』，則不論孝武帝大明六年（四六二），子頊以征虜將軍，或八年（四六四）

『進號前將軍』出鎮荆州，他都不過是個不滿十歲的稚子，根本想不到擇才用能的問題。因此，板授若非出自臨海内史、軍長史等實際當家人的選任，就是孝武帝借用子項的名義授與。

〔二九〕《集注》，卷一《表疏·皇孫誕育上表》，頁五七。

〔三〇〕以上官品並詳杜佑：《通典》（北京：中華書局，二〇〇七），卷三七《職官十九·秩品二·晉官品》、《宋官品》，頁一〇〇五—一〇〇八。

〔三一〕轋从甚聲，顧野王：《大廣益會玉篇》（北京：中華書局，二〇〇四），卷九《甘部第一百十三》，頁四七：『市荏切』；轅从亶聲，《大廣益會玉篇》，卷一五《㐭部二百四》，頁七六：『補錦切』。於陳彭年等：《校正宋本廣韻》（臺北：藝文印書館，一九七〇）中，甚、㐭、荏、錦都在同一部，見卷三《上聲·寢第四十七》，頁三二八—三二九。由周祖謨：《魏晉南北朝韻部之演變》（臺北：東大圖書股份有限公司，一九九六），上篇《魏晉宋之部》，第五章，頁四八五—四八六，可知：這乃六朝時期的侵部疊韻詞，乃以音表義者。它雖然與上古端母的雙聲詞『迍邅』、上古侵部的疊韻詞『坎壈』聲音的組合不同，但表達路途崎嶇困頓，以喻人生不順當的意義則一。這四句的意思是指：自己並没有阮籍般的突出，竟也效顰，『猖狂世禮』，然而並没有像司馬昭那般的權臣庇護；其實没多少才能，卻由於『闇澀』皇帝與大小臣工間的『大義』，像馮衍一樣與親貴往來，被懷疑結朋黨，因而栽了大筋斗，實在是自找的。

〔三二〕孔穎達：《毛詩注疏》（臺北：藝文印書館，一九七七），卷五之一《齊·東方未明》，頁一九二：『不能辰夜』，毛《傳》：『辰，時』。『朝草』即『朝露』避熟就生的表示法。這兩句的意思是：原本以爲日後（『來辰』）才要凋零的微賤生命（『葉』），當下可能就如朝露般瞬間消亡。

〔三三〕元統，大統也。凡小宗入嗣帝位，率稱入奉、入纂、入承大統，因身爲大宗爲帝者居於京師；小宗被分封建藩於外，是以『大統』可引申出京師的含意。『元統内外』猶言『京師内外』。

〔三四〕王先謙：《漢書補注》（臺北：藝文印書館，一九七二；以下簡稱《漢書》），卷一二《平帝紀》，頁一四一：『詔曰：「夫赦令者，將與天下更始，誠欲令百姓改行絜己，全其性命也。性【往】者有司多舉奏赦前事，累增罪過，誅陷亡辜，殆非重信慎刑，洒心自新之意也……自今以來，有司無得陳赦前事，置奏上……定著令，布告天下。」』

〔三五〕孔穎達：《尚書注疏》（臺北：藝文印書館，一九七七），卷一四《康誥》，頁二〇二：『乃有大罪，非終，乃惟眚災適爾，既道【迪】極厥辜，時乃不可殺。』從于省吾：《雙劍誃尚書新證》（臺北：藝文印書館，一九五八），卷二《康誥》，頁一三〇，校改。卷三《舜【堯】典》，頁四〇：『眚災肆赦』，僞孔《傳》：『眚，過』，頁四一，孔《疏》：『《春秋》言肆眚者，皆謂緩縱過失之人』。

〔三六〕以上引文分見《集注》，卷一《表疏》，頁五六、頁六六—六七。據《宋書》，卷六《孝武帝紀》，頁六一：『（元嘉）三十年……四月……戊辰，上至于新亭；己巳，即皇帝位，大赦天下』，以加强統一戰線；『五月……丙申，克定京邑』。這一表一疏應該是此後所上。

〔三七〕虞炎《序》，《集注》，頁五。從《集注》，卷二《啟·謝永安令解禁止啟》，頁七五：『加以淪節雪飆，沈誠款晦，值天光燭幽……澡豐從宥……洗膽明目，抃手太平。』鮑照當時應該隨侍始興王，困在京城，既無法或無意出亡，投奔義軍，也未曾潛送表章輸誠。

〔三八〕虞炎《序》，《集注》，頁五。

〔三九〕李善注：《文選》（臺北：藝文印書館，一九九八），卷一八《賦壬・音樂下》，嵇康《琴賦・序》，頁二六〇。

〔四〇〕《尚書注疏》，卷四《皋陶謨》，頁六〇。

〔四一〕《文選》，卷三一《詩庚・雜擬下》，江淹《雜體詩三十首・鮑參軍戎行》，頁四六三。

〔四二〕《南史》，卷三六《江夷傳附曾孫斆傳》，頁四三八。

〔四三〕分見《集注》，卷二《啟・謝賜藥啟》，頁七四、卷四《在江陵歎年傷老》，頁二三九。戴明揚：《嵇康集校注》（臺北：河洛圖書出版社，一九七八），卷四《答〈難養生論〉》，頁一九一：『養生有五難：名、利不滅，此一難也。』

〔四四〕吳士鑑、劉承幹：《晉書斠注》（臺北：藝文印書館，一九七二），卷十《安帝紀・義熙六年》，頁一八三：『二月丁亥，劉裕攻慕容超，剋之，齊地悉平。』《義熙十三年》，頁一八六：『七月，劉裕克長安，執姚泓。』南燕與後秦既先後被劉裕所滅，南朝統轄範圍大幅往北推進，故東晉末至宋初，疆域東境與北方勢力乃以黃河爲界，是以黄河與南邊緊毗黄河的濟水由濁轉清，對南朝而言，自是祥瑞。

〔四五〕分見《宋書》，卷二九《符瑞志下》，頁四四五、卷五一《宗室列傳·臨川烈武王道規傳附鮑照傳》，頁七二〇。

〔四六〕《漢書》，卷一四《諸侯王表·敘論》，頁一六〇：『武有衡山、淮南之謀，作左官之律』，《集解》引應劭曰：『人道上右，今舍天子而仕諸侯，故謂之左官也』，師古申之曰：『朝廷之列以右爲尊，故謂降秩爲左遷，仕諸侯爲左官也』，所以《文選》，卷二四《詩丙·贈答二》，潘岳《爲賈謐作贈陸機》，頁三五八，就將陸機由太子洗馬出任吴王郎中令，稱之爲：『或云國宦，清塗攸失』，可是『吾子洗然，恬淡自逸』；李百藥：《北齊書》（臺北：藝文印書館，一九七二），卷四四《儒林列傳·權會傳》，頁二七六：『（崔）暹欲薦會與馬敬德等爲諸王師，會……恥於仕【左】宦』。

〔四七〕王先慎：《韓非子集解》（臺北：世界書局，一九八三），卷四《和氏》，頁六六。

〔四八〕《晉書斠注》，卷九〇《良吏列傳·鄧攸傳》，頁一五三一。有時，則省稱『灼然』，如卷六七《温嶠傳》，頁一一九三：『後舉秀才、灼然』、卷一一四《苻堅載記下》，頁一八九〇：『門在灼然者，爲崇文義從』。選舉九品源自班固『因茲以列九等之序』，見《漢書》，卷二〇《古今人表·敘論》，頁三四一，因此，不可能出現上上的第一品，因爲那意謂著對方是聖人，所以最高也僅能是二品。可是由於家世、人脈而獲得二品的人太多了，爲了顯示某些人乃二品中的極品，或真二品，乃加『灼然』以爲别。

〔四九〕以上引文分見《集注》，卷一《表疏·解褐謝侍郎表》，頁五五、《拜侍郎上疏》，頁六〇、卷二《啟·謝永安令解禁止啟》，頁七五。《説文解字注》，三篇上，頁九五：『謝，辤去也。』某人資質卓絶，蕩蕩乎，人無能名焉，不在世間既有標準所能品目的範圍内，謂之謝品。

〔五〇〕《文選》，卷二八《詩戊·樂府下》，鮑照《結客少年場行》，頁四一一，善《注》引陸機《洛陽記》：『洛陽有四關：東爲城皋；南伊闕；北孟津；西函谷』；卷一九《賦癸·情》，曹植《洛神賦》，頁二七五：『余從京域，言歸東藩，背伊闕，越轘轅』，可見：轘轅在洛陽東南。此詩既説『從洛入函、轅』，則可推知：他外放的地點離以洛陽比喻的京城（建康）不遠。

〔五一〕朱熹：《四書集注·論語集注》（臺北：世界書局，一九八三），卷三《公冶長》，頁二五：『器者，有用之成材。夏曰瑚；商曰璉；周曰簠簋，皆宗廟盛黍、稷之器，而飾以玉，器之貴重而華美者也。』

〔五二〕《集注》，卷二《啟·請假啟之二》，頁八一：『終鮮兄弟』、『臣母年老』，而且從極有限的資料，如陸龜蒙：《小名録》，《百部叢書集成初編·稗海》（臺北：藝文印書館，一九六六），卷下，頁7b，及點滴跡象看來，他『天倫同氣，實惟一妹』的鮑令暉似乎終生未嫁，則一家老、小的生計都得靠他。

〔五三〕《通典》，卷三二《職官十四·州郡上·總論州佐》，頁八八九：『自魏、晉以後，刺史多帶將軍……州官理民；府官理戎。』

〔五四〕卷三《登黃鶴磯》，頁一四六。

〔五五〕邢昺：《爾雅注疏》（臺北：藝文印書館，一九七七），卷五《釋宫》，頁七四：『宫中之門謂之闈，其小者謂之閨』，是以『金閨』猶言『金門』。《漢書》，卷八七下《揚雄傳·解謿》，頁一五三四：『歷金門，上玉堂』，《集解》引應劭曰：『金馬門也』、王先謙：《後漢書集解》（臺北：藝文印書館，一九七二），卷四〇上

《班彪傳附子固傳・西都賦》，頁四八三：『又有承明、金馬』，章懷《注》：『金馬，署名也。門有銅馬，故曰金馬門，待詔者皆居之』，然而這種用法與臨川親藩身份不符。此處應該僅取字面意義，指富麗的府第。張之象編、中島敏夫整理：《古詩類苑》（上海：上海世紀出版股份有限公司、上海古籍出版社，二〇〇六），卷四五《樂部・漢雜曲歌辭・古歌》，頁四二〇：『延貴客，上金門，入金門，上金堂……主人前進酒，彈瑟爲清商，投壺對彈棊，博奕並復行』、李昉：《文苑英華》（臺北：新文豐出版股份有限公司，一九七九），卷二〇六《詩五六・樂府十五》，梁簡文帝《雞鳴高樹巔》，頁一〇二一：『碧玉好名倡，夫壻侍中郎，桃花全覆井；金門半隱堂』，『金門』均與天子衙署無涉。

〔五六〕顧名思義，『雲路』本指雲間之路，即仙徑，《文選》，卷二二《詩乙・遊覽》，沈約《遊沈道士館》，頁三二七：『都令人逕絶；唯使雲路通。』因爲遠自西周初年，政權最高領導人就被視爲天子，故能在朝廷有仕宦之途，除了慣用的『天衢』，有時也以此稱之。如《晉書斠注》，卷五一《皇甫謐傳・釋勸》，頁九六五：『子其鑒先哲之洪範，副聖朝之虛心，沖靈翼於雲路……登紫闥，侍北辰……輔唐、虞之主；化堯、舜之人』、魏收：《魏書》（臺北：藝文印書館，一九七二），卷七七《高崇傳附子恭之傳》，頁八五四：『字道穆……御史中尉元匡高選御史，道穆奏記於匡曰：「……聞英風而慷慨，望雲路而低徊者，天下皆是也……」』。按照『雲路』的這種意義，同樣與臨川親藩的身份不符，所以應當也僅能取字面意義，指高廣的仕途。

〔五七〕《集注》，卷一《表疏》，頁六二。

〔五八〕陳奇猷：《吕氏春秋校釋》（上海：學林出版社，一九九五），卷二《貴生》，頁七五—七六。

〔五九〕《晉書斠注》，卷四九《阮籍傳·奏記詣蔣公》，頁九三〇。

〔六〇〕『稟』當改讀爲『廩』，二字通假例證詳參高亨、董治安：《古字通假會典》（濟南：齊魯書社，一九九七），《侵部第七·亩字聲系》，頁二四二。孔穎達：《禮記注疏》（臺北：藝文印書館，一九七七），卷五二《中庸》，頁八八九：『既廩稱事』，鄭《注》：『既讀爲餼，餼廩，稍食也』，賈公彦：《周禮注疏》（臺北：藝文印書館，一九七七），卷七《天官·内宰》，頁一一〇：『均其稍食』，鄭《注》：『稍食，吏祿稟也』。

〔六一〕卷四《觀園人藝植》，頁二二九：『……徒承屬生幸，政緩吏平睦，春畦及耘藝；秋場早芟築，澤閱既繁高；山營又登熟』，指的是他當某縣父母官時旁『觀』的景象，所以末聯才會説：『空識己尚淳，甯知俗翻覆』。換言之，不能據此推論鮑照重返阡陌後，養生送死俱厚饒。從《集注》，卷二《啟·請假啟之一》，頁八〇：『臣居家之治，上漏下濕。暑雨將降，有懼崩壓。比欲完葺，私寡功力，板鍤陶塗，必須躬役』，可見：他不但居處簡陋，而且經濟拮据，以致任何修葺都得親自動手。

〔六二〕洪興祖：《楚辭補注》（臺北：臺灣中華書局，一九七八），卷一《離騷》，頁27a：『余焉能忍與此終古』、卷四《九章·哀郢》，頁12b：『去終古之所居』，前者側重未來；後者論及過去，但都意謂自己這一輩子。

〔六三〕『共』的對象指『西』『傾』的太陽，指自己與日『暉』都正在從世人眼目中湮没（『淪』）、銷鎔（『爍』），不久即歸於光沈影絶。

〔六四〕卷四《翫月城西門廨中》，頁二四二。

〔六五〕可參拙作：《從空間運用的角度例證謝朓詩的成就》，《中國文學學報》第四期（二〇一三年十二月），頁一九四—一九六。

〔六六〕詳參傅樂成：《荆州與六朝政局》，《漢唐史論集》（臺北：聯經出版事業公司，一九九一），頁九三——一一五。

〔六七〕分見卷三《登翻車峴》，頁一四五、《還都道中》之一，頁一七三、《還都道中》之三，頁一七五、《還都至三山望石頭城》，頁一七九、《還都口號》，頁一八一。

〔六八〕既是不入樂的樂府詩，就得遵守當時對詩的要求。撇開『離聲斷客情』、『涕零心斷絶』的兩次『斷』；『行子夜中飯』、『行子心腸斷』的兩次『行子』，首聯的兩個『恶』字；第八聯『食梅常苦酸；衣葛常苦寒』的兩個『苦』，原本都大可分别以『懼』、『困』取代，鮑照卻刻意重出。引文前三聯，兩次使用頂針格。樂府辭所以經常會採取這種表現手法，是爲了便於聽衆瞭解、加强聽覺效應、促使旋律流暢。

〔六九〕窅、窈、杳通假例證詳參《古字通假會典》，《幽部第十七（上）·幼字聲系》、《杳字聲系》，頁七〇八——七〇九。《楚辭補注》，卷四《九章·懷沙》，頁19a：『眴兮杳杳』，王《注》：『杳杳，深冥貌也。《史記》作「窈窈」』、《文選》，卷一六《賦辛·哀傷》，司馬相如《長門賦》，頁二三三：『天窈窈而晝陰』，善《注》：『《説文》曰：「窈，深遠也」』、長孫無忌：《隋書》（臺北：藝文印書館，一九七二)，卷一四《音樂志中・高齊享廟樂辭・太祝裸地奏登歌樂辭》，頁一七六：『太室窅窅』，形容祖廟因爲深邃而光線黯淡之狀。因此，這句是説：隨著『隔離的時間（『日夜』）太久，腦海中的故鄉印象愈來愈模糊。

〔七〇〕《文選》，卷二四《詩丙・贈答二》，陸機《爲顧彦先贈婦》之一，頁三五六。

〔七一〕《毛詩注疏》，卷一四之二《小雅・甫田之什・車舝》，頁四八五：『以慰我心』，毛《傳》：『慰，安也』、《後漢書集解》，卷六五《皇甫規傳》，頁七六二：『以訪誅、納』，章懷《注》：『訪，問也』，所以『訪慰』即『慰問』，也就是『問安』。

〔七二〕卷四《詠秋》，頁二四七。

〔七三〕陶澍：《靖節先生集》（臺北：臺灣中華書局，一九七九），卷二《詩五言・形影神》之一《形贈影》，頁1a。

〔七四〕《説文解字注》，十篇下，頁五〇七：『忼，忼慨也，忼慨，壯士不得志於心也。』忼慨乃上古溪母的雙聲詞，以音表義，不得泥於寄寓的字形，故『忼慨』即『慷慨』。

〔七五〕《漢書》，卷六九《趙充國辛慶忌傳・贊》，頁一三四四。

〔七六〕近、現代人將用天干、地支、建除、八音等組詞彙所作的詩，稱爲遊戲詩，殊屬大謬。其實，這是在講究妃黄儷白、詞彙出處、音韻鏗鏘之外的另一層要求，期盼在重重束縛中，文士仍能寫出美麗、動人的詩篇。如同要求一位全副裝備、一身披掛的特技演員走鋼絲，不但不墜落，而且還要在上面從容、優雅地跳芭蕾。只是因爲那些字詞的意義甚狹隘，一般都寫得太勉强，至多不過表學問而已。鮑照這首是這類詩中唯一入《選》的，就因流利自然，不論『四牡』、『六樂』、『八珍』、『九族』都是經、傳中既有的成詞；『三朝』、『五侯』、『七盤』也是文學作品中的習見語，『一身』、『二年』、『十載』更是大白話。至最後一句，藉由『一朝通』的『一』與篇首呼應，更屬絶巧。

〔七七〕《文選》，卷一六《賦辛・志下》，頁二二九—二三〇。

〔七八〕朱熹：《四書集注・孟子集注》（臺北：世界書局，一九八三），卷三《滕文公下》，頁八八。

〔七九〕方回：《文選顔鮑謝詩評》（上海：上海古籍出版社，一九九三），卷一《詠史》，頁一四四〇，已注意到：『左太沖《詠史》第四首亦八韻，前四韻言京城之豪侈；

後四韻言子雲之貧樂，蓋一意也』，但鮑照此詩『以七韻言繁盛之如彼，以一韻言寂寞之如此』，其間高下，正顯示了詩史的進步發展。其次，若仔細翫味詩意，左思那首確實洋溢著安貧守道之樂；鮑照這首則散發著濃濃的不屑與孤寒。

〔八〇〕這首或許是從《史記》，卷九九《叔孫通列傳》，頁一〇八六，獲得啟發：『叔孫通使徵魯諸生三十餘人，魯有兩生不肯行，曰：「公所事者且十主，皆面諛以得親貴。今天下初定，死者未葬，傷者未起，又欲起禮樂……吾不忍爲公所爲，公所爲不合古……無汙我。」叔孫通笑曰：「若真鄙儒也，不知時變。」』

〔八一〕《三國志集解》，卷三八《秦宓傳·答王商書》，頁八三〇。

〔八二〕樓宇烈：《王弼集校釋·老子道德經注》（臺北：華正書局有限公司，一九九二），第四章，頁一〇。

〔八三〕黃節先生已經看出這首詩仿自《文選》，卷一三《賦庚·物色》，謝惠連《雪賦》，頁二〇〇，但因爲没有瞭解《雪賦》依採佛教不染不净的教義，故引文不全。《雪賦·亂曰》：『白羽雖白，質以輕兮；白玉雖白，空守貞兮，未若茲雪，因時興滅。玄陰凝，不昧其潔；太陽曜，不固其節。節豈我名？潔豈我貞？憑雲陞降；從風飄零，値物賦象；任地班形。素因遇立；污隨染成，縱心皓然，何慮何營？』鮑照《詠白雪》没有謝賦那麼深刻，僅是世故圓融而已。

〔八四〕《楚辭補注》，卷二《九歌・少司命》，頁15b：『晰女髮兮陽之阿』、《山鬼》，頁20b：『若有人兮山之阿』，王《注》並云：『阿，曲隅』。可見：這隻雀相當聰明，利用牆角，兩邊都有可擋風、雨的屏障築巢，這就要比一般窮人『負郭』之居牢靠得多。

〔八五〕這一首仿自黃節：《阮步兵詠懷詩註》（臺北：藝文印書館，一九七五），《其四十六》，頁八五：『鷽、鳩飛桑榆；海鳥運天池，豈不識宏大？羽翼不相宜。招搖安可翔？不若栖樹枝，下集蓬、艾間；上遊園圃籬，但爾亦自足，用子爲追隨。』

〔八六〕郭慶藩：《校正莊子集釋》（臺北：世界書局，一九七一），卷一上《逍遥遊》，頁一四。

〔八七〕卷四《擬古》之三，頁一九六。此處的少年遊俠『氈帶佩雙鞬；象弧插彫服』。

〔八八〕『閉壁』『清野』自然是指採取堅守城池的方式，不與『雜虜』鏖戰。『徑還冬』是指：從他那年『夏』季自往參軍，困於邊壘之後，時間飛快流逝，不但已經過了該年年尾，而且直接又回轉到『冬』季了。換言之，詩中主角從軍已達一年半了。

〔八九〕以上引文並見卷一《代陳思王白馬篇》，頁六一——六二。

〔九〇〕《集注》，卷二《啟・請假啟之二》，頁八一：『臣所患彌留，病軀沈痼。自近蒙歸，頻更頓處，日夜間困或數四，委然一弊，瞻景待化』，指的應當是同一場大病。

〔九一〕卷三《自礪山東望震澤》，頁一四九。《集注》，卷一《表疏・侍郎報滿辭閤疏》，頁六二：『復抱相如消渴之疾』，也暗示：他罹患的是慢性病。

〔九二〕卷四《行藥至城東橋》，頁二二四。

〔九三〕《史記》，卷六《秦始皇本紀・二十八年》，頁一一四：『徐市等上書，言海中有三神山，名曰蓬萊、方丈、瀛洲，僊人居之』，此爲世所習聞者，然楊伯峻：《列子集釋》（北京：中華書局，一九九六），卷五《湯問》，頁一五一——一五二：『渤海之東……有五山焉：……三曰方壺，四曰瀛洲，五曰蓬萊』、《後漢書集解》，卷四〇上《班彪傳附子固傳・西都賦》，頁四八四：『濫瀛洲與方壺，蓬萊起乎中央』，可知殷敬順《釋文》云：方壺『一曰方丈』之説是。

〔九四〕以上引文並見卷一《代陸平原君子有所思行》，頁五八——五九。

〔九五〕《文選》，卷二三《詩丙・詠懷》，阮籍《詠懷十七首》之一，頁三二九，善《注》。

〔九六〕以見存史料而言，鮑照是第一個欣賞，進而模擬陶潛詩的人。這應與兩人的背景、處境近似有關。江淹《雜體詩》三十首中有《陶徵君田園》，但這組詩乃齊末之作。詳參拙作：《六朝玄學對文學影響的另類觀察》，《六朝學刊》第一期（二〇〇四年十二月），頁六八，註二三。

〔九七〕卷二《代邊居行》，頁八五。

〔九八〕卷四《擬青青陵上柏》，頁二一二。

〔九九〕趙善詒：《説苑疏證》（上海：華東師範大學出版社，一九八五），卷二〇《反質》，頁六〇一。《史記》，卷三《殷本紀》，頁五五，作『以酒爲池；縣（懸）肉爲林』。

〔一〇〇〕世俗常籀讀的卷二《擬行路難》之一，頁一〇六：『不見柏梁、銅雀上，寧聞古時清吹音』，表達的意思一樣，僅是將秦皇、漢武换成漢武、魏武。

〔一〇一〕卷一《代挽歌》，頁三七。

〔一〇二〕卷二《擬行路難》之十，頁一一六。

〔一〇三〕由上文可知：此句本諸《文選》，卷四《賦乙·京都中》，左思《蜀都賦》，頁八二：『鳥生杜宇之魄，妄變化而非常』，意謂這種變化過於離奇，非日常邏輯所能理會。

〔一〇四〕分見卷三《登廬山》，頁一三七、《登廬山望石門》，頁一三九——一四〇。

〔一〇五〕卷一《代昇天行》，頁六三。

〔一〇六〕卷三《從登香爐峯》，頁一四一——一四二。

〔一〇七〕卷三《從庾中郎遊園山石室》，頁一四四。

〔一〇八〕《文選》，卷二九《詩己·雜詩上》，《古詩十九首》之十三，頁四一九。

〔一〇九〕《宋書》，卷二一《樂志三·瑟調曲》，魏文帝《折楊柳行》，頁三〇八。

〔一一〇〕卷三《和王丞》，頁一五五。

〔一一一〕《周禮注疏》，卷三六《秋官·蜡氏》，頁五四九：『若有死於道路者，則令埋而置楬焉，書其日、月焉，縣其衣服、任器于有地之官，以待其人』，鄭《注》：『其人，其家人也。鄭司農云：「楬，欲令其識取之」，今時楬櫫是也』，同卷《職金》，頁五四二，鄭《注》：『今時之書有所表識，謂之楬櫫』，可知：『楬』乃『揭』的專字。

〔一一二〕此文第一句乃『歲舍龍紀』。黄暉《論衡校釋》（北京：中華書局，一九九五），卷二三《言毒篇》，頁九五七：『辰爲龍；巳爲蛇。』《集注》，卷二《文》，頁一三一—一三三，錢氏祖、孫均以『歲』爲歲星，因此認爲此文撰於地支爲辰之年。對照下文按：『龍紀』語出《左傳注疏》，卷四八《昭公十七年》，頁八三五。『我高祖少皞摯之立也，鳳鳥適至，故紀於鳥』，可知：『歲舍龍紀』指龍此神物首度來臨之年。《宋書》，卷二八《符瑞志中》，頁四一〇：『孝武帝孝建二年（四五五）七月癸丑，黄龍見石頭城外水濱中。』劉宋以水德王，所以這次祥瑞等於説明：孝武帝乃真命天子。而這正是鮑照任中書舍人之際。

〔一一三〕《文選》，卷二一《詩乙·詠史》，左思《詠史》之二，頁三〇三：『鬱鬱澗底松；離離山上苗，以彼徑寸莖，蔭此百尺條，世胄躡高位；英俊沈下僚，地勢使之然，由來非一朝。』或人按照左思這首詩來理解鮑照此文，就全然會錯意了。鮑照不但没有感喟、怨尤，還深深肯定這種得地勢之優的『寸』『籥』。否則，怎麽會以『凌清瞰遠，擅奇含秀』來形容居此關鍵者？又怎麽會模仿《校正莊子集釋》，卷一上《逍遥遊》，頁三一：『其塵垢、粃糠將猶陶鑄堯、舜者也』的口氣，高抬它足以『涕洟江、河；疣贅丘、嶽』？

〔一一四〕卷四《紹古辭》之五，頁二〇八：『物情乖喜歇，守操古難聞』，表達的是同一意思。

〔一一五〕《史記》，卷一二〇《汲鄭列傳》，頁一二五〇。

〔一一六〕《宋書》，卷五一《宗室列傳・臨川烈武王道規傳附鮑照傳》，頁七二一：『上好爲文章，自謂物莫能及。照悟其旨，爲文多鄙言累句，當時咸謂照才盡，實不然也。』這段記載雖簡略，卻透露了兩個重要的訊息：一，孝武帝在自詡的話中夾槍帶棒，露示妒意，甚至曾當他面，假意稱許他，這才談得到『悟』不『悟其旨』。二，鮑照爲了續蒙聖恩，百般遷就，不惜自污，落下『才盡』之名。

〔一一七〕范文瀾：《文心雕龍注》（臺北：臺灣開明書店，一九七〇），卷六《定勢》，頁24b。

〔一一八〕卷四《擬古》之八，頁二〇四：『石以堅爲性，君勿輕【慙】素誠』，表達的也是同一意思。

〔一一九〕聞人倓：《古詩箋》（上海：上海古籍出版社，二〇一〇），《七言詩歌行鈔》卷二，頁五八八，已指出：這個名字取義自《繫辭上》：『二人同心，其利斷金；同心之言，其臭如蘭』，見孔穎達：《周易注疏》（臺北：藝文印書館，一九七七），卷七，頁一五一。女子取此名，一方面暗示她在感情上的堅貞；另一方面也暗示她像《白頭吟》中的女主角般，『願得一心人』。見郭茂倩：《樂府詩集》（臺北：里仁書局，一九八一），卷四一《相和歌辭十六·楚調曲上》，頁六〇〇。

〔一二〇〕《史記》，卷五三《蕭相國世家》，頁七七八、卷九六《張丞相列傳》，頁一〇六六。

〔一二一〕《文選》，卷二《賦甲·京都上》，張衡《西京賦》，頁三九、卷五《賦丙·京都下》，左思《吴都賦》，頁九〇。

〔一二二〕《漢書》，卷九八《元后傳》，頁一七〇七、《後漢書集解》，卷三四《梁統傳附玄孫冀傳》，頁四二四。

〔一二三〕《周易注疏》，卷一《坤·文言》，頁二一。

〔一二四〕所以要説『中』，因爲既説月相『如月鉤』、『似蛾眉』，那就代表尚未成爲上弦月，或已經過了下弦月。以術語來説，目前尚在眉月，或已進入殘月的階段。

〔一二五〕卷四《詠雙燕》之一，頁二五七。

〔一二六〕《唐鈔文選集注彙存》（上海：上海古籍出版社，二〇〇〇），卷五六《樂府三》，鮑照《東武吟》，頁三七〇，《音決》：『怨……或爲冤，非。』按：或本所以作『冤』，因爲全篇乃平聲的魂、先合韻，一般以爲『怨』乃去聲。實際上，自劉宋至趙宋，『怨』均有平、去兩讀。見《魏晉南北朝韻部之演變》，上篇《魏晉宋之部》，第五章，頁四三七、四四〇；《校正宋本廣韻》，卷一《上平·元第二十二》，頁一一五、卷四《去聲·願第二十五》，頁三九七。

〔一二七〕《文選》，卷三一《詩庚·雜擬下》，頁四五一，善《注》所引。原文見《禮記注疏》，卷七《檀弓上》，頁一三一，鄭《注》。

〔一二八〕《漢書》，卷七五《翼奉傳》，頁一四〇四：『孝文皇帝躬行節儉，外省繇役，其時……未央宫又無高門、武臺、麒麟、鳳皇、白虎、玉堂、金華之殿，獨有前殿、曲臺、漸臺、宣室、温室、承明耳』，故卷一百上《敘傳》，頁一七六〇，師古《注》曰：『金華殿在未央宫』。『宴』會既然在未央宫金華殿舉行，則此句中的

『君』必指天子。

〔一二九〕『偏』與『正』相對。日正當中，若類似人正當紅，則日頭偏西，象徵熱勁兒已過，漸趨冷落了。

〔一三〇〕劉向集録：《戰國策》（臺北：里仁書局，一九八二），卷一四《楚策一·江乙説於安陵君》，頁四八九。

〔一三一〕徐彦：《公羊傳注疏》（臺北：藝文印書館，一九七七），卷八《莊公二四年》，頁一〇二。述《傳》者特别記下評語：『君子以爲得君、臣之義也。』

〔一三二〕《四書集注·孟子集注》，卷四《離婁下》，及朱《注》所引楊氏（時）曰，頁一一一——一一二。

〔一三三〕李開先：《林沖寶劍記》，《中國戲劇研究資料》第一輯《全明傳奇》（臺北：天一出版社，一九八三），第二十册，卷下《第三十七出》，頁23a。

〔一三四〕以上引文分見卷三《贈故人馬子喬》之二，頁一五一、之五，頁一五二、之六，頁一五二——一五三。

〔一三五〕《校正莊子集釋》，卷三上《大宗師》，頁二四二。

〔一三六〕錢振倫《注》：『司馬相如《上書諫獵》：「千金之子坐不垂堂。」』按：此乃《史記》，卷一〇一《袁盎鼂錯列傳》，頁一〇九三，中語；卷一一七《司馬相如傳》，頁一二二六，乃『家累千金，坐不垂堂』。其次，據《索隱》，『坐不垂堂』有兩種解釋：或以『恐簷瓦墮中人』爲説；或以『臨堂邊垂，恐墮墜也』爲由，然均與此處不貼合。『坐堂』即『坐堂上』。從《史記》，卷八《高祖本紀》，頁一五五：『沛中豪桀吏聞令有重客，皆往賀。蕭何爲主吏，主進，令諸大夫曰：「進不滿千錢，坐之堂下」』，可知：『坐堂上』乃尊貴者。若但究『坐堂』的出處，當以《楚辭補注》，卷九《招魂》，頁8b：『坐堂伏檻臨曲池些』爲注。若究『坐堂上』的出處，當以《四書集注·孟子集注》，卷一《梁惠王上》，頁九：『王坐於堂上』當之。

〔一三七〕分見卷三《吴興黄浦亭庾中郎别》，頁一五九、《與荀中書别》，頁一六八。錢振倫《注》：『後《聯句》有荀中書萬秋，未知即其人否。』按：據《宋書》，卷一五《禮志二》，頁一九二、卷一八《禮志五》，頁二四九、卷一九《樂志一》，頁二七一，荀萬秋嘗先後任太學博士、尚書左丞、殿中曹郎，當然無法否認他曾轉任過中書郎。真正可注意者，無乃鮑照本身位沈下僚，平素交往者，除了王僧達，自然多非顯宦，舊史無傳以知其生平，故贈別諸作的對象頗難指實。似卷三《贈故人馬子喬》，姓字俱備，仍不悉孰何。

〔一三八〕『豈念慕羣客』，説的是對方；『咨嗟戀景沈』，講的乃自己。《説文解字注》，七篇上，頁三〇七：『景，日光也』，『景沈』指下沈的夕陽，比喻他與荀某之間逐漸失去光與熱的交情。

〔一三九〕《毛詩注疏》，卷九之二《小雅·鹿鳴之什·鹿鳴》，頁三一五，毛《傳》。

〔一四〇〕從《史記》，卷八《高祖本紀》，頁一七二：『高祖奉玉卮，起爲太上皇壽曰：「始大人常以臣無賴，不能治産業」』，可知：治業可指農耕。從《南齊書》，卷五二《文學列傳·丘靈鞠傳》，頁四一二：『靈鞠宋世文名甚盛，入齊頗減。蓬髮弛縱，無形儀，不治家業。王儉謂人曰：「丘公仕宦不進，才亦退矣」』，可知：治業可指於仕途上求發展。從前揭書，同卷《賈淵傳》，頁四二〇：『淵祖弼之廣集百氏譜記，專心治業』，可知：治業可指向學。從《周書》，卷三八《元偉傳》，頁二八二：『居家不治生業，篤學愛文，政事之暇，未嘗棄書』，可知：治業可指營利。這詞彙的交集乃從事社會認可的工作。

〔一四一〕『壯士』不是指劍客、勇士之流，乃汪榮寶《法言義疏》（臺北：藝文印書館，一九六八），卷三《吾子》，頁八一，所説『壯夫不爲也』的『壯夫』，也就是《四書集注・孟子集注》，卷三《滕文公下》，頁八二，『不得志，獨行其道，富貴不能淫；貧賤不能移；威武不能屈』的『大丈夫』。如此，方能與對句的『宿儒』妃耦。

〔一四二〕『觶』乃飲器；『瓢、壺』此處指酒器，所以用現代的生活習俗來説，這句話猶言擺好茶杯，打開茶壺嘴的瓣閥，以便傾倒茶汁。這當然是主人待客之禮。

〔一四三〕《文選》，卷二七《詩戊・樂府上》，曹植《白馬篇》，頁四〇〇。

〔一四四〕卷二《代邊居行》，頁八五。

〔一四五〕卷四《冬日》，頁二五四。

〔一四六〕如果按照吴兆宜箋、程琰删補：《玉臺新詠》（臺北：臺灣中華書局，一九六九），卷九，頁12a—13a，將《代淮南王》視爲兩首，則見存鮑詩乃二〇一首。不論哪種算法，都未將三首《聯句》計入。

〔一四七〕卷四《擬古》之二，頁一九四。

〔一四八〕詹鍈：《文心雕龍義證》（上海：上海古籍出版社，一九九四），卷七《情采》，頁一一六四，註三：「「幾」同「機」，「機務」，機要之政務。」按：《周易注疏》，卷八《繫辭下》，頁一七一：「幾者，動之微、吉凶之先見者也」、《尚書注疏》，卷四《臯陶謨》，頁六二：「一日二日萬幾」，僞孔《傳》：「幾，微也……萬事之微」，「萬幾（機）」指數不清的瑣事；「幾務」猶言雜務、庶務。凡幾者，必尚未明顯，故「幾（機）」確實可引申出「密」的意思，機要，機密重要，然非此處用法。至於「凶」，乃據韓《注》：「吉凶之彰始於微兆」、孔《疏》：「諸本或有「凶」字」補。

〔一四九〕《文心雕龍注》，卷七《情采》，頁3b，注一六，曾辯稱：「蓋魚與熊掌本所同欲，不能得兼，勢必去一，而反身緑水，固未嘗忘情也，故塵俗之縛愈急，林泉之慕彌深。」可惜尚欠退回歷史文化脈絡，劈入肯綮，詳參拙作：《魏晉時期文學自覺說的省思》，《古代文學理論研究》第二十二輯（二〇〇四年十二月），頁六四—六九、《故籍中王融、謝朓、沈約的造型》，《國學研究》第三卷（二〇一五年十二月），頁二九—三〇。

〔一五〇〕《梁書》，卷五〇《文學列傳下·劉勰傳》，頁三四八。

〔一五一〕Konrad Lorenz 原著，王守珍譯：《攻擊與人性》（臺北：遠流出版事業股份有限公司，一九八六），第二篇，第六章，頁八五—八九、九五—一〇〇。

〔一五二〕蕭統：《〈文選〉序》，《文選》，頁一。

後記

大陸出版書籍，經常有『前言』、『後記』這種近似規範的模式。令我這鄉巴佬很困惑：有什麼不能就在『前言』中都敘述完呢？還是認爲『前言』部分應該純就該書的學術部分立言，所以略帶抒情的部分得另立外篇？認知與情緒密切關聯，世俗以至於學界某些人將理性與感性粗糙地二分，早已在認知心理學的實證面前，淪爲謬種。不過，吾姑且從衆吧！

在自己的學習生涯中，兩漢、魏、晉以及南北朝末葉都已涉足；覺得有意義可鑽研的，也將榨得的點滴化爲一篇篇塗鴉。只有劉宋至蕭梁初這段一直沒花死勁，學術良心總有些不安，於是這十來年，就全力跟這塊角抵了。

全力角抵，意謂非得弄出點名堂來。因爲讀過某家少許作品，與讀過他的全集，是兩回事；讀過全集，與研究過，相去不可以道里計。至於研究有無心得、創見，那更另當別論了。

爲了鞭策自己，所以在臺灣清華大學、臺灣師範大學、臺灣中正大學三校都先後開授了顔延之詩、鮑照詩、謝朓詩、沈約詩的專書課，以期教學相長。同學學到多少，無從臆測，而且或許自己氣場素來太强，加上三小時的課向來中間不休息地上到五小時，在源源不絶的魔音灌耳中，年輕弟、妹們個個忙著屏息，護住心脈，揮毫以洩音波，幾乎没有起予者，不過自己在備課、講課中倒真的獲益匪淺。代價是鮑照詩集如今散成一頁頁，終於實際體會到古人所説的錯簡、脱簡。顔延之的自備講義三修四易，弄到自己都不知哪個才是完整版，難怪舊史《經籍志》或《藝文志》著録某書時，篇、卷數彼此時有不相印合，或與傳世本有間。

接聞錢鍾書先生曾説：寫論文比寫書難，因爲後者可以没什麼見解，衆所周知的也可以，並且需要納入；注釋又比寫論文難，因爲作者對於自己的引文或立論的文本根據，未必都真正瞭解；最難的其實是一般瞧不上眼的翻譯，因爲一個字都不能取巧，然而注釋者實屬蒙然，注釋不出之處，則可假這乃常識，不勞詞費來搪塞。試檢點下錢仲聯對鮑詩的補注，不勞補的，贅述；他先祖、黄晦聞先生解不開的，幾乎依舊乏注，竟然還有著名書局震於他的虚名，爲之付梓。愚公配瞽瞍這種情節，真適合入《新儒林外史》了。

由於唸大學、碩士班時，深受史語所流派影響，强調出土文物，又因該所遥承乾、嘉學風，尤重經學、小學，以致後來自己站上講臺，不論教六朝文，或六朝詩，都是一個個字摳著訓解。好比：書中指出六朝文、史中有『伊昔』這一成詞，世俗經常將『伊』置之不理，至多訓解爲語詞。没錯，但請問這是什麼語氣，表達的是驚嘆、了然，還是淡淡的哀愁呢？對於我這種訓練出身的人，可不容它恍兮惚兮地滑過。一個個字詞講完，然後整句串講，再説明上下句文意如何銜接，同時藉用該實例，指出六朝文學的某些通則、《文選》善《注》的部分體例。至於舊注有誤時，當然得指正。只要接觸到古典，就逃不掉名物、地理，所以還得像阮湛、裴秀般畫圖。爲了説明這個字爲何有這個意思、爲何能改讀爲某字，又得越俎代庖，寫甲、金文，或告知古無唇齒音；某字原本爲複聲母，後來分裂成二系，从其得聲者各取其一；『憂思難忘』的『忘』爲韻腳時，經常得讀陽平；『要眇』是上古宵部的疊韻詞，所以重在以音表義，不受限於寄寓的字形，所以也就是『幽玅』、『窈窕』，更是被無知後人濫用誤解的『苗條』。世隔千載，現代人對於古人生活狀況當然不懂。好比：六朝一般人每天吃幾頓、高度數的蒸餾酒要到什麼時候才有，以致某些人可以狂飲數斗、穿著正裝時還佩不佩劍、啟程與送行在當天哪個時段，都得一一告知。而古典常識下滑，乃普世現象。偏偏中國文學奠基於經、史、子以及悠長卻有變動的文化之上，不明後者，猶同徒見冰帽，不知冰座，船若非撞碎，就是迷航。這些部分往往與歐洲、西亞文明有相類似，以待發明之處，於是逾界得愈發遠，需要以精簡的話，介紹與所教文本相關的神話學、哲學、詮釋學。這就使才十幾句的一首詩，兩個半鐘頭能講完，已是上上大吉，没讓預設的進度落下。

也正因如此自找苦頭，面對那一張張懵然的年輕面孔，時不時火從中來，痛批高中、大學教師不學無術、不盡責，早該傳授、强調的都没教，也没本事教，害我這好事者來替他們收拾爛攤子。聽我課的學生更是隨時挨罵：粗心又怠惰。幾乎每堂都提醒：許多學問就在日常語彙中，思其所以然，點點累積，就不必唸嘮什子研究所了。例如：表達深邃、秘密的時候，爲何會用『奥』字、幾乎所有的著名學人都將『中興』、『中秋』的『中』唸錯成陰平，這個字當改讀爲哪個字、婦女的房間爲何叫『閨房』、何以説『青燈黄卷』，而不説白卷？按常情，期末課程、教師評鑑，我應該屬於被鬥臭的一類，結果卻居然總在優良之上。心想：也許就像聽眾五音不全，更無聲樂造詣，但臺上的歌手是否認真唱、唱工如何，肚子裡總有數吧？

那麽，我這般授課是否就是錢鍾書先生所説的翻譯？就一個字詞都不取巧而言，洵然，但講詩、文斷乎不可止於以語體文翻譯。筆者在公、私場合，一再强調：百年來，講授古典文學時的字面語譯是條戕害文學、誤人子弟的絶路。因爲好的詩、文，尤其是前者，都有隱形筆墨。申言之，作者的確已經寫了，但因爲用的是隱形墨水，非具一定的古典常識與慧眼，根本看不到，以致將精華遺漏，全盤糟蹋。

上佳的翻譯都會有精詳允當的注釋，但那是文獻學。没有文獻學的基礎講詩、文，乃遊談無根，僅能當成佛教所説的戲論；然而止於文獻學，誤將它當作文學本身，則是以指爲月，無明業障莫大焉。此所以我雖然從古文字到三《禮》名物、兩漢、六朝官制演變及物質文化，無不盡己所學，説清道明，但接著就要請同學將之悉數抛諸腦後，回到詩、文本身。除了藉此宏觀，點明詩以暨文學的特質，更著重作品中的美感。由於一般人的文學敏感度、想象力實欠高明，爲了避免同學只在字句裡打轉，始終陷在王静安先生所説的『隔』當中，經常以現代場景、實際生活的例案，將那句話或那章文字的血肉痛癢重現，以達到興發感動的最終目的。

近、現代注釋六朝作品時，總依循李善注《文選》的體例之一，將某一詞彙的出處，甚至最早使用者摘出。這乃根本不懂善《注》的表現，十足地泥於跡，而不知所以跡。也不用點腦子（如果還有腦子的話），没有《鶡冠子》下卷《能天》的『朝露遭日』，後世人就都與白癡一樣，不會用『朝露』這個詞呀？作者作詩撰文，寫到『朝露』時，當下曾自覺這是在襲用《鶡冠子》下卷《能天》裡的詞彙嗎？恐怕那位作者連這篇文章都没讀過。這二十來年，由於故籍都輸入電子資料庫，檢索方便，就愈發使得某些人在這方面的注釋大事謄鈔，以多掩其不學。所以用不學這麼嚴厲的指控，是因爲真正要注釋的，還是空白；無勞注釋的，堆上滿紙。典故注明了；詞彙出處也有了，整句怎麼講，注解者迅即隱淪，讓讀者自行解決。這點在鮑照詩上尤明顯，因爲他是劉宋時期避熟就生而走火入魔者，『不避危仄』到以幼童都認識的字組成瑋詞，讓人不知所云。檢索於焉無用武之地。

人間世始終不斷上演哥倫布問周邊人士如何豎雞蛋的那樁事兒。以注釋來説，碰到難解的詞句，若有童子問，那些鉅子名流除了支支吾吾，只會説些有的没的，虚晃一槍過去；待别人解説清晰之後，厚顏者又會撇嘴咂舌：這有何希罕，本來就是這樣講的嘛。誠然，道破了，好似一文不值，但没道破之前呢？非常喜歡《一代宗師》這部電影的開頭對白。改用我的聲口來表述，那就是：别跟我説你師門多赫赫知名、你的頭銜是什麼、有哪些海内或域外孤本善本，在學術江湖上，遲早只有硬碰硬，躺下與站著兩條路。因此，誰要是腦子犯混，流露出那副嘴臉，就請對方以六朝詩、文爲範圍，選個公開場合，咱倆當面切磋。

友人與從遊屢次勸説：既然已經寫了近十二萬字的補正，乾脆重注整本鮑詩，我一概峻拒。若如彼等之言，已經正確的，豈非形同胥抄？雖然我不是什麽愛護環境者，但也不想殃及棗、梨。而且真要用上述的方式注解，那得花好幾年的工夫，而上課内容大致已涵蓋鮑詩最要緊的部分了，早有多人録音，遲早會被那群崽子公諸網上。與其將時間、精力花在這上頭，遠不如另闢大好河山。

這些年來，固然有出版社要我好歹出本某一專集，説來也蹊蹺，我這種權、位、名三無的海陬宅男，居然長年在還稿債中度日，根本無暇及此。何況素來覺得糟蹋一塊新畫布，潑墨灑彩，比董理舊作有趣得多，身後，由那群兒女們出全集就是了。是以此度這本書露面真可謂逆料之外。

二〇一五年春季班，適於金陵客座，中州古籍出版社的盧副總編不辭勞頓來訪，竟未惜公帑，要求將它以書籍面市。同時，這篇補注按照鮑照詩集的分卷，已交由安徽大學的《古籍研究》，分四期發表。這兩方面均由忘年摯友、江蘇師範大學的李教授俊標推介，盛情銘感。因爲生就急性子，撰稿時，唯求早點完工，徵引原文之處，時有脱、衍、誤、乙，多虧從遊佩鈴費心、費神精密核對，非拜謝二字可酬。如今將面世，又略修改、增添了幾條，實在得向《古籍研究》的讀者鄭重道歉。若因學問荒植，仍有疏誤之處，尚祈顯家通人不吝諟正。此外，有勞王楚學弟費心費力，自宋南宮的《急就章》中輯出封面題署，不勝光寵。

一向認爲：多本佳作，固然絶對不會改變學界糟糕的現況；再來本爛書，也不會起多大負作用，因爲那僅是量增，惡質的元神早已畢功。既然如此，就聽憑這滴水墜入大醬缸吧！

歲次丙申孟冬於新竹歇腳居

圖書在版編目（CIP）數據

鮑參軍詩注補正/朱曉海撰. —鄭州：中州古籍出版社，2018.6
ISBN 978-7-5348-7873-2

Ⅰ. ①鮑… Ⅱ. ①朱… Ⅲ. ①古典詩歌－注釋－中國－南朝時代 Ⅳ. ①I207.227.391

中國版本圖書館CIP數據核字（2018）第120431號

選題策劃：盧欣欣
特約編輯：李俊標
責任編輯：石　丹　趙建新
責任校對：鍾　舟
裝幀設計：曾晶晶

出　版　中州古籍出版社
地址：河南省鄭州市經五路66號
郵編：450002
電話：0371-65788693
經　銷　新華書店
印　刷　河南瑞之光印刷股份有限公司
版　次　2018年6月第1版
印　次　2018年6月第1次印刷
開　本　890毫米×1240毫米　1/32
印　張　15.625印張
字　數　280千字
定　價　68.00圓

本書如有印裝質量問題，請與出版社聯系調换。